U0922127

大家闺秀

——孙禹散文集

孙禹 著

DA JIA GUI XIU

合肥工業大學出版社

目　　录

我的妻子与情人

浑浑噩噩之间，我已人到中年。回头望去，人生中似有不少得意，又有太多的遗憾。但得意的事情，无论滞留得再长，总是嫌短；而失意和遗憾的事情，却总是使我刻骨铭心，挥之不去。虽不是高堂明镜悲白发的暮年，但毕竟大多的日子是孑然一身……但我是充实的，因为我不曾虚度光阴。是的，我没有伴侣，但我却有“妻子”；我没有红粉知己，却一生拥有“情人”，而且须臾不离，矢志不渝。

作者在比利时皇家国际歌剧声乐大赛连获三项大奖时的喜极而泣

不知何时起，我便将歌唱视为我的妻子，文学当做我的情人。因为上苍赐予我一付过人的嗓音，我不仅要依靠她安身立命，而且凭借她曾游历世界。但面对文学，我只能像一个情窦初开的青涩少年，一路上，像对一个梦中情人似的苦苦追求与暗恋。人生中的事，最可怕的莫过于启蒙时期的先入为主，终生追求之目标过早的定格。由于父亲是靠文字为生，母亲又是校字为命的人。于是，在我尚未成年、意识混沌初开的手忙脚乱之时，文学，犹如一朵香味幽远、诡异迷人的罂粟花，摄走了我的心智，勾走了我的魂魄。无数璀璨与卓越的中外名著，至今依旧让我叹为观止。难以置信的是，人类的智慧与能量，能改天换地；而那些文学巨人的神来之笔，竟也能在字里行间，魔幻出超乎人间预料的惊世骇俗、催人泪下的悲喜情缘，缔造出人性中的黑暗与光明、善恶与丑陋，诞生出似有神助的锦绣文章，以及令人匪夷所思的艺术空灵。那些本来互不相干、冰冷无趣的方块文字，一经高人的点化，竟会产生极有生命魔力和生存意义的奇迹。今天，文学仍旧以一种永远使我无法摆脱的神秘气息，时时让我痴迷，将我变成了一个无药可救的“瘾君子”。

十几岁那年，我的处女作短篇小说《无言》，首次被印成铅字发表于四川一家文学期刊后，从此，我就像被一种无法抗拒的魔力推入了文学的大河，终生难以自拔。意识和意志中的那朵虽“剧毒”，但却依旧妖冶诡异、气味馥幽的罂粟花，在让我心甘情愿地被钉在了文学的十字架上的同时，随即又使我获得了一个值得我穷其一生无怨无悔地去追求的红颜知己。所以，我欣慰、骄傲和沾沾自喜，甚至活得有些偏执与怪异……然而，我的文学情人，在赋予我许多温润之梦和极乐诱惑的同时，也给我带来了殚精竭虑、生死疲劳、山重水复疑无路的困惑，吾将上下而求索的无尽迷茫，穷极终生、豪赌一场的忐忑不安，以及终日伴随着的焦虑与怀疑。

将歌唱视做我的妻子，在我看来是一种悟性，一种守望，一种感念，一种别无选择的宿命。她伴随我游历世界各国，在那些远离故土亲人的生命旅程中，共同历经炼狱的煎熬、心灵的洗礼和稍纵即逝的得意。歌唱与生俱来，她与我青梅竹马、两小无猜。她对我的信任和奉献无与伦比，甚至面对我对她的无意折磨和伤害，一概默默承受、无怨无悔。即便我一次次用她的神力和青春，为自己猎取荣誉和财富的辉煌与尊严之时，她总是静如处子、甘之如饴。人世间，没有一个具体意义上的妻子，即便具备了人性中所有的优良品德，都无法与我的这位既抽象又具象的完美贤妻相比，因为男女夫妻，相处得再相敬如宾，和谐如歌，也总有龃龉……然而，对于我的贤妻，我却时有“不忠”。也许我的情人太过妩媚；也许，

我对我的情人太过沉迷，因此，我常常在“糟糠之妻”不能满足我心灵之时，就欲罢不能地去“偷情”。文学情人对我身心的折磨、灵魂的剖析、精神的享乐、孤寂的安慰都给予了妙不可言、无法替代的充实。当我远赴大洋彼岸深造声乐第二年的一个秋夜，在皮博迪音乐学院的那座总是令人目眩和窒息的宿舍楼走廊里，无意中接到一通越洋电话，我的中篇小说《残阳如血》荣获台湾文学大奖，顿然，我像范进中举似的，痰迷心窍，竟惶惶不可终日。仿佛我从少年时代开始的对文字那种“偷吸鸦片”、“偷尝禁果”、“金屋藏娇”的“不轨行为”，明知不可为而为的虚妄，在一瞬间被昭然天下……被一种神圣的旨意认定，被一种“铁树开花”般的天道酬勤。授予了一枚永恒的精神勋章后，我更像是看到了一盏时隐时现、飘忽于雾海深处的灯塔。从那时起，我似乎顿悟了一种穿越时空的永恒真谛，即：信念的所有意义，就是坚持与耐力……于是，我眼中的罂粟花更加凄艳欲滴，我的情人亦更加妩媚……但我却总是觉得愧对我的妻子。

作者于美国洛杉矶歌剧大赛获奖后与
评委主席查凯莉夫人合影

我的歌唱生涯中，人在洋邦二十年于西洋歌剧世界里的自我放逐中，堪称一生都值得自豪和珍藏的，仅有几个由我的妻子和情人联袂力助我完成的经典角色。上个世纪末，当我在德国南部巴伐利亚州著名的宗教城市维尔斯堡的舞台上，成功地完成了俄国伟大的民族歌剧作曲家穆索尔斯基的代表作《鲍利斯·古朵诺夫》这一令人高山仰止的男低音角色后，全场的德国人齐刷刷地起立鼓掌欢呼，我的眼前瞬间站起一遍漫无边际的维也纳森林……倘若我只有过人的嗓音，没有对文学情人的酷爱与苦恋，我何以以一个黄种的歌剧人，征服一向挑剔著称的日耳曼的观众？我何以将精神分裂的沙皇鲍利斯·古朵诺夫身上，那种蛰伏在灵魂深处挥之不去的，因杀人篡位后的自责与恐惧，人性在善恶之间的痛苦挣扎，以及父爱亲情的惜念等等，表现得入木三分、酣畅淋漓……当我手捧着第二天刊出的占据半个版面的盛赞演出大获成功的报评时，我心里充满了感激。我在深深地感念天赐我的歌唱妻子那多年的忠贞不渝之时，也更加感激文学情人赋予我的灵性和不离不弃。

公元 1992 年初冬，美国首都华盛顿市中心，那座洁白似雪，形如方玉，室内遍是猩红地毯铺地的肯尼迪艺术中心里，由我领衔主演的中国歌剧《原野》，在美国首都观众浪涛般地喧啸和掌声欢呼中，我仍旧不敢相信，眼前这座肯尼迪艺术中心奇妙而雄伟的建筑，三年之前，对于一个初抵美国的中国歌唱家，竟只能抚墙叹息……虽然，中国歌剧《原野》，在世界著名的肯尼迪艺术中心歌剧舞台上，在中美音乐歌剧文化交流历史中缔造的奇迹，并未在本土的舞台上掀起轩然大波，甚至被“雪藏”至今。但在我的艺术生命中，却留下了难以磨灭的印迹。尽管后来，中国的歌剧人常常向我提及，我于 1987 年在北京舞台上主演的《原野》，诠释的“仇虎”，迄今无人超越。抑或后来，我遍阅的所有阐述歌剧《原野》的论文时，我都深深抱憾。因为，知《原野》者莫非孙禹，知孙禹者莫非自己。倘若我的一生，没了文学，何谈无人超越？何谈中国歌剧《原野》，开花结果于美利坚合众国，何谈征服西欧异域？……

2005 年的夏季，由我费尽心机、殚精竭虑促成中美的歌剧交流项目，并主演的普契尼的代表歌剧《托斯卡》，登陆上海舞台。《托斯卡》在新落成的东方艺术中心歌剧舞台上大放异彩，6 场演出后，我在数以万计的中外观众流连忘返的回望和止步中，似乎仍有些迷失。不知是十里洋场的观众，到底要比其他都市的棋高一着呢？还是西洋歌剧，确实在上海滩借尸

还魂了它的真正魅力？抑或这个被称为东方的巴黎，所有的人都洋派得彻底？但无论怎样，我毕竟在上海找到了感觉。我在十里洋场那铺着红地毯的歌剧大厅里，在罗马警长斯卡拉比亚的角色那分裂和邪恶的灵肉里，在交响乐那摧枯拉朽的天籁之声中，毕竟在演技和酣唱的精神飨宴陶醉中，大快朵颐，又找回了自己……当我躺在市中心一家三流的旅馆里，听着不知道是制冷还是制热的空调声，我的意念和灵魂扶摇直上，遁入九天，并在天国的渺茫之中，再度与我一生苦恋着的文学情人生死交媾、翻云覆雨。我那早已溶入血肉之间的感念，再度让我重新对文学顶礼膜拜。倘若没有你，我断然不能将歌唱与角色，妻子与情人，凝练和升华得血肉难以剥离……

2007年的仲夏，国家大剧院音乐厅舞台上的方圆之间，幽远的蒙古长调，粗犷的呼麦以及飘逸的马头琴的乐曲，幻化成一望无际的绿色草海；接着，蓝天白云、绿原群山之间，便徐徐地立起一个伟岸雄壮的身躯。当这个八百年前，金戈铁马、横扫欧亚大陆，后来被人们称作一代天骄的成吉思汗，用了整整十五分钟，气吞山河、洪钟大吕般地唱尽了胸中贮藏了八百年的雄才大略和柔肠寸断的儿女深情之时，一个名叫孙禹的海归歌唱家，泪流满面，重重地跪在了几千名观众的面前。这个名叫孙禹的“我”，在首演的几天后，灵魂与心魄，竟仍旧根本无法与八百年前的统一大蒙古的一代天骄成吉思汗，顺利地转换和剥离。我这个难以从角色中回到现实里的“戏痴”，在飘忽不定、无形无状的潜意识中，似乎焦灼不安、迫不及待在向自己的挚亲密友倾诉些什么；似乎我与那些无影无形的挚亲密友，在我那一瞬间的神迷和陶醉中，言语又远远地不能表达一切……

是的，歌唱是我的糟糠之妻。她如同我的先人为我留下的一口取之不尽、用之不竭的深井。只要我的生命一息尚存，她似乎没有任何机会和理由弃我而去。而我的情人——文学，却让我用一生的追求和精血，去小心翼翼地呵护，亦步亦趋地紧随，殚精竭虑的乞求。因为她是我的精神生命的血库，她是我心灵孤寂时的伴侣，她对我来说是花非花、雾非雾的朦胧，她更是我生命意义的玄念与兑现，她是我高山仰止艺术巅峰的基座与艺术成就的彼岸……与歌唱妻子的相厮相守，使我在逐渐成熟中诞生新的自我。与文学情人的屡屡偷尝禁果，缔造的却是我从心灵中抑制不住而溢出的那一篇篇的文字。如同我的长篇异国情恋小说《黑蝴蝶》，在充满电影画面感唯美的文字里，又注满了空灵、深邃的乐感。一如我那异国漂泊

维也纳国际声乐大赛时作者与在斯蒂芬斯大教堂前的歌剧迷茫

的心灵史，长篇小说《悲剧英雄》，用瓦格纳的歌剧序曲韵律，一路贯穿于字里行间，写尽一个黄种的歌唱家，历尽异国他乡的生存磨难与精神磨砺后，仍旧要拼力扼住命运的喉咙的种种努力。这一切，倘若没有文学情人一路上的充血和滋润，我的歌唱断然不会那么的激情汹涌、浪漫与坚实；假如没有歌唱妻子在我人生中的患难与共、相濡以沫，我的文字也绝不会充满了乐感与空灵、达观与明媚。在本散文集中，《童话与水》以童话世界里的梦幻般地遨游，与水共舞，写尽一生对水的悟性、感受与见证；《大家闺秀》中，以泪当歌，力透纸背地刻下我对顿失母亲的万般无奈、回天乏术的茫然和刻骨铭心的沉痛；《我的农民清轩叔》中，我以父亲与其农民胞弟迥然不同的命运抉择为主线，用河北冀南平原的生存习性、风俗人情、节气地貌、传统人文等元素为广袤和辽阔的宏大背景，沿着一条亘古不

变的生命大河，用音乐旋律般，痛快淋漓地坦荡、宣泄着自己的艺术积淀，以及对人类命运的反思、嗟叹与拷问；《乡愁绵绵无绝期》中，我以一个独自在大洋彼岸漂泊和与命运搏斗的赤子之心，唱出了“大洋彼岸不是家”的另类独特的思乡曲；《纵马青海湖》中，我用蒙太奇的意识流般地蓄意和随意，一路将心灵与意识交托于一匹无形的马背之上，任其驮着我风驰电掣般地狂奔与驰骋；《怀念吴树声叔叔》的字里行间中，每一触一碰，使我心悸的句子里，都饱浸着我对一个文学和歌唱的伯乐那言犹未尽的感激；《吴侬悲情都是歌》中，我虽写的是“大漠孤烟直，长河落日圆”、“离离原上草，一岁一枯荣”的苍凉与荒远，凭吊先人豪杰的遗恨，大漠古刹的幽远，但“文眼”却还是信马持缰、须臾不离地着力描写浙江著名作曲家晓其的乐魂，以及大恩于我的歌如其人、人如其歌……

孙氏兄弟为父母祝寿

如果说《被公审的大儿童》的手法和语句，是精神分裂中的呓语，心志错乱中的诳言，意识流中的随心所欲，灵魂被扭曲后的呐喊，不如说是我在一种更高层次上大彻大悟后逻辑缜密的非理性控诉……虽然这篇散文，是我所有作品中的“异数”和“叛逆”，但在我的感觉中，它无疑是我唯一的一部“心灵解放史”……

人的一生中，或多或少、或明或暗，都会受人恩泽、遭人暗算，但恩将仇报者，必是小人，注定下场惨绝；而以德报怨、知恩必报者才是真正意义上拥有快乐的君子……在我历尽二十个春秋，于大洋彼岸那“悲剧英雄”、“漂泊英雄”似的天堂与地狱之间的拼力挣扎中，要扼住命运喉咙的殊死搏斗中，倘若没有海塔士神父、洪朝煌医生、“妈妈桑”咪咪、周美蓉女士等人的无私与慷慨相助，我绝然不会走到今天。于是，在我的《永远活着的微笑》和《为神父的祈祷》散文中，除去在文字表层上，我写尽了一个歌者、一个受到他们恩泽与扶持的感恩者的心声之外，更寄托了一份厚重的责任，那就是，要将他们赋予我灵魂的一种悟性，用一生的自觉去接传下去。这就是我对人性伟大和壮美的终极理解与升华……我想，终有一日，当我将这本最新的散文集《大家闺秀》，再次献给我的母亲和恩师李维渤教授亡灵时，母亲和恩师定会含笑九泉。到了那时，我对恩师的《长哭当歌》，终将化作一首浸满欣悦的泪水、乘着金色翅膀的圣歌。

少小离家老大回，乡音无改鬓毛衰。踏入故乡，我的笔端又情不自禁地镌刻起皖北大地，那一句句勾人心魄的“拉魂腔”里，站起的一个又一个面如赤枣、祖祖辈辈坚守着民俗民风的乡村艺人。大国中，他们是草民；草民中，他们是平凡而伟大的民族民俗文化传承的巨人……

盘古将全身的血液流尽，变成淮河；这位传说中永远神龙见首不见尾的中华民族的“图腾”，剜去自己的双眼，为人类后代变成月亮与太阳。于是，大河的两岸，便有了神奇的花鼓灯和我笔下的《大河灯魂》；那流传千古的谚语，便有了更深邃和辽阔的内蕴：走千走万，不如淮河两岸。淮河丰，天下足……舞起来吧，永远的花鼓灯；唱起来吧，用那些此乐只有天上有、人间难得几回闻的拉魂腔，留住尧舜大禹传下的福祉，牢牢地守住盘古用鲜血、双目造福华夏民族的“大河之魂”和无尽的财富与光明。倘若一个真正意义上的文化人，辜负故土，不知感恩，那么他就是一个不折不扣的宵小之徒，数典望祖的不肖子孙。

刻骨铭心地感念歌唱，我那生死相随、不离不弃的贤妻。没有你，我将何以活得像人，何以奢谈尊严与自立？终身不悔地感谢文学，我的这位永恒的情人，没有你这位红颜知己，我的妻子何以丰韵多姿、妩媚动人？我这形影茕茕、孑然一身的命运，何以遇难呈祥？何以：路漫漫其修远兮，吾将上下而求索般的义无反顾、一路前行……

一路上，我有歌唱贤妻的不离不弃、相濡以沫，又有文学情人的忠贞不渝、红袖添香，此生足矣……

大家闺秀

母亲终于没能活过公元2009年春节，享年八十一岁，算是喜丧……

母亲因长年的糖尿病，最终引起癌扩散及多种病并发，闭眼前，痛苦万状，难以自抑；但她走时只有窒息，没有遗憾。

我紧紧地握住母亲松软无力的手，将嘴唇尽可能地贴近躺在病床上的母亲，轻轻地在她的耳边说：妈妈，我走了，去演出……昏迷中的母亲突然睁开眼睛，竭力地坐起身来，双手大大地张开，高高举起之后，紧紧将我的手牢牢地握住，清澈而焦虑的眼神，带着电光般的犀利，直直地刺进我的心里……就在那短短的几秒钟后，那种令人无法忍受的尖锐和难以割舍的目光，使她又变回一个哺乳的婴儿，是那样的无助与焦虑……从那一瞬间之后，我全身微颤，在终将无奈地永别母亲的彻底绝望中，体验了一次无法逃脱、刻骨铭心的沉痛！

是的，在所有认识我母亲的人中，都说我母亲是一个大家闺秀，笑靥常在，沉默寡言。在我对母亲的所有记忆中，剩下的是只有她在衣食起居中所有细节，其他的事物记得并不清楚。母亲吃饭前习惯用筷子先在汤里点上一点，仿佛基督徒在进食前的祷告。饭后，倘若碗中有残米，碟中有剩菜，总是逼着我带头食净。母亲是一个从十里洋场上海教会学校毕业的大学生，英文基础扎实，曾在上世纪50年代三门峡水库为刘少奇、董必武等伟人做过“速记”。虽有照片为证，但她从未提及。那时的母亲，慢慢地跟在国家主席和董老的身后，一身朴素的列宁装，戴着眼镜，笑容可掬，文质彬彬。时代变迁，母亲身上似乎从未有过所谓的时装。我在美国或在欧洲，每每为她添些新衣，但一有应酬她仍是一身近乎“列宁装”的装束。母亲身上从不戴饰物，仿佛金银珠宝会伤及她的皮肤。母亲长期被“失眠症”所折磨，她那床薄薄的旧棉被，一直陪着她走完了生命的长路，并在火化的烈焰中，仍旧伴随着她，永远在天堂的那间属于她的小屋里，

作者的母亲陈莱英

与失眠搏斗……

少年时代，我和弟弟淘气，装鬼扰邻，打架斗殴，偷着抽烟喝酒；春天河塘里捕蛇捉鳝，夏天水洼里摸鱼偷藕，秋天翻墙越宅去他人楼前屋下割取腊肉，冬天楼顶上扔大团的雪球，砸得路人暴跳如兽，将我们追得满街如狼似狗……而母亲则施以极具文化革命特色的文明“体罚”，在给我们兄弟洗澡之后，用食指和拇指在我们的屁股上来上一个一百八十度的狠扭……两条带着水花冲天窜起的“野鱼”一阵尖吼，母亲那带着戏剧女中音的厉喊之后，则是我们呆头呆脑地匍匐于“描红”簿上，或“清晨即起，洒扫庭厨”，或“万寿无疆”……

母亲绝不仅仅是传说中的大家闺秀。她的证明就是见怪不怪，一语中的。作为一个老《安徽文学》的小说编辑，她在错别字上的挑剔，与发现培养业余作者的用心和宽容不成正比。大作家的作品，她敢退稿；小文人的习作，只要有生活和才华，她紧抓不放。有时，她为争取一篇名不见传的作品得以发表，一句话可以刺得其上司从藤椅上窜将起来。平素她常用“阿拉是上海宁”的“严酷”，让我那一辈子靠写字为生的父亲，每错一字罚款数元的方式，为自己获取一种旷世未闻的“亲情创收”……

“文革”后母亲从干校改造归来。由于种种原因，她不能再回《安徽文学》，而去省文化馆《江淮文艺》编辑部上班，便与编辑戏剧剧本结缘。青年时代的我，唇上刚有了些代表男子汉特征的胡须时，就听到她口中常

念道：“好剧本的结构特征在于：凤头、猪肚、豹尾……”那时，我只恋小说，不屑剧本。而突一日，母亲回家，兴奋地告诉我她发现的一个年轻作者，以一部大戏《失刑斩》荣获国家戏剧创作大奖。而日后，此人一发不可收，接连写出轰动全国的电影文学剧本《月亮湾里的笑声》、《焦裕禄》等等……于是，从此我对剧作家刮目相看。今天的剧作家，写电视连续剧能出大名，赚大钱。而当年的知青业余剧作家写剧本，只图城市户口，吃商品粮，进文化馆“高就”……

孙氏兄弟在父母结婚四十周年的聚会上

母亲在根本意义上的大家闺秀，是她根本不在乎什么是“大家闺秀”。我父亲随陈毅大军进上海，宁睡马路、决不扰民的壮举，当时住在愚园路花园洋房里的她，不曾看见。一个民族资本家的三小姐，与一个八路军营政治部主任，一个对日作战死于山东某县的农民儿子结合，只有在中国革命特色的历史巨变中，才能具有如此戏剧般的呈现。倘若没有大军入城，倘若没有国共决战，倘若没有“南京路上好八连”，我那个头顶高粱花，满嘴“你揍嘛来”和“你漆嘛来”的爹，若想聚俺娘，简直就是天方夜谭……我那将几家工厂、数幢别墅、家产万贯的外祖父，尽数“换得”政协委员的头衔后，决不会因为父亲有“军管会”的胸牌、陈毅的部下、上海作家协会会员等光环，而心甘情愿地同意女儿下嫁于他。直至今天，我仍无法明了，是一种何等缘分，竟让我父母能够这般既充满了戏剧性的结合，又决非戏剧性的厮守终生的？在我母亲的追悼会上，年近八旬的父亲，又谈及母亲将为其改错别字攒下的钱，留给他做出行“打的”的专用款，再度放声痛哭……

是文学，让我父母结合！而且这本身足以构成从土地革命直到国共政权易手的中国近代史的一部分。我想永恒的文学和特殊时代，组成一条多么惊骇而又壮美、能使他们永远都挣脱不开的无形纽带……

仍然也许是文学，是时代，抑或是爱情，也许更是中国妇女数千年来墨守的伦理和妇道，使父亲没有费大气力，在50年代末，就让母亲自己放弃了上海户口，抱着我这个原本可以向全中国人优越感十足地说“阿拉是上海宁，侬拉是外地宁”的一岁孩子，投入了三门峡水利工程那“火热的”生活中。仿佛活在东方的巴黎——上海，就不是毛泽东所欣赏的有出息的作家，就写不出诺贝尔文学奖的作品；而被红色荡涤之后的上海之生活，仍旧还不那么火热；三门峡水库工程，根本不曾需要一个英文基础好的那个年代少有的“速记”人才，一个民族资本家的三小姐，一个一岁多孩子的母亲！那里只需要激情和狂热。那时的母亲，是否有怨言，我无从知晓。但从父亲后来的只言片语中知道，她刚到河南时，面对风沙和钢筋混凝土以及土豆，着实是哭过几场……但那又有什么用呢？上海有太多的东西，三门峡没有；三门峡有太多的东西，那时在全国都绝无仅有。她没有离开，不是不想走，而是这里有她的丈夫，有她的儿子与从一而终的妇道……三门峡大坝上有风沙，有铺天盖地的“大跃进”和火热的生活，也有炙手可热的政治运动。但是，已经够沉默寡言、谨言慎行的母亲，还是一不小心犯了“政治错误”，被有关部门关进了禁闭室。于是，一岁多的我和我那个“陈莱英，小姐派，一天到晚把个眼镜带”的母亲，就立即尝到了白公馆铁窗的滋味。在我后来的人生中，再不曾有任何牢狱之苦，但在人类的历史上，我的入狱资历，早得很少有人比拟。因为，那时我的牢饭，是母亲的乳汁，而母亲的牢饭，通俗地说，就是给犯人吃的狗食……

在河南三门峡的一年之后，母亲产下次子，我的胞弟，这就是后来靠流行歌曲和主持节目红遍大江南北的“孙铁嘴”。胞弟孙国庆出世生不逢时，那时的中国正值三年自然灾害和人祸，苏联人紧着逼债，共和国中原大地上，饿殍遍野，千里赤壁……坚韧的母亲遍体浮肿，举步维艰，竟为一瓶从苏联专家处求来的牛奶，脚步蹒跚地来回十几公里。那种一步一喘气，坐坐走走，腿上一掐一个坑的挪步，让日后的我们，不管对母亲怎样的回报，终将自责仍旧远远不够……

作者的外公——上海民族资本家陈吉卿先生

后来，多少个亲人与朋友的聚会上，有人再提母亲真是一个不折不扣的大家闺秀，她那淡淡的莞尔一笑，似乎是在排斥着一种不太友好的揶揄。仿佛是在分辩和抗争："大家"是说得上的，闺秀？没有这命！外祖父从卖水果到办工厂，发大财的时候，恰逢她出世。于是，外公认定，陈家财运是她带来的，她就是财神。从此，宁波人那客人来访家宴上女孩子不准上桌的规矩，便在母亲儿时的满地打滚中宣告废除。母亲在外祖父结发之妻亡故后迎娶二房的婚礼上，看到过民国时期的大名人：黄炎培和上海滩赫赫有名的"白相人"杜月笙，但她却极少提及。倒是时常和我讲述自己的生母，是如何勤俭持家、朴实敦厚、善良助人的。唉，母亲呵母亲，您总是那样的沉默寡言，不善辞令，连自己的家世，竟对自己的长子都藏得那么深……深得直到美国约翰·霍普金斯大学皮博迪音乐学院决定给我全额奖学金，因没有赴美的保人而急得不知所措之际，您才悄悄地给在华盛顿的堂兄写信……您是被"文化大革命"那随时都会因"海外关系"审查和批斗，以及"里通外国"的罪名，吓破了胆惊坏了魂呵！可是您忘了，以您的淳朴、认真和老实，在"文革"中，使"军宣队"竟破天荒地让您出任革命专政队的队长。他们当时肯定是喝高了，竟然忘了您出身于一个资产阶级家庭，是一个永远要被无产阶级改造的对象呵？可见，淳朴、真诚和厚道，在任何时候都能胜于各种政治运动的规则，还有那最难读懂的人心……

倘若没有陈毅的大军占领上海，倘若没有我父亲这样的军人睡在马路上，倘若没有“南京路上好八连”，倘若没有“华东文化部”，倘若没有我父亲在行军的路上孜孜不倦地背诵《康熙字典》，倘若没有《红楼梦》和托尔斯泰与巴尔扎克，倘若没有解放初期上海文化界的周末舞会，还有我父亲双手紧紧地抱牢我母亲的大衣，用农民子弟兵的目光专注地盯牢舞池里我母亲的“莲花舞步”，那么，他们最终的结合，纯属子虚乌有……但是，历史从来就没有“倘若”。

作者与母亲在一起

与后母的不睦，让我母亲很早便结束了“钟鸣鼎食”的生活，早早地唱起了：解放区的天，是明朗的天……共青团的徽章早已磨旧，资产阶级的家庭出身，让她永远止步于“中共党员”的门前。大家闺秀不能做，共产党员不让当，那么能留下的只有是“阿拉是上海宁”了。“上海人”是什么？中国的“犹太人”，节俭、现实、计较、认真和讲究！

母亲的节俭，表现在一日三餐的用粮用菜精确计算。我常常在饭菜不够吃的时候大发脾气，母亲向我平静地说：隔夜的饭菜吃了不好……

母亲的实在体现于，无论父亲和我对体验到的事物是怎样的夸张和“忽悠”，她只是淡淡地问道：你的歌剧合同签了没有？母亲的现实更在于，我无论去何地买菜、购物，回来后，她总是好奇地询问：买的人可多？母亲的计较是：儿子给钱，她去购物，找回零钱，如数写好，连同收据、发票和字条完璧归赵……母亲的认真极是可笑。一日，夜，她发现枕下的五十元钱不翼而飞，楼上楼下一通好找。我怕影响她休息，便在她枕下放入一百元钱。凌晨，她又推开我的卧室的门，推醒我道：这不是阿拉的个钞票……我愠怒着道：我不这样做，你怎么能睡觉？……后来，钱在床缝里找到，她才放心，认真地将钱还我，笑着说：老了，什么都寻不着了……她的讲究更是奇妙，卫生间里有她专用的脸巾、脚巾和澡巾；床前桌上，有她专门摆放的各种药物和茶杯，以及糖尿病人专用的胰岛素注射器；吃饭时，不管多么干净的餐具，食用前她依旧不厌其烦地再用餐纸擦拭一遍……那年，我和弟弟双双考入中央音乐学院，有人说：小小省城，一家共两兄弟，一届考入中国最高音乐学府，他们的大舅子肯定是院长……母亲听后，莞尔一笑，自言自语道：让侬拉去说……说完，便又投入她的工作：将桌上一字排开的个个红包里，放入仔细数好的糖果；随后，平静地放进手提袋中，慢慢地走出家门，从容地迈向单位……

母亲胆小。70 年代中期，我和弟弟随父母去淮南煤矿下放改造。父亲与矿工下井挖煤，母亲在“掌子面”上为工人发放矿灯。入夜，大同煤矿矿井的警报器一叫，母亲就两眼发直，神情冷得叫我胆寒。又是一夜，母亲急促地推醒我，说床下有人。半醒的我，汗毛倒立，趴在地上，用手中的电筒向床下照去，一双闪亮而无辜的眼睛，正友善地与我对视。原来是我养的一只老母鸡钻进了床底……母亲沉着。60 年代末，一群被人指使的红卫兵，半夜冲进我家，抢走存折和其他，强行扭走我的父亲。他们稍后返回，我母亲拉着我和弟弟藏进公共女厕所，才躲过一劫……后我们得到通知，父亲被人痛下黑手，已在省立医院外科病房深度昏迷。母亲领着我们，奔立于父亲的床前。我以为头上缠满白色绷带的父亲已没了呼吸……事后，母亲彻底放下尊严，破例向邻里借钱送父亲赴京告状……

母亲身上也有“软肋”。无论我日后留学欧美何等的风光和荣耀，孙国庆唱得名满天下、踌躇满志，母亲总是乐在心里，对外人却很少提及。

作者与赴美探亲的父母在巴尔迪摩唐人街中餐馆合影

当同事朋友对她说：老陈，你的两部最伟大的作品，就是你的两个儿子。于是她便笑得无比彻底，随后便认真地说：到阿拉屋里厢漆碗……

母亲很少有眼泪。但是当她一提及自己的父亲，就会暗自流泪。母亲的床前一生中只有一个人的照片，那就是我那个一辈子都令她谨小慎微的外公，她觉得自己，一生都欠了这位永远默默地注视着她的老人，至于欠了父亲什么？她似乎永远无法说清……

……躺在病床上的母亲，被癌扩散的病痛折磨得不成样子。化疗后的母亲，腹部鼓胀，全身浮肿，头发蓬乱，常常呕吐不止。每一次我去看她后，在走廊上都要全身发抖，默哭不已。并发症和癌扩散，将母亲的五脏六腑，搅得乱七八糟，她都能强忍着没有叫出声来。但呼吸的困难和心脏的饱受压迫，让她一经护理的翻身，就双目圆睁，随着急促的呼吸，轻轻地喊出：我的天呐，我的天呐！……母亲可以忍受几次手术给她带来的刀割与伤痛，就是不能忍受喘气的窒息和心脏的慢摆与压迫……母亲的生命也有过回光返照。那天，母亲室外的阳光明媚得令人齿寒。母亲斜靠在床头，一脸的慈祥和幽默，小老太太满头白发，神采奕奕，温暖之极，美丽之极……我坐在她的身边，握着她的手，像一只又回到她身边的小绵羊，款款地问道：妈妈，您觉得今天怎么样？她微微一笑：还可以……随即，就将目光投向极远的深处。我又问：您还做梦吗？她点点头后，缓缓地说：每天清晨，就有一个黑衣人，对着我的耳边说：跟我走吧……猛地，我的心里一沉，知道她已经什么都明白了。因为那时，她已经不再和我说要回家了……

在我生命的跨度中，年龄不足三十便远渡重洋，留学欧美，深造歌剧；真正重归故土，已近二十个春秋。这段岁月中，以往健康、丰腴的母亲，虽依旧风度翩翩，文质彬彬，但已是一个患糖尿病多年的小老太婆，每天得靠各种药物和餐前注射胰岛素过活。母亲的老态和病状是，说上半句话的时候，下半句就忘得接不上来；想要去做什么，到了地方，又不记得该干什么。但是，我的歌剧合同和团里演出的日程，她却记得十分清楚。母亲与我，从我孩提直至成年，几乎没有电视剧里和生活中应有的母与子那般经典的亲昵和慈爱的动作与感情交流。但每当我偶患感冒和小疾，母亲总是将药和水端到我的床前桌上逼我服下。有一次，我去文化部拜访一位同学，临离开时，发现口袋里的钱不够回程，便向其借人民币二十元。回来后，将此事告诉母亲，但我却又常常忘记还钱。于是她便一次次嘱咐我给同学还钱，不依不饶。从此这事便成了我的心病。我从小到大，错事不少，她对我从未厉声指责，但只是淡淡几语，我的额上竟有细汗沁出。我不止一次告诉母亲，我在外国唱歌剧的生活，是多么的枯燥和寂寞。她默默地听完后，总是轻轻地说："讲完了吧，好，去吃饭吧！"我在北京的所有重要演出，只要她去看过，好的，她什么也不说，顶多一句感叹："那……开玩笑了……"不甚好的，她欲言又止地说："好好保护嗓子，这是吃饭的家什。"……于是，我明白了，这场演出必定不咋地！我的每一部小说，每一个剧本写出，不论优劣，她的点评总是那么寥寥几语："怎么讲呢，比好的差，比差的好！"但是，当我把台湾联合文学出版社出版的长篇小说《黑蝴蝶》给她阅后，她脱口就说："这是中国的《茶花女》，假如拍成电影，好看！但，你是揭露阴暗面的，在中国，难！"前年，刚写完打印出来的歌剧剧本《成吉思汗》给她看完，她高兴地说："是个好剧本！典型的凤头、猪肚、豹尾，观念新，想象力丰富……有的地方虽跳跃性太大，这不要紧，只要好看……"沉吟了一会儿，她又缓缓地说："你爸爸说你的唱词，假如是抄袭别人的，会吃官司……"我的天呐，在我几十年的创作生涯中，这是母亲最高的评价。而我的父亲的点评，更让我吃惊和匪夷所思。怀疑我抄袭别人？简直比婊子从良还难……母亲见我神态怪异，淡然一笑："我和你爸都老了，跟不上时代……你，留过洋，演过很多歌剧，不要怪你爸爸……他对你……唉……士别三日，当刮目相看了！”母亲的这番话，不仅肯定了我在文学上多年的苦苦求索，更加坚定了我的信心。实际上，直到今天，我对自己含辛茹苦的文学创作，依旧是：花非花，雾非雾……母亲啊，母亲，知儿莫过母。您知道我自小要强，自尊心更强，每每对我总是点到为止。我天分不如孙国庆，我悟性也不及孙国庆，我的才情比不了孙国庆，我运气更是不及孙国庆，可您应该实实在在地告诉我，我不是一个聪明的孩子啊，就知咬碎了牙地刻苦。但您倘若告诉了实情，我不会怪您，因为对谁，我都不服。可是您总是那么郑重地对我说：“孩子，你不笨，”……但是，我过的、求的依旧是个苦。不如我的人都成了，为什么就我不成？这时，母亲眼里，那种罕见而犀利的光，又直着射进我的心里，她几乎是咬紧牙关地对我说：“您怎么就没成？只要你一上台，就换了一个人……有的人啊，那叫有眼不识泰山！”我的天呐！每每母亲的这句话，立即就让我从一个懦夫，又重回一

作者青涩的文艺虚妄时代

个壮士，一个英雄，一个伟丈夫……

公元2008年12月19日上午10点，我刚刚走进了山西樟村煤矿矿区，弟媳何宏的电话就来了：孙禹，你母亲今天上午走了。……她的后事你放心，有你父亲和我……一时，我不知所措，仰望天空，心里一片空无。我记得那天孙国庆也在外地电视台做节目……一个因为平凡，才显得更加不凡的母亲；一个因为平日里沉默寡言，而又有千言万语来不及说给丈夫和两个儿子的母亲；一个每一次生产，都因胎儿过大，而不得不进行剖腹产的母亲，一个从不讲大道理，自己就是道理的母亲；当她永远闭上眼睛的时候，亲生儿子竟然不在她身边。倘若没有她在进入深度昏迷前对父亲的嘱咐，“儿子忙是好事，不必天天来看我……”假如没有母亲这番话，我将终生不能饶恕自己！

公元2008年12月26日凌晨，在西方是圣诞节，在中国是一个领袖的诞辰，在凛冽的寒风中，在驶往长城脚下凤凰岭墓地的灵车上，按中国人的传统惯例，由长子，双手捧着母亲的骨灰盒，一路替她老人家送行……我怀抱着那个镶嵌着母亲遗像的檀木骨灰盒，心里宁静而温暖得出奇。因为，儿子怀抱的是他最爱，最崇敬，最最懂得他的母亲……灵车驶进山区的小道，不远处的大山和墓地渐渐进入视线。不知怎地，我忽地又看见了母亲病床上枕头旁的那份旧报纸《作家文摘》。倏地，怀里的骨灰盒，便由弱渐强变得滚烫起来。于是，我和在病床上的母亲的对话，穿过时空和阴阳之界，又一次开始：

母亲：这次演出，你去哪里？

我：山西、樟村煤矿……

母亲：你们老板去不去？

我：假如没有急事，瞿团长一般都去。

母亲：一看瞿弦和的面孔，就知道是个好人，像个弥勒佛……

我：他是我的恩人。

母亲：你进团时，答应过人家以团里的工作为主。

我：是的。

母亲：你要信守承诺。

我：妈妈，您放心，我是个男人！

……

当父亲将一盒最好的奶油蛋糕，放在母亲的墓碑前，嘶哑着嗓音哭着说：老陈……生前你有糖尿病，医生不让你吃蛋糕……现在……你可以尽情地吃你最喜欢吃的东西了……老伴呵，我和孩子们走了……好好休息……明年清明……我们再来看你……

当我们的灵车在山道上转弯的时候，一阵寒风刮倒了母亲墓前的花圈……我想，那是母亲舍不得我们离她而去的呼唤。此刻，余光中的诗句，再次走进我的心里：长大后，乡愁是一方矮矮的坟墓，我在外头，母亲在里头……于是，我泪流满面，在心底里痛哭不止。

写于2009年清明节

童话与水

上个世纪，某个“兵戈之象”的夏日里，我在母亲的腹中，被热得数度昏死过去。朦朦胧胧之中，常常梦见凉爽宜人的蔚蓝汪洋。未出世前，便仇恨夏季。从那时起，水，便是我最渴望亲近的东西。母亲经剖腹产后，最终产我于上海一家英国人的医院。我落草时的哭声嘹亮，惊得医生护士面面相觑，疑惑这个十余斤重的婴儿，体内带有一件匪夷所思的响器？他们压根不曾想到，这个与生俱来身怀响器的婴儿，后来成了一个游历世界歌剧舞台的低男中音歌者……我来到人间的哭喊，一半是对酷暑的控诉，一半是对温柔水乡的渴望……初做父亲的爹，屁颠屁颠地奔进上海长宁区派出所去给我报户口，仿佛一有闪失，他的大头儿子便会被东海龙王收了去。户籍警问他，你的儿子叫什么？父亲一下呆住，剩下的事情，就是再次一路狂跑，重又回到妇产医院……当我父亲气喘吁吁地站在我母亲的产床前时，我的命名便在他的挥汗如雨中，更没有经过我的同意，便被草率地一锤定音了。从此，大禹治水的“禹”字，不仅成了我生命的永恒符号，而且永远使我无法出人头地。于是，我命中注定，将要去治水。可我命运中的“洪水猛兽”和无尽的人生水患究竟是什么？直到今天，我依旧在执著地拷问自己……

也许是父亲对长子命名时的一念之差，抑或是他这个河北冀南平原上的农民的儿子对缺水的极度恐惧，或是对人民大救星金口玉言的顶礼膜拜，即有出息的作家，应该到火热的生活中去。于是，父亲怀着对宗教似的神圣，教徒似的虔诚，用红得发烫的宣言和语句，轻而易举地将不满周岁的我和我那资产阶级出身的母亲，连同后来价值连城的上海户口，一同放逐到那个狂热和尘土飞扬的河南三门峡水库的工地上去了。然而，让人百思不得其解的是：与父亲同在一个党小组的大作家刘知侠、吴强和傅雷却无一跟进。

多少年后，母亲驾鹤西去。我和父亲，一对光棍，小老头和老老头，在酒后的一次灵魂对话中，对面无父子：当年，你忽悠俺娘放弃大上海的生活和户口，去河南三门峡，母亲就没有半句怨言……父亲慢慢道来，语无伦次：那时候的人单纯……她是资产阶级小姐出身……渴望改造……父亲说完之后，显得无比遗憾，那是一种永远失去了补偿机会的遗憾……是呵，母亲是简单，简单到了父亲说什么她都信；是呵，母亲太可怜，可怜到为了改造世界观，将华东文化部的工作头衔、红木家具、打蜡地板、周末的舞会连同柴可夫斯基的《天鹅湖》和上海“红房子”的鱼子酱和罗宋汤，彻底做了个了断……这就怪不得，在后来的日子里，父亲对母亲那无微不至的照顾和呵护，显得那么的具体，原来他是在偿还……

孙氏父子三条合肥文化汉子于家中合影

随着西去列车的一声长长的汽笛，斩断了卧铺车厢里，我这个终将要去治水的婴儿，那些还来不及展开的上海梦幻。节奏明快的车轮沸腾，撩动着悬挂在走廊上，我那洗了又洗、晒了又晒的尿布“万国旗”。长江过了，是平川、绿地、黄河和沙塬。直到今天，我都无法揣摩和想象，当我们全家初抵三门峡水库的那天，我父亲还剩下多少豪迈？我的母亲还有多少梁山伯与祝英台似的甘之如饴、小布尔乔亚的文学浪漫？而我这个仍在襁褓中的“大禹”，除了尿布和骚气冲天，又有什么能耐治理住我那“混沌”之中的“洪水泛滥”……

高峡出平湖时，我的治水就是尿炕。建设工地上，我父亲的激扬文字生生化作了他那“团委书记”在工地上体力透支的劳作。母亲的文字编辑和为不时前来工地视察中央大员的速记，使她在“大跃进”的红旗下，彻底地满足着与工人打成一片的踏实感。大坝合拢时，父亲写下他日后再也不曾有过的锦绣文章《三门峡的灯光》、《高空婚礼》等。而母亲却因和保姆不睦，被告入狱，审问、检查、牢饭、蛇虫老鼠，让原本就胆小的母亲，痛感“改造”世界观此等炼狱，稍有不慎，便会前功尽弃。而我，这个别无选择的命运使臣“治水禹王”，却在母亲的怀抱中，一边吸吮着乳汁，一边聆听着三门峡水声的拍岸，无端地将自身的“水龙头”，喷洒得遍地水患……

物质的大坝即将竣工，精神和信仰的大坝终将筑就。母亲虽遇不公，但仍旧无怨无悔。“改造”这个悬在头上的达摩克利斯魔剑，将她从那时起，便锁定在一个忍辱负重的怪圈中，一生动弹不得。父亲终日仿佛浸泡在狂热的桑拿浴里，舒服得一不小心，就唱翻身道情。而我这个咿呀学语的雌黄大禹，最大的治水成就，便是在澡盆里，仿佛一条孬鱼，将身边方圆之间的江河湖海，搅它个地覆天翻……多少年后，每每聆听父母亲对那时三门峡建设火热的生活描述，仍觉得荡气回肠，混凝土、搅拌机、红旗招展、人声鼎沸、口号震天、劳模辈出，英雄的事迹直上九重天……

那时的工地上呵，除了激情豪迈、锣鼓喧天，还有同志加兄弟的“达瓦里西”，还有“斯巴希巴”的温情问候，更有手风琴中的“喀秋莎”与精确的图纸、先进的设备和技术，以及比“伏特加”烈酒更浓的中苏友谊……

就在“大跃进”的热烧进入沸点，三年自然灾害的人祸天灾悄然而至，兄弟之间又突然翻脸。撤回专家、收回图纸、运回设备、限期还债，使尚未竣工发电的三门峡水库，多少英雄豪杰用勤劳汗水浇灌的水利枢纽，在瞬间休克和冬眠……多少年后，每当家中有当年老水利的朋友登门造访，我这个图有“禹王治水”名称、绝无实际作为的彪形大汉，唯有在一旁闲坐、聆听。父亲以一个农民作家的文学才华，巧舌如簧。于是，我的眼前便闪过一组组刻骨铭心的画面……在工地与住地的短程火车上，父亲身着风衣，瘦骨嶙峋，双手紧紧地搂住一只铝制饭盒，用体温暖和着盒中的那一份一口便能吞进的红烧肉，意志坚定地目视前方。

前方有什么？有他那三月不知肉味的妻子，以及他那命中注定要根治水患的儿子——大禹……，在回首那段水利生活经历和三年自然灾害时，父亲的叙述是那般的凝重和庄严，少了许多文学上的空灵和飘逸，多了许多的悲壮和淳朴……那时的父亲，将一只浑圆的大小尺寸标准足以达标去偿还老大哥外债的苹果，带着自己的体温，放进我手中，注视我躲进他那挂着的风衣之后，才慢慢移走视线。我在风衣中，狠啃猛吞，连同果核彻底食净，重又复出。多少年后，在我的记忆中，父亲对这个情节，仍旧千百遍地复述，不厌其烦。而母亲由于有了“压迫”劳动人民而锒铛入狱的“污点”，继而在工作上更是燃脂继晷、胆小谨慎。已是两个孩子的母亲，除了哺育后代，常要深夜掌灯、校对文稿、整理报告、精确速记、形成正文。某一日，正在开会，母亲由于营养不良，便在众目睽睽之下当场晕倒……领导出于关怀，出于同情，特批一箱特供苏联专家的牛奶，旨在让母亲滋补，但每天只许取奶一瓶……母亲每天往返十几公里取奶，把牛奶留给孩子而自己一口不喝的坚忍神态和全身浮肿的病容，让我每每重温此事，都会热泪盈眶……

公元 1959 年 10 月 1 日，母亲在三门峡工程局医院产下次子。那个后来唱红大江南北的歌星孙国庆，日后终将成为电视名嘴的超大婴儿，不仅让母亲的肚子上又挨上一刀，而且在建国十周年举国同庆的日子里，一出娘胎，以歌当哭，震惊四座。父亲再次屁颠屁颠冲进工程局的产房，这次他决定不再犯未及给儿子取名便去报户口的低级错误，并在欢天喜地中，早已胸有成竹……当抱着婴儿的护士，见到他的一瞬间，劈头一句：你家的小国庆生出来了……于是，父亲便在啼笑皆非之间，确定了孙家二小的这个飞来的绝妙命名。中华民族似乎比世界上任何一个民族更在乎给孩子命名。而孩子的名字，隐喻着长辈的学识、经历、阶级、家族以及迷信和祈福等多种潜意识因素……一个小护士，在那个特殊的日子里，不经意的一个善意的命名，似乎奠定了孙家二小今后的辉煌人生。而我，一个在父亲情急之下的指定，便在冥冥之中，了却了我一生别无他恋，唯有对水一往情深的宿命。难道不是吗？孙家二小的名字带有人气节气，举国同庆呵，岂有不呼风唤雨、祥云环绕、逢凶化吉之象。而我，一个“禹”字，不禁注定要治水为本，终身苦役！然而，孙国庆的出世却生不逢时，那赤地千里、饿殍遍地的三年自然灾害，让他出落得头大身小，活脱脱一个斯皮尔伯格好莱坞大片中的外星人：ET。在他童年的印象里，最美的饱食就是，用水将面粉煮沸，河南人谓之的——甜汤……

三门峡大坝虽饱经忧患，最终还是开闸泄洪，发电供能了。在人们苦涩的欢庆中，在中国水利工作者咬紧牙关的尊严里，我的父辈们创造了我们这一辈人都将永远仰望的奇迹。

就在那时，母亲的姊妹从上海来信，中心意思是：三年自然灾害，是结棍，阿拉上海，大米还是有的漆哦……这时的母亲深刻地沉默了。再回上海已是天方夜谭，户口都走了，便被那座生她养她的城市从根本上抛弃了……然而，大米，这个被江浙人视为“生之根本”，完全与你虔诚的改造不改造世界观、出身不出身剥削阶级都没有关系……它是风俗，它是习惯，它是童年，它是思念。北方人，不吃大米，照样能活它个地覆天翻，南方人没了大米，终生都会抱憾……

父亲在再次选择定居之地的时候，竟多了些实际，少了些豪情。安徽省文联作协的一纸调令，将他定格在安徽有江南、大米比河南多的基点上。至于有没有“火热的生活”，能不能做一个“有出息”的作家，都比不上让妻儿能吃上大米更重要了。欠了人家的东西要还，欠了妻子的，一辈子都会良心不安……

临离开河南三门峡水库时，几岁的我，英雄主义综合征发作，竟在通往大坝的公路上，莫名其妙站在路中间，双手大张，拦截了几十辆装载数吨重的翻斗卡车，在混混沌沌之间，既没有任何胜利者的快感，又根本不存在什么恐惧和死无葬身之地的危险感。尽管我那时的“壮举”，至今仍被我父亲提及，但对此完全没了印象的我，竟百思不得其解，那时，我为什么会那么干。现在看来，我自小身上便蛰伏着一种大禹精神强迫综合征，否则，童年的那次拦截行为，将无从解释……

南去的列车又是一声汽笛破晓，我们全家的迁徙，再次被送上尚未可知的人生旅途。硬卧的车厢里，那一条条略带尿臊味悬挂着的“万国旗”，不再是我两年前的“治水”招幡……在车过黄河大桥的时候，滚滚的浊浪，神秘而充满了诡异，使我有一种模糊、浑浊的失落与伤感……这时，在母亲怀抱中的弟弟突然醒来，不哭不叫，仿佛一个成人，坚定地大声说道：我要喝黄河的水……孙家二小斩钉截铁的豪言壮语，让车厢里的人四座皆惊，那时，大凡有过水利工作、大坝体验的人，终生都不会忘记，那黄河第一坝三门峡水库的精神标签就是：圣人出，黄河清……

多少年过去，父母已是古稀之年。三门峡工程局第N代领导，邀请我们全家重返大坝水库参加庆典。孙国庆当着数万观众，一曲带着黄土味的

《篱笆墙的影子》，唱得万众欢呼、鱼跃水颤……我因赴美演出歌剧，错过此事，终生抱憾。事后，我问母亲：当年你在三门峡工地上，生活艰难，很不习惯，现在想来，是否后悔离开上海？母亲沉吟半晌，平静答道：开始不好，后来就惯了……少顷，母亲双眸发亮，情绪振奋：假如国庆不生在三门峡，他的歌声绝不会像今天！……

定居安徽合肥后，虽是江南，又有自古以来闻名遐迩的芜湖米市，但那时的日子，过得依旧凄惶。冬天没有暖气，离开炭炉不久，手足都会长出冻疮，先疼后痒，龟裂后，伤口便像婴儿的小嘴，流着鲜血冲你微笑；而每年夏天，酷暑难耐，无处躲藏，我往往在下午时分，精光着身子泡在一只大木盆里戏水，发泄着对这兵戈之象的愤怒。老天爷见天褥热得太不像话，便天降暴雨洗涤人间。于是，整个庐州府便是大泽汪洋、一派水城。接下来就是淮河告急，长江告急，洪峰叠至，抗洪抢险如火如荼……惊得中南海里的伟人领袖发出号召：一定要把淮河修好！于是，从安徽两淮之间、阜阳地区、河南、四川等地涌来的灾民，搭篷而居，饿毙街头者比比皆是。今天，生活在摩登大都市者，缺钱、无房、无车之人，难以与如花似玉的大姑娘喜结连理；那时的男子，不管是否残疾，一百斤全国通用粮票，就能娶回个黄花大闺女。看来，人的生存价值取向，大多时候，不是尊严，民以食为天！

多少年过去，淮河的事是否已办好了，我不得而知。只知道父亲和母亲定居在省城合肥之后，一个是省文联的专业作家，一个是《安徽文学》的小说编辑。那时，大跃进、大办钢铁依旧在江淮大地上如日中天，父亲常常撇下妻子与两个未成年的儿子，快马加鞭地驰骋在“火热的生活”中。一会儿是响洪甸水库，一会儿是界首农村，一瞬间又是佛子岭、梅山水利大坝，激情满怀，欲罢不能，似乎要将家里窝藏着的少年治水大禹的全部天职，一股脑地办完。当父亲终于写出了轰动一时的散文《梅山渔火》后，我才知道，立志水利文学创作的父亲，那是在体验生活呵，仿佛活着就没有生活，抑或身边的生活，压根就不能体验……

回首当年，我这个定居于合肥的少年大禹，虽目睹感受了洪荒似的人祸“文化大革命”的炼狱，仍旧徒有其名，但我对水的向往和迷恋，却与日递增、丝毫未减。六七岁时，第一次去省体委游泳池初试，竟冲着深水区，一头扎入……那时情景，至今依稀记得，蔚蓝的池水里，水泡浮扬，各种胳膊和大腿，纷繁复杂，脑袋、眼睛和鼓胀的腮帮，络绎不绝……就

在我狂喝池水、窒息难耐之时，父亲的一位同事，一个猛子扎入水中，将我这个徒有治水虚名，入水只能呛水的大禹，活活地像一条死鱼般地捞起……从那以后，我对于水和蔚蓝色的大海、湖泽，除了眷恋和向往，另一种全新的感受不禁油然而起，那就是无法预知的恐惧和空灵无边的神秘……然，人不轻狂枉少年，省体委的深水池并未将我变成一个溺死鬼，却教会了我游水。我的那个年纪，调皮捣蛋、无恶不作。只要是在想象力所能及的范围内，我们都将坏事做到了极致。偷鸡、摸狗、装神、弄鬼，夜袭邻里、打架斗殴，骑着自行车，满大街将陌生的花姑娘追得鸡飞狗跳，直到中学初三，所学的英语还只有一句：我是你爷爷的爷爷……时常将文联大院的守门大爷、和尚出身的陈老爹，用“鬼吹灯”、“僵尸叔叔”搅得夜半三更，迷糊着眼，光着个腚破门狂吼、破口大骂……

今天想来，那时的疯狂和病态，不仅仅是因为年幼无知，更多的是那个被“文化”革了“命”的年代，父母下放、秩序大乱、人将不人、国将不国……

对酷暑的仇恨，被夏日的煎熬，也加深了我对水泊对湖泽有一种挥之不去的依赖。于是，离省文联大院几公里之遥的包河，便成了我的福地。因为那有黑脸包公的衣冠冢、包公祠，有夏日里开不败的粉色莲花，有直升机似的虎皮蜻蜓，有浑浊泛绿的水泊，有泛着白肚被热昏的鲤鱼，崖岸边的泥洞里蛰伏盘绕着歹毒的水蛇、憨厚的黄鳝和狡猾的螃蟹，还有一架早已锈迹斑斑，不知哪个朝代就戳在那里的十米跳台。于是，游泳和戏水，便成了我最具有才华和想象力的“狂野”。狗爬式学会了，我就敢去掏蛇；蛙泳学会了，我就敢潜水捉鱼挖藕；自由式掌握了，我就敢仿效《水浒传》中的浪里白条，按住比我水性好平时欺负我的大个儿，憋他个呛水抽筋、深水求饶……十米跳台上，我一边小便失禁，一边哆嗦，还是完成了第一次的闭眼瞎跳；潜水几十米的比赛，弄得满嘴青苔水草，眼红如炬；岸边泥洞里的捉鳝，被水蛇闪电般地咬住中指，鲜血和污水并流……当这一切都不再刺激的时候，我们中间不知是谁，家住军区，偷来雷管炸药，在一个“锄禾日当午”的光天化日之下，将数根暗黄色的“竹节”拉开导火索，成就感十足地扔进池塘……轰轰隆隆的礼炮声中，浪花狂舞之间，无数银白色的大小鱼类，连同荷叶水草、污泥浊水、河虾蟹鳖，欢天喜地跃上空中，天女散花般地又洒落水里，眼花缭乱叫我终生难忘……放眼望去，漂在河面上一派银色的鱼尸中，夹杂着各种水生植物和动物的躯体，洋洋洒洒，蔚为壮观……然而，接下来的事情便是，鱼的飨宴我不曾享用，派出所的班房倒是躺了两个星期，梦里全是对鱼的大快朵颐……这就是我自落草以来，从少年进入青年时期，并享用“大禹”名号之后，最为豪迈和辉煌的“治水”成就。倘若没有“文化大革命”，倘若没有父母双双频繁地离家出走，去农村、工厂接受工农兵的改造，我的这段历史和此种大禹治水壮举，将被改写。然，“文化大革命”，大人不打砸抢，小孩不野如狗，知识分子不下炼狱，何有“文化大革命”？谈何“史无前例”……

“文革”后期，父母最后一次下乡改造。经过一番缜密的思考，他们最终决定送我们兄弟回河北巨鹿老家度日，一是那里有我叔叔婶婶看管，二是作为一个农民的后代，也算是去完成一次并不刻意的“寻根”。在后来的日子里，父母被安徽淮北农民改造得如何，我不得而知。但巨鹿县孙河镇老家的孙氏宗族以及祖祖辈辈，在那遍被盐碱、干旱、蝗虫、地震灾情，蹂躏了千百年的土地上，传宗接代、香火秉传的生命历程及恶劣的生存环境，多少年后，竟让我写出一篇踌躇满志的万言散文《我的农民清轩叔》；并使我从根本上破解了，父亲为何以“大禹”为我命名的“悬念”……

据《尚书》记载：巨鹿始于五帝唐尧之世，是五千年前唐尧禅位与虞舜的地方，它因地处广袤的大陆泽而得名……可见，五千年前，我祖先的发祥地，竟是一个水泽汪洋、鱼肥草美、鸟语花香的丰润故里。但不知为甚，到了今天，却因地脉的嬗变，气候的游移，逐渐地被一个“旱”字，牢牢地圈禁在大地沙化、十年九荒的饥渴之中。尽管我那孙氏宗族嫡亲中，一代又一代人远途打井汲水，历尽千辛万苦，愚公移山似的义无反顾，但在那时，我眼前的盐碱沙地，一经风吹，仍旧固执地将尘土撒进锅里碗里、灶台炕上。无疑，寻水与打井，便成了孙河镇男人们一生中约定俗成的使命。于是，我便在迟到了十年的长篇散文《我的农民清轩叔》中，记叙了他们命运的悲壮抗争……

二十多个春夏秋冬逝去，那时我已在美国深造声乐有年，有一次在华盛顿的一位朋友家聚会，不料竟与《老井》的作者偶遇。关于乞水，他的故事简直让我振聋发聩。于是，我的眼前幻化出一组组任何一个当今世界的大导演根本无法想象和组织的电影画面：陕北黄土高原某地，一队扶老携幼、外出百里打水的队伍，在烈日炎炎之下，担挑肩背着各种盛水的器

皿，步履蹒跚、挥汗如雨，渴得嘴唇开裂，却舍不得轻易喝上一口肩上的浑水……这支队伍走着走着，他们的身后，便扬起一道升向天空的“黑烟”。过往的马帮、商旅定睛细看时，这才发现，那一道纪律严谨、浓重如墨的“黑烟”，竟是一队鸟类组成，为了抢喝一口人们肩背上的凉水，它们不惜长途尾随不辍、累死途中，以命相抵……可见，对于生物，大多时候，干渴比饥饿更要性命……在巨鹿孙河镇老家的那段，“人怎么可以那么活着”的日子里，由于“水”，让我对父亲强加于我的命名“禹”字，似乎有了不少“顿悟”。但是，真正让我彻底释然的却是前年重回老家，从一位县广电局长手中“文取武夺”得到的一本发黄的《巨鹿县志》得以参透。翻开这本洋洋万言厚重古朴的县志，卷首大事记的古代部分跃入眼帘：

夏：约公元前21世纪至公元前17世纪初，大禹治水，疏通河道至于大陆……

嘉靖三十二年（公元1553年）大水、饥馑、人相食……

康熙四十四年（公元1705年）大旱六个月，方始下雨……

嘉庆十七年（公元1812年）连岁荒旱，野多饿殍……

光绪四年（公元1878年）3月，日赤无光，18日雨雹，28日黑风昼晦如夜。是年冬12月13日，未刻地震，逾数复刻复震，后微震……

共和国的1966年3月8日，5时30分发生的6.7级邢台巨鹿大地震，震倒房屋1184059间，砸死1543人，重伤3974人，轻伤8572人……3月26日，国务院副总理李先念，代表党中央、国务院来县慰问灾民……4月1日下午4点30分，周恩来总理乘直升机，到地震重灾区何寨看望灾民……10月5日，地区钻井公司来县，先后打深井7眼……1967年10月5日全县5150名民工，参加治理北里河工程，于次年5月中旬，两期工程完成土方976954立方米……

一部《巨鹿县志》，简约而凝重地记载了我祖祖辈辈，在那片多灾多难、世事沧桑的土地上的生存正史。沉得让我难以喘息，纷繁纵深使我虚脱失重。但是，父亲呵，您还是不能用那么沉重的“禹”字为我命名，大禹是谁呵，是神，是拯救苍生的救星。而我是谁呵，一个有血有肉，七情六欲并存的普通男人……独自活着都已是疲劳之至了，何谈天降大任、治水救命？

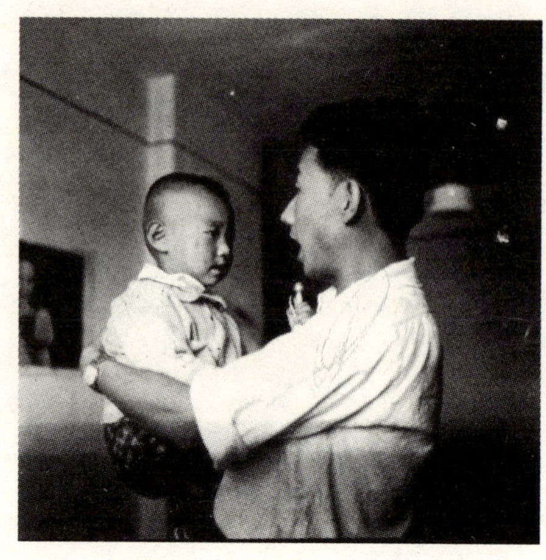

父与子

“文革”结束，改革开放的福祉，让我们兄弟同时迈进中国最高音乐学府的大门。父母的欢悦和慰藉，证明着他们含辛茹苦缔造我们的全部理由和先见之明。在孙家二小终日陶然迷醉的大提琴旋律中，我在坐声乐牢狱，视唱练耳犹如酷刑，钢琴共同课备受煎熬；只有阅览室里每期的文学杂志，才能像安徒生童话中美人鱼一样让我心旷神怡……因为那时，声乐和歌剧并不是我的最爱，而文学和戏剧才是我的艺术女神。大学临近毕业时，我们组织了一个艺术实践小分队去湖北演出，在葛洲坝上，竟生平第一次看到洪峰裹挟万物的震撼场面……

那难忘的1983年的夏季，又是一个“兵戈之象”的炎炎酷日里，当那洪水猛兽般的第一次洪峰，从宜昌市三峡出口，南津关上游约三公里处，裹挟着无数个人尸、兽体与各种物质，冲着那个将泥沙沉积，将长江分为大江、二江和三江的葛洲坝，如一头脱缰的野牛，一路疯狂撞击而来的时候，我们正和父亲于坝上体验生活写作，坐在院里有几棵橘树的住处品茶闲坐……瞬间，警报四处响起，犹如日本人的轰炸机来袭，我们顿时被惊得全体呆在原地。父亲手忙脚乱，起身奔出院门，复又返回，放声对我们大声喝道：大家都呆在这里，一个也不许出去……说完，影子一闪便没了踪迹。那时的我，虽对洪峰水灾毫无概念，但毕竟深知水火无情的道理。直到深夜，我们吃喝拉撒依旧，除了忧心，一切故我，但仍不见我父亲回转。焦急之余，数度从床上爬起，走出院门，每逢从抢险前线回来的人，不分男女长幼，劈头就问我的父亲在哪里？只见所有的人都蓬头垢

面，泥浆满身，脸上似有笑意。但他们竟无一例外地答非所问：放心吧，没事的！葛洲坝是长江第一坝，结实着呢……凌晨时分，我在睡眼的朦胧之中，看见父亲脚蹬胶靴，浑身污垢，泥人一般悄然进屋，拧开台灯……少顷，从卫生间传来的洗浴之声中，竟断断续续地飘来了我极熟悉的“翻身道情”……数日过去，若干次洪峰过后，大坝上险情趋缓，分洪的效果和功能，令国人和外国人皆叹为观止。于是，我们被父亲和工程局团委的领导，带上横跨大江、二江西坝和三江，共长2200米的葛洲坝坝顶巡视。当依旧湍急的滚滚江流，从西陵峡为首的三峡江口一路涌来，进入我的眼帘之后，那般的天门中断楚江开、不尽长江滚滚来的壮观和霸气，使我呆傻词穷……身边的团委书记那郎朗的介绍声，震得我耳鼓刺痛：葛洲坝水利枢纽工程，是我国万里长江上建设的第一个大坝，是长江三峡水利枢纽的重要组成部分，在世界上也是屈指可数的巨大水利枢纽工程之一。水利枢纽的设计水平和施工技术，都体现了我国当今水电建设的最新成就，是我国水电建设史上的里程碑……然而，我的注意力却被那从上游一路随波逐浪而来的人尸、兽体、各种家具、房顶、树木与车辆等各种大小不等的物质紧紧抓住，须臾不放……那些溺死的还有许多站在漂浮物上依旧活着的生命和无数的灾民财产，最终撞击在大坝的泄洪闸口之后，一瞬间里全部消逝在万道水帘和彩虹之中……在我们的演出小分队即将离开葛洲坝的前日，父亲的长篇散文《当惊世界殊》在《长江日报》上全文刊出，竟占了文艺副刊的整整一个版面。但我却在从宜昌驶往芜湖的长江轮渡上，双眼发直，回首大坝，灵魂仿佛早已从魂窍中飞走。我万万不曾料到，猛兽般的洪荒之灾，竟有这般无敌的暴虐和威力，竟会让人永生难忘，谈水色变……也许，水利和大坝，就是这个洪水猛兽的缰绳和克星。更加让我印象深刻的是：所有被水溺死的人，男人一律头冲水里，女人一律仰水而躺，因为男人肩宽骨重，女人胯沉肩窄……

大学毕业不久，我便被出国的大潮席卷而去。在那约二十年间的西方游历中，虽感受过世界各地的江河湖海，我却无暇重温与水的缘分。因为西方世界的水患与梦幻，都有那些蓝眼睛、高鼻梁的“洋大禹”们管着，与我这个兵马俑似的“华夏大禹”无关。我只要治理好声乐和歌剧世界里的疾流险滩，便已是极大的伟岸和成就了……

洞中方三日，世上已千年。近二十年异域的文化流浪，从西洋歌剧取经之后，当我再次重返故土时，早已物是人非，一切都要刮目相看了。我在首次成都之行的经历中，竟意外地邂逅了名满天下的都江堰……

在几十年未见的师兄、旧日的军旅男高音钟胖子陪伴下，我们驱车从始发地驶往成都平原西部的岷江之畔。原本的终极目的，并不是冲着都江堰水利工程，也不是专去祭拜当年的秦蜀郡太守李冰父子，而是去参观钟胖子在那文物古迹众多、两岸风景如画的都江堰山坡上承包的墓地，开辟的陵园。钟胖子在中央音乐学院进修的时候，与我师承一个教授，那时他的男高音圆润、脆亮，除了腔调中带有浓重的“川江号子”味、巴山蜀水的辣，在音色音质的天赋上，只要继续努力，最终也不会输给意大利热那亚的世界高音之王帕瓦罗蒂。但他在后来的日子里，却罢唱经商，不知怎地，他想到了都江堰附近的风水宝地——文物古迹众多的伏龙观、离堆公园、灵谷寺、二王庙周边的寸土寸金，承包墓地……但是，当我们抵达都江堰时，钟胖子却意外地没有直接带我去看他的事业，竟仿佛一个老到的导游，将车直抵水利之今古奇观——都江堰，详尽介绍着其来龙去脉……他那一口感染力极强的“川普”，让我忍俊不禁、如痴如醉：都江堰水利工程，由创建时的鱼嘴分堤、飞沙堰溢洪道、宝瓶口引水口三大主体工程和百丈堤、人字堤等附属工程构成，科学地解决了江水的自动分流、自动排沙、控制水流量等问题，两千多年来，一直发挥着防洪灌溉作用……钟胖子此时的风采和神态，绝对一个不折不扣的水利专家：都江堰水利工程充分利用当地西北地势高，东南地势低的地理条件，依靠江河出山口处特殊的地形、水脉、水势因势利导，无坝引水、自流灌溉，并使堤防、分水、泄洪、排沙、控流等作用相互依存、共为体系，确保了防洪、灌溉、水运和社会用水等综合效益的充分发挥……钟胖子对李冰父子这举世罕见的水利神来之笔，如数家珍、侃侃而谈，让站在一旁的我佩服得五体投地。而此时，钟胖子的叙述之声亦更加慷慨与传神：两千多年前，当都江堰建成之后，成都平原再无水患，沃野千里，那座屹立在江心的鱼嘴分水坝，把汹涌的岷江分隔成内外两江。外江排洪，内江引水灌溉……从此，水旱从人、不知饥馑、时无荒年、谓之“天府”……钟胖子似有神助的表述，使我沸腾地畅想和不尽地感怀，仿佛插上了歌声的翅膀，撩得我胸中波涛汹涌，激浪滔天……遥想公元前256年，战国时期的秦国蜀郡太守李冰父子，是何等的天赋与奇思妙想，率众打通玉垒山，引水东去，开凿宝瓶口，修筑江中分水堰，雕塑水中三人石像，测定水位，以竹篓拢石截流，钻凿离堆，埋石马于江中缔造淘滩标志等等，不仅开创了中国科学水

利之先河，而且，在人类历史的长河逝去了2500年的今天，仍让世人醍醐灌顶、匪夷所思……几个小时过去，钟胖子全然不顾口干舌燥，又是一路山道，带我走进二王庙时，玫瑰色的夕阳，已将都江堰的古迹、山脉、村野、炊烟，连同树丛和草滩，目光所及的一切都“层林尽染”……面对李冰父子那高大和神采奕奕的石雕像时，我不由得在一个蒲团上双膝弯曲，长跪不起……为了这一对2500年前的大禹，为他们那“无坝引水”的巧夺天工；为中国古代史、世界文明史中的水利天才；为司马迁《史记》中的“水旱从人，不知饥馑，时无荒年；人谓天府”；为了直至今天，都让人叹为观止，现代人类水利科学都无法企及、盖世无双的“生态工程”；为李冰父子福泽一方、功在千秋的丰功伟绩九叩三拜……又是数年过去，更让人不可思议的是，举国震惊的四川汶川大地震过后，我在绵阳获悉，离震中极近的都江堰水利枢纽，竟吉星高照，安然无恙。我在惊诧不已之际，不得不叹服，这世上果然有神灵！这个神灵，就是那对千百年来，让后人景仰和香火祭祀世代不绝的李冰父子……

不管我未出娘胎，便认定与水有缘。还是我人到中年，仍被自己命名暗喻着有终生“治水”的使命。尽管我几十载的人生旅程，足履所及，亲历体验了华夏故土那无数的江河湖海、汪洋大泽：黄河、淮河、长江、澜沧江、三门峡、葛洲坝、都江堰、响洪甸、小丰满、镜泊湖、苍山洱海与青海湖，抑或是故乡当年刘邦与项羽问鼎中原、破釜沉舟的垓下之战，都不及后来我遭逢的长江三峡大坝和峡谷一线天巫山的云雨，更使我痴迷，让我至今疑惑，我所感受和目击到的一切，到底有多少的真实，又有多少是梦幻……

三年前，经一位朋友推荐，应重庆市委宣传部的邀请，赴约参加“重庆建市十周年大庆”开幕式的艺术策划，我终于等到了一次“众里寻她千百度”、亲历三峡大坝的机会。从北京飞往重庆领命的时候，在飞机上，我竟有些惶恐，因为刚刚海归不久的我，对三峡大坝，对重庆这个旧时的“陪都”，今日的移民大城，共和国的第四直辖市，从根本上知之甚少。就在我下榻的宾馆里，市委宣传部的一位领导看望我时，我还仍是对时下重庆市那个盛大的政府行为“为赋新词强说愁”呐，更谈不上有什么别开生面的创意。几天住下来，重庆市容的摩登和高楼林立，以及人流如织、风尚的时髦和美食叫我大开眼界。尤其是入夜后嘉陵江两岸的灯光阑珊，珠光宝气，更透着一种直逼香港的霸气。然而，这一切都又能奈我几何呢？

一个应有着民族个性和审美趣味的中国大都市，一味地复制攀比着西方列强几百年来营造的不夜城之光怪陆离，到头来只能伤了自己的元气。而我，这个在西方大都市里见惯了纸醉金迷的炎黄子孙，庆幸自己近二十年过去，仍旧能守住自己的生命价值观……就在我抵达宜昌航空港的子夜，我仍旧徘徊在惶恐的犹豫里……是日中午，一辆从巫山县旅游局派来接我的桑塔纳小车，搭乘着我，踏上了至今都让我魂牵梦萦的三峡旅程。一路上，陪同我的一位旅游干部对我说，小车只能送我们到三峡大坝附近的码头后返回，后面的路只能乘船一路水行了……今天想来，他那车上的一句：一路水行的话，对我后来的大小三峡之旅，是何等一种“罄竹难书”呵！

美国休斯敦饭店泳池里的父子“出水芙蓉”

当我的身心和双脚，终于得以迈出梦境，踏踏实实地踩在三峡大坝总长3035米的钢筋混凝土之上，我一瞬间便被视野中的一切深深地吸引住。但放眼这个一路逶迤、横跨两岸的悬崖绝壁，拦腰截断江流，横立在西陵峡中段，整个工程包括一座混凝土重力大坝，泄水闸，一座堤后式水电站，一座永久性通船闸和一架升船机，并由大坝、水电站厂房和通航建筑物三大部分组成的大坝全貌，感受着这个饱受争议，总工程历时18年之久，水库长远600公里，最宽处达2000米，库水面积达10000平方公里的峡谷形的水库，我似乎没有预料中的激动难抑和浮想联翩。我甚至觉得，

眼前这个世界上最大的水利枢纽工程，完工之后年发电量可达1000亿千瓦的庞然大物，在“两岸猿声啼不住，轻舟已过万重山”的万仞峭崖之间，颇显孤独。这个位于长江上游与中游的交界处，地理位置得天独厚的水利枢纽，虽可以解“荆江”洪荒之险，确保江汉平原、洞庭平原之粮库、棉山、渔海、鱼米之乡最为富饶之沃野千里。上可以渠化三斗坪至重庆的河段，下可以增加葛洲坝以下长江中游航道枯水季节的流量，充分地改善重庆至武汉之间通航条件，极大刺激长江上中游航运的发展。但在我的眼里，并不是想象中的车水马龙、锣鼓喧天、人流如织、彩旗纷扬。虽然，在长江三峡中建造大坝，早在1919年孙中山先生的《建国方略之二——实业计划》中就已有具体设想；1932年，国民政府建委会首次派出一支上游水利发电勘察队，经两个月的勘探测量，形成方案；1944年，美国垦务局总工程师萨凡奇又漂洋过海，几到三峡实地勘查后，提出“萨凡奇计划”而倍受政府青睐，蜚声一时；1950年国务院长江水利委员会正式在武汉成立；1955年初，在中共中央、国务院直接领导下，专家、学者、地方诸侯各方大员，反复论证、实地勘察，多次科研、试验后，终于在1992年4月3日七届全国人大五次会议《关于兴建长江三峡工程的决议》形成红头文件，一锤定音，从而结束了从领袖到平民，从专家到工人，从学者到农民，从外国人到中国人之间，剪不断、理还乱，究竟“该不该”在长江三峡上造大坝，那持续了一个世纪的争论不休……下午的斜阳，沐浴在我脸上，温柔地轻吻着我的双眼，想着三峡工程600公里的淹没区，以及库区蓄水高达185米之下大量的文物古迹：涪陵白鹤梁、忠县石宝寨、丁房双阙、云阳张飞庙、丰都鬼城、奉节白帝等，别无选择地全部葬身在这一派汪洋之中……三峡大坝呵，你还不该沉默和显得寂寞吗？除了那古刹、栈道、墓群、龙脊石刻、大昌古镇，还有那些已被列为世界濒危动物名单，国家一级保护动物，我国特有珍稀水生哺乳动物淡水豚类白鳍豚、中华鲟等其他名贵水生动物，被江中爆破作业炸死，误入水闸绞死，轮船螺旋桨击毙等等，能不让国人扼腕叹息吗？至于那些生于斯、长于斯的名贵植物、珍奇药材，如荷叶铁线蕨、川明参、疏花水柏枝等，本来就数量极少，种源有限，分布狭窄，虽有的并不受淹没的影响，但公路的修建，开山炸石的泥土流失、地质损坏，各种与大坝工程有关的建设设施，都难免不让这些草本植物难逃厄运……而更为严重的是：三峡大坝的建成，还将突显旷日持久的百万移民问题，国防安全等诸方面的问题……然，老百姓说得好：没有舍，哪有得？在造福苍生，根治水患，功在千秋，国家的利益高于一切的抉择面前，三峡大坝毕竟是几代国家高层领导人，无数专家、学者、能工巧匠们集体的智慧，科学的论证，实践的真知，务实利民的国策。她毕竟是为了工程规模、科学技术的综合利用效益，集发电、防洪和航运为一体，而且对建设长江经济带，加快我国经济发展步伐，提高我国的综合国力，实现跨世纪经济发展的战略方针，作出了难以估量的贡献……三峡大坝呵，你难道还不应该为自己的伟岸和孤傲而感到自豪吗？……当我再次重新审视眼前这个宏伟壮观，一百多年以来，让全世界为之瞩目，为之喋喋不休，每一个国人都深感自豪的银灰色庞然大物时，我觉得自己在一瞬间显得对水利知识，是那般的苍白与无知。

自三峡大坝附近的港口登船之后，便顺水而下，开始了我人生中首次的长江大小三峡的梦幻之旅。当即，我就被两岸那令人叹为观止的景色，牢牢地钉在了轮船的甲板上，难以自拔……这个有着1500万年的历史，7000多年的文明积淀，奔腾流泻600多公里，东起湖北宜昌市南津关，西至重庆奉节白帝城，由峡谷和宽谷相间排列，庙南、香溪、大宁河三大宽谷间隔而成的西陵峡、巫峡、瞿塘峡之华夏瑰宝，让世代的文人、墨客、豪杰、枭雄、伟人、竖子呼唤了1600多年的三峡绝景，顿然让我感到空前的词穷、无奈与空泛。望着两岸鬼斧神工、猿声不住、刀刻斧凿、百鸟啼鸣、峻峭耸立的山峦险峰，脚下那碧绿如黛、滩多水急的西陵峡，我深感匪夷所思。它们以幽深秀丽、乱石崩云、蜿蜒翻腾、劈凿峡涧、悬棺嵌崖而著称……而缔造着“曾经沧海难为水，除却巫山不是云”的巫山峡，神女峰更是令人自始至终置身于梦幻之中……而瞿塘峡的水段，江流直至水雾缭绕的夔门关，而赤甲、白盐两山那海拔千米的遥相呼应，在船笛长鸣中，托举着两岸那栈道逶迤，紧束着滔滔江水，汹涌咆哮地穿过夔门南岸的梅溪河大桥，一路欢呼着去拥抱，坐落于白帝山顶之上的那座西汉年间，白烟袅袅的白帝庙古城……

伟哉壮哉的长江三峡，早已被秦汉的使臣，唐宋诗人，当代的文人墨客描绘得无以复加，语不惊人死不休地绝顶精彩了。今我等凡人鼠辈，不肖子孙只能哀声嗟叹，仰望膜拜、俯首称臣……西陵峡口，唐代诗仙李白一曲“朝辞白帝彩云间，千里江陵一日还；两岸猿声啼不住，轻舟已过万重山”之绝唱，让古今中外，还有谁能唱出如此空灵简约的山水灵性；气贯长虹的地域典藏；五千年文明历史的厚重底蕴？……

俱往矣，巫山峡的峰顶，那依旧多情的鲜活的神女，不仅牢牢地守住了当年与楚怀王的梦中约定，更是见惯了滚滚长江东逝水的风韵与绝情……竟让我这个半调子文人，一边吟唱着唐代诗人元稹的千古绝句“曾经沧海难为水，除却巫山不是云。取次花丛懒回顾，半缘修道半缘君”，一边还浑然不知云雨和巫山，除了是男欢女爱的图腾，竟还是江峰和地域的谓称。还有那个“茅屋为秋风所破歌”，一辈子穷困潦倒的诗圣杜甫，一番豪饮之后，寥寥几行对瞿塘峡的诗句，便吓退了今天用摩登时髦的高科技电子网络产品，武装到牙齿的浩荡墨客文人大军……“瞿塘峡口曲江头，万里风烟接素秋。花萼夹城通御气，芙蓉小苑入边愁。珠帘绣柱围黄鹄，锦缆牙墙起白鸥。回首可怜歌舞地，秦中自古帝王州”……自唐宋元明清，从三皇五帝到如今，华夏的历史长河中，每一个朝代的覆灭和崛起，演进与蜕变，都必然地涌现过后人难以超越的人文高峰，但为何只有在唐宋两代的人世沧桑中，才能派生出那般历朝历代都只能高山仰止的诗词与文化之巅峰？即便是唐宋时期的政治、民生、文化、商贸与秩序，再怎样繁荣与昌盛，又怎能与今天现代化的科技、信息、教育与交通等比拟。那么，究竟为何，今日的人文觉悟、道德修行、美丑准绳、善恶价值的取向，竟会如此的错位与迷茫……倘若一个国家的传统与人格品质，由于今天的高科技所带来的先进生存质量，而使一个民族千百年来积淀和蕴藏的文明传统与人文精华萎缩和退化的话，那么这个民族的精神大坝，道德的库存，人文的典藏，传统的血脉精华，到底还能守住多少？留住几何？

……从三峡大坝一路水行，终于完成了在三峡我那多年渴望的梦幻旅行。回到重庆的旅馆，孤灯下，铺开稿纸疾笔书写“策划书”的文字时，灵感泉涌，才思敏捷，似有神助。那一路沿江直下的地名：秭归、牛肝马肺峡、兵书宝剑峡、官渡口、天坑地缝、八卦图、石宝寨、丰都鬼城、白鹤梁、奉节白帝城……不仅让我惊叹不已，更让我叹为观止。不知是巴山蜀水的人杰地灵，造就了先人们为自己世代相传的根须之地，在命名上的自然天成呢？还是那一个栩栩如生、形象具体而鲜活的江畔小镇，从古至今就早有了的约定俗成？

几日之后，大作完功。在市委宣传部召集的评估会上，我的策划书竟让所有领导、专家、学者兴奋不已，掌声雷动。但终因观念超前、造价不菲而胎死腹中……

在重庆飞往北京的飞机上，我怀着一种难以名状的心情，再次从窗口向身下的巴山蜀水，投去了最后的一瞥。瞬间，我的胸中涌荡起一派交响乐般的汪洋大潮。我仿佛看见，那个在滴翠峡江水一线天的悬崖绝壁上，那间兀立孤独的庙宇楼阁小屋里，晨钟暮鼓，青灯黄卷，面壁苦读八年，一鸣惊人，状元及第的巫山县乡绅之子；我还看得真切，那个我名字的化身“大禹”，又在一段激流险滩上，蜕变成一只力拔山河、气盖世的狗熊，劈山开道，滚石成堤……我还看到，在一个叫北川涂县的地方，一位妩媚、贤惠的狐仙与蓬头垢面、双目如炬的大禹，天地跪拜之后，产下一子，名曰：启……我还似乎看到浸泡在江水深处的大昌古城、温家大院，那纯朴的祖遗厚德，那数百年世代昌隆……还有那位于三峡西口，蜀主刘备托孤于诸葛亮，李白诗中的“白帝城”。更有那：阴曹地府、昭然若揭、开肠破肚、五马分尸的惩恶扬善的奉节鬼城……

飞机再次升空，我的灵魂便扶摇直上，变作了那个十月怀胎大禹之妻狐仙乃聚变而成的顽石之后，轰然炸开，横空出世的“启”。我的肉体幻化成大禹肩上的襁褓，随父行色匆匆，蓬头垢面，趾甲断裂，一路治水，义无反顾……

而今天，又是一个“兵戈之象”、炎热酷加的夏日里，当我写完这篇名曰《童话与水》的万言散文时，我竟再次几乎被流火似的褥热，殚精竭虑的疲惫，蚊虫的叮咬，折磨得数度昏死过去。就在我的“文字产儿”刚刚脱离母体分娩的一瞬间里，我仿佛一下子顿悟了父亲为我命名“禹”字的禅意。“大禹”，就是芸芸众生对神话的千古绝唱与寄托，而现实中的大禹，必欲先治好命运中的大水之后，方能成就疏通和澄清尘世中的浊水污泥……而今天，在这个童话匮乏的社会里，人们渴望童话，正是因为童话里的世界纯粹和干净。而万物苍生，倘若一旦离开了水的滋养，顷刻之间，就会命之不存，福之焉附?

子在川上曰：逝者如斯夫，不舍昼夜……

人生如水，水如人生……

我的农民清轩叔

我的叔叔是一个农民，而且农民得地道。他既不像时髦的新派农民，会发电脑“易妹儿”，脚踩进口轿车油门，满世界不着家门去谈生意做买卖；也不像一辈子足不出村的旧式农民，忠厚保守，自私胆小，逆来顺受。清轩叔是那种曾经走州过府、能说会道、聪明过人的农民。一辈子面朝黄土背朝天的日子，使他的晚年变得木讷和迟钝。我大约有二十多年不曾见他。听我父亲说：他依旧头顶白羊肚毛巾，时常叼着个旱烟袋。家里有电灯不常用，有椅子不常坐，高兴的时候就蹲在了上面。至今，他还是用很重的孙河镇土话和人招呼问安。见到邻里他说：“你揍嘛来?”（你干什么）见到乡党他说：“逮不逮?”（好不好）他中年丧妻，孩子远行。我竟不知他可续弦? 冀南平原的黄土和风沙，经年累月的辛勤劳作，在他脸上和额头上留下刀刻和斧凿般的皱纹。早年的饮食粗劣，使他依旧时常打着浓烈的地瓜干和高粱面窝头的饱嗝，那种冀南平原上标准的农民式饱嗝，在我的记忆中，一如昨日一般新鲜。从照片上看比我父亲年幼不少的清轩叔，像是我父亲的长兄，一身合体却不合身的篮咔叽布干部制服，加上一顶白羊肚毛巾，又将他拽回既永远盼着彻底翻身，又逆来顺受的典型农民气质中。

早年，我父亲也是农民。单从名字而言，我父亲的“清月”似乎比叔叔的“清轩”，来得更农民得彻底。当我父亲告别面朝黄土背朝天的命运，跟上了“咱们的队伍”，清轩叔就做梦了也想不到他俩的境遇，在后来几十年的传宗接代中，竟有了天壤之别。我父亲跟着邓小平的队伍走，他怀揣一部《康熙字典》。清轩叔恪守千古遗训：“父母在不远游”，手里拿着个开荒的镢头。行军的路上，我父亲和尚念经般背诵生字，清轩叔双手牵牢我奶奶的衣襟，在孙河镇的黄土路口，带着希望的无望，向广袤的原野深处远瞅。我父亲打着腰鼓，扭着秧歌随陈毅的部队走进十里洋场——上海。清轩叔躺在土炕上，在梦中吟唱："麻屋子，红帐子，里面躺着个白胖子。"父亲在外滩的街头买了个香蕉，不剥皮上口就咬。清轩叔的娘问："快过年了，你最想吃什么?"清轩叔坚定地说："罗生!"（花生）我父亲唱着《喀秋莎》娶了我那"阿娥，把阿拉的衣裳打一打"的母亲，清轩叔却亲手将刚从花轿里向外金莲轻挪的新娘子那猩红的盖头掀起来。父亲听着俄罗斯大歌剧《伊万·苏萨宁》，打完了嘹亮的呼噜后，又捧着他那《康熙字典》走进了北京城的"中央文学讲习所"（即今天的鲁迅文学院)。清轩叔努力了半天，还是闹不清是巨鹿县城大，还是邢台地区小?当我的父亲为了把水写得传神，将我那资本家小姐的母亲"骗"去河南前，庄严宣告"三门峡水库里，有整个上海都吃不完的鲜鱼"时，清轩叔在油灯下，伟大无比地当选为河头村生产队长……两个农民儿子的命运，便这样清晰地被人生的路划分开去。他们准确的定位是：一个是城市户口，享受商品粮待遇，身份：国家干部，头衔：作家。而另一个，就节省了很多方块文字：贫农。然而，我那童心不泯的老父亲呵，真的因为有了作品和头衔，便从"农民"这个在我血脉中，世代相传的字眼中脱胎换骨了吗？于是他在欣赏儿子演唱西洋歌剧的录音时，拼命将音量放到极限。我说："爸，没文化的人才把声音放得那么大!"我父亲就以惊世骇俗的幽默说："声音小了，我怕吃亏。"面对父亲绝顶的幽默，我分不清到底这是农民与生俱来的过人的智慧呢，还是曾经可以背熟《康熙字典》的父亲，他那知识分子式的大智若愚?

清轩叔守着存在了几十年的黄土小院，依旧经常蹲在门槛上，双手捧着大海碗，稀里哗啦地吞咽着豆制的杂面时，父亲就高高地坐在了美国首都华盛顿大学东方语言系的讲台上。不管父亲是否情愿，当看到自己在录像带中的尊容和情态时，就豁达又不失调侃地说："尽管我西装革履，正襟危坐。但怎么看，还是个农民。"这时的清轩叔，信也不来，就搭上火车去人走屋空的合肥城千里寻哥。投亲不遇，叫他蹲在我家的门前好一顿的哭泣。我那农民透顶的清轩叔呵，让他对故乡和家园的苦恋，自断了他对大千世界的苦恋和向往。父亲了断对故土和家园的依恋，使他获得了更广阔的生命空间，以及无与伦比的精神家园。但从我记事起，我总觉得父亲让自己的心灵最恬静和最美好的静养，便是对故土那最深切的思念。于是，我从孩提时代，便悄悄地营造起一个错把孙河镇当景德镇，误把巨鹿当苏州的"世外桃源"。

当父亲领着两个幼小的儿子和流过泪的妻子，离开三门峡水库那尘土飞扬的工地时，母亲就不再哭泣，在驶向安徽合肥的普快车厢里，弟弟带着父亲作家般的浪漫情怀，用咿呀学语的音调高喊：“我要喝黄河的水。”当时的他，当然不知三门峡的鲤鱼（因水深与浑浊，久而久之，眼睛退化）多半都是瞎子。母亲带着那种跟定丈夫走遍天涯海角的坚定神态，沉默不语，父亲望着一切尽在不言中的母亲，就有了中国农民式的内疚和不安。这种不安的内疚，让父亲在后来的岁月中，即使为母亲付出一切，也心甘情愿。

仿佛和命运有约，在我十岁出头的时候，父母又要远行，这次父亲面对远行，显然没有以往的豪情万丈和美好的憧憬。去安徽淮北农村，那个曾经饿殍遍野、赤地千里的盐碱地上，接受贫下中农再教育的现实，使他决定了我和弟弟与清轩叔家有了永生难忘的接触。更想不到的是，在孙河镇的经历，竟影响了我的一生。

清轩叔在一个掌灯时分的傍晚，独自出现在我的眼前。粗布黑衣的自制棉袄棉裤，像是厚重的铁甲箍住全身。白羊肚毛巾扣在头上，使我多少次都想上前试一试他能否真正戴牢。母亲一次次为这个乡下来的小叔子盛满大米干饭。父亲和他这个全家只剩下的唯一兄弟，一杯又一杯地干着古井贡酒。多少次的叮咛，在贡酒的芬芳中无言地溢散开去。清轩叔那标志着我们孙家传人的大鼻子上，开始红光弥漫。那双孙家独有的犀利而有神的小眼睛，放射出任重而道远的深奥。他冲着面前已经是准知识分子的哥哥嫂嫂说：“城里的饭搛是好吃！”母亲歉意地说：“弗要太客气。菜弗多，饭要吃饱。”清轩叔就点着头说：“中！”父亲用和清轩叔酷似的笑容。深切地注视这着他这个“兄妹五人，排行最小，满门忠烈，唯一生存”的胞弟。似乎说什么也是多余。刹那间，我就傻傻地呆住了。这兄弟俩之间，竟然可以长得如此相像！相像得形同孪生……

出门的时辰已到。清轩叔将我母亲交他的盘缠，尽数一张张地卷进他那根本不辨颜色的棉布腰带中。清轩叔吸完最后一烟袋锅子旱烟（用我父亲给他的香烟拧碎后，将烟丝放进小烟袋锅里）后，在千层底的布鞋下磕尽烟灰，气出丹田地说：“哥嫂，大小二小跟着我，你们放心！”

站台上灰暗的路灯，在渐渐晃动的车厢行驶中逐次后移。我从父母挥动的手势中，读懂了他们的满心坦然的信任。黑夜里，我们抵达了德州车站，在迷瞪和困顿的眼睛中，地上和椅中满是横躺竖倒、半醒半睡的人群。多少年后，无论我在电影里和人流聚集处，重温这种人多如蚁的场面，就又看见了那个人满为患的德州车站。清轩叔似乎毫无睡意。让我和弟弟枕着他的腿在椅子上睡，不一会，我却没了枕头。正在四处寻望，一股扑鼻的香味便传了过来，清轩叔手捧两只油黑铿亮的德州扒鸡，乐颠颠地走来。我推醒弟弟，于是我们便狼吞虎咽。清轩叔不吃，他专注地望着我们忙乱，口水下咽时，粗大的喉结上下挪动。清轩叔将另一只鸡用好几层报纸小心裹好后，就告诉我们："德州扒鸡也叫'叫花鸡'，叫花子偷了人家的鸡去了腑脏，就用湿泥包了扔在坑里的柴火里烧。等再出去悠半个时辰回来，那鸡就得咧……"清轩叔那有滋有味的叙述，硬叫我觉得口腹中的扒鸡，远不比他话中的好吃，这时，清轩叔自己就笑了："我小的时候，你爹也带我干过这些，现在他在纸上写字，就不能写这些咧。当然，那是人饿急了才干的事……世上嘛最好吃？就是个饿。"我说："清轩叔，你怎么不吃？你不饿吗？"清轩叔就用眼睛向候车室窗外的黑夜里远看："农民只有回到自己家里才真饥……"我因受不了室里的呛闷，在人们吞云吐雾的烟雾里翻胃地就呕。清轩叔用那只攥惯了镬头的大手，拉牢了我走出门去，一任我狂吐不已，他用那双长满硬茧的大手，不知深浅地拍在我的背上，叫我吐泻得畅快淋漓："吐吧，吐了就中咧。只是可惜了那扒鸡。"从那时我便记牢了，中国人吸烟吸得多么了不起。

从巨鹿县城到孙河镇，便不再有任何机动交通工具。我到今天都记不起是怎样抵达了那个黄土小院，抑或是一架牛车，将我们一路摇着晃到目的地。听说在城里当干部的清月的两个儿子来了，乡亲们便纷纷来看新鲜。那时的农村不比今天，有交通和电视，人们过着封闭的日子，冷不丁从遥远的城里，来了俩孙姓后代，孙河镇便预支了过节的气氛，大姑娘，小媳妇，老汉及小脚老太，顿时就将清轩叔家的独门小院塞满，在卧房里那半屋大的土炕上，坐满了盘腿和蹲坐的。炕头上那盏至今在我记忆里依旧鲜明的豆油灯，仿佛也像是受了热烈气氛的影响，竟燃烧得噼噼剥剥。年轻的婶子，一边猛拉风箱，一边不断在灶膛里添柴，火焰上的那口足够一个班士兵吃饭的大锅里，就有喧闹的声音。灶膛里的火光，明确了婶子脸上的雀斑，使她犹如酒后微醉的双颊绯红。清轩叔忙着从布包里向外拿出城里的糖果和糕点招待乡亲。街坊四邻也将城里难得一见的大红枣和花生，小山似的堆在炕上。我见着一个拄着拐杖的龙钟老太就喊"奶奶"！于是人们连同清轩叔、婶子以及他们的大小子怀品、二小子就喘着气大

笑，笑声中我就知道了，这龙钟老太竟和我同辈。假如她老人家轻易一应，孙河镇上的辈分便将大乱，一位与我父亲年仿的青壮年凑近我仔细端详。他声若洪钟般地说："这大小，活脱脱的一个清月。"我抬头仰望这个大汉，就想起了电影《小兵张嘎》中的武工队员罗金保。这时，清轩叔就让我管他叫爷。我死活的不情愿，让众人更加快活。一位身材袅娜，且有一张鹅蛋脸盘的俊媳妇，襟怀敞开，手里搂着个正在吮吸母亲奶头的婴儿，竟直着走近我，她腾出手来在我头上抚摸着说："这城里的孩子，长的揍是细嫩。"我躲开她的手，低眉敛眼面对众人，多次对人们在称呼上的错乱，竟叫我不知所措。婶子走了过来说："你爹得管她叫八婶，你就得叫她八奶奶。"我一时惊住，双眼直瞪着她口齿，就僵住不会动作。众人就联合起来，合唱般的畅笑，人们的身型，在油灯的投影下，将土墙印上错落有致的森林画面。注视着这个清一色的庞大孙氏群落，我仿佛置身在充满暖色，用血肉筑成的城堡。多少年后，那时眼前的真实，竟在向我隐喻着一个何等神秘的群体意识？一个何等不可思议的生命凝聚力？是什么，将这个和我有着血脉之缘的，巨大的孙姓宗族，一代又一代画地为牢，似乎永远无法挣脱地禁锢在孙河镇，这个方圆不足一公里的狭长村落里……

在农民们的欢声笑语中，弟弟早已没了声响歪睡在炕头的一角，那时的弟弟羞涩、胆小、话少。我乘人们的兴趣已不再聚集于我，便抽空溜进院里。漆黑的土墙四合院，被那高悬的满月照得通明，银色的月光占据了未被遮拦的整个空间。清新的空气渗入我所有的呼吸器官，叫我的全部身心浸泡于一种赏心悦目的欢愉之中。我虽在城里已活过数不清的日子，却从来未有今夜的明彻和宁静。怀品不知怎地尾巴一样就跟在了我的身后，在他划亮的火柴中，我嗅着并不十分排斥的腥臊，随他浏览着羊栏，猪圈里的其他"家庭成员"。那胡子老长却显得年轻的山羊，用半睡而温和的目光凝着我呆看。猪舍中，那头通体黝黑，全身浑圆的半大肥猪，憨态可掬地哼着一曲枯索而不成调的小曲。我走近一个齐胸高的水缸前，抬手就将盖子掀开，一股新鲜清爽的气味便升腾起来。我用手伸进盐水里，就触摸到了满满一大缸的腌萝卜。将肥满圆长的萝卜提在手中，凑近眼前细看，那表皮上放射出的白光，就把清冷、高贵的月光比得萎靡了下去。我指着腌萝卜的巨缸问怀品："这缸萝卜够吃一年的吧？"怀品并不回答我的问题，他指着缸纠正说："这不叫缸，叫瓮！"我望着一脸毋庸置疑的堂弟重复着说："瓮……瓮……瓮中捉鳖！"怀品这时脸上权威的庄严性便垮了下去："你学嘛来？"我不无显摆地说："莎士比亚的……"怀品没等到我说完，似乎彻底懂了，他打断我的话肯定地说："城里的萝卜。"于是，我就终生难忘地傻呆在那里。

屋里的妇女都已散尽，只剩了批我分不清谁是谁的老人。那一张张核桃壳似的脸庞，在我看来如出一辙，我想，他们便是孙河镇的见证和历史。细细听去，他们嘴里的名字，就叫我不得不肃然起敬："清轩，你爹跟上八路是哪年？"清轩叔愣了一下，双眼迷瞪地说："俺哥知道得仔细。""谁的队伍？"这次清轩叔没了犹豫："彭德怀。""国英要是活到现在该是多大的官？"众人思索，怕是说错地在心里琢磨，老汉见没人应答，便自言自语："一准比俺们县的县长大吧？"清轩叔坚定而彻底地说："大！听俺哥说，那会儿就是团长了咧。"老汉们带着对历史不容置疑的权威性继续说："国英是百团大战时负了重伤，叫小鬼子绑在一棵大树上开了膛，又让狼狗给咬死的。"另一老汉用更具史料的考据性说："不对，国英是叫村里的地主告了密，领着日本人抓进县城。先是辣椒水，后是老虎凳。国英硬着呢，就是不招。他是被活活折磨死的。"老汉们对我爷爷的悲壮显然崇敬备至。于是，在我刚到孙河镇不出三天，一天夜里，我由怀品领着，带着满腔的刻骨仇恨，就用几块足以砸死一头小猪的石砖，投进那个也是孙姓的地主家卧房里。老汉们回忆着往事唏嘘长叹，但又都说不准我爷爷牺牲的具体细节和详尽的地点。多少年来，我爷爷这个我从未见过，但仿佛一直活在我梦中的英雄好汉，以他民族的气节和英灵，在孙河镇塑起一座标志着这里地杰人灵的无形丰碑。让他的子孙们永远无法漠视，显示了我们孙氏宗族，在这一方土地中的举足轻重。我记得父亲曾为祖父壮烈牺牲的具体时间和地点，独自北上寻查，回来后，他竟是久久地沉默不语。父亲北去的用心查考，不仅仅是为了自己作品中人物细节的翔实，更重要的目的，是让他的子孙永远不忘自己烈士骨血的确认。在我后来阅读过的大量西方文学作品中，常常疑惑：是贵族的精神及传统的特质，城堡庄园和爵位财产，才使他们的后代具有一种君临一切的傲骨呢？还是他们确实面对民族的危亡，每每曾出手不凡，力挽狂澜？但我深知，在整个中华民族演进的历史进程中，诞生于黄土地，泯灭于黄土地上的无数农民英雄，才真正是我们这个炎黄种族坚实的脊梁和厚重的尊严。

父亲以农民天才的想象力和作家的口才，在一日三餐的桌前，在我行

将入梦之际，将我爷爷的悲情和壮烈，描绘得既平凡又感天动地。叫我生出多少荒诞的想象力和悔恨不能追随爷爷左右的生不逢时。于是，在我学美术伊始，我便梦想有朝一日用油画去刻画我那个骑着高头大马，被卫士簇拥着一身戎装的爷爷，披花带锦，在乡亲们的欢呼声中，抱拳作揖，用刚缴获的东洋鬼子的战利品，犒劳自己的士兵，款待远亲近邻。甚至在今天，每当我在西洋的歌剧舞台上，依旧梦痴梦想，应该有一部让我用强劲戏剧性嗓音，伴着海啸般的交响乐和合唱，去宣泄我对爷爷视死如归的绝唱……

这时油灯下的清轩叔，在众人对我祖先灿烂而崇敬无比的追忆中，印堂发亮，双目炯炯有神。这个农民英雄的后裔，一如我父亲一样，便有了气度不凡、神韵尊贵的光辉瞬间。他全身入定，双眼迷痴，神魂远游，恍若隔世。

人群散尽，清轩叔这才取出用报纸厚裹着的德州扒鸡，招呼全家受用。弟弟在睡中得到一只鸡腿，几乎半闭着眼便疾快地食净，婶子、怀品、二小用手捏住食物吃得万般细心谨慎。那种对稀有食品的珍惜，让我觉得大有一种对“最后的晚餐”的依依不舍。清轩叔吃完他的一份，用嘴舔净十指上存留的卤汁，双目仍是盯牢手指回味无穷。似乎努力在创造时间延留扒鸡入胃时的整个过程。此刻，我口中的鸡肉似乎已失去它应有的滋味。眼前的情景远比德州扒鸡更有品尝的价值和内蕴。我将手中那块没有食净的鸡脯，递给我初见时便敞胸裸肚、敦实寡言的二小后，登时明白了“农民只有回到自己家里才真饥”这句话的全部意义。

在孙河镇待了不足一个月，我便厌倦了一日三餐的高粱面窝头和盐水大萝卜。吃一只鸡蛋便是奢侈，往窝头的圆坑里撒点盐，再点上麻油，算是犒劳了肠胃，牛羊猪肉更是重大节日里的稀罕物。每逢日子过得有些说头，婶子便从上房里用小筐盛出些绿豆和黄豆，去村中央那大坑旁的石碾上碎成细粉，回到家中揉面切条。婶子在灶里填满枯干的高粱秫秸，点上火便风箱轻拉，火苗蹿起。于是，那口足以让一个人洗浴的大锅里，便有了豆油和葱花的香味。婶子那令人眼花缭乱的操作，如同一个苦练不辍的民族舞蹈演员，四肢舒展，身姿飘逸，步履轻盈，如同点豆，转眼间食物熟了，我便端了个孙河镇成人们才配得上的海碗，不知何时练就清轩叔的本事，蹲在大院的门槛上，面对一大碗漂红走绿的汤面，和着热气腾腾和稀里哗啦的伴奏，将头埋将下去。在孙河镇的农民们，用几个鸡蛋从集市上换回半斤灯油的日子里，面对两个终日在城里顿顿大米白面的半大孩子，清轩叔这个“屋里的”，在伙食上也恐怕只能做到用“杂面”来替换红薯面和高粱窝头的饮食变化吧！我常常望着圈里的猪羊，想着城里菜市场上出售的鲜肉，城里人根本不将吃肉当成什么稀罕。不到农村，怎么知道农民把大块食肉看成庆宴，称“杀鸡宰羊庆丰收”。那么何为“丰收”？在孙河镇这个严重缺水，土地贫瘠的方圆千里的土地上，无疑如同天上的彗星一样难得一见。清轩叔领着村里的青壮年，去很远的地方打井取水。那种起五更睡半夜的辛劳，也许是为了珍惜着村中央那个维系着全村人就近取水的“大坑”。我曾仔细观察和品味过，村里的人们关于就近取水，有着不显而易见的“铁律”。尽管“坑”里的水已浑浊得不堪食用，但前去取水的人多是老弱病残。“大坑”里的水之所以金贵，一是可以就近取水，二是到了夏季，它就变成了村里孩子视为“游泳池”的极乐世界。据说“大坑”里不仅是天降大雨的自然盆钵，同时还有孙河镇农民不常见的活鱼。我至今仍替孙河镇人深深遗憾。活鱼——这个对城里人，尤其是对上海人多么诱惑的字眼，在孙河镇农民的眼中却是一种“偏食”。清轩叔有一回经不住我一再详问，就淡漠地告诉我：“农民不喜欢吃鱼。”于是，在我目睹了孙河镇吃鱼的方式后，我就明白了我那远亲近邻们，从不拒绝他们想象中的任何美食，却始终不钟情鱼的独特滋味，孙河镇的人食鱼方式，叫天下人叹为观止。他们只懂得将鱼剖腹剔脏，却不刮鳞取腮。将腥味浓烈的鱼满满一锅，放上大蒜和盐后，便那么囫囵煮熟食之。大有蛮荒之人茹毛饮血的原始遗韵。相形之下，城里人对鱼的重视和烹调变化多端，手段之妙，佐料之丰匪夷所思。冀南平原农民的吃鱼仅是一种填满肚子的过程，而城里人，却把吃鱼当成一种款待“有朋自远方来，不亦乐乎”的宴请。这就是所谓的“无鱼不成宴”。一个多么不公正的现实就摆在了我的眼前，城里人在享用完现代文明的科技发达给人们带来的种种实惠后，将食鱼叫做“尝鲜”。而我那农民的兄弟姐妹们，在遍尝刀耕火种原始的劳作后，将食鱼视为“饱饭”。多少年后每当我忆起村中央那个冬枯夏盈的“大坑”时，我仍旧常常这样发问：这种谁也没有强加给谁的不公正，究竟是人类生存不同空间的环境造成的呢，还是来自人性本体对高质量生存状态的麻木和排斥？面对命运，农民们深刻地叹息着：要是我生在城里……面对挫折和现实，城里人无奈地嗟叹：要是我到了国外……当然，人们并不仅仅只是仰天长叹。于是城里便出现了“打工妹”的群体。

于是西方国度便有了“洋插队”的部落。那些尚未走出一方水土的人们，艳羡着昨天还是自己同类的人们财大气粗，颐指气使。但是，面对这样的“气魄”和大把花钱的潇洒，他们可曾想到这样一个亘古不变的生命命题：付出和收获，永远都是等价的。当那些“打工妹”支付血汗，有些又连同出卖了肉体和灵魂，面对她们的困守于土地上的父老们，她们敢说：我替你们翻了身，因为我有钱了！当那些在异国他乡，受尽了自己都分不清的屈辱后，却仍旧在国人面前显示优越的“洋插队”们，你们敢说：我才是真正的贵族。虽然，世纪的变迁和人类的发展，毕竟将生命的实在意义和真谛搅了个眼花缭乱。但农民出卖了土地，便不再是农民，女儿抛弃了爱情和人格便如同娼妓，知识分子失落良知，便是精神乞丐；而法官忘却了正义，便是助纣为虐。面对今天的纷繁世界，人性在寻找着自身准确定位和返璞归真的机会中，竟是那样的“说不清，理还乱”……

缺水的现实和用水的频繁，使我这个除清轩叔便是整个家庭中最强的劳力，不管以往是否有过同样的经历，都得担起双桶，步行远途去村外深井里挑水。孙河镇冬季的寒风，在一望无垠的原野上肆虐狂发。它在用“呜呜”的单调音阶，述说黄土地上的沧桑时，又像一把把锋利的刀片，刮割着我的脸颊。深井的水甜，不能使啃噬我一个十多岁孩子的肉肩重担有丝毫的减免。那一路水洒、踉跄学步似的窘态，曾让村里的同族同情和忍俊不禁。每一天，我将家中堂屋里那只永远难以充实的巨缸注满，便瘫坐在炕上，一边恨恨地揉搓着肿痛的双肩，一边仇视着从井台到缸前这段叫我气喘腿颤的距离。它在我感觉中的遥远和艰难，似乎是在攀登一座根本无法翻越的高山。

缺水的不易和用水的节俭，又让清轩叔一家人仅用一盆水，常常是洗完食物再洗脸，净了脸面净脚面。在我常常执著的注视下，那盆已经浑浊的水，最终的句号不是画在院里，而是完成在羊栏和猪圈。夜复一夜，当我学着清轩叔的家人，光腚钻入被窝时，那四处皆寒的炕席和油光锃亮的冰冻被面，激得我每每发出几声杀猪似的厉喊。入夜，炕上，从叔叔，婶子，怀品，二小和弟弟一字排开的鼾声，使我彻底理解了什么才是真正意义上的“起五更，睡半夜”。当苍天，将孙河镇的晚上约莫六七点的冬季里，猛地收走太阳的光芒时，城里的恋人们为躲避余下的阳光，已躲进人迹罕至的树丛花前，耳鬓厮磨。而乡下的农民们，为了省油，黑暗中便睡在了赖以恢复元气的大炕上了。在“五更”和“半夜”同样漆黑的土屋里，清轩叔被时隐时现的狗吠和喊声弄醒。他像一个从梦中惊醒的孩子，嘴里叽里咕噜着没人听懂的“兽语”厌烦不堪，于是由远至近的吆喝声更加连绵不断：“清轩，五更了，出村打井去咧……”清轩叔在他那大幅度自我较劲的翻身中，滚屁连连。从肠胃里发出的，混杂着高粱面窝头味和胃酸的饱嗝，叫我终生难忘地施放出来。在这种拿破仑加农炮轰响的动静中，我们用躯体焐暖的炕沿上，那盏油灯便被婶子点亮了。每每我在那稍顿的睡意中思索：清轩叔和他的打井队伍，为什么偏要在这个人们最贪睡的时辰，愤然起身，在清晨的寒风里，去完成一种常人根本不屑去奉行的使命，在这样的时刻，人的生命中，还有什么比睡觉更为贵重，还有什么比中国农民的天条“老婆孩子热炕头”更加诱人呢？孙河镇的农民白日喋喋不休地谈论打井，可是他们终年累月，超乎常人想象的坚毅和勤奋，又能使多少失却科学准绳约束的人工深井中，流出那金贵的甘露呢？闻声即起的清轩叔，用他嘹响的滚屁和酸臭的饱嗝，一次又一次证明着他那从来未间断过的“打井意识”，但我却很少听他形容过井水喷涌着的真正喜悦，那或远或近，断然剥夺了孙河镇人基本生存享受和渴望的人工土井，怎么会那么重要？重要得我从不在乎。那时，我暗忖：也许是生产队长，连同烈士后代这个双料头衔，才不得不迫使清轩叔面对如此煎熬，去恪守一个无告的坚忍和默认吧？但是，后来，当我在德国巴伐利亚州的一个南部小城里，身陷全城供水系统故障，三天断水的窘迫和无助中，就刻骨铭心地体验到了：什么才是人类生命起源。水不仅是缺水的中原农民的命脉，更是他们的福祉和希望。于是，资料片中成千上万农民们长跪不起，虔诚乞天降水场面让我震惊。我父亲穷极一生，用方块字殚精竭虑、呕心沥血对水的痴迷和膜拜，便叫我醍醐灌顶，茅塞顿开。电影《老井》中，那方圆百里的农民为水群起，拼死械斗，陈尸遍野，惨不忍睹的悲情场面，让我浑身微颤……

跟着怀品和二小身后，我和弟弟俨然开始了在广袤的田野中拾掇柴火。那种看似原始和单一的劳作，却在怀品和二小面对小山似的秫秸枯枝那种妙不可言的神奇捆绑动作中，平添了几分灵性。举手投足中，显示了这两个不折不扣的农民儿子，面对这他们别无选择的黄土地，心甘情愿的坦然。在这辽远的平原上，冬天狠狠地教训着我们这两个曾养尊处优的城里孩子。为了抗击严寒，我和弟弟极不情愿地穿上了缅裆裤，戴上了白羊肚头巾。这才发现，用去年秋天收获的新棉花自制成的袄裤，远比城里人

的毛衣毛裤舒适保暖，当我和弟弟扎好布腰带，装束全整后，怀品和二小就乐颠了，他俩围着我们就不住地转着圈子笑："这咋，我们就硬是一样了咧。"我那时，真是好狠地想着清轩叔家里应有一面穿衣镜。我到底要仔细看看，我们俩穿上了准农民的服装，便真的和这两个准农民的儿子，立马就"伯仲之间"了吗？

穿上了孙河镇世代相传的农民服装，我性格中那种农民式的原始野性便露了出来。在一个艳阳天的晌午，我顺着婶子往屋顶上晒辣椒和包谷的梯子便爬了上去。在我将整个孙河镇尽收眼底的瞭望后，就悠悠地觉得是一个不折不扣的"敌后武工队"队员，我像一只灵活敏捷的公猴，从自家屋顶蹿跳到邻家的屋顶上，以手中扫帚当机枪，掌里的红薯当手榴弹，开始向臆想中的鬼子汉奸狂射滥炸。弟弟站在屋下捧着二小般棉袄大敞的肚皮，在灿烂的阳光下笑得鼻涕眼泪一路飞扬。怀品爬了半截梯子，惊恐地张大了嘴就傻在了那里。假想中的敌人，在我这完全是"精神妄想狂"的打击中，身首分家，鬼哭狼嚎。我眼前《地道战》《三进山城》等影片的镜头叠升，竟根本听不见婶子和四邻们的惊呼，在我终于踩漏了一家房顶的泥层时，我被人们的怒吼和眼中一派黑魆魆、赶庙会一般塞满胡同的人群惊住，我诚惶诚恐地从梯子上，一溜烟地滚爬下来，婶子对我怒目而视。她还不及对我呵斥的时候，头上的阳光便被一片阴影遮去，一个足比我高半头的孩子，气愤得青面獠牙。他手里攥住一块泥砖，冲我愤然吼叫："你这城里的王八犊子，踩漏了我家的房顶，我和你拼了！"他高扬双臂，仿佛一只展翅欲飞的鹰隼凌空向我扑来。直到现在我都闹不清楚，我是怎样如狡兔轻闪，单腿轻舒，一下就将他绊了个头撞南墙，在孙河镇农民的土墙上，用头拱了个坑的这个农民的孩子，甩了甩脸上的黄土，吐了一口带血的黏痰，摇摇晃晃爬起身来，斯文地拍净了身上的尘土，优雅地抹去了脸上的血迹，表情极冷静地上下打量着我这个"城里的王八犊子"。围观的乡亲们放松了警惕，望着他那城里读书人似乎才有的洒脱和雅量，我竟一时不知所措。我在无意中铸成大错的心虚中，依旧保持着被再次受到攻击的警觉。我预感这种愤怒之极的报复行为，并不因为暂时的受挫，就这么快让我战斗终止。果然，在人们和我都猝不及防的时刻，一块半大的泥砖，带着绝对的把握和精细的谋划，准确无误地击中我的正脸。刹那间，我眼里的太阳犹如一面巨锣，发出一声强响，化作五彩缤纷的碎片，大地和远天的浩渺空间，似有焰火的金蛇在狂舞，狂放漫散。人群共鸣了一下，就将那孩子群狼扑羊似的拧牢，我啐出口中那溢满的腥甜，猛虎下山一般蹿到他跟前，非常考究而颇有节奏感地一拳拳重击在他的脸上……多少年后，我回想起自己一生中仅有的几次与对手搏战，无论胜负，都远不能叫我重击这个农民儿子后，有一种深刻的悔恨和无法言传的自惭，我踩漏了人家的屋顶，本应自罚，却打掉了人家两颗门牙。孙河镇那么多的街坊四邻，面对我这个失掉理性的城里孩子，连同我婶子，没有一个及时拧住我的大打出手。而那么多和这孩子同呼吸共命运的，农民才配有硬茧大手，却不约而同地拧住了这个农民子弟的复仇之腕。婶子的恸怒，使她的五官极度夸张。她高扬了左手，半天却不曾劈将下来。那孩子的寡母，冷静而执著地走近发愣的儿子，用那双纳过无数鞋底的手，冲着儿子脸上舒展而疾快地猛扇……孙河镇的长辈们在事后裁决这两个大打出手的孩子时，显示了他们绝对的偏袒。他们说那孩："咋那么野性，手黑。"而对我他们却说："瞧不出清月孩子咋那'二杆子'，摔坏了咋办?"而婶子拿着鸡蛋上人家家里，领着我去赔罪时，那孩子的寡母依旧对我慈眉善眼。两个女人在厢房里的对话，叫我永生难忘和抱愧。

"她婶，真对不住咧。"

"啥事也没有，都是孩子家的，闹着好玩。"

"是俺清月哥的大小子，踩漏了你家的屋子。"

"屋子漏了补上就中咧。那孩子可是不能打。"

"打又咋咧?"

"就凭他是咱清月兄弟的孩子!"

这时，我就明白了，婶子那时高举着的手硬是落不下来。我的泪水就涌了上来。是我那烈士爷爷的幽魂，让我独享了孙河镇人对我的宽容呢，还是我那少小离家，识文断字的父亲真的让人敬重得如此这般?以往，我只知道农民的另一个名字便是：狭隘和从不吃亏。今天，这个生于斯，长于斯，每一家都和我远近沾亲的农民群体，竟有着一个并不轻易抒发，但远比许多城里人要博大的胸怀。多少年后，我父母都已近古稀之年，重回我父亲老家时，那个曾被打掉过门牙，怕已做了爷爷的"孩子"，冲着我母亲微笑着，指着他那个几乎无牙的口腔说："大娘呵，除了其他都是自个儿老掉的，这门口的两颗牙，硬是叫你儿子那年揍掉后，就是再没有发达……我要向你那在外国的儿子索赔咧……"

从乡下回到城里，母亲忘却了许多在孙河镇的经历，唯有“索赔”之事不忘。在她终于等到了我从国外回北京演出时，第一句话便说：“还记得你小额辰光，在老家把人家的门牙打脱了哇？人家要寻侬索赔格。”我顿时深感汗颜。是呵，难道我不应该认真地赔偿些什么吗？那不仅仅是要去赔偿老家一位被打掉牙后，就再也“没有发达”的乡亲，更重要的赔偿应是去那个让我“梦里寻它千百度”的老家，了结我那种欲去不能，欲罢不能的苦思苦念……

在孙河镇第二个月，我和弟弟的身上不仅长出虱子，又患了水土不服症。在村边上那个土屋，土桌土凳的村办小学校里，我读着“锄禾日当午……粒粒皆辛苦”的课文，我的脸上便肿烫得如一只煮过火的硕大红薯。全身上下那暗赤的痒块，让我们抓挠不止。在我和弟弟将全身抓抠得体无完肤时，那极有粘力的脓和血，便将身体贴牢在棉布的衣层上，暂时蛰伏了下来。但这相对的解脱，又让我们在夜晚睡觉时，付出更大的痛不堪受。一脱去袄裤，通体的疤结就像个瓶盖被硬扯狠撕下来。从新鲜的创口里向外溢出的脓血，放射出滋润的光泽。婶子不知从谁家借来了紫药水，将我们的裸体涂满后，就活脱脱酷似两只“紫钱豹”。说来也怪，一般不生病的我，水土不服竟然叫我高烧不退。我躺在大炕上，浑身上下仿佛浸在滚烫的沸水中……父亲的长兄向我走来，用那双孙家独有的小眼睛，紧紧注视着我沉默不语。我说：“大伯，我来孙河镇都有两个月了，你咋不来看我？”大伯仍是不说话。用那只标志着孙家传人的大鼻子凑前嗅着我的全身。当他确定了什么似的眯缝着眼睛，满意地微笑了。我又说：“听我爸说您当过公社书记，为乡亲们做过不少好事。后来得了一种治不好的病，就出远门去了……”这时，大伯的眼眶就潮了。我想凑近前去抓住他的手，他却倏地飘飘悠悠地出了门外……

两个面貌酷似父亲的青年妇女来到炕前。她们因长期营养不良而显得瘦弱、憔悴。但神态中却流露着巾帼的英气。她们为我掖好被褥，又用一条湿毛巾搭上我的额头。这时我就说：“我认得你们，你们是我的姑姑。”两个女人就笑了。那满是菜色的脸上，逐渐呈现出青春的红晕。我又说：“好像听我爸说过，你们也是党员。”姑姑们的神态便肃穆起来。一阵强风从屋外吹来，两个姑姑的发髻就松动开去。一如我父亲特有的发质：黝黑，浓密略有些卷曲。风中，她们那乌黑油亮的长发，宛若一匹黑亮的织锦绸缎，从她们的头顶上瀑布一样倾泻而下……她们用女人独有的那种温存而富有怜爱的手，抚摸着我的全身疮疤。这个时间里，我就嗅到一种让我心旷神怡的薄荷香味……一位满头白发，慈眉善眼的老太太，飘然挪进了大门口。她表情温和平静地翩翩走近我的枕头，她将两个带着体温的熟鸡蛋塞在我的枕下，就走到门口的那口我既痛恨又亲切的水缸前，用那只滋润过几代人的巨大铜瓢，盛满清水“咕咚咕咚”地喝将起来。我冲着她使劲地说：“奶奶，我认得您。这么多年了，您饿了还是靠喝水充饥呵！我知道您是为了省下粮食给孩子们。瞧您喝水的样子，我爸爸在他的《我们一家人》中，哭着就写了这一笔。多少年了，我就是忘不掉呵……”我奶奶没有和我说话，她喝完了水便头也不回悄悄地走了。水缸里的那只每逢我奶奶饥饿时总是寄予无限希望的大铜瓢，静静地躺在水面上缓慢轻摇。它仿佛在向我叙说着更多关于孙家和她自己的故事……

忽然，在茂密和辽阔深红的高粱地里，我看见一个身高六尺的汉子，领着百八十人的杂色队伍，伸着头猫着腰，手持各种土造武器和看家护院用的大刀梭镖，正悄悄地向前行进在尘土飞扬的土路上，一队摩托开道，骑着高头大马的鬼子关东军小队靠近。从他那个挺立而硕大的鼻子上，我认定了那就是我爷爷。在冀南平原三八年那个秋高气爽，本应迎接大丰收的高粱地里，我爷爷这个远近大名鼎鼎的乡村国语教师，带着冀南平原农民嘴里特有大蒜味，将手中的驳壳枪高高一举，黄钟大吕般的一声吆喝：“打！”于是，鬼子兵的洋马和摩托车就在农民们拉响的地雷爆炸中腾空而起。农民武装用手中土造手榴弹和“老套筒”子向乱了队形的关东军狂炸猛扫。将那些军服和作战姿态一样严谨的鬼子兵，不时从马背上掀翻下来。他们像被各种火器的子弹割倒的一大片红高粱躺在地上，死的和活着的一样纹丝不动。但这支被我爷爷组织起来的清一色的农民武装，用粗糙的火药和原始的狩猎武器，根本构不成对这个虽不足三十人之众，却训练有素的职业军人们以致命的打击。受伤和半死的日本鬼子，一个个匍匐在地，号叫着“八格牙鲁”就朝向他们潮水般涌来的农民队伍，细腻而准确地射击。被射中的农民，一个个像沉重的粮食口袋“扑”地一下，重拙而实打实地

幼时下放老家孙河镇的照片

倒地，就再也不动弹一下。但这支拥有狗娃、二栓、大柱、木犊和黑蛋们组成的队伍，却前赴后继，势如破竹。天上，那个白热化了的，在土腥和血腥混杂的三八年秋天的天阳，将浩瀚涌动不止的红高粱，烤炙得血气冲天，热浪滚滚。于是，没有倒下的农民好汉们就用收拾庄稼，看家护院的铡刀、梭镖、长矛、大刀片子和鬼子进行殊死肉搏。鬼子兵都从枪膛里退出子弹，以“步兵条例”的典范动作和拼刺技巧，用三八大盖上的刺刀，动作极为考究和娴熟地扎进了狗娃、二栓和木犊们那装满红薯和高粱米的肠胃。而黑蛋和大柱们，又以中华武术的博大和精湛，用风驰电掣般的速度，神出鬼没地将日本人的脑袋，切西瓜似的砍落。我爷爷被四个鬼子兵围住厮杀，他用他爷爷的爷爷，从蒙古呼伦贝尔大草原深处，传薪接火般递到他手上的那口鬼头大刀，呼风唤雨般向鬼子头上，眼花缭乱地砍去。他不时被脚下的尸体绊倒，又一次次地蹿将起来，怒目圆睁，喊声震天。我爷爷被血浴全身，杀性狂起，神勇无比。当他将一个长得像娘们似的鬼子官，那寒光逼人的指挥刀，奋力拔出腹间的同时，顺手就取了这个总跟他过不去的军官的首级……躺在离战场不远的我，亲目所睹这场叫大地变色，日月无光，惨绝人寰的浴血大拼杀，不禁在炕席上屁滚尿流，心惊胆战……爷爷坐在黄土地上，瞅着龇牙咧嘴，横躺竖卧的尸体，用一把沙土捂住伤口，闭目养神。过了一会，当他数遍了战死的人数，确定了鬼子全军覆没，自己的兄弟生还无几之后，竟“哇”地一声口吐鲜血，晕死过去……我大叫着“爷爷、爷爷”便从炕上跃起时，我爷爷已经全身素净，带着一脸黄土味的儒雅之气坐在我的面前。这时，我爷爷那浆洗得纤尘不染的，阴丹士林布的长袍子的胸襟处，竟挂着一支刚缴获鬼子官的黑色派克钢笔。在我诚惶诚恐，五体投地向他老人家跪拜下去的一瞬间，我听到血海似的高粱地里，极神秘极遥远的深处，传来一个若实若虚，若隐若现的吟诗声：“子在川上曰：逝者如斯夫……”于是，那朦朦胧胧的天边，便有孩童的朗朗读书声的回应：“国破山河在，城春草木深……”这时，我爷爷就带着一种道风仙骨般的气韵，徐缓地直上九天……

当一只长满粗茧的重手，落在我滚烫的额头上时，我便从迷乱的噩梦中脱离。清轩叔用忧患的眼光和婶子说：“这孩子烧得狠着呐，在梦里还杀呀砍地没个消停。”我却幸福而气虚无力地说：“爷爷奶奶和大伯姑姑们都来看过我了。”于是，屋里便静得出奇。过了一会儿，清轩叔问我：“你最想吃嘛?”面对无论城里乡下，人生了病才能独享的一种特殊的关怀和照顾，我连一个短暂的思索过程都没有便说："饼干。"又过了一会儿，那种具有孙河镇特色的饼干被清轩叔买了回来。那是一种用黄表纸包装，比城里的饼干厚重两三倍，块头大了不少的干面块。它颜色暗黄，质地坚硬。我用曾被多少人羡慕过的洁白牙齿，狠劲咬着孙河镇最有想象力的糕饼师傅的杰作时，弟弟和怀品、二小却早已被婶子支出门外。饼干带着重重的碱性和我不习惯的异甜，根本没有我想象中的滋味。但这种只有病人才有资格独享的特权，使我感受到了一种被人呵护的优越感，多少年后，我每次生病，面对眼前那么多我厌食的精美糕点，我总是对孙河镇那种粗糙和古朴的饼干，情有独钟，万分怀念。

孙禹、孙国庆

在孙河镇已度过数月。那终日重复而枯索的日子，加上三餐几乎不变的窝头和腌萝卜，已经将刚来时的新鲜感彻底斩断。身上的疹块虽不再肆虐，但袄裤中的蚤子时常仍咬得我们浑身奇痒难耐。我们学着怀品和二小，将血满肚圆的蚤子捉牢，用指甲"叭"的一声挤炸，那殷红的血就溢在大拇指上。背上的痒处，我们便抓挠不着，就学着孙河镇的农民，在锅灶旁，对着凸凹不平的棱角，上下蹲着立起地磨蹭。在孙河镇阴霾的日子里，就让我想起城里的阳光灿烂。村里一日三餐的粗劣和重复，就迫使我在想象中去完成，对庐州府那独具风味的小笼包子，炖老母鸡的品尝。夜

里，清轩叔家那铺在我印象中，从不生火取暖的“火炕”上，依旧嘹响着单调和沉着的重鼾。清轩叔和他的家人们，对这个日出而作，日落而卧的火炕，无比的信任和坦荡。他们对于这种循环往复的单调生活，用沉沉的昏睡，证明着绝无丝毫的非分之想。那种不属于自己的东西，想也是白想的亘古定律，让他们吃得下睡得香。夜里，我将手摸索着那只土陶烧制的“尿鳖子”，就想起城里家中那个白瓷耀眼的痰盂。白天，我从水缸里用铜瓢舀水喝的时候，就想起文联大院中央那个用手轻轻一拧便清水喷涌的水龙头。我曾用一根铁丝，悄悄捅开上房婶子藏着稀罕物的铁锁，去偷食为过年而准备的白面馒头和糖心花卷时，就特别想念家中那只巨大的沙锅和诱人的碗橱。多少个夜里，我从梦中惊醒，暗自神伤。我想我的父母，一定是把我们彻底忘记。原先并不觉得城里的生活有什么特别滋味，在孙河镇这几个月的苦涩经历中，城里的一切都变得珍贵和可望而不可即。难道在我将来的日子里，就真的要和电灯电话，楼上楼下，大米白面，剧院影片，公园和泳池彻底告别了吗？我将永远躺在这个孙河镇里家家同样的大土炕上，等待着一个清冷的早晨，从村头的狗吠和人喊中，打着清轩叔一样的饱嗝，厌倦和万难地套上袄裤，跟上打井的人们，去度过那一天饱经风沙犹如苦役一般的劳作吗？在我看来，冀南平原农民的任劳任怨，逆来顺受，是他们早已习惯了人类生存的这种最原始的状态。一个人在生命的历程中，对于他们从未亲历过的事物，是绝不可能有太多非分之想的。对于那些“走州过府”见过“大世面”的人，农民们的羡慕，好奇抑或是向往，只是停留在可望而不可即的虚妄之上。而我，这一生下来便有了对都市生活具体而深刻的记忆的城里孩子，在公元 20 世纪 70 年代初，这个名叫孙河镇的冬夜中，辗转反侧，难以成寐。弄不清到底是对爹娘的思念更甚，还是对都市优越生活渴望得更切……但不管怎样，在孙河镇夜半的狗吠声中，在这冀南平原万物肃杀的大地上，春天和谁都不曾打个招呼，就这样悄悄地来临了。当我和怀品在遍野的黄土地上，一镢头一镢头刨翻土地时，那些经过冬眠，我曾记牢，现在却都已彻底遗忘了名字的棕色小虫，便生动无比地活泛在我们的眼前了。

当婶子将“快要过年了”这句话传进我的耳朵里时，在一个并不特别的下午，很多庄户人家便开始用碾子磨压存了一冬的麦子。这时，清轩叔宣读国书似的冲我说：“明天，我带你去县城洗澡。”一年难得洗一回澡的农民，将洗澡当做一件举足轻重的仪式。而对于我，洗澡并不比去县城看热闹更为重要。清轩叔用家里那架经过加宽加固的自行车，他们称之为的“排子车”，驮着我身轻似燕般驶出家门的时候，我回头看见已经完全一个农民后代似的弟弟，一脸的羡慕和无奈，正用背在门框上蹭着痒痒。

清轩叔用力蹬着车，竟气定神凝，喘息均匀。坐在车后座上的我欢乐得光想唱歌。初春的田野上，极目天舒，除了辽远和广阔以及近实远虚的村落，闲游的牛阵和羊群，便没有什么让人心旷神怡的奇异景观。几个月中，足不出孙河镇的我，却被一种莫名的神秘感驱使着，心里满是激动。放眼望着我的祖先，在这片用汗水和心血缔造悲歌和收获的一马平川，我浮想联翩。这片贫瘠而神奇的黄土地，以它的慷慨和吝啬，养育了多少不屈不挠的农民群落。它时而冷峻如苍凉的死地，时而多情地捧出色彩缤纷的累累硕果。它在狂风暴雨后又让自己复归于残忍的龟裂，它在榨干汲尽了农民的精血后，又无私地奉献出金灿灿的粮食。守卫和驾驭这块桀骜不驯的黄土地我的祖辈们，付出了多少代人的生命以及刀耕火镰原始般的劳作。是一种什么样的神秘昭示和无法挣脱的对宿命的默认，就让它主宰了这个高于一切生命之上的人的灵性？黄土地的敦厚和古朴，并不证明它从不会突然暴发雷霆般的脾性。我永生都不能忘记，当地平线上远远地蹿起一撮灰色的烟柱，整个旷野便隐约着巨兽的低吼。这时，在地里拾柴火的怀品，像一只机警的兔子，竖起耳朵，双目直视远方。当那远天的烟柱溶化开来，用一种充斥整个空间的烟阵，向我们蠢蠢移来时，怀品睁大了惊骇的眼睛向完全呆痴的我大声疾呼：“快趴下，沙尘暴来了。”我学着怀品，将双手扯牢头上的白羊肚头巾，面朝黄土趴了下去。于是，那遮天蔽日的沙土尘埃和着鬼哭狼嚎般的狂风，犹如“黄河之水天上来的”滔滔洪峰，将四周的一切吞进它那黑洞洞的巨口。我在狂风劲吹，飞沙走石，漆黑如盘的大地的悸抖中，经历了这一生罕见的恐怖……

进了城里，清轩叔从头上扯下白羊肚头巾，将车靠在一个招牌“甜泉池”的店家墙上后，就擦着满头的大汗，牛似的大喘。我的双腿早已被一路春寒冻木。我看着清轩叔红彤彤的脸，双手一使劲，就像一袋在车后没捆好的包谷，重重地摔在地上。我惊诧，那双腿仿佛是借给了别人，竟毫无痛感。从那时，我便从心里饱受了如同上了假肢的残疾人，那种刻骨铭心的悲凉感。

“甜泉池”里除了人味并无甜味。人们光着腚在水雾缭绕中彼此招呼，仍不忘礼数，清轩叔躺在睡榻上和他这个城里的侄子全都赤身裸体。这时

我想，在这个极有我们民族特色的公共大澡堂里，无论是谁，要想彻底痛快，恐怕都得剥去标志身份贵贱、等级差异的外衣和尊严。彼此赤裸又视而不见的人们，在这个特定的时空里，泡在同一个绝对可以将一头小猪烫熟去毛的大澡池里，去彻底地享受着平等。清轩叔在下池洗浴时，竟隆重地喝了人家四壶茶。在他频频小跑着去解手的动作中，我看见他少有的快乐无比。下池洗浴后，我和清轩叔就有了些不平等。在热水浸泡后，我爬在池沿上，清轩叔就用推碾子一般的力气给我搓澡。我痛得有些不堪忍受，就嚷着反对搓澡。他却笑得在脸上一时找不着眼睛说："傻小子，洗澡不搓澡，还是没脱皮咧。"我根本受不了澡堂的人味和酸臭的水馊，便裹了条大毛巾去寻那睡榻，身上红彤彤肉像是被水烫熟卤透。让清轩叔用力搓过的背和屁股以及大腿，竟像他说的那样"皮没去够"般的仍有一种再生的快感。我躺在睡榻上，浑身像是沐浴在阳春三月的日光下，舒服得不知如何是好。这时清轩叔，已经欢天喜地进入浴池，又洗了好几个来回。往返之间，又顺便喝了人家好几壶新茶。我望着已顾不上我的清轩叔就说："我爸爸说，这烫澡洗多了伤元气。"清轩叔小眼扑闪，略带狡黠地说："怀品、二小、国庆都没来，我就替他们多洗几个。"我又一次被这种农民式的幽默和无懈可击的合理牢牢震住。

清轩叔和我洗完澡，时辰已近血色黄昏。他驮着我又飞骑在田野的阡陌小路上。这时的清轩叔面对仍旧撕咬人肉似的西北风，放声喊起高亢的河北梆子。"铜锤钢鞭我手里拿。眦目怒眼呐，呛呛呛呛，我就将你那秦桧打。你小子孬毒陷忠良，待我取你那首级祭岳将……"清轩叔那完全可以成就河北梆子一代名角的豪放和粗犷，在70年代初，那个即将大地返绿的冀南平原上，惊飞了远近枯树上一群群喜鹊和乌鸦。我被清轩叔这个平常深藏不露的绝活，还有那清亮嘹响的嗓音，激动得乱喘乱咳般大笑不止，痛快酣畅。这时，我在心里就数清楚了，光这一回，自打我来到孙河镇几个月后，难得一受的洗浴，便叫清轩叔喝了人家八壶茶，往返六次浴池，行路几十华里，耗时竟十几个小时。

在县城里那个名曰"甜泉池"里，洗完了那个叫我脱骨换胎的热水澡，我的身体便光滑如脂。于是，孙河镇里的农家，在并不刻意营造的"过年"气氛里，便开始了那并不显而易见地蠢蠢欲动。清轩叔家的那头长胡子山羊和那头憨态可掬的肥猪，便在同一个早晨忽然失踪。猪舍羊圈里失却了这两个与人休戚与共的牲灵，便显得落寂和凋凉。我问婶子：

“那两口子哪儿去了?”婶子说:“一个去集上买鞭，一个在炕上睡觉。”我说是牲口。婶子这才明白:“你叔今天晌午把它们赶去集上卖了好过年。”我又说:“那咱们过年咋有肉吃?”婶子在灶膛里添了把柴火，便掀开雾气腾腾的锅盖。一股羊肉伴着葱蒜的香味就弥漫了整个屋里。“过年了，肉管够!”我说:“羊不是卖了吗?”婶子的脸在笑中就短了不少:“你叔在集上叫屠户剥了羊，就叫人捎回羊头和杂碎。今天的日子过的有说头，我就让你尝尝咱河头村嘛都不换的羊杂汤。”

掌灯时分，一家之主的清轩叔从外面办回年货，我们便围着油灯，吃喝着有羊头做底的杂碎汤。被芫荽、葱花、大蒜、辣椒和花椒料煮的羊汤，辛辣臊臭中透着异香，一路鲜烫地通过我那几个月中缺油少肉的食道，进入已经孙河镇化了的肠胃，叫我幸福无比的闭上了眼睛。弟弟吃得通体大汗如雨，喘息不止。怀品、二小，像是谁和谁都全然不认识。一屋子里那喉结的响动，宛如屋檐下寻偶的鸽子们的鼓噪。清轩叔看着孩子们狼吞虎咽，虚缝着眼睛说:“好食物还在后头呐!”多少年后，当我的足迹几乎遍及欧美大陆，遍尝了国人视为“茹毛饮血”的西洋大餐后，竟在我的印象中无法和几十年前，我在清轩叔家受用过的那顿“羊头杂碎汤”相比。孙河镇的农民，将饲养一年的猪羊自己舍不得食却卖掉，以烹调仅存自用的家畜内脏，算是拉开了春节美食的序幕。在我离开孙河镇那日后的饱食中，那一个个东南西北，名满天下的大厨们，无论是怎样以羊的躯体去展示他们底蕴深厚，天工巧夺的厨艺，都似乎无法和我婶子，仅用孙河镇方圆土地上长出的植物熬制成的“羊汤”媲美。不管是长安的“羊肉泡馍”还是甘肃的“羊肉红焖”，抑或北京城“烤肉宛”里的“葱爆羊肉”，还是闻名全国乌鲁木齐的“手抓羊肉”……都不能和我婶子在谈笑之间，风箱轻拉中而熬制成的“珍馐佳肴”相提并论。那种“此汤只应天上有，人间哪得几回尝”的滋味，每每让我在异乡他国的盛餐后，依旧思念得好苦。我那仅四十出头便英年早逝的婶子呵，您能再一次为我在奥地利，这个古典西乐的国度里，在我放歌“庆典音乐会”后，重新叫我品尝一回那孙河镇滋味独有的“羊汤”吗?于是，我便悟出了这样的一个道理:这个清轩叔和孙河镇农民家族并不以为然的“羊汤”，以它永存我口感中的独特滋味，证明一个放之四海而皆准的哲理:物以稀为贵，人无欲则刚……

关于河北农村的过年，从我记事起，便从作家父亲口中得到过真传。他那种混杂着农民的智慧和口才，以及作家不经意的夸张和渲染，将农人

一年之计在于春的庆典，描绘得惊天动地。那除夕夜的饺子；大年初一的社戏；闹元宵的正月十五；腊八粥里的红枣和花生；灶王爷升天的壮观和喧嚏，让我热血沸腾，涎水连连。父亲对老家过年的叙述，虽叫我坐卧不宁，但毕竟欠缺亲身经历的刻骨铭心。但公元1970年那个叫我一想起来便魂不守舍的除夕年夜，竟叫我多少年后依旧回肠荡气，梦魂萦绕。

年三十那天，一场连孙河镇八十岁的古稀老人都生平罕见的鹅毛大雪，纷纷扬扬从凌晨下到傍晚。当瑞雪将孙河镇的万家土屋和一望无垠的原野银装素裹后，我这南方城里长大的孩子，便在雪地上光着脚打滚撒欢。这场预兆着今年秋后必有巨大丰收的瑞雪，像一张硕大无朋的洁白绒毯，将这片终日重复着让人沮丧和心灰意懒的土黄色，从头到尾焕然一新，纤尘不染。当庄户人家的烟囱里，升起了袅袅的炊烟，我眼前的孙河镇，就像一下子遁入了神秘的童话世界，显得熟悉又陌生，贴近而遥远。

清轩叔家的炕沿上，那盏昏暗的油灯，被婶子用发髻上的簪子拨亮了灯捻，竟将屋里的一切照得通明耀眼。光亮中，我用几个月来从未认真细究的眼神，向这个我和清轩叔全家休戚与共的堂屋里，考古学家玩味出土文物似的审视着。炕墙和炕上的被面一样黝黑。枣木粗制的桌椅板凳敦实、笨拙。几只唯有在河北梆子剧中才能看到的那种沉甸甸的大木箱，与那个盛着家中成员生命之源的巨缸，连成一线错落有致地摆开。我仿佛是发现了新大陆似的诧住。眼前，清轩叔这个家徒四壁的栖身之所，便让我这个血缘近亲，在这里薪火相传，传宗接代……婶子和怀品双手沾满雪白的面粉，在一个土陶制成的圆盆里，揉搓着一个脂满圆肥的大面坨。灶上的那口黑色大铁锅里，已有水热的噪动声。那个被我奶奶视为传家宝物的大铜勺里，满登登地盛着新鲜猪肉末和剁碎的大葱、白菜，那种经过奋力搅拌后发出的鲜味，散发出一种让人肠胃抽搐的香气。炕上，放着四个圆桌大小的篦子。于是怀品婶子擀皮包饺子，我拉风箱，弟弟和二小添乱。婶子一手将筷子伸进馅盆，另一只手平展着托住一个，只怕唯有圆规才能画圆的饺子薄皮，稍经五指张合，一只丰满而挺胸叠肚的饺子便被扔上篦子。整个过程，让我着实像看魔术似的傻了眼。油灯的光亮，将婶子并不丰腴的身形投在土墙上，呈现出令人难以置信的景观。只见她左右双手开弓，疾快地聚合离散，腰肢随即律动般地巧扭，乌发几绺悬在额前，活脱脱勾勒出一个传统冀南平原妇女，欲动还静，欲展又收，欲诉又止的神韵。我不禁从心里惊叹：她这哪里是在包饺子呵？她分明是在用魔力四射的手指攥饺子，捏饺子，绣饺子，摸饺子和舞饺子……我被婶子渐次疾快和愈加紧凑的节奏，晃得眼花缭乱，喘息不宁。仅一个时辰不到，炕上那四张篦子上，就被密密匝匝兵马俑似的胖饺子排满。婶子立起身来，用扫炕的小扫帚，手舞足蹈地掸拂着身上的面粉。这时，我的眼前便出现了一个姿态娉婷，举止飘逸的秧歌舞娘。我的意识便如一只彩色的风筝，扶摇直上，升入浩瀚的九天之上……史料记载，英国贵族名媛，在出阁前，必须经历语言、音律、芭蕾和诗赋甚至是烹饪和基本马术等严格训练，才能被门当户对、爵位祖传的家族接受。她们往往连在家中走路，都要头顶一本厚书苦练不辍。在中国古代和近代，官宦、鸿儒、富贾之家的千金小姐，更是琴棋书画女红等，无所不精。但是，这种贵族礼仪和相夫教子的典范之风，是需要怎样一个钟鸣鼎食、家学渊源的巨大经济和文化后盾来做底蕴哦！而我眼前这个终日筹划着让全家吃饱穿暖的数代农民的女儿，她的生命工程看似简单和出于本能，但她的载重，要远比那些衣食无愁的名媛闺秀难以承受。与那些无法想象的奢华相比，我婶子这个普通得不能再普通的农家女儿，尽管再怎样的灵秀惠通，她的生命的终极目标，也不过就是恪守祖上的遗训：不孝有三，无后为大，嫁汉穿衣吃饭罢了。当一乘披红挂绿的花轿，伴着能将苍天吹破的唢呐声，一路尘土飞扬结束一个农家闺女的梦时，她怀揣着的最珍贵的化妆品，也不过是一面圆鹅蛋镜和一枚“洋胰子”吧？我的那些三十不到，发髻上插着祖宗传下的桃木梳子的颜色还尚未褪尽，便红颜不再，青春万劫不复的婶子们呵，假如你们面对那些永别了唢呐和花轿、媒婆和聘礼，义无反顾奔上城里闯荡人生的“乡村美眉”们，将作何感想？她们不再有“三寸金莲”，但她们有“恨天高”和“大哥大”。她们虽永不再吟“手里拿着热馍馍哟，怀里我就揣着糕。半夜三更呵，我就往那亲哥哥家里跑……”但她们随口就唱“不求朝朝暮暮，只求一朝拥有”……“你从哪里来？我的朋友，好像一只蝴蝶飞进我的窗口。”那种“兰花花”为了真爱，贴了自己又贴热馍馍的“傻气”，让她们转化为“傍不上‘大款’，决不下战场”的豪情万丈；母亲在村口那忧心忡忡的嘱咐，早已化做她们永远诀别了四个大汉去重抬轻摇的花轿；那“奔驰”车里的温柔和空调，早已融进她们略带“侉”气和巴黎香水味的嗲娇……面对世纪之交的人欲横流，审视着这农村新旧女性彼此的大惑不解，我想她们最应该唱的是：“并不是我太坏，而是这世界变化太快……”尽管如此，我依旧不能不对我婶子，那魔术般包饺子的盖世

绝技，顶礼膜拜，五体投地。今天比照那些“乡村美妞们”尽管她们衣着打扮，举手投足直逼“莎朗·斯通”，“酷”呆了“黛咪·摩尔”。但比照之下，我婶子那种从娘家衣钵中潜移默化而来，面对生存艰难的无师自通，就更加在我的心里显得金贵。是现代化“快餐式”的文明，别无选择地抛弃了中华民族历经大乱，处变不惊的传统了呢，还是现代的文明中那个总是让人跟不上趟而本末倒置的怪圈，摒弃了五千年中华民族灿烂人文传统中的糟粕和陈腐及愚昧呢？……写到此刻，我就嗅到了自己身上那种“文人之后”和“八旗子弟”似的既手无缚鸡之力，又杞人忧天，文不能糊口，武不能达官，倒驴不倒架的酸臭气。现在的人都很实惠，时间就是金钱。有谁还来过问什么纲常伦理，和你那又臭又长的文字游戏？但从小患过脑膜炎的我，依旧冒着傻气。假如让我那些千千万万婶子的生命重新来过，她们还能心静似水的坚拒“外面的世界好精彩”吗？还能够执著得像一只性情温厚的灰驴，盯看着阿拉伯人悬在驴头前的胡萝卜，一步一个脚印地走到目的地？意念至此，我就顿悟了为什么婶子每去村中央那大石碾上磨粉时，总是先要将那个大骡子的眼睛蒙上。大青骡子被蒙上眼睛，就憨厚和踏实地走进了一圈圈瞎转悠的“昏天黑地”。我婶子的希冀和并不富有的想象力，如同石磨上的包谷和高粱，也同时被碾成齑粉……

饺子被婶子的智慧和巧手包好后，仿佛自己都急不可待，急着要蹦进大锅里游戏。于是，我就彻骨的感到这世界上还有一种折磨，比其他的刑法更让人觉得刁钻和残忍。为了让我们此刻立即去死都值得的饺子，我们空腹终日，竟还要等着一个“伟大的时辰”。我永远都没齿不忘，在那孙河镇的几个月里，唯一的一次被婶子无情的迫害。婶子面对我和弟弟，还有她两个馋饿得眼睛发绿的儿子，她一言九鼎：“叔叔不来家，饺子不下锅！”

当我和弟弟、怀品、二小，像四只澳大利亚树熊一样，挂在村口那棵当年村民警示鬼子进庄的“消息树”上时，我们强忍着“狗日的饥饿”，向一览无余的雪原深处，仰头伸脖眼巴巴地远望。被逼急了的肠胃，用“咕噜”的咒骂去声讨那个打井未归的“生产队长”。在这万家同庆的除夕之夜，清轩叔你这比“七品芝麻官”还小了好几品的“队长”还去打什么鸟井？那瞎井，枯井，死井，空井，王八犊子井，狗日的井，汤饱仔仔，枪冲的井里有饺子吃吗？我用我生平最觉得“帅”气的咒语，全都一股脑骂将出来。一不小心竟说出了合肥话。爬在树最上头的怀品不干了：“你骂俺爹咧！”我说：“不是的！”他又说：“那你骂嘛来?”我说：“饺子。”这时，趴在我底下的弟弟就说了：“以后，我回到合肥天天就吃包饺子……”他顿了顿后，竟咬牙切齿地说：“我弄你亲妈饺子，看我吃不死你……”

饥饿和千等万盼不见的失望，竟让我们搂抱着树干就迷糊了过去。忽然，远处传来的锣鼓声让我们惊醒。

清轩叔和他的打井好汉们，身披红绸，胸戴红花，在皑皑的雪原中，一泓流动的墨汁似的向村口溢了过来。在远近的“二踢脚”清脆的爆炸声中，一个阉人似的男高音，在极为静谧的雪原上便一路喊来：“孙河镇的父老乡亲听着，清轩哥领着咱村的人，把个狗日的井给打出水来咧！”这个娘们似的嗓音，在公元 1970 年那个雪雾迷漫的冀南平原上久久回荡着。于是，孙河镇河头村里鞭炮齐鸣，锣鼓、唢呐以及村里农民们能日摆出动静的物件集体狂响。

清轩叔屋里的火炕，在这个牛得都没法再牛的大年夜里，被伟大得也就没法再伟大的烧成了“炕火”。第一次被生火取暖的大炕，没过一会儿便将全屋里的给“逼”得比赛似的脱去棉袄，面对着刚刚煮熟出锅的饺子，清轩叔盘腿坐在吱吱乱叫的枣木椅上，从婶子手中接过一大瓶绿里透白的陈年“腊八蒜”，平端在手上，他表情凝重，满脸的神圣，仿佛基督徒们面对圣餐。清轩叔用当年爷爷在青纱帐里打鬼子的底气，声若洪钟的低喊了一声：“漆（吃）吧！”于是我们就如一群被打开兽笼的野狼……当第一枚皮韧馅满的饺子被我咬破，一种让我生死不能的美味，一股勾魂摄魄的鲜汁便溢满口腔，我在心里狠狠地叫了一声：“我的亲娘！”眼里的泪水一下就涌了出来。

父亲在孙河镇人忘乎所以的狂欢年夜前，收到我写的信，没等到村里的人把“灶王爷”送上天去，便心急火燎地赶来接他两个“受苦受难”宝贝儿子，我在信上写道：“爸妈，快来吧，我们不行了……”弟弟见到我父亲后，竟以一个准“二小放牛娃”的口气说：“爹，俺娘咋默来?”这种准得不能再准的孙河镇口音，就让他蹲在了地上……父亲盘腿坐在清轩叔家那张大炕上，向检阅他的父老乡亲们递烟发糖的时候，清轩叔就坐在一旁傻笑，我真替父亲后悔惋惜，就在他来到孙河镇前的几天下午，村头的打谷场上，他的亲弟弟清轩叔，在翻江倒海的锣鼓狂奏中，舞着个龙头上天入地般地疯耍，大姑娘，小媳妇，老头老太太们手舞足蹈，比着赛似的

把嗓子喊成了个破锣，清轩叔身后的八个舞龙身子的精壮小伙，上气不接下气地跟着犯了癫似的清轩叔，将整个彩鳞遍身、张须暴眼的巨大飞龙折腾得骨软筋松……

几个老汉凑近了父亲，捂住左耳用右耳倾听的神情，专注地听着我父亲冲他们几乎是吼叫着说话时，我多么想一把将他们彻底扯开，我急不可待的想告诉他清轩叔那“偶尔露峥嵘”的卓越民间才艺。清轩叔迎着昨日的晌午，那个在孙河镇冬季里少有的灿烂阳光，腰系彩绸，斜挂腰鼓，光着脊梁，大汗淋漓将个腰鼓打得叫人热血沸腾，把个彩绸舞得日月无光，那震人心魄的咚咚漆铿铿、咚咚漆铿铿就让全村的男女老少扭开了大秧歌；清轩叔息罢了腰鼓就唱戏，先是河北梆子后是陕甘秦腔，再后就是绥远民歌，翻身道情……我被眼前完全陌生了的清轩叔活活地给迷坏了，震歪了。怎么平日里那么个少言寡语，就知道吃饭、睡觉、打井、打饱嗝的清轩叔，转眼间就变成这么个，做念唱打十八般武艺样样全能起活的“民间艺术大师”了呐？……我冲着那个正被故乡父老们众星捧月，并在他们眼里是大知识分子的父亲奋力疾呼：“爸，我敢肯定，假如当年清轩叔也像你一样，跟上了‘咱们的队伍’，也像您一样手里捧个《康熙字典》，一路走着念着……今天还不定是个什么大角色呢？”但此时的清轩叔，伴着我那太多的“假如”“也和您一样”，用那双和我父亲太一样了的双目如豆的小眼睛，无比欣慰和敬重地盯牢了他这几辈人中，唯一的可以靠写方块汉字养家糊口的亲哥哥……

一个星期后的一个早晨，我们父子盛大地吃完了清轩叔亲手为我们在他家的那口大锅里烙的“咸食”和熬制的腊八粥，坐上了一辆牛车，沿着那条清轩叔驮我去巨鹿县泼澡的土路，出了村去。当牛车驶出村口，我回头望去，心里一下子就受不住了。村口的土坡上，站着黑压压一大片沉默不语的乡亲父老。村前，那棵曾挂着我和弟弟们的“消息树”上，悬着怀品和二小，以及更多的二小和怀品们……多少年后，那棵永远伫立在村头的“消息树”上的各种怀品和二小们，还有村口的黄土坡上默立着的各种清轩叔和婶子们，都幻化成了那首叫我弟弟名满天下的“废话”歌——

星星还是那个星星哟，
月亮还是那个月亮昂昂昂昂
山也还是那座山哎哟，
梁呵还是那梁———

大骡子哟下了个小马驹哟，

爹是爹来娘是娘昂……

每当我听着这首秦腔不是秦腔，花儿不是花儿，绥远民歌又夹着河北梆子，“二人转”又掺和着陕北信天游味的流行歌曲时，就禁不住想哭呵……是呵，天下还有什么比哭更解恨的呢？人间还有什么比哭更叫人什么也都不用说清楚了的呢？

我那农民了一辈子的清轩叔，现在您的一切可好？虽然我这个游子已经在异国他乡生活了十二个年头，但仍从心底里感激着您呵。没有您，我怎么会从骨子里懂得了什么才是真正的农民。没有那个冀南平原上名叫孙河镇的村落，我怎么学得会勤奋和俭朴。没有那些大土炕和一望无际的黄土大地，我怎么会从我的血脉和灵肉中，刻骨铭心就认定了：农民就是我的爷爷，农民就是我父亲，农民就是我叔叔，农民就是造我养我的祖宗。我的农民万岁的清轩叔呵，您一定要硬硬朗朗地活着，等着我重回老家看您。弟弟二小已经用那将自己的心放在里面的，什么都不是，又什么都是的“废话歌”，给您和孙河镇的父老乡亲唱过了。下回便肯定是轮到我了。我那个与冀南平原上历久不衰的民间艺术同样精彩的清轩叔呵，您甭只管着打着高粱面窝头味的饱嗝，您听见我跟您说话了吗？于是，那惊世骇俗，鬼神同泣的，清轩叔特色的大腰鼓，就从孙河镇那一家家，一户户的农民的庄院里升腾起来。当那一阵阵沸腾咆哮的鼓点，由远至今传来的时候，整个宇宙空间便响满了大腰鼓声的轰鸣：咚咚溙锵锵，咚咚溙锵锵。

补记：公元2000年4月间，我的农民清轩叔死于癌症。享年六十六岁。我父亲给我发往欧洲的信上这样说：“你清轩叔走的时候，和他在邢台当军人的儿子怀品在一起。”

写于奥地利格拉茨市伊丽莎白公寓

2000年8月4日

纵马青海湖

越野的吉普车，犹如一匹鬃毛耸立、全身银白的骏马，在通往冬季的青海湖，那坦荡的令人愤怒的路面上狂奔。没有缰绳在握，我却兴奋地紧握双拳，没有坐骑于马背上的节奏律动，我的心里却被万马蹄破贺兰山阕的壮怀激烈拥满……

冬季的沙原、沟壑、远山，眼前掠过的古刹、庙寺、招幡，滚滚尘土带着苍凉的乐感，席卷和搅动着牦牛、羊阵和牧人与守望者，那世代的祀奠和期盼，青海高原上那稀薄的氧气和过剩的紫外线，刚刚教训过一个身高八尺的壮汉，随即又用它们不可回避的尊严，企图让一个留洋多年的“声乐传教士”，领略它那温柔的凶悍……寒冬腊月的青海高原，并没有“大漠孤烟直”的苍凉，也没有僧人那不绝于耳的诵经唱念，更没有刚劲似水的“花儿”，那燃烧着的鲜红牡丹。

天地苍原之间，拱托与奉献于我的唯有：猎奇、激越、荒凉，和不尽的震撼，英雄无悔，西出阳关，多少个百听不厌的古老传说，宛如悲情交响乐的推波助澜，将我这个数载自我流放洋邦，持节遥望西部故土的声乐大侠，逼得感动莫名，泪盈眼帘。

孩提时代，家在江南，断桥流水，春雨绵绵。母亲用一副眼镜，字里行间捉虫驱蚊，雕龙绣凤，暮年，用尽了一个文学编辑的蜡炬成灰泪始干，也终未成就自己的长子留洋西方的一串盘缠；父亲的故乡，燕赵自古多出慷慨悲歌之士，古稀之年，仍在爬格子的自娱和使命中，塑造着自身的文胆。人生啊，看似缓慢、匆忙、淡泊和年复一年，其实水滴石穿，得意与失意，尽在坚守、放弃，咬牙前行的不言之间……

越野的吉普车，犹如一匹鬃毛耸立脱缰的野马，驮着我们几人，在那平展的令人怀疑的路面上疾奔，洒脱的快感，逼我只想对着放眼的辽阔，雄性大漠中的深处，无声放歌和狂喊，全身心的解放和自由，让我痛快淋漓的有一种鸟瞰大地的飞扬和解脱感。功名利禄，声色犬马，都市假面舞会，垃圾文化的海鲜大餐，被放眼而去的扎实和敦厚，用生命与大自然的顽强与流畅，荡涤着我的胸襟，洗礼着我那东西方文化与人格错位，忠孝的不能两全。

青年时代，告别残桥遗梦，红豆南国，北上求学。最高音乐学府中的恰同学少年，关不住我的大梦敦煌，禁不住我的“西部情节”，抑不住我向往的青藏高原，更斩不断我对盐水之畔青海湖的玄念，威尔第和普契尼歌剧西洋咏叹调中，不知何时掺进了几许信天游的悠远，青海花儿的婉约，蒙古长调的舒缓和秦腔的豪放。那学府高堂里的民歌先生，沙哑的嗓音，宣泄着他对我们这些数祖忘典之辈的愤世嫉俗！但他终未料到，二十载光阴，数度春秋之后，在那一排他眼中的不肖子孙中，有一个觉悟了的文化修士，在今天这个声乐文化市场永久性疲软的无奈中，带着国际声乐大奖归来，将浮华和虚妄抛于脑后，尘埃落定，终于找到一条民族乐魂的文化之根复归之路……这时，我想，我那个年逾古稀，依旧用一副极端近视的眼镜，不停地在我这个“老光棍”儿子的人生稿纸中，捉虫驱蚊，雕龙绣凤……在一次次经历了手术刀割除体内病灶的同时，用安眠药拌着一个母亲对儿子依旧孑然一身的抱憾，对着漫漫的长夜，梦呓般地喋喋不休着：一个中国母亲的儿子，他的文化胎教，终究还是炎黄之根，民族之魂，华夏文胆……

车马疾奔，如电似风，坐在后排的青海省音协副主席，作曲家张启元先生，他口中的王洛宾旋律《在那遥远的地方》，似乎仍在我耳畔默咏。那位永远伫立于金银滩头的“西部情歌王子”王洛宾雕像，仿佛又浮现在眼前，仰望这位改编了七百四十多首西部民歌的文化巨人，是他将唯美的情操和乐感，播种一样撒遍在那一望无垠的青海高原！多少年过去，这里的人们，将他在心里像神一样地供奉着……人类可以对生命流逝扼腕长叹，却无法将那些融生命的精华于歌声和旋律的动感之中，传扬民间艺术的巨人，从镌刻在心灵深处的丰碑上抹去。王洛宾的塑像洁白无瑕，凝重而飘逸，记载着一个无法撼动的事实，那就是一个给人们带来过艺术大美之享受的人，不经历大灾大难，似乎从根本上失却了被人们世代讴歌的逻辑和理由。也许台湾作家三毛，曾涉足高原深处，真的追逐过“情歌王子”的足迹，奈何后王洛宾时代，拥有全国千万粉丝，在媒体的“发酵”下，掀起过的王洛宾热，又有多少的真挚？但这都不是民间为王洛宾塑像

的根本缘由，而唯有能使百姓和苍生，对生存的苦甜与希望，无法抑制的放歌和咏唱的人，才是大理石雕像纯洁和永恒的质地……

车轮滚滚，犹如马蹄阵阵。另一位也置身后排的张姓编导，名曰岩红女士，舞蹈出身，快人快语，职业的历练，使她精神抖擞，站姿挺拔。这位英姿绰约的青海卫视一级导演，不胜酒力，却在我们路经金银滩的小镇，名曰“王秀英”的土菜馆里，为了气氛，竟连干数碗青稞白酒，颇有巾帼的豪气。油炸土豆片上来了，软硬相宜，口感香溢。白肉土鸡，酸菜粉条在火锅的沸腾中，不肥不腻，让我这个海外游子大快朵颐，形同饿鬼。冷拼盘、牦牛肉、冻豆腐、花生米，教我这个自诩游吟大侠的人，放弃了文明的吃相，教养的幌子，绅士的做派，将一切与地域美食的精湛与民俗生存文化博大所相悖的伪装，通通剥去……美食、美酒、诚恳的笑意，土菜、小镇、干打垒，农家那浓郁的待客情趣，使我这个人谓声乐的传教士，大有一种恍如隔世之感。

作者在北京国家大剧院主唱《成吉思汗》

西部边陲，古之朝廷重犯诤臣的流放之地，大漠孤烟，一望无垠。无论人类怎样进化，现代科技的怎样波及，不毛之地的先天不足，离离原上草、一岁一枯荣的日月更替，在我的意识里早已根深蒂固！但眼前的盛宴，主人的殷实，朋友们的从容和共识，容不得我的怀疑和少见。民以食为天，眼前的具体和意念中的反差，逼我汗颜。人行万里才有多少里？读书破万卷才有多少卷？又岂能与这亲身的目睹相提并论？是的，来了就吃饱喝好，走了，想了，就常回来看看！这正是高原人家那心中最真实的对联……

车住，马停。眼前是长长的木桥，洁白的塔寺和精致的藏包。“在那遥远的地方，有位好姑娘，人们走过她的毡房，都要回头留恋的张望……”王洛宾老先生的梦中情人，健康美丽的卓玛塑像，身着藏族少女的华装裙衣，骑着高头大马，凝视着远方，多少年过去，经历了多少游人、墨客、雅士的目光洗礼，她依旧准备纵马扬鞭，寻着从金银滩一路传来的情歌，向一位青春和年轮，在他身上失却了应有意义的沧桑老人策马奔去……大理石塑像与塑像之间的彼此眺望和静动之间的张力，也许永远是不为人知的。而世俗中的男女情愫，一俟有了贪婪和利益的细菌，心灵之间便自然地就有了一堵无法逾越的天堑。无论是藏传佛教的经典中，还是在西方基督教和天主教的教义里，普渡众生的博大之爱，永远是在人性之爱的基石上弘扬光大的。因为只有生命和人类，才能构成天地之间最有神奇力量的灵性和创造。

我在冰凉而坚实的藏族美少女雕像前，双手合十默默祈祷，但愿上苍赐予我的卓玛和朱丽叶，祝英台与孟姜女，千万不要是一座突破美国电影票房亿万大关的数字雕像，以及《泰坦尼克号》中的虚妄和长江三峡上的神女峰巨石……在青海卫视资深摄影师李先生的视觉审美中，摄像机镜头前，我确信他的法眼，是绝不会错过我从内心深处溢出的那种，既普通又独特的虔诚悟觉的！

越野的吉普车，犹如一匹鬃毛耸立、浑身淬火的骏马，在通往冬季的青海湖，那弹跳着阳光的路面上风驰电掣。马师傅高超的驾驶技术，犹如一个卓越的蒙古骑手，不仅将骏马统驭得疾速而稳健，更使马背上的人，有着大船在宁静海面上顺风游走的舒坦。凝视着窗外后移的山峦和峭壁，牲畜和沟壑，心里不知该感念筑路人的造福，还是马师傅那绝对职业性的驾驭艺术……突然，连绵起伏的山峦线条中，两座矮峰之上，仿佛有两个小小的音符，对称而孤独地彼此相守相望。摄影师李先生一拍我的肩头告之，那便是当年衔唐王父命，出使西藏，缔结汉藏百年和亲的文成公主，曾栖身和回望大唐的住所日月亭。唐王李世民为了社稷和大唐千秋伟业，挥泪惜别自己的最幼的女儿文成公主，将戍边的平安和唐朝的礼仪乐韵，一起放上文成公主那孱弱的双肩，溶进一个养在深宫人未识的娇女子的泪眼之中……大漠万里的沙尘，戈壁千里的风暴，不毛之地的茹毛饮血，异域他乡的陌生和严峻，数载遥遥无期的蹉跎与跋涉，成就了大唐太平盛世的百年国运，开启了汉藏文化交融，通商贸易，信仰民俗等诸方面的“高

原丝绸之路”，但却使传说中倾国倾城之貌的文成公主，那多少个“长夜难寐”的女儿梦万劫不复……回望那两座双峰上的古亭，千百年孤独过去，我似乎仍旧能隐约听到，文成公主拨奏的唐乐古琴里，竟然有了些蔡文姬曾低吟浅唱过的“胡笳十八拍”之遗韵，一款款王朝迭进更替的古曲旧歌便缓缓地朝我袭来……

开窗收进些高原那吝啬的氧气，忽闻寒风中飘来大漠深处那几缕青海“花儿”的纯粹，顿时，那张皮肤黧黑，满头卷发，一脸正气和童稚的面影，掺着清亮和爽朗的嗓音，便从我有些疲惫和混沌下去的意识中冉冉升起……公元2007年的圣诞节，在西宁市的一家正在装修的旅店，由一位也正在装修自己的主人邀请，参加了一个自我留洋以来平生初次的平安之夜。现在的国人喜欢洋节，仿佛洋节过后，人便从骨子里彻底洋了起来。平安夜的PARTY并不寻常，有酒无宴，但平添了许多新的朋友，当众歌唱对我早已稀松平常，但却引发了青海省音协主席马玉宝先生，让我刻骨铭心的一曲“花儿”清唱。透亮婉转的歌喉，始于引而不发，归结到激情澎湃，荡气回肠。活活将高原的民间声乐特产“花儿”，歌颂得“破红爆彩”。民间曲调和歌咏，一如我的“西部情结”，不闻不问时倒也无妨，一旦触动便欲罢不能，魂牵梦萦。那种纯朴和直白，真情和坦荡，在被浮躁和利欲熏心扭曲的大都市里，如今，是很难信手拈来的了。后来的马玉宝先生，由于和我的缘分与知音，不仅安排我去十二艺术高中讲课，又默默促成青海卫视的朋友们，为我布置了青海湖之行……兄长般的情谊，与其说是被我的演唱与小说和散文打动，不如说是对一个中西文化传播者的那种深邃的希冀与人文关怀……作为省音协主席，地主之谊会让人温馨感怀，而对一个同行的歌声与文字神韵，一个海外游子的真诚善待，便更使人刻骨地感受到了他那种超越世俗的情义和惺惺相惜……少小离家老大回，乡音未改鬓毛衰……近二十年的海外漂泊，受尽世人冷眼和寄人篱下的滋味，一旦重返故土，最受不了的是被人忽悠和诓骗，最受不住的是知己的宽厚和善待，诓骗尚且可以使人原宥和忘却，但情谊却是无价，更让人熬着“此恨绵绵无绝期”的重逢和期待……

驰骋高原戈壁大漠，思绪如尘，感慨如风，吉普如骏马，狂鞭似利箭……正要昏沌迷糊过去的时候，车内有人轻声一喊：“看！”在我顿然警醒的视野里，一座庞大而全身裹金的菩萨雕像，通身散发着蹦跳的太阳露珠，不可抗拒地跃然眼前。骏马吉普车并不减速，似一只被惯坏了的牦牛犊子，直着闯进了这座在冬季里人迹罕至的藏传佛教的古寺之间。人们推门踏地，摄影师便扛着机器忙着采景，其余的人四处闲转……

十六岁的住寺小和尚卓米迎上我眼前的一瞬间，他的微笑很从容和平凡，颧骨上紫色的红晕和那双明澈的双眼，惹人怜爱又使人宁静怡然。李先生的摄像机和镜头聚焦他的一瞬间，卓米缓缓掉转身去，用背部和无言，拒绝了他这个年纪本不应该回避的猎奇和预感。

“有法号吗?”

“有。”

“叫什么?”

卓米又用那平凡的微笑和令人过目不忘的从容，算是应答了我的问题和悬念。

“你喜欢吃肉吗?”

“喜欢。”

“和尚也可以吗?”

“藏传佛教的和尚可以。”

“寺庙里有肉吃吗?”

“没有。”

“那你怎么办?”

“回家。”

“家在哪里?”

“离这不远。”

“你怎么回家?”

“我有摩托。”

“你喜欢女人吗?”

“不喜欢。”

“为什么?”

“我正在修炼。”

“修成正果以后呢?”

“更不能有女人。”

“为什么?”

“修炼不容易，守住就更难。”

我的苍天，一个年仅十六岁的孩子，只要练就了信仰和目标，再加上

要用一生去厮守的责任和使命感，竟能如此的老成和坚定。卓米的生命刚刚起步，不管他的命运在未来的岁月中怎样蹉跎和变迁，但我们对话时，他那双清澈的眼睛里，向我投射来的坚定和坦然，迫使我的怀疑和笃信，全都成了一派枉然。我的遐思，此时被不远处传来的击鼓咏经声中断。

“一次念经多长的时间？每天几遍？”

“每次三小时。一天四遍。”

“你每天如此烦不烦？”

“不烦。”

“真的？”

“真的。这是我每天必须要做的事情。”

我再次呼叫苍天。回首自身放逐近二十年的西洋歌剧生涯，无论是在欧美，还是在故土，有时那几部歌剧、几种外语的交错轮番背诵，应急之时，竟在每天用上十几个小时的枯索猛练，大有生不如死、苦不堪言之感。而对眼前这个脸上稚气未脱的少年，在定力和煎熬之间，我的隐忍和悲剧英雄似的自恋和使命感，犹如坚硬的冰雕在突降的热流中顿然溶释和疲软。无论是谁，只要对信念不忠不贞，谈何持久？谈何定力？谈何意志如磐？这与学识、阅历、人格无关。

“你知道胡锦涛总书记吗？”

“知道。电视里见过。”

“你知道宋祖英吗？”

“不知道。也没有时间。”

“小小年纪，你为什么要出家？”

“因为我的哥哥也是和尚。”

“你渴望当方丈和庙寺的住持吗？”

“不想。”

“修炼成果后，你最想当什么？”

“走家串户的僧人。”

“为什么？”

“替许多许多的藏族人家祛难超度。”

我的心智被他那极朴素的语言震撼了。我无言以答，在混沌又空无的沉默中迷失了，竟是那般的茫然……这时，卓米领着我向寺庙一座砖房的后面，那座伞状帐篷构成的绳索建筑物走去，一条条挂满彩旗的粗壮绳索，一头深深扎进地层，另一头却极其执著而肃穆地扣住那根支撑此物的大梁顶端。午后的阳光，将这座以绳索和彩旗控制的神龛，激动地抖出一派斑斓。李先生肩上的摄像机如同法眼，紧紧锁住我和卓米，不停地细究探索。这时的卓米，已不再用背部拒绝着那镜头对我们的分析与解剖。

“你怎么学会的汉语?”

“自学。”

“父母是干什么的?”

“牧民。”

“你知道北京吗?”

“知道。”

“纽约在哪里？是哪国?”

“不知道。”

我的心里，仿佛被他的答语轻轻撞了一下，鼻腔里顿然有些发酸。我凝视着眼前这个绒绒的寸头，融融的眼神，柔柔的笑意，十六岁的少年和尚卓米，肺腑之间竟升起一种说不明白的感动。我下意识地取出一些钱来，向卓米直着递了过去。

“卓米，听着，你和我讲了这么多我从来没有听过的话，这是对你的感谢。”

卓米将目光转向一边后，又慢慢退后一步，一脸的与年龄不相称的严肃。

“钱，我不能拿。你要真有心意，就去大殿捐给佛祖吧。”

我有些焦虑地疾说：

“孩子，这是给你的，供奉佛祖，我会再捐。”

卓米十分同情和理解地注视着我，在令人心悸的淡淡微笑中他又退了两步……

捐赠了佛祖，又用心用力地拉动了牦牛皮带，滚转了藏传佛教的通圆法器后，我从大殿中跨出那道高高的门槛。不知何时，卓米的身后早已围上许多比他高猛的同寺弟兄，温良而痴痴地注视着我，微笑而固执地沉默着。我曾向卓米允诺要给他我的手机电话号码，但不知为何，卓米在我们分手时，却没有向我索要。是的，我忘记了，在我们徜徉寺庙的时候，对话的空当，卓米曾告诉我他的手机丢了……我像一个兄长，一个父亲，一个长者，恋恋不舍地向卓米说：“夏天，我会再来！”……卓米没有替我祷

告，向我作揖，与我告别时，只是用他那独有的微笑，那双清澈的大眼，那颧骨上显著的暗红紫色，连同他那十六岁的稚嫩和坚定，温和与安宁地目送我登车，远去……

骏马如车，纵车如马。我预感，我们此行的目的地快要到了……不知怎地，我的心里有些感伤，人生的历程中，每一次的进发，其过程总是激动人心，使人猎奇与丰富多彩的，但抵达目的地的现实，不管它有怎样的旷世精绝，博大壮观，但终究是顿失了其在人们想象中的玄念和梦幻。一如人们总是渴盼着收获，得意与成功，但梦圆和拥有了，反倒觉得以往的煎熬和折磨，等待与蹉跎，充满了失重的空泛和茫然……当张岩红导演在我的困乏中喊出一声“青海湖到了!”的时候，我便倾力睁大了双眼：那一望无际的冬季冰湖上，渺无人迹，辽阔平展。只有那一路朝着湖面冰层上，被寒风裹挟着的茫茫枯草，无声而欢快地向那遍死寂的开阔之地，疾疾地逶迤而去……一路的纵马狂奔，疾车如驹，沿途的滞留、景仰、饱餐和激情与猎奇，竟是为了眼前的这凝固、辽远与静谧？张导演以女人特有的敏感，觉出了我的失望，她尽心地告诉我：“冬季的青海湖，让人看的是宁静与苍凉，冰雪的悠远……你夏天再来吧，那广阔而深邃的湖水，蓝得叫人无法形容，深得叫人心里发颤。湖岸上的沙滩是金颜色的，没有沙的地方，都是一望无际的深绿草毯，浪漫着疯长直到湖畔……青海湖的湖水是咸的，只有一种很小的鱼类，才能在水中生存，这种鱼叫黄鱼，一年只长一寸，长到巴掌大小就不再长了，用这种鱼来熬汤，鲜美无比……”

其实，一路上我早已对青海卫视的几位老师，那细心的呵护，专注的讲解，详尽的介绍感激不尽了。我何德何能，竟让这几位在整个青海新闻界、音乐界人脉旺盛，成就突显的资深人物，一路劳顿，忍寒受累陪同若干小时。我从对青海高原之风俗人情、典故、文物、传说考证的朦胧和浅陋，到清晰与扎实，不正是在他们那对故土的深切的眷恋中，得以具象和深刻的吗？不知其他初次造访青海的艺术家，是否也会有我同样的幸运和福气？这仅仅是对我的一种在西宁市，其他方面抱憾的补偿呢？还是一种对一个东西文化传播者的厚望与期待？我想两者皆有吧……冬季的青海湖，对我们这些有着拍片任务在身的人，只能点到为止。不是说不到长城非好汉吗？那么，不到青海湖的人呢？虽不能以是否英雄、侠士论事，但作为一个炎黄子孙，起码能说明他的远足和对中国西部高原的感受，只能靠想象和耳闻区别旁人口中的阅历去自娱。若要了解西部高原的生态状况、地域结构、历史形成、人文景观、民俗风情、三江源头的发祥，必欲先去青藏高原，后登西藏之世界屋脊。我曾在面朝青海冰湖的沙山上疾步奔走，缺氧的肺部和大口喘息的节奏紊乱，竟让我宛如一条被风浪上甩上岸去的大鱼。我曾在西宁平安夜的舞台上引颈高歌，不能自主的气息支配，险些让我中断，我曾不止一次听闻，有些歌星大腕在高原上一曲终了，竟然要立即用氧气瓶续气救命。然而，经历了青海冬湖之旅的我，竟比任何一个时期都更加渴望着有朝一日去放歌世界屋脊，因为，经历了近二十年岁月的西洋歌剧苦旅的我，对故国的一切，都充满着一种剪不断、理还乱的猎奇与眷恋……

车轮婆娑，马蹄徐徐。窗外那一群群一簇簇，沿青海湖岸那方圆千里湖畔，缓步疾走的藏传佛教徒们，将头脸嘴腮用布衣紧紧捂住，只露双眼。据说他们常常要规律性如此步行，凛冽的寒流，餐野露宿，大漠的风沙，煎熬而枯索的历程，没有任何人逼着他们以如此周期性的执著，用八天一轮的时间，年复一年虔诚地环湖走完那些他们原本没有任何理由应该走的路程。但多少年过去，各种卓米和卓玛，还有他们的兄弟姊妹，父老乡亲，依旧固执地携起手来，不假思索地，彼此在时辰已到的无声相约中上路……

这种多少带有些悲壮色彩的行为，也许在我们这些被现代都市文明、信息爆炸、科技泛滥所宠坏了、搅乱的人们眼里，愚昧得不可思议？但是我从他们那胼手砥足、前倾后躬的艰难步履中，奋力跋涉的身形里，似乎悟出了一种深厚而沉重的真实，那就是：在他们的心底里，无时不供奉着一种早已溶入血液中的信仰，为了这种永远充满了憧憬的信仰，他们无暇旁顾，他们万难不惧……而我们这些自诩为见多识广、阅人无数、学贯中西、养尊处优，所谓文明到骨子里的现代都市人类，无论从肉体到心智，灵魂到意识，从哪一点上你就真的敢说：我，比他们活得快乐轻松和真实……我，比他们活得更加无所畏惧……也许，没有信仰的人，与虔诚的信徒，根本的区别就在于，前者敬畏天神，后者敬畏自己！

大漠的雄风裹挟着稀薄的氧气，慷慨地灌进了我们的车窗，又将我那沉沉欲睡的大脑和身心焕然一新，风中又似有遥远的“花儿”悠悠地飘来：上去高山望平川，平川里有朵牡丹，看去容易摘去难，摘不到手里是枉然……于是，我们愈加纵马狂鞭！

为神父的祈祷

你用骨节嶙峋、经络暴突的大手，紧紧捂住心口的同时，那张米老鼠似的脸上没有痛苦。一缕西斜的阳光，从教堂的天窗外射在你的脸上，将你那张在我印象中，永远那般苍白的脸，辉映得血色饱满、神采奕奕。面对眼前黑压压的教徒，你仿佛振臂高呼，圣母玛丽亚，保佑你的孩子们，让他们为欢乐而生存……此刻，我深知，你什么也喊叫不出。只有更加努力地攥紧胸口的道袍，拼力而深切地喘息着，通体流汗。空灵深幽的浩渺空间，仿佛一阵清风拂来，由远渐近。人们听到一种奇妙的人的混声及和谐。于是，所有的人都在小心翼翼地，追寻和判断着，这种唯有从天国才能传来的悦音。不知谁轻声的呻吟一下：哦，勃拉姆斯的《安魂曲》。于是众人便万般驯服、景仰地咏唱起来：“呵，慈祥和万能的圣母呵，您与我们同在，万福玛丽亚……”就在这一瞬，神父分明看见圣母玛丽亚怀中的圣婴，慢慢离开母体，向前方缓缓飘去，带着迫人心魄的魅力和乐感，渐渐融入人群。神父仿佛极其疲惫地合上双目，松去紧捂心口的手，那高大、慈祥、威严的庞大身躯訇然倒下，竟没有半点蠕动。呵，亲如我祖父一般的神父呵，用他蜷缩得像一个句号的身体，在大地上画上象征他生命八十余载的一个深刻的符号。合唱渐渐地由弱变强，仿佛暗夜里的篝火越燃越烈，在火焰中，时隐时现着神父那硕大的头颅和秃顶；饱满而夸张的大鼻子；那双闪动时快捷而有些狡黠的眸子，还有那张生动得如同米老鼠似的大嘴……

公元 1999 年 1 月 7 日那夜，我从梦魇中惊醒，通体大汗淋漓，将睡衣浸湿。打开天窗，眺望满天星斗，我的心被震撼得久久无法平静，整个夜空如同被洗涤一净，星斗竞相辉映，仿佛彼此倾诉心声。于是，我从心底里呼唤着：今夜星光灿烂……久久不能入眠。公元 1999 年 1 月 8 日凌晨，我怎么无法矜持和平静了，挨到近 9 点，立即给我的经纪人神父海塔士博士打电话。博士的美国朋友答："神父自昨夜在教堂里做弥撒时倒下去，直到现在仍在医院里昏迷不醒……"我至今不解，那时我竟平静得出奇，极其理智而又可笑地说："我可以和他说话吗？"对方说："没有人可以和他说话！"我有些木讷地撂下电话，机械地重复着说："我是唯一能和他对话的人呵，不是吗？"那时，我预感神父海塔士博士将灯枯油尽，很可能要永远离我而去。我一下慌乱起来，像一个孩童一样喃喃低语："你不会的，不可能走的，你走了，我怎么办？……"可是，我是那样无告地慌乱呵，慌乱地自己狠着劲，将他往多么阳光明媚的地方去想象，去琢磨。下午6时左右，我从法兰克福国际机场登上燕莎航空公司的客机直飞美国华盛顿达拉斯机场。由于时差，飞机很快进入夜间飞行。我的胸口堵得厉害，心仿佛被只大手紧紧攥牢，我感到从未有过的缺氧，我呼吸困难。我渴望打电话给他。我忍受着难耐的不舒服，一直飞到华盛顿。

10日之后，我从华盛顿返回德国，确悉你已撒手人寰，竟一下子不知如何去悼念你。鬼使神差，我信步走到维尔斯堡最大的天主教堂里，目光呆滞，心中万念俱无，面对祈祷台，我麻木地跪拜下去。呵，又是那个勃拉姆斯的《安魂曲》在空浩的教堂中回荡起来。我分明看见圣母怀里的圣婴被你化了身，安详、静谧地熟睡着，没有一丝一毫的忧虑和不安……合唱犹如自高山而泻的温泉覆盖了我的全身。我泪如雨下，心里有说不出的感动。我的心在对我说：一如我祖父一般亲爱的神父哟，终于该轮到我为您祈祷了。

作者于美国世界著名的皮博迪音乐学院获博士学位的照片

初识神父海塔士博士是在电话中。那时，我渴望着找一个多一点温情和关怀，少一些冷漠高傲嘴脸的经纪人。电话中，我问他说不说英文。于是他那如坦克履带隆隆滚过似的男低音嗓音便擂响了我的耳鼓："你希望

用什么语言和我讲话?” 我顿感汗颜。那时我刚来德国不到一年，德文讲得必定前后倒置，鸡飞狗跳。最能传导感情和思想的也唯有英文了。他似乎也没有逼我非说德文。更不像德国的有些经纪人，你和他（她）首次对话，若德文不爽，他（她）们会让你极为难堪。人家才不管你是来自红色中国还是赤色高棉。这似乎对我们外国人来说，那种感觉有点像：秀才遇到兵，有理说不清。神父的并不计较，着实让我松弛了不少。当然，后来我才从别人那里知道，他本人出生于美国，祖籍匈牙利，很早献身神学事业，并在二战时做过美国驻日本基地的随军神父。更有趣的是他早年便去意大利罗马红衣大主教梵蒂冈身边，亲聆这位举世闻名的红衣大主教的教诲，便从那里得到神学院博士学位。这样一来，他似乎很轻松地便熟稔了三种语言。母语匈文，出生之地英文，以意大利语攻下博士学位。在后来的日子里，我们在法国相见，他竟然和人家侃起法文，而且发音相当正宗。再后来他开始评判我唱的俄文歌剧咏叹调《阿列寇》，就更使我惊诧了，他何时又会的老毛子的话。当然，德文更不在他的活下，因为他的剧院和音乐经纪人公司，是在德国的教育和文化名城海登堡。每到周末，这个长相非常近似迪斯尼的大腕米老鼠的神父，便被德国许多城市的教堂请去布道，讲经和做弥撒。我不止一次地想象着，他那犹如坦克履带隆隆碾过大地似的男低音，一定会迷倒许多孤芳自赏、顾影自怜的德意志女性。可是，我却从未听他向我提及过一桩有关他的罗曼史。我在基督教和天主教对你神父约定俗成的法规中，迷糊了好几年后，终于才明白了为天主教侍奉的神父是不能结婚的。我随着越来越对海塔士博士的了解和爱戴后，不由得深沉地叹息。人的精神和肉体，在人生这漫长又短暂的生命长河中，多半是在相互拼杀和搏斗的状态中度过的呵。我认识神父时，认定他已七十过头。那么，他是如何在生命的七十个岁岁年年自我搏斗中，去完成自我胜负的呢？一个人无论他的信仰和使命多么崇高和恒远，但毕竟逃不出人性的范畴，神父舍弃对另一半的追求和拥有，并在生命接近晚年的时刻，竟让我觉得他青春无悔，别无选择，这本身不就是一种“修成正果”的成就吗？是的，随着我对他的了解愈加深切，我对他便更加感到神秘。但是，这种愈加神秘和扑朔迷离的悬念，却被他对我超乎寻常的慈爱、关怀和看重而渐忘。

勃拉姆斯的《安魂曲》已经渐远，我仍跪在祈祷台前。举目望去，教堂穹顶上那些神采摄人的安琪儿，都在用笑意举行着一种无声的、合唱的庆典。凝视着那些永远摆脱了烦恼和无忧无虑的精灵，我告诉自己，应该放声为神父咏唱一首无词的歌……

作者于美国肯尼迪艺术中心

那天的晚上，我们并未约好，但你来了。我演完法国歌剧巨匠比才的歌剧《卡门》中的斗牛士，你轻轻敲响了我化妆间的门，像一个羞涩的大儿童开始和我对话：“哦，孙，你的斗牛士看上去很高贵，很英俊……”我竭力掩饰着不悦。内心独白：你还是一个唱低男音出身的神父呢？竟然不对我的声音有评价。过了几个月你又来了，又像一个硕大的米老鼠，几乎是用那个秃顶顶开了化妆间的门。那时，我正陶醉于自己首次拿下瓦格纳代表作之一《帕西法》中的阿莫佛塔斯一角，而自豪自恋的感觉中。你嚅嚅嗫嗫，不合时宜地说：“你肯定阿莫佛塔斯对你来说真的就那么合适吗?”那时，我用鹰隼一般的目光盯牢眼前这个不谙世故的老神父，心里充满了藐视和厌恶。心里暗想：一个做梦都不敢想象能唱如此瓦格纳歌剧中大角色的三流经纪人，也配给我指手画脚……你似乎窥破我的内心独白，目光畏葸，悄然离去。后来，在我的一出出新戏的上演中，你都跌跌撞撞地从海登堡准确无误地赶来。似乎并不在乎是《茶花女》中的小角，还是《迷娘》中的卢塔里奥，抑或是《图兰多特》中的铁木尔，甚至还是那个德国儿童和成人一样心爱和欢呼的旷世奇作《汉斯与哥莱朵》……但是我发现，自瓦格纳的《帕西法》之后，你便很少来我的化妆间和我搭讪。演出后，我仍旧喝大杯的“皮尔斯”啤酒，仿佛雄狮一样大口咀嚼着

牛排，但没了你的存在，我总觉得缺了点什么。

在德国萨尔布吕肯州立国家剧院工作了两年后，由于种种原因，我不得不结束了那里的工作。在我又犹豫再三是否接受东德一家剧院的邀请时，神父海塔士博士竟又神出鬼没地出现了。他将我拉进一家意大利餐馆，为我叫好一份意大利通心粉“湿巴盖弟”和一大杯“皮尔斯”啤酒，用我从未见过的那种不容置疑的口吻对我说：“没什么可犹豫的，去施特拉颂这家剧院继续深造，进而拓展你的剧目。也许现在，对于你这样一个优秀的青年歌唱家说来，去东德仿佛流放，但是你面前有《唐·卡拉斯》、《卢恩格林》、《阿依达》在召唤。作为一个歌唱家，再没有什么能比他得到他渴望演唱的角色更幸福的了……”就这样，在那时，我踏上东去的列车，达汉堡，转柏林，停瓦施道克，从萨尔布吕肯至施特拉松竟要坐十多个钟头的火车，我恨不能将你那硕大的鼻子咬将下来，以抚我心中的不平衡，以劳我终日在火车上的疲惫和压抑……一年之后，当我带着已成我“囊中之物”三个伟大歌剧角色的喜悦，再次与你在这间意大利餐馆里相见时，你咧开米老鼠似的大嘴畅快地微笑。你那个与众不同，硕大而生动的鼻子仿佛为你的微笑喝彩，如同一只醒目的红色灯笼辣椒，赫然矗立在你苍白衰老的脸上……

作者与德国国立歌剧院院长

尽管在我歌剧角色的画廊里，又平添了三个重要的角色，但十多个小时的旅行，东德许多城市的落后和陌生，以及东西德的人生活水平的差距，而造成对外国人的冷漠和排斥，终日让我的心情犹如那里的天气，阴霾和潮湿得似乎发了霉一般。我恰似被流放西北的苏武，天苍苍，野茫茫，风吹草低见牛羊，大有一种茫然不知何处所归的绝望。一天下午，房东的电话响了，我慵懒地拿起电话，于是，神父那坦克履带般沉重的男低音，便如同夏日暴风雨前的阵雷滚过我的心田：“孙禹，听仔细。明天上午，我将带着葡萄牙国家歌剧院的艺术总监卡斯特罗先生，专程从柏林去施特拉松听你考试。著名的圣卡罗歌剧院将用巨额投资制作威尔第代表作《纳布哥》，好好休息，我有信心，你一定会拿下匝卡利亚这一角色的。”我听完后，竟然激动地没有说再见便放下了神父的电话。我何德何能竟敢让圣卡罗国家歌剧院的艺术总监，屈尊来到东德这个曾经美丽得不像话的海滨城市，聆听一个背运的中国歌唱家歌唱。我深知卡斯特罗先生昨日刚考过柏林国家歌剧院的演员。

那是个阳光明媚的上午。沿海的冰结在初春的阳光的温柔亲吻下缓缓开始融化。那座平素在我眼里外形丑陋和猥琐的剧院，在这晴朗的一天，恰似洗涤一净，又像一个脱去尘埃，换上美丽衣饰的村妞，光彩照人，秀色可餐。在钢琴伴奏将谱子摆上琴架上的一瞬间，我从内心深处便认定，《拿布哥》中的“匝卡利亚”一角，非我莫属。我不知道，在将来我的人生中，还会有多少次可以称得上所谓辉煌的瞬间。但是在那个阳光明媚的上午，我面对着仿佛时刻都在为我祈祷的神父，阅遍世界歌剧大家风范的卡斯特罗先生，我不折不扣地缔造了辉煌。神父张开缺牙的大嘴，彻底满足地仰天大笑着，但我分明听得出来他在竭力抑制着自己的兴高采烈。卡斯特罗似乎也很兴奋，他上唇的那撮精心保养的黑色胡须一再激越地蠕动，他问我来年的春天有没有时间去圣·卡罗唱《拿布哥》，那眼神好像怕我稍纵即逝了。我向他表示了深深的谢意。并说他能到德国极北部这个小城来，寻访一个失意中的中国歌唱家，我会永远感念的。他确乎有些不安地向我表示，这是他的工作。当神父用一位慈祥的老者，对后生所表现出的杰出无比欣慰的目光，又一次盯牢我的时候，我仿佛触到了我那神交已久的祖父，那慈爱、温暖的目光。

我依旧是跪在祈祷台上，双手平和而松弛地摆在台面上。幻觉中的《安魂曲》已离我远去，我渴望平静我的心智，暂且远离神父灵魂力量对我的掌握和笼罩。但是几秒钟后我便清楚地意识到，我的努力和向往是多么地虚弱和无力。凝视着圣母玛丽亚的大理石雕像，我突然有一种被遗弃的孤独和忧伤。我有些怨哀地对着冥冥中的神父的幽灵喃喃地低语：你为什么竟然不和我招呼一声，便这样迅速地撒手人寰。我顿失一个像祖父一样的长者的呵护，该怎样地不知所措。你想过吗？难道我承诺过？我必定要在公元 1999 年 1 月的某一天，去接受一个我决不相信的现实吗？一个无神论者凭什么要为一个从一开始，便将自己交托给神掌管的人祈祷？仅是

为了你每次在我去考试前的祷告？“上帝保佑你，圣母与你同在……”你凭什么似乎不费事便征服了一个来自东方古国，时刻为自己民族有着灿烂文化历史而深刻自豪的年轻人，一个成吉思汗般的大汉和斗士。

还记得吗？那是在柏林国家歌剧院的一次考试。我仅仅有些娇嗔说希望你和我同往，于是你便出现在柏林动物花园火车站的站台上。

作者在德国柏林国家歌剧院主演歌剧《唐·卡洛》

刚从穆索尔斯基的代表作《鲍利斯·古多诺夫》的排演场，走进德意志国家歌剧院的考场，不禁让我在嗓音的疲惫和对世界一流剧院的敬仰中，竭力地寻找着某种适应和平衡。那时，我亲爱的神父呵，你不该在我上场之前对我说：“勇敢地去唱，唱得像一个斯巴达克斯！”你真是老糊涂了，剧院的考场岂是杀敌的战场，艺术的大敌是有勇无谋，歌唱的真谛是以柔克刚……你就是那样一句听来准神父的祝愿，却教我像一头公牛一样将考场当成了格林纳达的竞技场。我唱着意大利作曲家威尔第写的成吉思汗咏叹调，仿佛不在歌唱，恰似金戈铁马、真刀真枪去征服欧洲，去攻战罗马。兵临城下，久攻而不果，尚且还可以运用孙子兵法，兵不血刃。可是我是在歌唱，孔勇有余，智慧不足呵。我竭尽全力歌唱，竟一败涂地，如强弩之末，只有招架之力，全无应变之功呵。柏林国家歌剧院的歌剧总监，算是看在一个年轻歌唱家被他的经纪人相伴亲历考试的份上，“屈尊”与我谈话：你有多大？你是塞谬瑞蜜吗？你现在便竭尽全力，将来如何是好？……铁青的脸，愠怒的神情。我抑或沉浸在成吉思汗征服欧洲的壮怀激烈中，难以自拔，当即顶了回去，“站着说话不嫌腰痛，假如你每天十个小时的排练，又得坐十多个小时火车来柏林考试，你就不会说这番话了。”柏林歌剧院歌剧总监被我顶撞得瞪大了眼睛，竟然说不出一句话。神父仿佛一个夜行的路人，猛地撞见了鬼似的惊慌失措，他忙着站了起来，用手按住我的双臂，一副不知所措的模样，那双七旬之多老人的手呵，直按得我的双肩疼痛难忍。

在去车站的地铁上，我们彼此难耐地沉默着，谁也不去看谁。抵达动物花园车站时，我忍不住娘们儿一样喋喋不休起来：“什么了不起的，不就是柏林歌剧院吗？我就不信那里的歌唱家什么三头六臂……”这时神父用一种唯有野兽才有的目光，鄙视而刻毒地逼视着我，半晌，他像疯子一样指着我的鼻子说：“你以为你是鲍利斯·克利斯朵夫呵，夏利亚宾吗？我告诉你，你什么都不是，你离一个伟大的男低音歌唱家，还差得远呐。”

神父似乎被自己暴跳如雷的失态骇坏了，戛然而止。但我却像被醍醐灌顶一样强烈地震撼，痴呆在那里。南去的列车开来了，似乎和谁都毫无关系地慢慢停在站台上。神父似乎为自己的失态有些羞赧地登上了列车。不幸的是，他又一次准确无误地将自己的手提包遗忘在站台上。当我将他的“命根子”交还到他手上时，他的目光竟不敢和我的眼睛对视。半晌，他似乎从牙缝里挤出一句话来：“一个东方人，只有踏踏实实，不计任何得失，才能最终占领世界歌剧舞台……用你们中国的谚语说来，这也许就叫做：‘卧薪尝胆，十年磨一剑吧’……”俄顷，他沉重地叹息了一声：“在西洋歌剧世界里，一个东方人要出人头地，光有过人的才华是远远不够的，更重要的是要有耐力和耐心，要比一般洋人付出百倍的努力呵……”我依旧沉默着没有应对，神父在不安地偷觑着我，有些魂不守舍。仿佛两个好得过头的朋友，乐极生悲。卖饮料的人和小车路过我们面前时，神父有些故意讨好似的为我买了一听可乐。我接了过来，仍然不与他的目光对视，被水银浇铸一般凝住。他嘴唇嗫嚅着没话想找话，一副可怜兮兮的模样。其实那时，我心里溢满了感激。我想告诉他：我懂你的心，我不会辜负你，但是我毕竟比你年轻……面对眼前这样珍惜你的，一如保姆一样的呵护你的经纪人，你所有的矜持和傲慢，娇嗔和自命不凡，

唯有一种解释，那便是恃宠放纵，十足的小家子气。

作者与经纪人海塔士合影

教堂顶塔上的巨钟轰鸣着响了几下，方才将我的思绪从深邃的缅怀和沉思中唤回现实。我缓缓从祈祷台上站起身来，准备回家。倏地，我仿佛看见正前方的神龛里，有你的影像。你根本无视我的存在，自己和自己言语着，我好累呵，真的好累，好累……于是，你侧面躺下，一个巨大而舒展的哈欠后，慢慢翕上你目光渐微弱的双眼，准备彻底地睡上一睡。但是你似乎觉得神龛太小很不舒服，很不能尽兴。你一如有时急着找我，却又不知我在中国、美国抑或是在德国，你嘟嘟囔囔起来，仿佛一个临睡前闹觉的大儿童。终于你决定不睡了。又费了不少劲立起身来，朝自己也不能确定，因往何而去的方向，忧郁着脸，固执而郁郁寡欢地离去。在你将要跨出教堂大门槛时，你似乎被绊了一下，一个趔趄险些倒下。我习惯地快步上前紧紧地扶住了你。你有些愠怒地甩开我的胳膊，看也不看我一下，奋力地挺直了有些驼背和前弓的胸膛，似乎和自己拼一个高低似的昂首离去。于是，我从你永远不服老的神态中和你那毕竟近八旬老人的胸膛里，听到了五脏六腑和肋骨搏斗的喧嚣声……

去波恩国立歌剧院的考试，著名于世界歌剧界的大导演，本世纪最伟大的戏剧男高音玛丽利尤·答·莫纳寇的儿子，姜·卡罗·答·莫纳寇。竟让我和你足足等了半年之久。我万万没想到在我唱完拉赫玛尼诺夫十九岁时所写的传世之作《阿列寇》咏叹调，这位在世界歌剧界名满天下的大导演，竟激动地起立鼓掌，冲着台上的我放声叫喊：太棒了！他欲罢不能，冲着后面隐在黑暗中的一排座椅连声呼唤："海塔士博士，海塔士博士……"我惊诧住了，空荡荡的剧院里，竟没有一点回音。于是，我走下台来，与这位院长大人的随从和他本人，在黑暗中一排一排座椅地朝后面寻去。我们终于在最后一排椅子上找到靠在椅背上，昏昏睡去的神父，口水徐缓地从他那永远酷似米老鼠的大嘴里流出。他满脸一百个放心和无比幸福的神情。

我在波恩国立歌剧院的走廊中踱步，心里忐忑不安。不知这位院长大人和神父将达成什么协议，将授予我什么伟大的角色？一个小时后，神父从一楼楼梯上哼着小曲走了下来。我迫不及待地问："他将给我什么角色?"神父意味深长地，眯起眼睛盯了我一会儿："走，先去我家，我给你看几样东西……"

神父将我拉到他用大镜框装饰起来的，那几张巨幅歌剧广告前站定，仿佛像布道一样庄严地说："有位老人，年轻时渴望成为一个唱遍世界，鲍利斯·克利斯朵夫似的男低音歌唱家，但因为种种原因，他一生只演了一些小角色……他演的角色虽都很小。却从未看不起自己！不仅如此，他还屡屡得到指挥大师和大牌歌唱家的赞扬。托斯卡尼尼、费舍迪斯科，哦，对了还有那个整个世纪只诞生一个，全人类的歌剧奇才玛丽亚·卡拉斯呵……"我听着这些如雷贯耳的名字，不由得瞪大了眼睛，终于在这些巨幅广告那很不起眼的地方，看到了这样的名字：佛朗克·海塔士。最后，我的目光终于在一幅红衣大主教梵蒂冈为他颁发学位证书的照片上定格。神父虔诚地亲吻着红衣主教的左手，无比景仰。这时神父为我端来一盘不知何时煮熟的"湿巴盖迪"，望着浇着番茄汁的意大利"大餐"，我忙接了过来，馋涎欲滴。于是他便和我讲述了这样一个故事，二战之后，他终于有机会应俄罗斯圣彼得堡大教堂的同学邀请，去那里布道。他为了此次圣彼得堡之行，竟激动地彻夜难寐。布道彼得堡并不足以使他因梦想成真而神魂颠倒，关键他觉得自己终将有机会将亲目所睹，亲耳聆听圣彼得堡那原汁原味的俄罗斯歌剧《鲍利斯·古多诺夫》、《依格尔王》和《伊万苏萨宁》。他永远不能忘记，刚到的那天晚上，他就在同学的陪同下看了《鲍利斯·古多诺夫》的演出。当沙皇在晚祷的钟声和为他送葬人们的烛光中气绝时，大幕仿佛充满灵性和乐感。在人们根本没意识的情形中徐缓而忧郁地闭上。将悲剧的气氛渲染到了极致。全场演出结束后，人们除了为主配角演出大获成功而欢叫鼓掌时，并没有忘记用充满无比敬仰的热

烈掌声，逼迫着那位头发雪白的司幕，走出台来谢幕三次……听完这个故事，我的心久久不能平静，一个月之后，我在法国尼斯歌剧院制作的歌剧《蝴蝶夫人》合同上签上了我的名字，飞赴那里，去扮演一个仅十分钟不到的角色：舅舅“邦搓”……每天演出后，当我情绪万般抵触为“邦搓”上台向观众谢幕时，我便想起了那位圣彼得堡歌剧院拉了一辈子幕的司幕老者……

一阵略带檀香气味，羽绒一般柔和的管风琴旋律，挟着紫罗兰的色泽，惊动了清雅、静谧的教堂，我依旧跪在祈祷台前，整个意识已经失去了对时间的把握和感知。不，准确地说我已经匍匐在扶手台上，似分娩后的产妇一样精疲力竭。哦，神父呵，你何时又翩然而至了呢？你头顶着玫瑰色的光环，通体装着玄色的新衣，脸上洋溢着无比幸福的圣光。你像刚刚进过圣餐，硕大的米老鼠似的嘴旁，一如既往地挂着多少次在我眼前晃动的米粒。它晶莹剔透，精致异常。由于你脸上的生动和可爱，它仿佛也变得多动和不得安宁。倏地，你仿佛一下发现在祈祷台上长跪的我，你脸上的每条皱纹里，都争先恐后地向外倾泻着慈祥和欣快……在我拼力地高举双手，渴望着要紧紧将你拥在怀里，绝不再放你离我而去的时候，顿然，我眼前的一切又化为乌有……

为了引诱你来我的乌尔斯堡市“中国歌曲独唱会”，我将一张很大的广告招贴寄给了你。不知为什么你很有点反常，竟一连几天没来电话。我憋不住了，往海登堡给你挂电话，你竟多次不在。我从心底里埋怨：这么老了还满世界地跑什么跑？关于这个话题，我不止一次问过你，你每次回答我时总似乎显得约定俗成：“我拥有的是一个小经纪人公司，凡事不自己跑，生意便让那些大公司给抢光了。”我说：“可你的身体……”说到这他猛地瞪圆了眼睛，愤怒地用他的巨大鼻子指着我说：“多管闲事，我不老！不老！我的身体——OK！”几天以后，你终于回电话了。电话里，你像一个没有吃饱，没有睡好的童子军，闹情绪似的叽里咕噜说了半天，到底我也不肯定你是来还是不来。那天晚上，我正在走台，透过玻璃的拉门，我一眼便看见你那硕大的脑袋和伟岸身材，在人群中和朋友们兴高采烈地交谈。独唱会开始后，我每唱完一首歌，你便忙得不可开交，又是跺地板，又是喝彩，你又似乎控制音量，但依旧轰隆巨响地议论着，闹得台上的我真替你不好意思！演出结束后，还未等我最后谢完幕，你便冲上台来一把，也是唯一的一次将我紧紧地拥在怀里。于是，我在你的躯体和衣服上，嗅到一股只有樟木箱里存放多年的衣服才特有的，淡淡的陈旧木质的清香，你似乎粗鲁地拨拉开几个想让我签名留念的观众，缠着我硬要我将几首你极爱的中国歌立即翻译一遍。我照你的意思做了，你似乎还是不甘心，又恳求我将其中几首再小声给你唱一遍。我有些不耐烦，更有些费解，一贯绅士风度的神父，今晚怎么啦？但是我还是唱了。你是那么专注地听着，俨然对歌词非得使劲听才能心领神会。“我住长江头，君住长江尾，日日思君不见君，共饮长江水……”于是你的眼眶便涌满了泪水。“我深深地爱着你，这片多情的土地，我踏过的路径上，阵阵花香鸟语……我拥抱村前那百岁的杨槐，仿佛拥抱妈妈的身躯……”一颗豆大的泪，仿佛经历了少许的挣扎，从你那已经变得有些混沌的双眼中滚落出来，跌在你浆洗雪白的衬衣领上。你轻轻地当胸捅了我一拳说：“这小子，唱得这么感人，中国歌曲怎么这么乐感而深情……哦，还有那语言，仿佛它本身就是音乐，音乐……”第二天清早，神父便来了电话。他仍旧意犹未尽，深沉而坚定地说：“假如我的生命可以从新来过，我一定要找一个中国女孩来做我的助手，而且我定要学中国话……”我手握电话怔了半晌，还想和他说些什么，对方已经挂断了。我万万没想到那便是最后一次和神父的会面和交谈。假如我知道，假如我坚信我的预感，我会再次拨通你的电话，为你更加缓慢而婉转地低吟浅唱：“我住长江头，君住长江尾，日日思君不见君，共饮长江水……”“天上飘着些微云，地上吹着些微风，微风吹动了我的头发，教我如何不想他……”

哦，神父呵，一如我从未谋面，却神交已久的祖父一般的神父呵，在这阒然人迹，神秘寂静，空灵缥缈的教堂里，你当着圣母玛丽亚的神像，面对一个已经祷告了半晌的中国后生，再认真地告诉我一声，你是不是又去某个城市，某个国家剧院看戏和联系工作了吧？你抑或真正的是离开了人间？假如你告诉我实情，我绝不会哭泣的……我静静地等待着，盼望着来自浩渺空间的回声，但四周依旧死一般地宁静。于是，我为我所无法解脱的孤独和无告，而泪如泉涌……

你用骨节嶙峋、经络突出的大手，紧紧捂住心口的同时，那张米老鼠似的顽童脸上，充满了幸福。一缕最新的阳光，从教堂的天窗外俯吻下来笼罩在你的脸上，将你那张自我认识你以后，永远是那般苍劲而执著的脸上，辉映得精血旺盛，仪态万方。面对眼前为你送行的，黑压压的人群，你双手高举，振臂高呼：圣母玛丽亚，保佑你的子民，还有那个来自东方

古国北京的大儿童吧！让他的梦想成真……当你目光炯炯，印堂发亮，双手再一次举过头顶的一瞬间，那唯有人类的混声才能缔造成的、辉煌的勃拉姆斯的《安魂曲》，再次在人声的海洋中升腾飞扬。你用你的心灵以及对生命由衷的祝福和颂扬，引领着这人声汇成的交响的海洋，来完成你所理解的，声乐艺术的不朽和永恒。人们争先恐后，排山倒海似的引颈高唱，万福玛丽亚，你与江河大地同在，你与天地万物同辉……于是神父那饱满挺直，夸张幽默的大鼻子上，金光万道。于是神父那硕大而秃顶的头颅上，益发显得灿烂辉煌。

怀念吴树声叔叔

读着父亲从安徽合肥寄到德国，纪念吴树声叔叔的悼文，我的手禁不住微微颤抖。我一向自诩是一个“男儿有泪不轻弹”的七尺汉子，竟然被泪水模糊了视线。当我逐字逐句读完父亲这篇深情的文章时，我周身的感官，仿佛被一把金色小号所奏出的苍凉而孤独的旋律所笼罩。倏地，吴叔叔那张清癯而充满个性的脸庞以及略显消瘦的整个形体，被雨后那绚丽缤纷的彩虹簇拥着，款款向我走来。于是，在我那幽静和沉睡的记忆深处，便涌起一股柔和、典雅的温泉……

那是一个对我来说，能否成为一名军人，便是不是一个真正的男子汉的年代。种种原因，我在父亲几乎跑断腿的奔波中，还是与当兵无缘。一天，我母亲告诉我，福州军区文工团来安徽合肥招文艺兵，吴叔叔向他的战友（带兵人）力荐我。记得那是在安徽省军区招待所，面对着几个高大威猛的准军人，我竟然毫不怯场。隐隐约约之中，总觉得身后有吴叔叔的面影，还有他带着浓重胸腔共鸣的山东口音：“小禹，你行！我是不会看错人的。”我浑然不知，他在何时便开始用这种肯定的语气，已经在为我设计我未来的歌唱生涯了。自然也无从考察，他凭什么便单方面认定，我将别无选择地靠我自己“雄狮怒吼”一般的嗓音唱遍天下。那时，他是我母亲所在编辑部的主任。在他初次用不容否定的口吻向我母亲宣称，我有一副超人之嗓音时，连我母亲都有些惊诧：亲生儿子这般过人的资质，竟然自己都并未给予必要的关注和及时的发现?!

那时，我在梦里都渴望做一名军人。面对着我膜拜的、来自福建前线的军人，我唱了也是样板戏中的军人咏叹调：杨子荣的“甘洒热血写春秋”。我初次被自己从墙壁上反弹回来、带着金属般的声音惊呆了。继而更诧异的是，一曲唱完，来自前线的军人竟呆若木鸡，久久凝住似的。一周之后，我母亲告诉我：“人家看上你了，死活要带你走！”于是，我就再

作者与美国富豪华侨粉丝们合影于夏威夷

也睡不踏实。一闭上眼睛便是：军装、营帐、“北洋水师”和“雄赳赳、气昂昂”跨过鸭绿江。仿佛歌唱要入另册，战死疆场才是无愧生命的一种永恒和唯一归宿。不知怎地，此事犹如一阵夜风掠过，便再也没了下文。我在稀里糊涂的盼望和等待中，渐渐被痴迷美术和排球摄走了心魄。“为国捐躯，战死疆场”的雄心壮志，随着家人和吴叔叔都不再提及，恰似一片远去的云，渐渐飘逝了。后来，似乎听我母亲含混地提及：是她再三斟酌，放弃了让我去当兵的选择。后来的日子，别的都已淡忘，但冥冥之中，吴叔叔那般无比坚定的确认，我终将能成为一个歌唱家的信念，仿佛一个不灭的信号，在我的潜意识中闪闪失失，似乎是扎下了根去。他的确认，之所以在我的心目中能构成权威性，那便是在我父辈口中，他是演过革命歌剧的。至于歌剧是一种什么样的形式和文艺载体，我毫无经历，更没有常识。只是觉得能唱歌剧的人很了不起。在我当时的概念中，歌剧应该不同于庐州府的“刀七戏”和安徽的文人墨客们为之骄傲得似乎有些癫狂的“黄梅戏”。我想，歌剧抑或是要有“真玩意”和要“动真家伙”的吧?!

粉碎“四人帮”后的第二年，弟弟孙国庆首先戴上了“中央音乐学院”的校徽。那时，“中央音乐学院”的校徽标志着在我们那个以旅游胜地黄山的闻名遐迩、古井贡酒的如雷贯耳和徽菜传统的耀祖光宗，远比科技人才和人文素质，是否执全国之牛耳更为重要的农业大省里，竟有西洋歌剧人才的存在。望着在我眼前晃动的校徽，我心里交织着一种复杂的感觉。因为那时十八九岁的我，正是马鞍山市话剧团的一名学员。我的偶像并不是李双江、刘秉义、夏利亚宾和保罗·罗伯逊，而是金山、于是之和李仁堂、邦达尔·丘克……西洋歌剧对我犹如夜空中两颗相隔极其遥远的星座，相安无事，永世不会相撞。然而，每当我在楼道里走着，便被那共鸣极佳的回响诱惑着，时而唱性大发。这时，吴叔叔便像一个幽灵出现在他家门口，微笑而执著地对我说："你应该去考中央音乐学院！"他那种比我自己更明确，更自信的神态和口吻，常常让我汗颜和局促不安。因为那时的我不仅不识五线谱，而且常被习大提琴多年的弟弟称为"柬埔寨"即"简谱债"之外，所会哼哼的歌曲几乎均是听会和顺着收音机模唱的。并且，一首歌断然是从头唱不到尾的。吴叔叔似乎并不在乎这些，我每次唱着经过他家，他竟是如此固执和不厌其烦地，重复着他那坚定不移的对我的厚望。再后来，当他的这种由不得我不重视的"固执己见"，又受到其他几位专业人士的共鸣时，我只有揣着茫然和猎奇的心思北上赶考去了。即便是在北去列车上的不眠之夜，还是徘徊在北京电影学院、中央戏剧学院和中央音乐学院这三所大学之间，在我所编织的梦中，仍无被音乐学院歌剧系录取，并在将来成为一个国际性的歌剧演员的半点感应。在我收到音乐学院的录取通知书，告别马鞍山话剧团，回到合肥重见吴叔叔时，他并没有为自己的神掐妙算得以兑现，而有丝毫的得意之色。只是仍旧用那种绝对有把握的口吻对我说："你妈妈给我们编辑部发的喜糖，我吃到了。好好学，你能成，也应该成！"在那个岁月中，我母亲的编辑部里的同事们经常互发喜糖。五年之后，我在毕业公演的西洋歌剧《费加罗的婚礼》中饰伯爵。那时，我突发奇想，假如我的将来，也能练就此种"三年早知道"的特异功能的话，岂不也成了奇人了吗?！自然，那时的国人为了长命，虽对气功和特异功能尚未有足够的悟性，但是清晨即起大灌凉水、甩手疗法、猛喝鸡血、纵饮红茶菌等等，倒也是如痴如醉，趋之若鹜。

人与人之间，是否确有"缘分"存在？我从未认真品味。但后来，在我生命中太多的"奇事"发生，让我不得不重新审视和琢磨这所谓"缘分"二字。也许是吴叔叔第一次听到我"吼叫"的嗓音后，他便在一个阳光灿烂的早晨，郑重其事、宣读国书一般对我母亲说："你儿子，学美术虽刻苦，但没有过人的才华。付出再多，收效不大。但我敢肯定，他的将

来一定可以成为一个不可多得的杰出的歌唱家！”在我母亲有意无意将她主编的话在饭桌上，随意而不甚连贯地透露出来之后，我心情的失落和怅然，孤独和无告，绝不亚于被智者一语中的。因为那时我曾酷爱美术。而今天每当我失意时，独自漫步于异国都市里，那些被黄昏笼罩、被教堂枯索的钟声所淹没的大街小巷中，那种当年诀别美术的失落，依旧叫我沮丧。……在告别了我省大画家鲍加叔叔家里那间充满了油画芬芳的画室，

回乡

我还来不及缓过神来，重新给自己定位和选择的彷徨中，不知怎地，一下子便将美术的渴望匆匆埋葬在雪地里、在柳絮中、在三伏天的日日夜夜里……那种梦想成为列宾和达·芬奇一样的油画大家，也为自己留下一幅《伏尔加船夫曲》和挂着永恒微笑的蒙娜丽莎之渴望，顷刻之间灰飞烟灭了。从那时起，就以“倔”而出名的我，便无法躲避对吴叔叔的好奇。我不仅偷偷从父亲已封存的书架上，翻出在“文革”中他那被打成“叛徒哲学”的长篇小说《在狱中》细读，甚至常常在人家写批斗他的大字报，以及他反击的大字报栏前驻足，欣赏着他那笔走龙蛇、力透纸背的书法……连我自己也很奇怪，从那时起，吴叔叔的言行就常常让我比他人更为重视。不知从何时起，我就已经将他视为一个与我很有关联的人了。毕竟他的观点和对我的判断，不仅对我本人，甚至对我父母都有很大影响。因

为，在当时的文联大院里，吴叔叔无论书法、绘画、文章和歌唱，这几项综合性的全能，是少有人可以与他相比的。况且他还有一位画技更精的夫人顾美琴女士。直到今天，我在欧洲的这座德意志联邦共和国北方的城市里，读着我父亲的文章，才知道吴叔叔身上如此之多的才艺竟大多都是自学而成的。锱铢积重，冰冻三尺。一个人靠自研自学便能成就如此这般造化，在我的心中，不啻是要被永远地敬重的。

吴叔叔在我从艺的道路上，以他不容抗辩的固执拨正了我人生中的偏差，让我从里到外焕然一新。从那以后，每每再见他那双微笑的双眼时，仿佛便有了许多哲学的味道了。它们仿佛在重复着这样的哲言："艺术是需要有天资的。假如一个人在某项艺术事业的选择上天资不足、才能不够，只有自寻烦恼。如同一艘马力不足的驳船，是无法和远洋巨轮相比拟的。"但是，在我五年的音乐学院歌剧系的学习和深造过程中，我并未将那种被纠正偏差、焕然一新的生命动力，全部投入到如何使一个中国的夏利亚宾早日诞生的奋斗中去。更不幸的是，大学五年中，我又染上了至今不治的"文学痴呆症"。记得有一年暑假的一个晚上，我为了写作不致汗湿稿纸，在我母亲编辑部同事下班后，躲将进去，反锁上门，在房顶上悬着的那个吊扇下，嗅着"编辑爷"改稿用的墨汁香臭味，开始了我的文学之"路漫漫其修远兮，吾将上下而求索"。约莫十一点钟，编辑部的门被打开了，吴叔叔走了进来，我忙着要站起来。他似乎对我借用编辑部写稿又是"三年早知道"。他挥了挥手让我别动，告诉我忘了一篇未及审看的稿子。突然，他的双目似被火焰灼烫一下圆睁起来，紧紧盯住我手中食指和中指间夹着的一根香烟，足足有五六秒钟凝住不动。过了一会儿，他缓缓抬起头来，目光如同一把刀子，锐利地在我脸上剜着。他嘴巴嗫嚅着确乎想和我说点什么，但不知为什么却感到十分艰难。我下意识地将那还有半截子的烟掐死在烟缸里。在他的身影消失在门口时，我实在地觉得，他整个人在被一种很严重的失望心绪压迫下，变得缩小了许多。在那以后的日子里，我每逢写作依然还要吸烟。已经早已戒烟并以写作为生的父亲，为劝我不要吸烟道理说尽，狠话说绝，但我依旧不改。吴叔叔仍旧细心去发现和培养一个又一个年轻作者的同时，也发表我的习作。但我发现，在我后来回家度假的几个夏天里，吴叔叔注视我的目光中，便平添了几许耐人寻味的内涵。多少年过去了，一个月光如练的仲夏之夜，在美国旧金山湾区，一个华人为我独唱音乐会成功所举办的聚餐会上，一位冯玉祥将军

的后裔递给我一张图片，上面排列着三个不同的肺：未经污染的肺部血管清晰、脉络鲜明；被污染的肺丑陋脏，黑杂物丛生，令人毛骨悚然；被癌细胞遍袭的肺，仿佛一块失去全部弹性和真实感的橡皮死块。这时她轻轻在我耳边说道："你在自毁你的前程……"她的话在我心上，如同静谧的原野上滚过一阵惊雷。那天晚上曲终人散，我凝视着这冯玉祥将军之后送我的图片，长久地发呆。间或，在我的眼前，父亲每当我吸烟时，那满脸"豺狼虎豹"似的凶狠表情不时地掠过。于是，我又忆起吴叔叔初次发现我吸烟时的目瞪口呆。一瞬间，我似乎顿悟了，他那双变得有些令我琢磨不透的目光中所蕴含的深意。那天的凌晨，我终于止不住又接过朋友伴着笑脸递来的一支烟。在我将它点燃后，猛吸几口，奇怪，这"万宝露"怎没了它应有的滋味？顿时，我是那样无法形容地藐视自己毫无毅力。我在"我完了"的绝望中猛醒了过来，一边用纸巾擦着额角流出的汗，一边欣慰地告诉自己，我这次的烟是戒定了。旧金山两年后的一个初春的日子里，我在华盛顿一位药理博士家里，像电影里的革命志士，面对党旗，举行庄严的入党仪式一样，怀着一种博大的责任和使命感，光荣地加入了美华国际反烟大同盟。然，我在后来的日子里，大同盟的神圣确乎领略了，多少年后关于抽烟，我又故态复萌。

作者留美在校期间参加亨德尔《弥赛亚》的演出

尽管吴叔叔几乎是发现我的将来，是可以以歌唱为生的第一人，但我断定，他也许终生都没有机会，亲耳聆听我在豪华的音乐厅里放歌，在辉煌的歌剧院里演唱西洋古典歌剧中的各种角色。但又正是他，在我毕业后被分配到中国歌剧院，用了五年的日日夜夜，仅仅演了一部歌剧的惆怅中，再次以不容讨论和商量的口吻对我说："小禹，你是学西洋歌剧的，为什么不去西方国家深造和唱大歌剧呢？你一定要去，走出去，那才是你真正的英雄用武之地！"他说到"用武之地"时，显然加重了语气，楼道里的共鸣被他的声音振动起来，发出黄钟大吕般的回响，显得那样庄严和神圣。仿佛天神在授予我一个不容推辞、任重而道远的光荣使命。我的全身一下子被这种带着宿命意味的神秘气氛所震慑。我的灵肉被一种"天将降大任于斯人也"的严峻紧紧地罩住。这种在我生命中，犹如被电击一般，既庄严又带着浓重使命感的震慑，在我出国后十年，异国生活的漂泊和孤旅中，唯有在我主演西洋大歌剧中的国王和红衣大主教时，才能畅快淋漓地得以重温。有时，我疑惑这些都是发生在梦中。当庞大而訇响的交响乐伴着洪水滔天般的合唱，铺天盖地席卷而来的时候，我已经无法感到我的自身存在了。我觉得我是意大利歌剧泰斗威尔第用他的乐魄，拥推上舞台的西班牙国王菲利浦二世，罗马的红衣大主教，我是俄罗斯民族歌剧作曲大师穆索尔斯基，被他那雄浑苍凉和悲壮的笔牵引上了舞台。用极度恐惧而又残酷的心态，多疑而又暴躁的情绪，错乱而满眼幻象丛生的精神世界来诠释着：双手蘸满皇位继承人的鲜血，终日活在疑神疑鬼、神经濒临崩溃边缘的俄国沙皇鲍利斯·古多诺夫……吴叔叔犹如一个先知，如同威尔第歌剧《纳布寇》中的大祭司匝卡利亚一般，以不容置疑的口吻和信任，在我人生几个重要的时段，小心翼翼地指示着，宣告着我将等待的福音，收获的福祉。至于需要以什么样的奉献和如何准备，才能坦然地去迎接那种奇妙的福音，去牢固地拥有那种终生受用不尽的福祉，他却从头至尾未曾点拨我丝毫。仿佛我仅仅需要按他所告诉我的"终极目标"一路走将下去，本身便会福星高照。难道不是吗？我常常这样自问。假如一件事的机缘巧合不能称为"奇"的话，那么在我颇为精彩的人生阅历中，多次的传奇事件，就不能不让我笃信：冥冥之中，有一种我说不清楚的东西在保佑着我。请问：有谁，在考上中央音乐学院时竟不识五线谱；有谁，在拿到了美国约翰·霍普金斯大学皮博迪音乐学院的奖学金和录取通知书时，竟还对英文发憷；又有谁，在比利时皇家歌剧大赛获大奖的前夜，竟将玻璃墙当空地穿越而过，结果被送进医院，在左眼的上角被缝了七针

……我永生难忘，当我走上台去，不知所措地从评委主席手中接过奖状和奖金，迎着海潮一般的观众的狂呼“中国，孙禹”时，我一边流泪，一边反复地想着：我是怎样才从遥远的中国走来，最终走上了这个辉煌和高贵的领奖台……

我的双眼又落在父亲悼文中那段让我心悸的文字上：“似乎是怕打扰别人，你在人们熟睡的凌晨，悄悄地走了。那支燃烧自己，照亮别人的烛光同时也熄灭了……”吴叔叔那清瘦而飘逸的身形和面影再次占据和拥满我的视线。十年后，我这个“人在洋邦”整整漂流了十载的游子又重归故里。在那个我在异国他乡曾多少次梦魂萦绕的“宿州路九号”大门口，一眼便认出您在老伴的搀扶下，吃力而轻飘飘地朝我走来，脚下仿佛踩着两片祥云。从那时到现在，我始终记不起您穿什么颜色衣服，只是深刻地记得，您整个人的颜色仿佛被碘酒久久地浸泡过，泛着暗涩的灰黄色泽。您看到了我，表情显得很意外，略带点惊讶和激动。您努力地朝我微笑着，睁大了眼睛。您的老伴笑盈盈地看看您又看看我，千言万语尽在不言中。您停在我面前，用眼里全部的慈祥和笑意抚摸着我的脸庞，拥抱着我的全身。我明确地感到，您嘴巴嗫嚅着，在做极大的努力想告诉我，您此时此刻极想和我说的话。但结果让您自己很不满意。您有些歉意和羞赧地仅仅吐出一两个单字：“好！好……”我简直不相信自己的眼睛，病魔竟能让您虚弱成这个样子。老伴扶着您怀着言犹未尽的深深遗憾，又像刚才那样吃力而又轻飘飘地离去。就在您和老伴就要拐进楼道时，您似乎和自己有些过不去似的，有些挣扎般地缓缓转过身来，又朝着仍在凝视着您而呆站的我投来深深的最后一瞥。这平静、安宁、踏实的一瞥，犹如高山出平湖的水面上，悄然掠过一纹涟漪，一瞬间便速疾地消逝了。那时，我的心里，每一个角落都被一种难以形容的感动充盈了……

3月下旬的一日，我在法国地中海沿岸的一座名城——尼斯，用演出意大利著名歌剧《蝴蝶夫人》的空当，给家里打越洋长途。电话里，我父亲告诉我：你吴叔叔走了……放下电话，我呆坐在窗前，放眼那一望无际，仿佛永远蔚蓝的地中海久久发愣。不知过了多久，在天海一线的远方，缓缓驶来一艘通体洁白似雪的客轮。当这艘被海水映衬得更加洁白的客轮驶近的时候，它倏地发出一声嘹亮的汽笛长鸣。于是，我觉得浩瀚无垠的大海深处，由弱至强，由远而近地传来亨得尔那庄严而空灵的“弥撒”圣曲。于是，汹涌的海涛恰似浩荡而辽远的混声大合唱，将我整个人彻底地淹没了……

作者在比利时皇家国际歌唱大赛上连夺三项大奖

吴叔叔，您安息吧！作为一个普通的人，您的仙逝和善后，也许平凡得犹如草木花卉，秋天凋落，春又复生。但是您的仙逝，不啻在我们父子两代人，还有许许多多得到您帮助和提携的作者和朋友们心中，耸立起一座值得永远纪念和仰视的丰碑。由于您的平凡，在平凡的人们心中，这座丰碑愈加显得真实和高大。我想您留在我父亲心中的丰碑，是您以您的人格和人品，以及几十年的相互了解所铸造的。而您留在我心中的，除了丰碑，还有一种用言词所无法倾诉的、刻骨铭心的感念之情。这种深刻的感念，在我今后的人生中，每当我取得成就，再创辉煌时，它都将会如同灿烂的旭日一样，冉冉东升……

妈　妈　桑

二十多年前，我独身一人前往美国太阳城，巴尔迪摩市的皮博迪音乐学院留学进修歌剧。在著名的汽车城底特律转机时，看到主要进出口除了英文语标，剩下便是日语。后来在美国待得久了，发现美国人对中国的了解的确可怜。除了长城和紫禁城外，剩下的只有粤菜和川菜了。再后来，我发现有很多的美国知识分子，都会来两句广东话，再者就是日语了。有一次给美国人包饺子，等他们吃完了却还在问：馅到底是怎么进去的……所以，在那时的多数美国人眼里，只要是小眼塌鼻、身形矮小瘦弱的，大都被看成是日本人，至多也就是韩国人了。所以他们对所有东方血统的小老太太的称谓是：“妈妈桑”。对我这个进修西洋歌剧的东方彪形大汉，总是问：你真是中国人吗？……在他们与我告别时，总是一个东洋式的鞠躬后，嘴里念念有词：撒油那拉。简直让我啼笑皆非。而今天，能说一口汉语的美国人，比比皆是……

初识“妈妈桑”，是在我们音乐学院音乐厅前的小路上。小老太太瘦弱矮小，仿佛一阵风便能将她刮向天外。从那时至今，我都分不清，总有一种让人感受着太阳般暖融融笑意的“妈妈桑”，到底有多大岁数。但她留在我记忆深处最清晰的印象，就是她有一双锥子一般尖锐，洞察秋毫又含而不露的眼睛。

刚到美国，英语不灵，饮食不惯，思乡心切，自卑得要命，终日过得枯索无味。一天到晚，除了英文强化训练，剩下的声乐课，不是糊弄了事，便是在其他理论课上，一路昏昏沉沉，在梦中那漫漫的回家路上，辗转踯躅，不知所云。稍有空隙，便去学院门外的花园里，看露宿的酒鬼和乞丐捉虱子和骂人。寂寞的日子，学习的压力，令人反刍的饭食，陌生的生活环境，逼得我常常学着丧家之犬的狂吠，一有空闲，便全身焦躁不安地在城中的各个角落里，毫无目的瞎转乱逛……这时，“妈妈桑”的出现，使我像一个狼突豕奔、走投无路的人，看到了一条阳关大道，一个行将被淹死的人，抓住了一根稻草。

“妈妈桑”在音乐厅里听我唱过后，嘟嘟囔囔地赞美着我说：“我的天哪，中国大陆的今天，竟有这样的低男中音？……”说完，她那双鹰隼似的锐眼，竟不敢和我对视。整个瘦小孱弱的身形，浸透在一种仰望和绝对诚服的羞赧中。少顷，她低着头喃喃地用“广普”对我说道：“任何时候，需要我帮助，就给我打电话……”她的“广普”说得吃力和费劲，仿佛在搬着一架根本无法挪动的三角钢琴……几天之后，我从当地华侨的口中知道，这个被人们叫做“咪咪”的小老太太，是大华盛顿地区的著名钢琴教育家。由于酷爱声乐人才，早先只是专门扶持从台湾赴美的声乐家，并不计任何报酬，为他（她）们组织独唱会，并担任义务伴奏，积极为他们联系各种演出机会赚些收入。时常为他（她）们烹饪广式美食，留宿她家终日练唱和发声，尽力祛除这些人在异国，那剪不断理还乱的伤心忧事，挥之不去的思乡之情……于是，公元1988年春天里的我，一个初到美国，终日活得不想再活的大陆青年歌唱人，便在“妈妈桑”的阳光沐浴下，成了这位后来让我一生刻骨铭心，异域邂逅的华裔母亲，那第一位被“领养”的大陆歌剧“儿童”……

“妈妈桑”出现在我的眼前的一瞬间，就让我对她的外貌竟有些诧异，对她的年龄也不能准确地判断。不到一米六的小个子，单薄瘦弱的身材，谢顶的头上，加上五官长得十分幽默，给我一种童话世界里的人物印象。如此相貌平平和孱弱的小老太太，在任何一个场合中，绝对不会让人过目不忘。只是她那双慈祥而温暖的眼睛，总是在微笑之后，瞬间掠过一种睿智和刺人心魄的犀利，让人觉得她内心深处蕴涵着过人的敏锐和坚毅……在我们告别时，她紧紧握住我的手，仰着头微笑地看着我，用万般吃力的中国话对我说：

“人们……都叫我‘妈妈桑’，下个星期六……我来接你……到我家去唱……唱歌……我从来没有听到过……有任何一个中国人的嗓音，像你一样温暖……”

我说：“谢谢你，‘妈妈桑’。”

她又说：“你刚……来美国，一定常常想家，想家了，就给我打电话，我开车来接……接……你……给你烤鸡吃！”

我笑了，被她那极其吃力的中文和滑稽的神态弄得忍俊不禁。

一个星期之后，妈妈桑没有食言，从她家那个著名的拉克维幽住宅区，开车近五十分钟，到学校来接我去她家。妈妈桑的车开得飞快，在通往华盛顿的九十五号公路上疾驰着，犹如一辆勇往直前的坦克。“妈妈桑”那辆半旧的“亨达”银灰色小车里的音响中，放着德国的艺术歌曲演唱大师费雪迪斯科录制的CD，舒曼的套曲《诗人之恋》。我望着公路上，被她一路甩在身后的各种车辆，眼前疾快掠过的路标和两侧移动的树墙，在心里诧异，眼前这个弱不禁风的小老太太，开起车来何以这样的风风火火、所向披靡……

中间为“妈妈桑”

“妈妈桑”在车过山坡上那座耸立着白色尖顶摩门教堂的岔路口时，被交通警察的车拦下，停在路旁。她向两个虎背熊腰，屁股上挂满电棍、手铐和短枪的警察交出驾照后，像一个顽皮的小女孩，叽里咕噜地和他们说着我尚不能完全听懂的鸟语。我全身缩在座位上，心情紧张得像掖着一个小兔子，活蹦乱跳着。狗熊似的警察，从本上撕下一张罚单时，“妈妈桑”就用极其可怜的目光注视着他们，将双手合十，祈祷般地紧紧握住放在胸口。这时，奇迹出现了，当“妈妈桑”又是一阵鸟语之后，警察手中的罚单像焊在了半空中一样，竟再也没有递将过来……在后来的十几年里，我和这位华府鼎鼎大名的钢琴教育家、声乐艺术指导“妈妈桑”的交往中，她总是以平静而安详的印象，永驻于我的记忆中。但是由于驾车的急躁和过猛，让她多次有惊无险，最终以两次较重的车祸，使她数根肋骨折断，腰髋挪位，提前进入了卧床不能平躺、站不能直立的佝偻状态……尽管这样，她依旧准时给少年童子钢琴学生上课，从不间断，仍旧为了自己创办的国际华裔夏季实验歌剧院，每一年度的整出歌剧排演孜孜不倦地工作着。记得多年以前的一个秋天，我从她家附近乘地铁去华盛顿国际机场，准备飞往巴黎参加独唱音乐会演出，在过关检查证件时，突然发现护照遗忘在她家里，于是急忙电告。大约过了十多分钟，“妈妈桑”出现在候机大厅，那一路的疾驰，她在路上连闯红灯的焦急，让她在见到我的一瞬间后，双手扶住机场大厅里的一个金属垃圾桶呕吐不止……多少年过去了，当时的“妈妈桑”，双手按在离我不远处的那个金属垃圾桶的边缘，随着那一阵猛似一阵的抽搐和剧烈的呕吐，将我眼前那个全身扭曲、颤抖不止的小老太太，折磨得活像一只被掏空了五脏六腑的老干虾。至今，那件事，让我仍有一种难言的内疚和惶恐不安……

“妈妈桑”的飞车载着我，拐进一个石碑上刻着“木头天国”标志物后，便驶进她家的那座被森林般绿荫环抱、遮掩着的平顶别墅屋前，停在路旁的空地上。木质的平顶房屋和石头砌成的墙壁显得陈旧，在我的眼里，有一种长年失修和缺乏精心保养的颓唐。我们沿石阶而上，进入屋子里，眼光所及便是过时旧暗的用具，室内的一切，墙上的挂饰，都如同主人一样衰老。“妈妈桑”招呼我坐在一张嘎吱作响的老式沙发上，从冰箱里取出水果和橙汁款待我。由于渴极，我将一大杯橙汁仰着脖子，一口气饮尽，就在这时，我便发现了一个细节。只见小老太太又给我斟满一大杯鲜橙汁后，从壁橱上取出一个喝威士忌的小玻璃盅，小心倒满橙汁后，便小口啜着慢慢呷尽。整个过程显得既小心翼翼，又竭力不让品尝滋味的快感、解渴的爽朗轻易逝去。我将妈妈桑的举止收入眼底之后，心里便徐徐升起一种淡淡的自责。

随“妈妈桑”走进她的地下室，我即刻被她的音乐工作室里的布置深深吸引。两架黑漆脱落的小型三角钢琴跃入眼帘，钢琴上摞满了各种曲谱，四壁上挂着曾和她合作过的男女声乐家的照片。被拆除的壁炉里，放置着组合式录放机，墙角四周是一捆捆老式的纹路唱片，书架上是满满当当的各种盒式磁带和歌剧录像带。从那一刻起直到如今，在这个满满记载着音乐奉献和华人歌唱家履历的袖珍世界里，在我对“妈妈桑”所有的记忆中，拥满了美好的感念和充实的温馨，以及对她那慈祥而无私奉献的深

刻感激……多少年来，我和“妈妈桑”在华府的各种场合，不知有过多少次难忘的音乐会合作和音乐排练，她从不曾索取过我一文钱。每当我在异国他乡因惧怕孤独，而用各种借口，不愿在周末回到学校宿舍楼去，就赖在“妈妈桑”家里饱食终日，大快朵颐。“妈妈桑”总是笑眯眯地承受着、默认着，至今让我每每都有一种泪湿眼眶的感激。“妈妈桑”以教钢琴为生，她的丈夫，一个早早退修的联邦税务法官，却从不过问她的一切。她的三个孩子早已成人做事。“妈妈桑”的家境中等，却对我们这些来美不久，尚无固定收入的大陆音乐家竭尽慷慨和赞助，自然得如同母亲与孩子。多少年来，那许许多多受到过她的恩泽，得到过她的资助，通过她赚得金钱，吃过她家的美食，住过她家床铺的人，数不胜数。

有位从中国东北赴美留学的女高音，因经济拮据，长久思乡，为了生活和学费，又不得不去中餐馆打工，久而久之患了忧郁症。除了工作和上课之外，便把自己关在公寓里很少和人交往。自从她和“妈妈桑”认识之后，在她家一住就是半年。“妈妈桑”因赏识她的嗓音，待她像自己的亲生女儿一样。不仅免费辅导她的英语，管她吃住，为她举办音乐会，寻找周边的声乐爱好者跟她学声乐，解决她的生计问题，甚至为了她和一些华裔歌唱家四处筹款，组建国际华裔青年实验歌剧院，在造价昂贵的歌剧舞台上，充分显示了她的艺术才华。几年以后，当这位女高音在华府的亚太裔居民中蜚声内外，完全可以靠教学生度日之后，在“妈妈桑”担任琴师和奉献的教堂里受洗，成为一名虔诚的天主教徒时，她声泪俱下，称“妈妈桑”是她的再生父母。当时的场面十分动人，在场的有许多人，无论是否教徒，都被她发自内心深处的感念和演唱的《万福玛利亚》，感动得潸然泪下……

事后，我十分好奇地询问“妈妈桑”，为什么会对那位女高音超出对自己亲生女儿，那种几乎不可思议的关爱和无私的给予时，“妈妈桑”沉默良久后，没有直接回答我的问题，竟口气缓缓地，向我讲述了一个有关自己的童年故事：

在我六岁的时候，父亲死于旧金山金矿开采的塌方事故中，母亲为了生计，就在旧金山中国城里开了一个小杂货店，领着我和姐姐相依为命。那时的旧金山，不像现在这么繁华和安全。到西部淘金的流浪汉、偷渡客、地痞流氓、逃犯和马帮枪手比比皆是，所以那些黑社会中的各种势力，为了自身的利益，杀人越货，帮派之间的仇杀和火并时有发生。一到天黑，各个店家就早早打烊关门。由于社会治安的混乱和法律的不健全，当地的警察便成了店铺人家，唯一可以信赖的保护神。我至今还清楚地记得，那个经常在我们那条街上维持治安的大个子黑人警察，常常因保护我们母子的生意和周边人的安全，在与歹徒搏斗中负伤。所以我母亲对他很好。有一天，那大个子黑人警察，喝得醉醺醺地来找我的母亲求婚被坚拒后，他就对我母亲说，假如他下次再来求婚，我母亲还是不同意，他就不活了。又是一天傍晚，我们刚要打烊关门，那个警察又来了，好像和我母亲发生了激烈的争执后，拔出手枪，对着我母亲的额头就开了一枪。我母亲连哼一声都没有来得及，就躺在地上，脑浆和鲜血流了一地，把我的鞋子都湿透了。我和姐姐趴在母亲的尸体上，吓得竟忘了哭。大个子警察看到我们和躺在地上已经断了气的母亲，愣了好一会儿后，当着我们的面，用手枪对着自己的口腔开了一枪……直到现在我还记得，他的身体向前面倒下，将小店门前的木头柜台重重地撞翻……母亲死后，我和姐姐在亲戚们和一家美国人的教会帮助下慢慢长大。在教会里，我从一位善良的修女那学会了钢琴，并至今以此为生……你从未失去过父亲母亲，所以，你根本不会知道做孤儿的滋味。

听完“妈妈桑”的故事，我像是受到了夏日里突如其来的雷霆暴雨，痴呆了许久，竟没有说出一句话来。不知过了多久，方才转缓过来，嗫嚅着问道：

“那么，她是孤儿?”

“妈妈桑”用那双瞬间变得犀利的眼睛，飞快地瞥了我一眼后，重重地点了点头。

“妈妈桑”依旧常常在周末，开车来我们音乐学院，接我去她家那座老宅练唱演出，或烤鸡给我果腹。我像一个有了鸦片瘾的人，在头晕目眩的英文强化学习中，在枯燥乏味的背谱默诵歌词中，似乎只是为了周末的这个盼头。“妈妈桑”似乎对我常常打搅和赖在她家的眷恋，以及从不付分文的钢琴伴奏，有一种大智若愚的无知和宽容。这使我常常想起雨果笔下的《悲惨世界》中，那个偷了神父家中的银烛台，被警察扭送面对主人的苦役逃犯：冉·阿让，不仅被神父的巧妙和善意特赦，而且在他日后的人生中，竟能独善其身，痛改前非。冉·阿让式的感恩，使我每每面对“妈妈桑”的慈善与大智若愚，对她时常有一种唯有仰望般的神圣。

在我抵达美国的第一个圣诞节的前夜，“妈妈桑”应华府名流，全美

豪华家族酒店集团企业的老板妇人凯瑟琳之约，去她家欢度平安夜。那一路张灯结彩，深藏在雪树银花中的花园洋房，向我彰显着浓厚的圣诞气氛和童话般的神奇。那是第一次在异国过圣诞节，所以给我的印象太过深刻。凯瑟琳家的平安夜大型party，不仅极尽奢侈，而且更为奇异独特。我第一次在她家的夜宴上，看到那么多气质高贵、娉娉婷婷、趾高气扬的美国年轻女人和贵妇。品尝着那满桌一路排开的美国传统美食，第一次改变了我对美式西餐那种本能的排斥。那一道道同样丰富却在风格上与中华烹饪、口感截然不同的珍馐佳肴，与我们音乐学院餐厅里的伪“美国西餐”作比，竟有着不折不扣的天壤之别。女主人别出心裁地在一颗巨大的圣诞树上，用中国式的牙签悬戳着无数个脱皮煮熟的大龙虾，将整个圣诞树装点得果实累累，令人目不暇接。那些让人眼花缭乱的粉红色虾仁，以及密布与空隙间闪闪熄熄的各种彩灯，交相辉映，产生出一种奇异的效果……就在我挤过人群，端着香槟，走近虾仁和彩灯交织的圣诞树，准备取虾食用的当儿，听到了树的另一侧，漂亮妖冶、浓妆艳抹的凯瑟琳和“妈妈桑”的一段令我终生难忘的对话：

“妈妈桑，我只想核对一个事实，那个今晚您带来的高个子中国年轻人，自从来到华盛顿，每次跟您上课，您为他伴奏，就从来没有付过您任何学费?”

“是的。”

“这不是剥削吗?”

“请你注意你的用词，他这样做，是我主动提出的。”

“他应该知道这是在美国，不是在中国。”

“那又能怎样呢？这是我们个人之间的私事！”

“我的上帝！他是在占您的便宜，掠夺别人的财富！”

“我不这样认为。他们从中国大陆来美国求学，多半都得倾家荡产，除了学校那点可怜的奖学金，几乎一贫如洗，要是换了你，能忍心让他们再付学费吗?”

“真不可思议，您怎么会有这样的逻辑。您是靠教钢琴和辅导声乐为生，倘若人人都利用您的善良，您还怎么生存?”

“他和一般人不一样，有特殊的声乐才能，眼下，又没有任何的经济资助人，我不可能再向他索取任何报酬。”

“我还听说，他和一些从中国大陆来的声乐学生，常常在您家练完了之后，您还给他们做饭吃，有时竟还给他们钱，并且常常留宿，这是真的吗?”

“不错，我一听到他们的嗓音和歌声，就什么也顾不上了。为了他们的才能和前途，就是倾家荡产，也在所不惜。”

“您这样做到底是图什么?”

“什么也不图，就因为我的根在中国。就因为中国人在美国搞艺术，唱西洋歌剧太难生存。”

“你想过没有，有一天他们成功了，赚了大钱，可能很快就把您忘记了，您这样做值得吗?”

“值！只要他们一天不放弃，我就一直尽我的力量帮助他们。直到我闭上眼的那一天……至于他们的将来是否会报答我，那是他们的事，我从来不会为这样的事费脑筋！”

“……”

“妈妈桑”和凯瑟琳的对话，叫我忍不住鼻子发酸。这时，妈妈桑又反问凯瑟琳：

“你和你丈夫是全美国有名的亿万富翁，你也是百老汇音乐剧和歌剧的爱好者，能不能拿出些钱来资助我?为这些有才能的孩子们排一出完整的歌剧。”

“您想排一部什么歌剧?”

“普契尼的《托斯卡》。”

“您说我能不能主演《托斯卡》?”

“不可能。”

“为什么?”

“请原谅我的坦率，您的音量和技巧不能胜任这个角色。”

“那我将遗憾地告诉您，我没有兴趣资助。”

“的确十分遗憾。不过我会竭尽全力促成此事。”

“您将从何下手集资呢?”

“先去中国城的几十个中餐馆，挨家挨户地跑。不行的话，就求助政府的少数部裔文化基金会和全美华人妇女协会。”

“假如我说服丈夫，赞助您二十万美金，条件只有一个，我必须主演《托斯卡》。”

“那我们还是谈点别的吧！”

“妈妈桑”用柔中带刚的话，斩钉截铁地结束了她们的谈话。这时，我才发现眼中的泪水溢出眼眶……“妈妈桑”那平素总是有些佝偻、孱弱的瘦小身躯，在我眼中陡然高大起来，直到此刻，我才真正明白，妈妈桑这个在一般华人眼里，总是那么平凡温和的小老太太，为什么会在多数美国人心目中，广受尊重和爱戴……

平安夜已到子夜十二点，有人在欢呼声中“砰”的一声，向屋顶射飞了香槟酒盖，party 中人声鼎沸，进入高潮。这时，凯瑟琳从人群中朝我挤了过来，笑容可掬地走近我，态度恭敬得近乎谦卑地问我：

“客人们提议，请您唱几首美国百老汇音乐剧的著名歌曲。”

我经过少许的犹豫后，强迫着自己温和地回答：

“我刚到美国不久，音乐剧中的选段学得不多。还是等来年的平安夜再唱吧！”

凯瑟琳听完后，一脸的尴尬表情，嘴里嘟囔着些什么，颓然化进人群中去……

“妈妈桑”曾是一个藏身于巨轮货仓的底层漂洋过海，偷渡金海湾的难民后代。她那被称为“烟仔公”的父亲，在她不到五岁时，就惨死于淘金矿塌方的矿难中。她在六岁时，又亲眼目睹了年轻的母亲，被那个五大三粗的黑人警察，用手枪在近距离将天灵盖轰碎……她脚上的那双母亲千纳百缝的绣花鞋，在被红白相融的鲜血与脑浆浸湿的一瞬间，使她悟出了什么才是真正意义上的悲怆和自强。在她与长她三岁的姐姐相依为命的度日中，在后来一拨又一拨，新移民高学历高薪层的优越感中，这个曾在洋人和富人蔑视中成长、衰老的小老太太，培育了一批又一批杰出的华裔钢琴家……“妈妈桑”被自己即将独立制作的，意大利歌剧普契尼的代表作《托斯卡》，常常激动得长夜难寐。那种最初的资金原始积累，如同手工业作坊似的歌剧创作，从事无巨细到异想天开，使她在一家家中餐馆里乞讨似的求助，又一次次惨遭拒绝的碰壁。但是，面对一个年逾七旬、一心只想完成一部造价昂贵的西洋歌剧的小老太太，我只有沉默着、同情着，却爱莫能助。然而，夜深人静的时候，在“妈妈桑”戴上老花镜，于一盏祖上传下的老式台灯下，一美元一美元，一摞又一摞零散的支票数弄下，我看着她白发苍苍的头，渗着汗水，皱纹密布着的脸颊上露出满意的笑纹时，真恨不得躲到一个没人的地方，狠狠地哭上一场。我常常在难抑的泪水模糊中，重温着广厦耸立的门前，她那些蹒跚的步履，哀求似的化缘，并在那些老板们对她，又让我刻骨铭心的冷嘲热讽中，强抑着我对她的那种惊人的忍耐，既无法言叙又难以逃脱的同情。我在“妈妈桑”每有收获，便像一个小姑娘似的，喃喃自语的慰藉中，痛恨自己不能像个男人。“妈妈桑”依然故我的执著，为了我们能演唱整出歌剧饱受屈辱，“妈妈桑”不让我骂人、动粗，是她不愿意看到我这个七尺男儿，因为她而热泪盈眶。“妈妈桑”总是对我说：“你是一个歌剧演员，应该高贵。我若是再年轻四十多岁，你不嫌我长得丑，我就立刻嫁给你，等你拿到绿卡再和我离婚。那样，你就可以去欧洲唱了。”我说：“妈妈桑啊妈妈桑，别去化缘了，我快崩溃啦。你看那些洋人对您多尊重啊，可……可……我们的那些同胞呢？这歌剧我不演了还不行吗?!”这时，“妈妈桑”总是拍拍我的脸：“不行啊，我的孩子，你唱得多迷人啊。假如我能如愿以偿，看到你在台上演唱《托斯卡》中的警长斯卡拉皮亚，还有我的那位东北来的女儿唱歌剧主角‘托斯卡’，让我干什么都行……”

“可这歌剧少说也得好几十万哪！”

“还差一点儿就够了，真的，就还差那么一点儿。”

其实，我比谁都清楚，那造价最少也得五十多万美金的整出歌剧，只能在职业的双管乐队、合唱队、舞台美术、服装及工作人员所形成的群体工作中，才能完成得让人基本满意。而且排练和演出一部较有规模的歌剧，要让观众不觉得寒酸和捉襟见肘，没有一两个当红叫座的明星，一些唱功演技相近的配角同台，票房自然不佳。然而，在美国，象征主流文化的特征歌剧，除了一些驰名世界的剧院，能在政府文化拨款中得到一些资助，一般的民间剧院，全靠当地热爱歌剧艺术的人士捐款，否则，终将极难生存。“妈妈桑”如此鞠躬尽瘁、忍辱负重，率先在中国华裔商人和中餐馆老板中募捐，终其目的是想扶持华裔青年歌剧家，有个完全不受洋人歧视的歌剧演出平台。在多数华人眼中，捧场西洋歌剧，根本比不上去外国旅游，去中餐馆里美食一顿来得实惠……“妈妈桑”不达目的誓不罢休的执著，最终在一家享誉全美的中餐馆——“华夏第一楼”门前，险遭不测……

“妈妈桑”被一个面似凶煞、满脸横肉外加疱疹的肥胖女人，连推带搡，扯着脖子尖叫的厉声中，推了出来。她在回身观望的踉跄中，一只脚被门前那只青面獠牙的石狮子绊了一下，往前跌撞了几步后，便一屁股坐在人行道上。肩上的挎包飞出一丈多远，包里的各种物件，天女散花一般

飞扬。门前站着的我，看到这种情形，五脏六腑中，仿佛倏地一下被人在汽油上丢进一只火把，腾地燃起一股蓝蓝的火苗，并将身体狠狠地撞向那个离我不到几米远的胖女人，在我将她双臂一提，运气举过胸前，放在前面的狮子头上时，午后的骄阳在我的五官里，炸裂成一团团火焰金花……胖女人在几个恶骚的饱嗝，发酵着韭菜酸臭的响屁之后，吓得嚎叫不止……她的瘦丈夫手举菜刀，撩动着两根老黄瓜似的罗圈腿，急风似的朝我奔来。还未经交手和搏斗，他便已经是青头紫脸的熊样了。当他看到一个一米八三，怒目圆睁的大汉横立眼前，那个坐在石狮头上，四处颤抖歪斜，寻找着平衡的支点的胖女人时，那张窄长而精瘦的马脸，陡然短促了不少："怎么啦?"

我以一个汽缸爆炸似的巨大音量，吼声如雷："你问问她！"

说完，我竟将一双如豆的小眼瞪得形同牛卵，在胖女人的脸上凶狠地剜割。胖女人在我雷霆之怒下，目光一指已立起身来的妈妈桑，嗫嚅地说：

"我就轻轻推了她一下，她就……"

"你得给她道歉，不让我就让你坐一晚上，你信不信?"我再次大声怒吼，震得周围人一阵集体点头晃脑。

马脸男人自知理亏，待在一旁傻看，胖女人眼光乞怜，鼻里翕动着急喘，围观的人群集体肃然。

这时"妈妈桑"缓缓走近我，用她那鸡爪似的枯手，力道千钧地掐住我的手腕，拽我挪步，默默地将那一尊尊石雕们扔在身后，优哉游哉地离去。一时间，四周的楼宇，车水马龙的喧闹，连同越积越满的人众，全被这个透着道风仙骨的小老太太，震慑得顿时哑然……

为了圆梦，"妈妈桑"果然在全美华侨史上，绝无前例地制作了一部大型歌剧。她那种四面募捐、八方求助、咬紧牙关、忍辱负重的执著，终于感动了好心的善人。一位刚故去不久的八旬老太，年轻时代曾跟随"妈妈桑"学过钢琴，因仰慕她的为人和品德，在临去世前通过自己的律师，将一张三十万元的支票专门捐给她，用于制作歌剧的专用。没过多久，"妈妈桑"的发小"李基金会"的董事长，又从旧金山寄来一张十万元的支票，其中包括给我那一万元的歌剧培训资金。但遗憾的是，小老太太在偌大的华府，那数以万计非富即贵的华裔中，几乎将腿跑断，汽车轮子开爆几个，电话几乎打烂的募捐中，仅得美金不过一万。"妈妈桑"在给我的电话中，对资金的收获欣喜若狂，她说着说着，竟像个小姑娘似的，在电话里哼起了《托斯卡》中，女主角的咏叹调《为艺术，为爱情》，仿佛已经亲眼看到，歌剧在乔治·华盛顿大学的勒斯那剧院公演大获成功……

我在一个周末参加在“妈妈桑”家里，最后一次为歌剧晚餐捐款活动中，首次见到那个胸部平扁，满脸凶相，烟瘾极大，长相酷似一头母狼似的歌剧女导演。更想象不到在后来的合作中，竟受到她三番五次的性骚扰和莫名其妙的刁难，竟险些让我当众举起排演场的一张道具椅子，狠狠地砸在她的头上……多少年后，我一直被“妈妈桑”何以容忍这个雄性激素过剩，女性荷尔蒙失调，一紧张就咬手指头猛吸烟的干瘦女导演，对中国年轻歌剧家，那百般刁难和无理寻衅，变态疯狂似的怒骂以及中断拍戏，拒绝合作下去的武断……仅仅是因为她是乔治·华盛顿大学艺术系里的表演教授，抑或是这年年的歌剧制作的排演，由于必须请她导演，才能几乎免去勒斯纳剧院的所有场租？再不就是她的艺术创造力的确不凡？导演手段和观念果真不同凡响，使观众别开生面？我想这些都不是最主要的原因，直到我与她在合作五部歌剧之后，于威尔第那部根据莎士比亚的话剧《温莎的风流娘们》改编的歌剧《法斯塔夫》初排时，被她无情除名，至今仍是云里雾里……

作者与“妈妈桑”咪咪在美国国会大厅合影

普契尼代表歌剧《托斯卡》在乔治·华盛顿勒斯纳歌剧院的排练，终于到了难以进行下去的危机之中。那个母狼似的女导演，不断示意“托斯卡”的扮演者、东北大嘴女高音的演唱停下，瞪着一双凶狠的狼眼，吼叫着朝她宣泄着不满，闹得其他演员不胜烦躁。无论是她和画家卡瓦拉多西的爱情戏，还是在罗马警察局局长，以枪毙托斯卡的情人为要挟，迫使她向自己献出肉体的表演，都在导演的眼里一无是处。令我不可思议的是，母狼女导演，并不是美国歌剧导演界的名流大腕，为什么总是要和大嘴东北姑娘过不去。她难道真的失去了理智，非要置被“妈妈桑”视为亲生女儿似的东北姑娘于死地。人家在唱腔的完成、意大利语的吐字以及工作态度上都无可挑剔了。至于她的表演，是有些呆头呆脑，反应木讷，连台步走得都略微跌撞，犹如一个吊在半空的大粮袋，但她毕竟尽力了。你能对一个根本没有经过表演训练的人，寄予怎样的希望呢？尤其是在托斯卡用餐刀刺杀局长那场戏中，这个东北大妞几次失控用道具匕首，狠狠地扎在我的胸前，痛得我叫也不是躲也不是，简真哭笑不得。而她进而又被躺榻和办公桌绊倒几次。但这毕竟是一个以培训华裔为主的青年实验歌剧院。倘若在社会上公开招聘职业歌剧明星大腕，那将与“妈妈桑”制作这出脍炙人口的歌剧之目的背道而驰。《托斯卡》这部最能代表意大利歌剧旋律之王普契尼的才华之作，让世界所有名歌剧都无法企及，它那完美无缺的悲剧结构，以每一个人在规定情景中有机的悲剧归宿为张力，极为细腻完美的人物塑造，堪称世界歌剧名作中的精品。《托斯卡》的剧情简单，但背景深远，人物关系清晰，紧紧围绕着同一个事件而丝丝相扣。《托斯卡》主要矛盾冲突峰回路转，悬念迭起，音乐极尽缠绵悱恻，色厉内荏，紧张豪放，将悲剧的张力推向极致。画家卡瓦拉多西，是罗马圣·安通吉罗大教堂的职业画家，有一位惊艳绝伦、歌喉夜莺一般、并极爱吃醋的女朋友托斯卡。她的美艳使那个人人谈虎色变、残酷骄狂的罗马警长垂涎三尺。终于机会来了，但阴鸷的警长，却将窝藏革命者的画家卡瓦拉多西，捕到警察局密室严刑拷打时，却让手下人将托斯卡请来，让她眼看着血肉模糊的情人备受折磨，以此来逼她满足自己的淫欲。托斯卡不忍情人死于酷刑和被枪决，最后同意了和警长的交易，以肉体做交换，取得警长“用假枪弹执行死刑”的手谕，计划在卡瓦拉多西假死后不久，双双逃出罗马……但她万万没有想到，就在她得到手谕后，用餐刀将朝她扑来的色魔刺杀，飞奔到刑场将天机告诉情人后，等待她的却是士兵对卡瓦拉西多真枪实弹的射杀。于是，托斯卡，这位罗马历史上确实有过的一代名伶，站在圣·安通吉罗的大教堂顶端，朝广场上那铺满石头的硬地上纵身一跃……

排练休息时，那位一路上紧张得满头大汗，全身僵硬有如落枕的东北大嘴妞，冲进临近一间琴房，大声哭了起来，惊得那些美国同行面面相觑、瞠目结舌。就在这时，我看见小老太太“妈妈桑”和母狼女导演鱼贯而出，向走廊另一端的一间琴房走去。我尾随其后，进了隔壁一间琴房，屏声静气地听着她们在里面情绪激动的对话。

“请你立即停止对她的刁难！立即停止！”

“这样的演员我没法排戏。”

“请问她是一个职业演员吗？我们这个歌剧院是一个职业剧院吗？”

“这些中国人怎么这样笨呢，简直不可思议！”

“请你注意自己的言语，我也是中国人的后代，你若照此下去，明天这个剧院将不复存在！”

“那……那您想怎样？”

“不想怎样！耐心对待他们，将戏排好。请问，我们付你多少工资？他们又是多少？”

“我……我试试吧。”

“不是试试，而是必须执行！”

我的心里替一向孱弱、温和的小老太太“妈妈桑”欢呼喝彩，怎么也无法想象她竟能够面对母狼导演，以自己坚强的意志，铁一般的硬气，简洁的话语，将那个自命不凡，潜意识中深藏着对中国人藐视的凶悍母狼一下制伏。

母狼导演态度的大幅转变，使东北大妞逐渐摆脱了心理负担，将那首欧美普通观众都能朗朗上口的世界著名咏叹调《为艺术，为爱情》，演唱得光彩照人，才华淋漓。这时，警长在心里，已经有了对桀骜不驯的女伶托斯卡绝对的把握与踏实的得意，他走到那张靠窗口的长形办公桌旁，一边用鹅毛笔在一张公函上飞快地写着手令，一遍将笔杆上的羽毛，慢慢地碰触着托斯卡胸前高耸丰满的乳房，眼里燃烧着难耐的欲火……

我将至高无上的手令写好后，用警长专用的火漆印章，在上面用力盖上后，用一种阴险的狞笑，端详着眼前瑟瑟发抖的托斯卡，脑际浮现出赤身裸体、色香肉艳的一代女伶，在我身子底下扭曲的肉体和变形的俏脸，猛地站起身来，掐灭了两只燃烧的蜡烛，用最后的底气和着管弦齐鸣，打击乐助势的疯狂交响，奋力地唱出：

“托斯卡，最终，你是我的啦！”

随即，我绕过桌子，向我垂涎已久，梦牵魂绕的美人，大步扑去……

“停！”母狼女导演狠狠地在观众席的黑暗中，用麦克风向我喊叫了一声。那震耳欲聋的回响，在空旷的剧院里，炸得我们的耳鼓嗡嗡作响。胸部平扁的女导演，狼似的从她的位置上，一路小跑地冲上台来，冲着我挥舞着双手号叫着：“跟你讲了多少遍了，从桌子的左侧绕过去，你怎么就是不听？”

“这……这不是第一次和乐队布景舞台合成吗？”

“我不管！你要再错，就滚蛋吧！”

我的脑子里被她尖厉刻薄的嗓音，溅起一股股蓝色的火苗。但为了“妈妈桑”和整个排演进程，我强压怒火。

“任何人在第一次舞台合成的时候，都难免出错。”

“你怎么这么笨啊，你要我在这个调度上跟你讲多少遍？真是个蠢猪。”

“你……你再说一遍。”这时，我已是气得浑身发抖，手指着她的鼻子低声吼道。母狼导演显然是人到更年期，那种不顾一切的歇斯底里，让她完全丧失了理智，她蹦跳着狂叫道：

“对，是的，你就是一头猪，一头中国猪！”

突然，她瞪着大大的双眼，眸子里的瞳仁因极度的恐惧，放大了几倍。因为她看见了一个怒气冲天、被完全激怒的狮子，将警察局局长的高背座椅，隔着桌子端起，高高地举过了头顶……“妈妈桑”不知何时走到我们的中间，在舞台面灯五颜六色的照耀下，用极为冷静和严厉的口气对我说：

“够了，把椅子放下，向导演道歉，不然你将从现在不再是斯卡拉比亚了。”

小老太太以我从来没见过的凶狠，震慑得我乖乖就范。就在我放下头顶上的座椅时，她又对着惊魂未定的女导演说：

“你要对当面侮辱中国人有一个了断，不然的话我们法庭上见！”

女导演的眼里顿然升起一种惊慌。她嘴唇哆嗦着，半晌没有说出一句话来，少顷，她“哇”的一声哭了出来，随即跑下台去……一天的停排之后，在我们当着“妈妈桑”相互道歉和解之后，歌剧重又开排。但从那时起直到此戏公演，“妈妈桑”那瘦小孱弱的身影，就没有再在排演场上出现过……

那个有着一张巨脸，阔嘴，貌似憨厚，其实却大智若愚的东北妞，将那把被罗马最优秀的工匠，淬火打磨过的“锋利餐刀”，深深地扎进我的心脏里之后，我听到胸部的肌肉里，发出一种奇妙悦耳的“裂帛”之声。随即，就有一种在辣热和凉爽之间的刺痛，像电流通过全身似的，侵占了我的全部知觉。我的四肢和意识，在触电的那种异感和战栗中，仿佛在匕首从我心里抽出去的一瞬间，连同我的五脏六腑和整个骨架一同带走，让我软软塌塌地瘫软在地板上……朦朦胧胧的意识中，我隐约听到遥远的殿堂和走廊上，有丝竹管弦和金锣铜鼓的缥缈的和声律动。伤口中渐渐地滑出一种，带着铁质和鱼腥的暖流，随着四肢和全身，在完全解脱的睡态中，逐渐流尽淌干。啊，这是一种何等妙不可言的松软和融解，它温柔和麻酥的放射力，让我累极了似的沉沉睡去。就在我的感知和体内的一切，行将放弃一般渐去渐远的朦胧中，我听到那云游飘忽在远天的女高音传来：

“啊，去死吧！在这之前，你是个能让整个罗马都颤抖的人……”

大幕徐徐闭上，旋即，又在观众竞赛似的掌声、欢天喊地的雷鸣中开启。我依旧躺在地上，一任泪水从我紧闭的眼缝中溢着，流进我的耳朵里。再没有什么可怀疑，可患得患失的了，演出无疑大获成功，它让我彻头彻尾地，从一种深刻的压抑和苦难中，完全地解脱了出来了……多达八次的谢幕后，回到化妆间，面对穿衣镜，这才发现，那个巨脸阔嘴，貌似憨厚却大智若愚的东北大妞，再一次因入戏后的失控，竟将那把铝合金制成的道具餐刀，刺穿我的锦袍和衬衣，扎破了我胸前的皮肉……

若干年后，我的翅膀长硬，不仅拿到学位，又在经纪人的推荐下，去德国一家国立歌剧院签约两年。临行前，“妈妈桑”在她家那个我熟悉得不能再熟悉的烤箱里，又为我烤了两只农场土鸡。看着我依旧狼吞虎咽地吃完，微笑地看着我说：“记得当初给你烤鸡，你还说吃不惯……”说完，竟独自彻底地纵声笑了起来。顿然，在这种中国人为亲人送行独有的仪式中，在这种母亲对儿子“吃饱了不想家”的传统送别中，我不知该说些什么，竟流出了眼泪……

不记得这是我多少次饱尝“妈妈桑”为我烤鸡的美味了。假如将她为我烤制的，每每要开车几十公里，专去农场买回的土鸡排列开去，恐怕那

一线的距离，足以让我从她家步行回到巴尔笛摩的音乐学院……

在“妈妈桑”给予我的幸福而难以自禁的饱食中，我们淡淡地告别之后，我一去德国竟长达十年。十年中，我被逼大量地学习和排演歌剧，那种重不负释的日子，曾使我过得生不如死。一见到歌剧院，就禁不住想吐，一见到厚重的歌剧曲谱，就想撕烂。因为，德国的天气长久的阴霾，太阳一出便是奢侈，一顿纯粹的中国餐便是盛宴。因为，德国人的纪律、冷漠和傲慢，工作压力的窒息，又让我对活着，早就没了活着的信念。更因为，我在德国的车船码头，城市小镇中工作憩息，再也不曾重温“妈妈桑”为我烹制的，足以让我忘却乡愁的烤鸡飨宴……然而，德国人的无情在于铁的纪律，德国人的人性，在于每年都有六个星期带着工资的纯粹假期。每每这六个星期，便是我重新燃起对生活，对人生漫漫苦旅那回黄转绿般的期盼。因为，我将又再回到“妈妈桑”的身边，我将重新品尝她在我一到家后，便能使我饕餮般饱食的烤鸡。那每年夏季，在她家周边盛开的花树簇拥中，伴着她那有着双钢琴的工作室里传出的乐韵和琴声，使我们这些自我放逐西域的黄种歌者们，根本不觉得是在合乐，是在排练歌剧。仿佛是在一次又一次地享受着太阳的沐浴，和一个音乐母亲，她那慈祥而骄傲自豪的目光洗礼。

作者在美国旧金山歌剧院主演《图兰朵》

光阴荏苒，日月如梭，我仍年复一年地，在夏季重返华盛顿 DC，一如身在度假之中，在“咪咪”的实验歌剧院里排练歌剧。那日，当我一走进她的家里，似乎早有预知，我问她：“怎么很久，没再见到你家的联邦税务法官了?”“妈妈桑”平静地回答道：“去年法官走了……”“您……您怎么从来没说过?”“妈妈桑”凄然一笑：“你还记得，我总是不打招呼，就从地下室的车库里，悄悄地开车溜出去排演吗?”我心里猛地似被人用指甲划过。“妈妈桑”将目光投向窗外，那两边被树荫和花团簇拥的那条小路上，久久地眺望后，叹了一口气说：“他在的时候，总是在这么大的房间里，很难一下子找到他。可他一旦走了，你不用找他，他就无时无处不在了……譬如，卫生间根本没人，你会听到抽水马桶，好像有人用完后抽水的声音……半夜里，厨房里的冰箱的门，不时有人拉开关上，我的门前，凌晨时常有人走来走去……”

“妈妈桑”双目如炬，但又平静出奇的叙述，让我浑身毛骨悚然。但我深知，这是一个未亡人，对自己在另一世界中至亲的人，那种深入骨髓的思念的，最具典型的情形啊！难道不是吗？直到今日，在我公寓客厅的那一排沙发右端，每到凌晨，我起床小解，总能看到我那故去了近四年的母亲，仍旧实实在在地端坐在那里，栩栩如生地长叹，凝神气定地长久地注视着远方……噢，亲人啊，倘若你们在天之灵有知，你们的嫡亲眷属，心里明明白白，你们总是会在他们最最思念你们的时辰，在准确的地点显灵和现身。

公元 2008 年，归国工作后的我，虽不能像在德国的每一个夏季，都能飞赴“妈妈桑”的身边排演歌剧，重温她的呵护，再食她的烤鸡，但也有机会再回美国。但终因在不同城市的演出，不能频繁地再见我梦中的“妈妈桑”了。在电话中，我明确听出她的声音老多了，有时说着说着，她的嗓声和话语，就被一口老痰狠狠糊住，让她挣扎半晌……再后来，就听从华盛顿回来的人告诉我，“妈妈桑”近来由于老迈，竟在不知不觉中又闯了红灯，被侧面驶来的车再次撞断了几根肋骨……我下意识地“哎呀”一声，仿佛那辆飞驶而来的车，直着撞上了我的肋骨……

后来，我又听说，“妈妈桑”终于在被人骗走了她锱铢积重，苦心积虑化缘来的歌剧款六万美元后，一蹶不振了。但年近九十，腰身更加佝偻的“妈妈桑”仍旧目光炯炯，眼如鹰隼，每每在向我叙述此事之时，显得平静似水，淡定如旧。每当有人再问起她：您还弄歌剧吗？她就莞尔一笑，自嘲地说：歌剧弄不动了。但音乐会还得接着弄！又有更棒的大陆青年歌唱家来到美国，但他们首先都得生活……中国的人口太多，但杰出的歌唱家不多……于是，我眼前便呈现出一批大陆杰出青年歌唱家的名字：张建一，杨光，袁晨野，詹曼华，张丽萍，丁高和沈阳及各种各样的白海波和储洪发们……

耄耋之年的“妈妈桑”啊，您是就钢铁，是金子，您坚硬似水……您是所有受过您无私的关怀，慈爱与奉献的大陆青年歌者们永远的“妈妈桑”，您是每一位受到过您恩泽的滋润，心灵洗礼的，永远不落的太阳。我们能有今天，我们能在这条充满荆棘的美声歌唱之路上走得这么久，没有您家的睡榻，没有您的琴声相伴，没有您的信任，没有您那一字排开，足以从华盛顿抵达巴尔笛摩的农场烤鸡，没有我们永远无法偿还的您的供奉和给予，我们到底能走多远？但您毕竟说得太少，做得太多。您毕竟已是耄耋之年了，就是玛利亚圣母，也总得休息一下，将永远不停的脚步稍作暂缓。作为一个天主教徒，您虔诚得那么彻底，无与伦比。您的无私奉献，使我们的灵魂和人生，稍有瑕疵，都会须臾汗颜。您在平凡中，为我们在心灵中筑起了一座永远充满了人性美的辉煌圣坛。我们跪下来恳求您要好好地颐养天年。因为我们永远不想失去您这样一位平凡而伟大的“妈妈桑”，因为，在没有您那阳光灿烂普照下的声乐之路上，我们也许会再度受伤，跌倒，困惑和迷失。我的太阳“妈妈桑”，您能听到我这个，最早受过您的恩泽，以及您音乐哺乳的大陆歌者，发自心灵最深处的祝福和呼唤吗？

乡愁绵绵无绝期

几年以前，在异国他乡纽约市的一次华侨聚会上，第一次听到有人用略带点东北的口音，近距离，面对面地朗诵余光中的《乡愁》，顿时，心里重得受不住，泪水涌满眼眶……

小时候，乡愁是一枚小小的邮票，
我在这头，母亲在那头……

长大后，乡愁是一张窄窄的船票，
我在这头，新娘在那头……

后来啊，乡愁是一方矮矮的坟墓，
我在外头，母亲在里头……

而现在，乡愁是一湾浅浅的海峡，
我在这头，大陆在那头……

记得那天是个阴霾之日，室外大雨瓢泼。而朗读《乡愁》的人竟是因国事访美的温家宝总理……那时，我想，《乡愁》是一首多么纯朴和感人魂魄的思乡情诗，怎么至今就没有被人谱曲成歌？真叫一个旅欧美数十载的华人歌唱家扼腕叹息！后来，因有很多演出和教学日程，常常回国，便找来《乡愁》一诗逐字抄下，盼望着有一天能碰上个情投意合的作曲家，将《乡愁》谱曲成歌，我发誓，不管我走到哪里，我要把浸着泪水和思乡的歌声，唱给在世界各地的每一位华人听。结果却很让我失望，朋友告诉我，《乡愁》这首歌，在某一年的“春晚”上，被一个“春晚”指定的作曲家写过，由“春晚”指定的一位歌手唱过，于是，我只能仰天长叹。但让我大惑不解的是，这首让我每抄一个字都泪湿眼眶的长诗，为何由人谱曲之后，歌手唱过之余，仍未能流传和广播？难道它就真的不如“老公老

公我爱你，就像老鼠爱大米”吗？……于是，我想，我还有希望。

作者于美国的寓所，背后是各类获奖证书

让我意外的是，只是过了不久，深藏在我心里的期盼和等待便与来访者不期而遇了。第一次与云南师大艺术学院青年教师、作曲家柳进军相见，是在他的恩师——第一个在作曲理论上提出“歌剧思维”的中国著名作曲家金湘先生歌剧作品音乐会的座谈会上，金湘先生是迄今中国歌剧唯一被世界承认的《原野》的作曲家，我是这部歌剧男主角仇虎的原创演唱者，所以在头天晚上的“金湘先生歌剧作品音乐会”上，我唱得观众泪水涟涟，千余观众的吼叫之声几近将北京音乐厅的穹顶掀去……那晚，柳进军在场。所以，便有了他后来对我的“寒舍私访”。小柳最初给我的印象是英俊、睿智。但不知他的作品到底是否深情而凝重。因为我的人生经历，灵魂深处那种“悲剧英雄”情结早已扎根。种种虚头巴脑，媚俗之作，再腻再甜，我也不屑一顾……在柳进军将他谱写并录唱的《乡愁》，放给我听的全过程中，我的全身和心灵，像被一种奇异的火焰和力量掰扯开去，合拢而来地烤炙着，推搡着，从心底里向外涌出的那种陶醉和满足的酸楚与思乡别恨，让我哭得鼻涕和着眼泪横流。不是说：男儿有泪不轻弹吗？那只是未到伤心时呵！然，此时此刻我为何要如此伤心？七尺男儿，一身豪气，我何以当着一个英俊小生如此“悲恸”？于是，我有些愤怒了。我知道那时我喝了点酒，柳下惠的传人柳进军，不该在这个时候，用我钟爱的诗词和他那如泣如诉的音乐和歌声，触动了我那在异国他乡数十载的孤寂、煎熬、无告和那深不见底的乡愁呵！但是，对于一个决不轻言放弃和服输的男子汉，哭，有时也是一种深度解脱和另类深刻呵！……为了不被自己的乡愁和情绪左右，甚至是酒精的作用所蒙骗，第二天，我又重听《乡愁》，是的，没有喝酒。当柳进军唱道：“啊……乡愁是一方矮矮的坟墓，我在外头，母亲在里头……”我还是禁不住泪湿眼眶，浑身颤抖！我们这一代留学生，没有钟鸣鼎食和豪门深宅的背景，更没有谈吐皆鸿儒、锦衣玉食的文化与资产后盾，在家里时，还有父母兄弟朋友的亲情，走出国门后，无论是浪迹天涯，还是须臾的得意，不靠头悬梁，锥刺股，卧薪尝胆式的奋斗，等待我们的只能是“路有冻死骨，朱门酒肉臭！”异国他乡，每逢佳节，空泛的心里剩下的只有孤独和乡愁。不知死，怎知生，不思乡者何以为愁？……固《乡愁》是永远悬在我们头顶上的那轮“每逢佳节倍思亲”的“满月如药”，是我们永远私藏在“灵魂深处的中秋”……

我知道余光中先生是台湾的一位散文大家和诗人，是何等灵感和神力，让他写出的“乡愁”？仅凭一首《乡愁》他就足够了。中国的诗人有多少？几行字便能让人泪流满面的人，足以让人：相见时难，别亦难；东风无力，百花残……

中国的作曲大家有多少？拥有脍炙人口大部头的歌剧，交响乐，史诗合唱，影视音乐等等等等又如何？能将一首歌，让一个有着世界大赛金奖头衔的歌唱家未唱先哭的青年作曲家，你还怕他将来写不出惊世骇俗之作？只是怕他一旦有了光环和荣耀，就不再有那让人刻骨铭心的“乡愁”，至于技巧、炒作、理论、噱头，前卫与异化，成了，也绝不会传世长留……哦，《乡愁》，已无乡愁，何以解忧？人无《乡愁》，愁更愁……

长哭当歌

李维渤老师，您就这样默默地走了吗？李老师，我本想请您去美国，去欧洲最好的歌剧院，看我演歌剧，分享我的快乐，但是您再也不会给我机会了。李老师，怎么办？我唯有痛苦当歌！李老师，我知道您不会怪我，但我还是止不住那愧疚泪水，滚滚长流……说到底我还是一个让您失望的学生啊……因为我无法让您复活！李老师，您真的走了吗？走得是那样平易和随和，像是怕打搅了别人，静静地一个人去了，走的像您那句影响我一生的话："你们的李老师，永远不求人！"

李老师，还记得我在中央音乐学院大学二年级时，一次声乐课后的琴房里，您跟我提到您的父亲，那时他是继任美国驻华大使司徒雷登的北京燕京大学校长。您告诉我，日本人侵占北平时，三番五次想叫您父亲出去为他们做事，却都被老人家拒绝，最后家里无以继日，只有靠变卖地毯和钢琴维持生活……李老师，您还不知道吧，我真的听进去了，印象极其深刻，几十年了，这些事情就如锥子一样，在我心灵的石碑上镌刻着，硬硬地扎下了根。后来，我在欧美的歌剧世界里闯荡，多少次都艰难得无所适从，一想到您父亲的故事，就立即安静从容了许多……

李老师，刚进中央音乐学院时，我在几十名同学中，音乐基础最差，没有老师愿意接受我，是您接受了我，并点化了我：声乐的最后升华不是嗓子而是脑子……而那时的我，却不务正业，恃才傲物，万般皆下品，唯有文学高。可您只是对我失望，却对我不舍不弃、仍对我希冀依旧。

1988 年，我也被出国大潮卷向美国，临行前，您的一句话，竟让我至今对声乐充满了执著，您说："声乐像马拉松，起跑快的人未必能到达终点，只有坚持下来的人，才是最后的赢家……"在举目无亲的异国，多少次我都想认输，正是您的话点拨了我，又让我继续前行，绝不言败，咬牙挺住！

作者在恩师李维渤教授归国从艺四十年演唱会上与女高音合唱

李老师，今天我在异国，在那个享有“艺术皇冠上的钻石”之称得西洋歌剧世界里，已足足十九个年头，奖章、喝彩与鲜花、风光、荣耀与掌声，早已对我不再是诱惑，但是，我怎么也想不起您在任何时候当面夸过我。但我每取得一点成绩，哪怕是一场微不足道的演出，我看得出，您都打从心里高兴，您总是抽出时间，甚至以八十高龄，尽量赶来，不为别的，就因为我是您的学生，您的作品，我仍在唱歌。

十九年前，我因为在首都天桥剧院主演歌剧《原野》。令我万万没有想到的是，在天桥剧院，从排练到公演，您竟从那么远的石家庄，一路赶来，骑着一辆破车。连续几场，您坐在剧场的角落，静静地从头看完，似乎怕打搅我，之后又一路而归，还是骑着那辆破车……当我从同事口中得知您用了几个小时来回的车程来看我演出，散场后，您又默默地独自归去，只留给我一个远远的背影！那时的我真想冲着曲终人散的空旷剧场连声大喊：我的老师出身世家，是周总理召唤归国的一代声乐教育大师啊……李老师啊李老师，您为什么就这么平易和不讲究啊，以您的身份、博学和成就，值得为一个不争气的学生，如此屈尊和辛苦吗？但在《原野》演出后的日子里，我们再度重逢时，您对我说：《原野》男主角仇虎，对于低男中音来说就是威尔第的《奥赛罗》，这句评语就是您对我生平唯一一次当面夸赞呵……那时，我并不懂得什么才叫高尚的人格？可现在，

我懂了，我珍惜了，可您却……我再也没法控制自己，剩下的只有悔恨和痛哭！

李老师啊李老师，倘若在我的生命中没有经历过您，体验过您，感受过您，景仰过您，我也许压根就不相信这个世界上，会有学富五车、成就卓著的人，还能做到清心寡欲，名利淡泊。在我眼里，您似乎除了声乐教学，全然不知这世界上还有什么叫快活？您不仅教我声乐多年，从来分文不取，而且认真得屡屡叫我没辙。那年我回国看望您，一心只想请您吃顿饭，聊表寸心，但是您说您有规矩，凡学生来看老师的必由老师请客，李老师啊李老师，您“吝啬”得连这点机会都不给我，回来后，我……我真的好难受。但是，每当我取得一点成绩，您仍旧当着我的面不夸不说。可是“背”着我，您总是跟别人说：孙禹现在懂得用功了，他的西语语感不错，因为在国外靠唱吃饭，来不得半点马虎。他到底还是我的一个好学生……

作者与比利时房东女儿患忧郁症的少女钢琴家合影

李老师，以您的成就和著作，人格和师德，只要您哪怕有那么一点上心和运作，世界声乐大赛的评委席，全国各种声乐赛事的裁判宝座，央视追踪文化教育名人的镜头，大小报刊上的文艺副刊版面，无疑都能聚焦于您的博学和人格，不是吗？在您桃李满天下的学生中，有屡次获国际声乐大赛金奖的得主，名满中国的美声大腕，也有央视主管艺术栏目的重要人物，更有在海外经商而富甲一方的高足，就因为您的一句人生箴言："你们的李老师，从不求人……"就将自己应得的地位、名誉和物质财富，一把牢牢地锁住，坚守着自己的一片"净土"。但是您却对教学育人、声乐学术一丝不苟，近乎"愚钝"！我怎么也搞不懂，您竟能面对眼下社会的许多角落里，那物欲横流、利欲熏心、巧取豪夺的声乐名利场，心如止水、视而不见、万般超脱！您的坚守和"愚钝"，在很多人眼里不可思议，判若另类，可谓不食人间烟火……是您辜负了名利场，还是名利场辜负了您？有眼无珠！

然而，您终究是中国声乐界的脊梁，试问当今中国又有多少人，能拒绝电视镜头、拒绝红地毯、拒绝财源滚滚、拒绝有本事没本事，都巴望着活它一个好快活！师不为利，又何以为名利所困？良知不被世俗所浊，又何以与巧取豪夺之辈同流合污？所以，李老师，您就是我们学生心目中的"神圣"与"良心"。虽然，我不能够使您对我彻底地满意，但您的教诲，足以使我受用一世……我敢起誓，您的一生和业绩，不了解您的人，无知无畏，一旦了解，定会崇敬备至。因为只有懂得信仰的人，才会懂得真正的崇敬，因为他们崇敬的不是浮华和显赫，而是精神和良心，学问和境界！一个人抑或是一个民族，什么都可以没有，就是不能没有脊梁，不能没有良心，不能没有境界，更不能没有责任和高尚的品德。

李老师，您还记得吗？二十多年前，还是在一堂声乐课之后，我认真地问您："李老师，美国多好！您为什么在取得了两个硕士学位之后，立即回国？"您淡淡地笑了笑回答："我的国籍是中国。"您的回答是如此明了，让我觉得一切的神秘，面对这种明了，竟是那么的没有悬念……直到今天，在异国漂流了十九年后的我，也渴望回家时，那种直白、明了的谜底终于揭破，一个经历过漂泊的中国人，还有什么比"我的国籍是中国"更会让七尺男儿泪流长河，更能震撼一个遍尝孤独的漂泊者。

敬爱的李老师，学生不肖，连您的遗体告别仪式，都没有能赶上，连和您见最后一面的机会都错过了，我不悔恨、痛哭又能干什么？但您毕竟

走得是那样的从容不迫，因为您按照自己的意愿，心满意足地走完了一生，留下的是学生一辈子受用的人格，著作、师德与超脱。

作者与恩师李维渤教授家中合影

我泪流满面地写下悼念您的文字时，视线模糊的眼前，又再次呈现出您那慈祥而红光满面的脸庞，以及您那熟悉的不能再熟悉的声乐示范动作，我压根都不能相信一个阳光灿烂、高大而健康的老人，会这么轻易地和我们永诀，连同您琴房里那张破旧的大沙发，以及那张沙发上时时传来的惊天动地的“打哈欠”声乐练习，连同那个竹编外壳超大的热水瓶，连同您一辈子的声乐教学精髓：声音轻重机能的融会、贯通、调和……李老师，倘若人生还有来世，我别无选择还做您的学生，弥补您对我学生时代的失望；了断我对您深深地抱愧；偿还您对我的泽厚恩深……

李老师啊李老师，还有一件事，我还没有来得及告诉您啊，当西南大学音乐学院院长，您的学生我的师兄戴雄，在电话里告诉我您走了的消息之后，我竟久久地在椅子上呆坐，半天无法立起……他想在今年10月再度邀请您来重庆，参加为我举办的交响声乐独唱会。多少次我和他谈起您时，彼此的心都会陡然贴近了许多，而今我只有将此次音乐学会，作为您的学生为您献上的一个迟到的花圈，一首发自心灵深处的挽歌……这首挽歌我们从来都没有试过，但在之后您的每个忌日，我们都将咏唱那首“此恨绵绵无绝期”的长哭当歌……

永远活着的微笑

来自台湾的一位医师和来自祖国大陆的一位青年歌唱家，相逢异国，因了彼此对音乐的共同热爱，终成忘年之交，竟至亲如骨肉。医师溘然长逝之际，青年歌唱家万里赴美，长歌当哭，并和泪写下这篇长文。作者的父亲在给编辑部的信中说："在洪先生和太太身上，我们进一步看到了血浓于水、华夏儿女对祖国的赤诚……"

——编者

作者在路德维斯堡与经济赞助人洪朝煌、周美蓉夫妇合影，背后是大诗人歌德的塑像

站在洪朝煌医师的遗像前，洪太太默默地燃亮了两支蜡烛。我拿起飘着缕缕轻烟的一炷香，缓缓地举起，准备向遗像深深地拜下去……日夜兼程，坐汽车、乘飞机从北京到旧金山到华盛顿，飞越半个地球，我仿佛就是为了这一瞬间。当我再次凝视着遗像时，我忽然像被一种奇异的神力牢牢抓住。遗像上的一切仿佛变得生动起来，满脸大儿童似的微笑，倏地传出一个让人感动的和弦，那操着台湾省口音的普通话，又似乎开始自嘲般唠叨起来："孙禹是职业歌唱家，别人怵他不敢唱歌，我是妇产科医师，我不怵，我唱。"我仿佛又置身于那间挂有"独乐乐不如众乐乐"条幅的客厅里，他那种感染力极强的笑容。将他家那间周边摆满白色沙发的客厅，泼染上一层温暖祥和的玫瑰色泽。

作者于美国旧金山个人独唱音乐会的广告

我双手举着的那炷香，依旧烟缕袅袅，并不因为我的手微颤而失去了它的徐缓和典雅。一个活灵灵的人，真的是一下子去了，就再也不回来了吗？在我今后的歌剧生涯中，每当一部新戏的首演，他还会像以往那样，排开紧张的工作日程，前来观览并拍摄录像和剧照吗？华盛顿以华裔为主体的夏季青年实验歌剧院，还会像以往那样，年年收到他捐助的一笔数目可观的款子吗？他周边的护士和工作人员们，还能够意外惊喜地收到他赠送的歌剧演出票吗？那座被五百棵白杨树环抱的故居里，还能传出他唱卡拉 OK 时，那种令人忍俊不禁的自嘲和雄赳赳气昂昂的高亢吗？

我无论在哪一个国家歌剧院首演之后，也无论演出成功与否，一碰到他那种奇异的微笑，我便踏实了许多。在德国伟大诗人歌德的故乡路德维斯堡，当我唱完威尔第作曲、歌德作词的不朽歌剧《露易沙·米勒》，他笑了，笑得虽有些过分稳健、含蓄，却没有半句的夸赞和吹捧，仅仅说："饿了吧，我们去吃饭，挑一家你最喜欢的餐馆。"尽管那次演出是和意大利伟大的男中音歌唱家瑞纳·布鲁松首次同台。在圣卡罗国家歌剧院，我又与另一位意大利伟大的男中音歌唱家乔治·苍卡那罗同台演出威尔第的代表作《纳布寇》。演出后，我们一同去一家葡萄牙风味饭店吃饭，洪医生为我在这顾客拥挤的餐馆里寻找一把椅子，足等了有半个小时。在德国著名的大学城——乌尔斯堡市，我首次主演了俄国民族歌剧里程碑之作《鲍利斯·古多诺夫》。首演后的招待酒会上，我和洪太太费了不少力气才在人群中找到了正和歌剧院长又是该戏导演的克林博士热烈交谈的洪医师。他们一高一矮，欢快地交谈着，他的微笑，再一次笼罩了我。那次他破天荒地当面对我说了一句赞美之词："你的导演说，全台演员只有三个人德语吐字最清楚，你是其中的一个。"第二天早晨我去宾馆看他们，一进门，便看见洪医师正用一本德英词典，对照着我昨晚演出的报评，逐字翻译着、查找着，形同一个淘金的痴人……

作者取得博士学位后与父母和经济赞助人
（左一作者的恩人洪朝煌医师，右二恩人洪太太）在美国合影

我背对着遗像，接过洪太太递过来的一杯茶，听她讲述洪医师脑出血病发的前后。洪太太似乎非常随意地说了一句：“只有等他走了之后，我才真正感到他的力量……”难道不是吗？1998 年 1 月 11 日那天晚上，“孙禹旅欧美十年歌剧生涯回顾独唱音乐会”的上半场，我竟是那样充满艰难和危机感，那样一种声带失控的绝望，喉咙燃烧似的燥热，心里全面认输般的悲哀，使我硬撑着，强作欢颜地唱完了上半场！中场休息，我坐在休息室发痴。然而当莫扎特的《费加罗的婚礼》序曲，在交响乐团的演奏下奇妙地响起，好似一阵清新的海风吹来，我仿佛得到了一次彻头彻尾的沐浴，清爽甘美的泉水在我的体内贯穿、循环，无论是我的意识还是感官，似乎重新经历了一次诞生……然而三天之后，我接到洪太太从美国打来的越洋电话，洪医师就在我独唱音乐会的当天晚上离开了人世。我对着电话痛哭失声，俨然一个疯人，反复地说：“他走了，我才真正明白他是个多

作者恩人洪朝煌医师的墓志铭

么好的人。”因为我和他有约，我的音乐会在祖国举办的一天会相逢在北京：去一望无垠的大草原上领略一代天骄的壮怀激烈；去万里长城感受不到长城非好汉的一览众山小；去故宫感受那安得广厦千万间的雄浑、巍峨；去十三陵寻觅大明的遗韵风骚……就在你的梦即将成真的时刻，你竟匆匆离我们而去，如同一阵风吹灭的一盏油灯。

公元1998年1月24日，午后太阳苍白惨淡。你的追悼会在一座圆形的教堂里举行。我走上台去，摊开威尔第《安魂曲》的谱子，准备以一个职业歌唱家的嗓音去安抚逝者的亡灵。这时，洪太太几天前在越洋电话中的话语再度从冥冥的空间中响起：“孙禹，我问过昏迷中的洪医师，他希望能再次亲身听到你的歌声。”当我的一颗硕大的泪珠摔落在《安魂曲》的谱面上，钢琴伴奏出第一组富有阳刚之气的和弦，于是一股热浪，从我的腹部猛然贯穿过我的喉管，奔向那永远不可知的浩渺空间……

那一刻，荡气回肠

二十多年前，我在中央音乐学院歌剧系读本科。一天，学校组织各系同学听国际指挥大师日本人小泽征尔，给民乐系二胡明星学生姜建华上音乐处理课。姜建华一曲《江河水》，让小泽征尔泪流满面，直着跪了下去，大喊："这种音乐，只能是跪着听的……"那时，我想，区区二胡又有多少表现张力，能让名满天下又见多识广的指挥大师跪在地上且泪流满面？其间不乏"表演过火"的成分！

毕业后五年逝去，我远赴美国深造西洋歌剧，并又再次以饰演歌剧《原野》男主角仇虎的身份，在美国首都华盛顿主演该剧，首演谢幕，竟达十一次之多，洋人观众欢叫掌声，几乎掀掉肯尼迪艺术中心的房顶……我流着泪想：有这么好吗？好得竟让洋人发狂？看来，那句格言千真万确，即：民族艺术的精华无疑是世界之精华……

二十多年过去，我在西洋歌剧世界里打拼，自然荒疏了对民族音乐文化的亲近，但昨日听到光宇先生的二胡演奏，心灵不仅受到震撼，且茅塞顿开，再次重温了小泽征尔的泪流满面跪地膜拜的感受。几度来渝，多有朋友提及二胡大家刘光宇的演奏和功力，但我都因恃才傲物，不以为然……

缘于业务往来，又与重庆歌剧院院长刘光宇先生数度接触，由于刘君为人低调，态度谦和，仅从谈吐外表，谈何惊人之举？但刘君昨日的二胡演出艺术造诣，荡气回肠的大家风范，的确让我汗颜……

歌剧与二胡，不说南辕北辙，也绝不是同行同道，但有一点可以称作"心有灵犀"：那就是音乐世界、类别迥异，凡能做到激情澎湃、气贯长虹、歌唱性通达流畅者必是高人……刘君并非歌者，但他手中的二胡却慷慨悲歌，柔情缱绻……当他的乐器唱道："娘啊，儿死后，将儿葬在那高山上"时，我的泪水陡然浮升，我的胸襟顿然舒朗。一股生命力旺盛清新的血液流进我的血管，那种莫名而扎实，久违了的歌唱欲望冲腾而起……我惊讶，重庆竟有如此功力深厚、绵里藏针、出手不凡的大家，是何等的文化历程，能使二胡慷慨悲歌令壮士断腕的一位音乐大侠诞生？……民族音乐、器乐演奏我不在行，民乐理论、演奏技法，我更是捉襟见肘，但有一点我却当仁不让，大凡能让人长歌当哭，在灵魂深处为其击节喝彩的音乐人，无论他的身份贵贱，头衔迥异，必让人高山仰止，惺惺相惜，与其共舞的！

光宇君为人低调、谦虚，含而不露，但音乐里却充满了涌动、呐喊、激情和张扬，逼得我等相形见绌。刘君的气质温文尔雅，谈吐中使人如浴春风，但演奏中却处处如泣如诉、大江奔涌、洪水滔天，挟持着同行一路剪不断、理还乱地去奔赴一个无暇旁顾左右的艺术巅峰。听刘光宇的音乐，让我觉得高手的出招，冲撞心灵，让我痛感有中国小提琴之称的二胡之乐器的玄妙，更让我顿悟内敛的爆发、深藏的狂笑，于无声处听惊雷的纵声呐喊，最是征服人心灵的！

公元2007年1月31日，由重庆市政府举办的海外侨胞、港台同胞、外籍人士春节茶话会上，我能够享受到刘君为我以二胡高歌一曲的精神飨宴，让我从心底里至今深刻地感念着。重庆有这样的演奏家，又何愁世人笑谈什么“文化沙漠”之陈词滥调？俱往矣，那位以二胡之器，让世界乐圣跪在地上，泪流满面地高呼：“这种音乐，只能是跪着听的”学生姜建华安在？那位名满天下古稀之年的指挥大师小泽征尔“廉颇老矣，尚能饭否”？但光宇君正直年富力强，炉火纯青，愿刘君的艺术如碑如刻，余音绕梁，百年不绝，更愿重庆这个举世瞩目的大都市里，更多的老幼贤达，不要一次次再与精神的盛宴和文化的精彩失之交臂了……

悲情吴侬皆成歌

离离原上草，大漠孤烟直……

苍凉、广袤、灰黄的西北戈壁滩上，一辆兰州某旅行社的巨型巴士上，除了一名马姓导游和一名司机，剩下的只有三名乘客。沿着先人马帮踏过的丝绸之路，商旅穿越今古奇观的河西走廊，掠过沙地上那一丛丛根须深刻、顽强生活的草本植物。两男一女的三名乘客，仿佛久别重逢的挚友，一面眺望着远方祁连山顶连绵起伏的雪峰，一面像唠嗑似地谈古论今。那位气质雍容、淳朴的女士是河南师范大学音乐学院声乐系教研室主任李鸣镝教授。个头威猛、嗓门嘹响、面如赤枣的彪形大汉便是笔者。年纪稍长、身材适中、思路敏捷的就是浙江省音协主席，著名作曲家晓其先生了。他们从敦煌参观归来，再从兰州登机归去。所有参加西北民族大学音乐学院举办的“全国首届艺术歌曲研讨会”的作曲大腕、理论名家、歌唱枭雄，都选择了敦煌寻梦，大漠归途。

诗仙李白曰：同车同船都是缘。于是，这空寥的大巴车和颠动不已，1400多公里的归程，便成就了这三位乘客的志同道合。那原本十分寂寞难耐的千里旅程，竟让这三人行，彼此为“缘分”和相互“充电”而变得相濡以沫起来。三人行的耳边刚刚响起西汉猛将卫青和霍去病的金戈铁马，祁连山红四方面军妇女团与马步芳骑匪的血战旧址又已路过。“劝君更尽一杯酒，西出阳关无故人”的绝唱还在大诗人王维的唇齿之间，民族英雄、禁烟诤臣林则徐的慷慨悲歌又起。马踏飞燕的青铜塑像就在眼前，守土将军雷公的古墓又添悬念。盖碗茶；手把肉；黄河鱼；信天游；兰花花；秦腔吼。那险峻陡峭迭出的河西走廊刚过，苍凉辽阔的戈壁荒滩便跃入眼帘，那千沟万壑的黄土苍塬已在身后，离离原上草的景观又让三位音乐艺术家感受震撼，浮想联翩。我想说：中国的艺术歌曲市场艰难，在流行歌曲的重围中，要想突破和生存，只有像戈壁滩上的骆驼草和芨芨草，将根茎拼力地扎向大地的深层。媚俗易，精品从来难得。李鸣镝教授喃喃低语："容易的事成了，有意思吗?"晓其先生深思无语，突然，他昂扬起来，放弃了沉默，低吟浅唱中，朗朗道来：

在秋江的船上
流浪的诗人
漂流一生泪两行

守城的将士
在高高的城墙上
吼几声秦腔
就像回到了家乡……

《长安忆》从作曲家的口中，就这么随意吟出，仿佛一面巨鼓擂响在我的胸腹间，那种浓郁的秦腔曲调和着典型西洋韵味的艺术大歌之音乐线条，带着对职业歌者乐句处理的气口规范定位，一下子激起了我——一个职业歌唱家的猎奇探究和敏感。我脱口问道：这是谁的作品?晓其先生从容作答：我写的。我又追问：您为什么不在研讨会上展示?晓其先生笑得是那般的灿烂和释然，"没有机会且兴趣索然……"该轮到我沉默了，怪不得一路上，零距离地感悟晓其先生大有一种"三人行必有吾师"之感!原来此君竟这般地含而不露、大智若愚!倘若一般的作曲家，巧遇一位在欧美歌唱舞台，有着十九年沧桑和辉煌的歌唱家，何以如此藏珍?何以如此谦逊?对西北民大音乐学院举办的全国首届艺术歌曲研讨会，在我心里确实留有不少的遗憾，但没有他们做"媒"，我何以与晓其先生结识?何以同车同船皆是"缘"?何以感知一位用原创音符去歌唱，用原创音乐线条去呼吸的"三人行必有吾师"?

晓其先生爱才，表现在对我的演唱确乎印象深刻。大凡艺术界的朋友，萍水相逢，分手时也有情愫，也有"日日思君不见君，共饮长江水"的离情别恋。但时间一长，生计繁忙，谁还会为他人的才华和激情、真挚和友谊刻骨铭心。但我想晓其先生的与我一路同车相见恨晚，应该不会由于时光的推移而稀释吧?一路上我看得真切，他连导游和司机都呵护有加，关怀备至，更何况一个在海外漂流了近廿载的歌唱大儿童?其实，荣誉也好，成就也罢，身价又如何?终究不能与赏识、信任与推崇相提并

论，毕竟世上千里马常有而伯乐不常在呵……

2002 年 7 月 28 日，应晓其先生之邀来杭，一是访友，二是谈谈未来的合作。晓其先生是浙江省音协主席、省政协委员，活动多、会议多自不在话下。次日上午，我在宾馆待得浮躁，便去省文联音协他的办公室造访，他果然去省委大院开会未归。于是我便在他的办公室里，手抚钢琴唱将起来。本想聊以打发时间，不料琴上随意摆放的一张张他的作品手稿吸引了我的视线。一经试唱果然朗朗上口，又是那般音符的活泛和生动的歌唱的新鲜感。又是那个自然天成的、音乐线条原本的呼吸流畅。我想，一个人的成功和成就，一半属于智慧，那么另一半必定属于勤奋和酷爱，当然还有决不辜负。不辜负什么呢？不是身份和官位，而是才情和生命！

作者在杭州个人独唱音乐会上的音乐酒窝

共进午餐后，没有午休，我们又回到了晓其的办公室。他还是那么从容和含蓄，一阵暄叙后，我听了他的几个作品：《好大雪》、《长安忆》、《焦裕禄》、《巴黎归来》和《海燕》等。连我自己都感到惊诧……他的作品，我几乎个个喜欢。理性告诉我，是不是我迷失了，是不是将我们在戈壁滩上的疾进，河西走廊间的豪壮，敦煌莫高窟前的畅想，甚至在夜宿张掖、武威的餐桌上，那相见恨晚的豪饮和三人之行必有吾师的情怀，有意无意地将我带入了一种很难客观评估的迷踪之境了呢？我不相信我这个遍阅西洋歌剧作品，历经五十余部几百年来传唱不衰的西洋大歌剧，十九年人在洋邦的职业歌唱家，会因为爱屋及乌丧失了对歌曲作品起码的判断力。于是，在音乐声中，在歌者委婉的述说中，我开始了对晓其先生作品系列的理性感受。《巴黎归来》的前奏刚刚响起，我的鼻子便有些发酸。十九年的海外自我放逐和流浪，还有什么比这样的曲调和游子吟唱更让我心潮起伏、热泪盈眶的呢？歌者王维平是我安徽老乡，他诠释的这首作品也可谓细腻和一往情深。我想象着再加入些，我这些年人在异邦所切身感受到的举目无亲、孤苦无告的苍凉感，以及游子几回回梦里回故乡的无奈与渴望，那么这首作品将更加深情和催人泪下。一曲响尽，那首《好大雪》又唱起。曲调和歌声，在我眼前便化作"如席的大雪"漫天飞舞。歌者在"好大的雪"的"大"字上爆发出的声音訇响，让作者晓其用音符将飞飞扬扬的烂漫雪霁，散满整个空间，动感跌宕，荡气回肠……怨不得东北白山黑水故乡的作曲家们，听完这首歌都说：弄不明白，久居天堂苏杭的作曲家晓其，看惯了西子湖上的莲花和夕阳，听惯了灵隐寺的晨钟暮鼓，怎么一出手就把个东北那茫茫雪国的"丰年好大雪"，"白茫茫落得个世界好干净"写得那般的彻底？一个创作者的艺术感觉和穿越时空的想象力、感悟力，并不是一定要画地为牢的。这就又一次验证了那句名言：不识庐山真面目，只缘身在此山中……一阵河南豫剧曲调的奔放和粗犷，加上打击乐梆子的力度和穿透节奏，将我推到了中原文化的腹地。《焦裕禄》这个让所有兰考县百姓和全中国善良正直的人们，无不敬仰地充满了悲情及深深怀念的名字，让我这个自幼便有着希腊悲剧情结的游子，陡然庄严了起来。西洋乐句的长线条结构，融进河南豫剧那热辣辣的民俗风情和爱憎分明的快感，在梆子那急煎煎的敲打行进中，一位党的县委书记，用人性和情感，以及与病魔苦痛殊死搏斗的钢铁意志，铸就成的人格伟岸和共产党员的良知，在晓其的音乐中被展示宣泄得感天动地、惊世骇俗。《焦裕禄》作为上世纪60年代的中共模范县委书记的典范，在今天这个"并不是我太坏，是这个世界变化太快"，"人人朝钱看，没钱我就烦"的市场大潮中，已经变成一种图腾似的政治标本和符号了。那么作曲家晓其为什么还会青灯黄卷、不辞辛苦地为焦裕禄写下催人泪下的音乐呢？看来一个人的生命为了广大苍生，那种带着"我不下地狱谁下地狱"的壮丽奉献，岂是那种"老公老公我爱你，就像老鼠爱大米"之辈能够揣摩和顿悟的呢？

作者于上海和杭州歌剧院主演歌剧《托斯卡》的广告

在去大漠敦煌的路上，我只知道大巴车上前排坐着的是著名作曲家，浙江省音协主席晓其先生，在敦煌那一字排开的洞窟前，我开始与其熟稔。起初我们聊声乐和创作，后来我们谈飞天和王道士，他那娓娓道来的语气和谦谦君子的风度，时而闪耀着哲理和睿智的谏言，仿佛是一个道风仙骨的哲人，绝不仅仅是一个激情满腔、慷慨悲歌的作曲家。我在心里疑问：他的作品，我会钟情吗？……从敦煌归来，那漫漫的历程和彼此性情与才情的碰撞，在让我对他产生了敬重的同时，平增了对他的艺术感觉和作品质量的信任，直到他在摇晃的车厢里倏地吟起了豪壮的《长安忆》，我全面地信服了……

在晓其的办公室里，领略了粗犷与奔放、凝重和深情，望着激情犹存，童稚未尽的他，我的欢欣和理性告诉我，我的嗓音和歌唱功力的贮存，终于找到了一个可以全情信赖的作曲家。不知为甚，他又是那般的沉着和从容地奏响了他的“吴侬软语”，好一个《问江南》，唱尽了烟雨蒙蒙水涟漪；吟透了吴越文化的情怀和丝竹婉约的意境；歌绝了西子湖畔的“此恨绵绵无绝期”；颂彻了白娘子的顾盼流兮，怨沉海底；升华了十八相送“化蝶”的韵律。那一阵阵旋律优美的歌声和曲调，既蕴含着《玫瑰玫瑰我爱你》的曼妙，又浸透了江南丝竹温润的低吟浅唱、婉约飘逸……那种千回百绕的缠绵加上信手拈来的随意，使我觉得不知是《问江南》造化了苏杭的天堂？还是江南的情问，突显了天堂的精致与飘逸？……我从戈壁归，带着沧桑来，江南一抹绿，山河尽我诗！一个创作者在音乐作品风格上的陡变和跌宕，乐思和表现上的迥然、落差和对比，方显出一个作曲家的才情和积淀，张力与求索。《问江南》直直地将我问住了，音乐家的英雄本色何在？悠远粗犷，空灵豪壮，这才不愧为一个宁静致远，于无声处听惊雷的真才子，我的歌声会有如此可塑性吗？举重若轻，举轻若重！境界和意境是什么？除了底蕴和扎实，更多的便是对生命的感悟与珍惜，对美好事物拥有的不尽感念。拷问一个作曲家的功力和成就，绕不开他的经历和思想，赏析一个艺术家的才情与智慧，闪不去他的积淀和爱憎。晓其先生在和我的多次交谈中，使我获悉，唐山大地震中他父母双逝。由于出身不好，他的成长历程又命运多舛，于是早熟的他，不管生命中遇到何等的成功与波折，都能坦然处之。长时间低调的为人处世，才使他的爆发凝聚具备了强大的张力。面对晓其，面对他的定力，我有太多的自愧弗如。面对他的有为而不为，面对他谋事在人、成事在天的从容和自律，宽宏与善解人意，我唯有将其视为兄长和吾师，才能顺应天意。尽管如此，我还是对他有一种剪不断、理还乱的渴望与希冀，我希望他的歌剧能早日问世！既是为自己，也是为了艺术王冠上的钻石……

我与大师灵魂共舞

我想，倘若没有歌剧《原野》，我终生都将与戏剧大师曹禺无缘，公元 1987 年春天，《人民日报》发表了曹禺和乔羽两位艺术大师，关于万方改编其父的同名话剧《原野》为歌剧的对话后，我原来的单位中国歌剧舞剧院，便成立了歌剧《原野》剧组。院方几乎没有经过什么折腾，便决定由我来饰演一号男主角：仇虎。稍后，几次在《人民日报上》，以通信的形式对话的两位戏剧界和歌剧界的泰斗，就那么以文字上的你来我往，奠定了后来歌剧《原野》走向世界，进入了古往今来，与世界任何一部经典歌剧可以比肩的命运。但后来的《原野》，虽在国际舞台上领尽民族歌剧的风骚，但在它自二十年前诞生以来，却在自己的本土舞台上，历尽坎坷，磨难不断。最终的命运，竟破天荒被“国家舞台精品工程”遗弃，然《原野》宛如“离离原上草，一岁一枯荣”的大漠之树，经历了二十年的严峻考验与砥砺，以其不朽的艺术魅力、学术和思想价值，在全中国的歌剧舞台上，艺术院校的厅堂里，全面开花，里程碑似的高高耸立，至今无法逾越。

大师曹禺走得那么平易。平易得让公元 1987 年，中国歌剧院的排练厅里，长长的阶梯上，至今还镶刻着老人在女儿万方的搀扶下，一步步攀登的身姿步态，还环绕着一个古稀老人，倔犟地拄着拐杖，正襟危坐的流畅和随意，但当他霍然立起，那些身旁边的中国歌剧“土洋”之争，长达半个多世纪的口水之争，戛然而止……

我至今刻骨铭心，歌剧《原野》首次连排之后，曹禺对着时任文化部部长王蒙和副部长英若诚，有些悲情地说：“部长大人，请你们从手指缝里露一些钱，为院里这些年轻人买些营养品，他们是歌剧演员，体能的消耗与运动员相比，所差无几……”曹老的一席话，让一个彪形大汉热泪盈眶……那时，我的每场歌剧演出费人民币 5 元。而今天，我在中国，每每再演《原野》，出场费税后3000……食宿交通费自理。

公元1988年，《原野》排练场来了一帮洋人，为首的是美国大戏剧家、尤金·奥尼尔戏剧中心的主任、著名导演：乔治·怀特和他的音乐总监波莱·霍普特女士等。起初，在演出中，曹禺自任同步英语翻译，随着剧情、音乐和人物逐步深化，戏剧矛盾的跌宕起伏，大师曹禺的同声翻译消弭了，乔治·怀特一行人的哽咽之声和泪流满脸，淹没了一切……当仇虎将匕首深深插入心脏，带着解脱般的微笑和满足，倒在原野大地上的时候，奥尼尔戏剧中心的主任和那位满头金发的窈窕淑女霍普特，简直就是从座椅上直着跳将起来……在乔治·怀特的喊叫声中，在他"《原野》悲剧之美和巨大的震撼力，简直让我透不过气来！"的肺腑之声还未完全落音时，我便怀抱着《原野》歌剧的总分谱，仿佛一个初次离开母亲远行的乡下孩子，坐在"国航"的普通舱里，一路追着美国的月亮，向大西洋彼岸，开始了近二十年的歌剧漂泊，人生放逐。《原野》先是在尤金·奥尼尔戏剧中心做舞台阅读演出，后来又进美国国家大剧院……闲暇，我和金湘老师长坐于坎乃迪克州的渥特福德海边上举头望月，我发现美国的月亮竟和中国的一样明亮浑圆……几天以后，我们演出竟比美国的月亮更加圆满：报纸盛赞、粉丝签字，女主角竟被美国绅士示爱，华人君子请吃饭，女主角每次的外出交际，竟还要我这个当时的"英语二把刀"充当翻译和骑士。后来的事，我不说，圈内的人也都耳熟能详了。公元1992年的歌剧《原野》竟在美国世界著名的肯尼迪艺术中心登堂入室了，而且一演就是十一场。当中国著名交响乐作曲家王西麟，站在当年华盛顿国家歌剧演出季的巨大广告牌前，面对着与瓦格纳、威尔第、普契尼、莫扎特·海顿、奥芬、巴赫等歌剧巨匠并列的，中国作曲家金湘大幅照片时，他心甘情愿地低下了苍凉和倔犟的头颅，朝着自己的同辈深深地一躬……再后来，道风仙骨的瞿小松来了，唯楚是才的谭盾来了，绵里藏针的周龙、陈怡夫妇来了，甚至连江南才子叶小刚也没有错过……当美国最著名的《华盛顿邮报》、《纽约时报》、《今日美国》、《洛杉矶时报》在重要版面上，大幅载登了金湘手托下巴，置身大漠坐于顽石之上，用苍凉而卑藐的目光，审视无极的旷远之际，那时，我想，一身西部牛仔衣裤的金湘，肯定在"伟大和傲岸"之间，踌躇满志之时，是否还会忆起，也许还在昨天，他是否已将那每天应送往各个别墅和大街小巷的当日报纸，确切地投进那些山姆大叔家的花园和邮箱里……

公元1992年冬天里的肯尼迪艺术中心，注定了是属于金湘的。在那个冬季里华盛顿国家歌剧院所有上演的经典西洋歌剧中，中国歌剧《原野》破了天荒。各家报评，几乎都用了最美好的赞词，票房直线攀升，院长、主管喜气洋洋，清一色的华侨歌唱家，无论主演次演都牛得春风得意马蹄疾……邻居水门大厦里的华府名流陈香梅、时钟文等非富即贵的华领、教授连看数场，共和国大使朱启祯接见全体演职员后，并在次日于大使馆高规格地宴请民族文化传播之英雄，就连国民党高级将领、云南王龙云的孙子、数度请剧组全体大快朵颐，甚至连台湾国民党“北美事务协调处”的达官显贵，都以盛大的酒会，来举杯同庆此番中华民族，在美国这前无古人的文化盛典……当《原野》的金湘热潮，世界级的华裔歌唱家团队，普契尼来自中国回声等等一切，都在《华盛顿邮报》、《纽约时报》等几十家美国主流报纸和媒体上墨迹未干时，老总统乔治·布什那姗姗来迟和入场，才将《原野》在美利坚合众国的土地上，稍作休止……

公元1995年，我正在德国萨尔布吕肯国立歌剧院效力演出瓦格纳的歌剧《帕西法尔》，突一日听说由金湘参与的《原野》本土剧组登陆日耳曼和瑞士时，竟一下子心跳过速，血涌如潮。那晚，在我们萨尔布吕肯国立歌剧院舞台上，由我院交响乐团伴奏演出的《原野》，虽有些让我缺氧，但事后的酒会上，德国歌剧观众激情四溢和亢奋，仍让我重温了一种民族自豪感的油然而生……后来《原野》又去柏林和瑞士，好评依旧如潮，但失却了1989年版的本土原始阵容和1992年版美国首都华裔国际版的阵容，我只能遗憾无缘一睹了……

公元1999年，共和国举国共庆五十岁华诞。我被著名作曲家，时任中国院歌剧团长的关峡，从德国召回，在世纪剧院再演《原野》。当演到仇虎和金子生离死别的时刻，台上台下的人，泪流滂沱。时任文化部常务副部长的李源潮接见演员时，几度称赞演出：荡气回肠。当最后一场演出结束后，我卸完妆从后台走出，刚刚从维也纳归国的天才青年指挥家李心草，就那么直直地盯了我半晌，什么都没说……但我却感受得十分清晰，总有一天，我会和这位比我小一轮的杰出指挥家在原野上共襄盛举……

2004年呵2004年，在那个枫叶正红、霜重色浓的秋天里，我沉痛地在《原野》龟裂的大地上，走失了自己，我那个每每泣血悲怆的仇虎呵，就那么苍凉而无奈地倒在了，原可以进入祖国的黄金殿堂，中国国家大剧院歌剧厅的门前阶下……导演稻川欲哭无泪，孙禹抽刀断水水更流，金湘愤世嫉俗，万山红终身遗恨……

作者在中央音乐学院歌剧系毕业时主演《费加罗的婚礼》

歌剧《原野》如同一个与布衣皇帝、草莽英雄同打天下的忠臣、良将，一旦主人号令天下，龙袍加身，它的命运自然是狡兔死，良弓藏，走狗烹……《原野》的命运之所以饱经磨难，坎坷重重，除了淋漓尽致地揭示人性，却没有半点的阿谀奉承；抑惑还有些挟洋人自重？然而，《原野》毕竟是《原野》，它那在人性和灵魂最底层爆发出的呐喊和旺盛的生命力，岂是打压和围剿、扭曲和诋毁便能颠覆了的，如同大漠上的骆驼草，《原野》注定了要一岁一枯荣。2004 年以后的《原野》，在许多省级歌剧院，很多全国著名的音乐和艺术院校，如同 5 月的鲜花，开遍了原野……公元 2006 年，连我这个当年恃才傲物，人际关系绝对弱智的仇虎，竟在四川绵阳的艺术学院的学术厅舞台上，人五人六地导演了“现代版”的全剧《原野》……没有乐队，没有布景，只有从美术系借来的展板，天顶上吊着几十个鲜血滴的大红灯笼……我，一个“孩子王”，带着一群二十岁之前不知歌剧为何物的娃娃，硬是将《原野》演进了李白的故乡江油，演进了绵阳的大剧院，甚至有时还日进斗金……从那一刻起，我才从真正的意义上，参透了什么才是“位卑未敢忘忧国”的悲情，胳膊拧不过大腿的现实

文化的悲剧……

作者与《原野》女主角万山红在一起演出后留念

2007 年，《原野》在沉默若干年的孤独中，揭竿而起。似乎它的命运终将又一次回黄转绿，先是金湘先生的多部歌剧片断的集锦巡礼中展示，5 月在北京音乐厅，又由中国音乐学院举办的“歌剧情”音乐会上展演，大腕云集，央视 CCTV 音乐厅录播；是日，由音乐家协会表演艺术委员，《人民音乐》杂志社，北京音乐周报协办的“金湘作品研讨会”拉开了《原野》第二春之序幕！紧接着，天津歌剧院首排全剧《原野》赴京！年底，由李心草指挥中国爱乐交响乐团的音乐会版《原野》，在保利剧院完成了《原野》“戏剧的音乐，音乐的戏剧”之交响性的最新诠释……2008 年的仲夏，《原野》又在浙江金华理论研讨盛会上成为主角。当我手捧厚厚一本装帧简拙朴实的论文集，篇篇细读时，不禁百感交集：金湘呵金湘，倘若大师曹禺活着，施光南先生再生，恐怕都要羡慕阁下吧？因为，人世间，芸芸众生之中，真正的精品，即便被埋得再深，总有一天定会大放光明……难道不是吗？眼下，公元 2008 年 11 月 28 至 30 日的中国歌剧论坛，华夏歌剧人三代同台的盛会上，天津歌剧院与会展演的剧目，难道不是唯一的，你老人家的歌剧代表作品《原野》吗？

去年夏天，我的老院长乔羽大师，因患腿疾住院手术。歌研会执行主席，北大歌剧学院院长金曼女士通知我探视。老爷子躺在床上要我陪他喝酒，亲切地一如我的恩师。当年，就是他，一边说着歌剧是寂寞的事业，一面坚守在《原野》的阵地上，绝不退让。去年冬天，我从国外归来，电话里和老院长相约去探望他，老院长那时在央视做节目后，便赶到他指定的饭店请我吃烤鸭。老人的女儿告诉我，一天节目做下来，年过八旬的老人已疲惫不堪。但他说与你有约，决不辜负。我听后，每每想起，泪湿眼眶……当他听到我说，中国歌剧院不再欢迎我回去的时候，老人沉默了许久许久，只是慢慢地道来：孙禹，你生来就是歌剧树上的那个虫，那……个……虫……啊！那夜，我回到自己寓所，一个八尺的汉子竟落了眼泪……于是，我敢向苍天发誓，没有乔羽，便没有《原野》，没有乔羽，《原野》一路上的悲怆和辉煌，早就休矣。

在我丰饶和深刻的记忆中，在我永远仰望的视野里，当民族的戏剧泰斗和大师曹禺再度回首时，那双深嵌在镜片后的眼睛，仍旧在向我说：你是原野上最棒的虎子……大师乔羽，我永远的恩师躺在病榻上竟冲着我，将我说成一个只能活在歌剧树上的虫子……而现在，我唯有垂泪无语……当我那亦师亦友的歌剧作曲大师金湘，在我每一场《原野》演出后，紧紧地与我拥抱和握手时，我只能在心里默默地说：我仍旧在期待着您金湘老师……当中国最有成就，最慈祥的歌剧母亲李稻川凝视着我的时候，我在心里最想喊出的话就是：没有您，就没有虎子……当万方在北京音乐厅，我在舞台上又一次“自杀”后，倒在指挥台侧，全场喊叫如雷，掌声如潮，状如破堤时，她向我款款走来，用一种深刻的温情向我轻轻地呼唤着：孙禹，可还记得公元1987年，《原野》歌剧的诞生初期，当我敬爱的瞿弦和团长，中国剧协副主席，每次主持我团演出时，都要提提我是《原野》中的虎子，这一切的一切都让我百感交集……是啊，没有《原野》，我的艺术生命中，何以走过这么多的艺术大师，有了《原野》，我才能幸运地与我仰慕的大师，曾经逐一地灵魂共舞，互通款曲，彼此终将永远地成为民族歌剧的赤子……

被公审的大儿童

又要出门去试唱歌剧了，老父母用一种忧患的目光，再次仔细地端详了我一番。瞬间，我的整个灵肉，便从一个公牛型的彪形大汉，幻化成一个不折不扣的大儿童。老父母从他们那张我曾聆听了一辈子的嘴里，竭力挤出一些不连贯的句子：少说话，祸从口出，这是在……中国。于是，一条无形的尾巴，便被我紧紧地夹进了屁股沟。

歌唱“恐龙”孙禹在纽约独唱音乐会时的状态

我在那个国家歌剧院充斥着尿味的走廊里踽踽独行。由于重感冒的侵略，耳鼻眼口都恰似被棉花堵塞。我不停地喝水，大声哼哼，小声呻吟，浮躁不堪，仿佛一匹被戴上嚼子、钉上马掌的骡子，心里无时不在揣摩着那些评委，将怎样精细地检查我的牙口，揉搓我的屁股和大腿，最后做出的决断：我是否仍是一匹具有旺盛生殖力的好牲口……在我于中外试唱歌剧角色的生涯中，不知多少次在判官面前被“是骡子是马”地来回遛够。每当我从那些欧罗巴和新大陆的歌剧考场中，屁滚尿流、大汗淋漓地爬出来后，总觉得自己仍是一个阳刚过剩、力拔山河的漂泊英雄，虽败犹荣。但这次，却是从大西洋彼岸专程飞回北京，在故国的歌剧考场中被选秀，自然，我患得患失，心中五味杂陈。

纽约的初冬，我在鳞次栉比摩天楼群的沟渠里，看着那些见了死尸都不绕着走的朋克乞丐、娼妓小偷、名媛富贾们，我这个夹在各类种族汇成的人流中，匆匆独行的“多余的人”只想怒吼。当饥饿的感觉驱走了我人性中因失意而沮丧的扭曲后，我跟自己说：我要回家……

柏林的深秋，棺材形状、半高不矮的建筑集群，叫我怎么看，怎么像是奥茨维辛集中营的焚尸炉。街道上肮脏的积雪，路人冷漠的神情，构成对异乡人那种难以抗拒的排斥，常常使我有一种随时都会被黑社会绑架和施暴的预感……而世人皆知，柏林的唯美，在于冷酷的秋叶，以及放眼望去，无边无际、绝不枯黄的绿草。但此时此刻，却在我眼里，油然浮升出的竟是：六百万犹太人被猪狗一般宰杀的幻象。顿然，我便从那狰狞可憎的铁门与灰墙的夹缝中，听到了瓦格纳压抑到了极致的歌剧序曲《特利斯坦和伊索尔德》，还有在斯皮尔博格的电影中，美国大兵驾驶着直升机，凭空扫射越南村民的歌剧序曲《女武神》。这时，我咬紧牙关跟自己说：我要回家……

国家歌剧院考场的长廊上，那种逐渐让我感到有些舒畅的尿味，将我从走火入魔的畅想中缓解归来。我和我自己说：这是回家了吗？我的感觉连同我的心，都一块抢着做答：是的。我已经不能不坚信，在那两道厚重的皮革和铁质的大门内，坐在一溜和我说着同种母语的判官，待会儿我唱完了，他们绝不会说：膻克友和丹克逊。但我敢起誓，他们更会不说：谢谢你……面对着这个我熟悉得不能再熟悉、陌生得不能再陌生，黄肤黑发的歌剧前辈群体，我暗下决心：今天，我就是被你们阴柔致死，也得做个甘洒热血写春秋的鬼雄。

旧日电影明星梦破碎的瞬间

如同一个排队门诊的病人，终于被护士叫了号进去看医生。我走到大厅的中央，站在三角钢琴前面。面对一排白发苍苍的男女老人们的一瞬间，我立刻明白了，我误入了白虎堂，我进入了八卦阵。在那些老人们淡泊而平静的目光中，我有如一个被扒光了衣裤，全身赤裸的大儿童。我的心告诉我，他（她）们不是什么评委，而是判官。我的感知告诉我，从此刻起，试唱已经根本没了意义。那一双双浑浊而高深莫测的目光，早已宣判了我的死刑……你，那个坐在正中位置上的干瘦老人，在我对你全部气质和歌剧权威的感受中，什么都是模糊不清的。唯有那双嵌在近视镜片后面，深不可测的眼睛，多少年后，依旧叫我不寒而栗。于是，我想起了北方的冬天，那皑皑白雪覆盖了一切之后，蜷缩在百年古树根部深深的洞里，那一盘紧紧蜷缩着，却数月假寐不醒的眼镜蛇。倏地，我的脑海里出现了时空倒置的错乱。大约是在公元 1997 年的一个初夏，德国首都波恩近郊，我和一位中国驻德使馆的文化外交官漫步在莱茵河畔。我向他喋喋不休地询问：是莱茵河诞生了贝多芬，还是贝多芬诞生了约翰·克利斯朵夫？他沉默少顷，并无回答，却向我讲起了另一个至今都让我扼腕痛惜的故事。1984 年的夏天，当中国的少数西洋歌剧的狂热者们，还来不及辨认德国巴伐利亚国家歌剧院访华演出的莫扎特名剧《魔笛》，在世界上算是哪一流的版本时，一次和中国国家歌剧院演员的联欢会后，慕尼黑国家歌剧院的艺术总监便率先提出，提供所有经费和师资，先从语言训练开始，继而进入对歌剧角色的演练和培养，将从中国选拔十人，学制五年，直至功成而返。一般的德国人，大多将说话不算话、言而无信当成国耻。人家当时的动机是什么，有待后辈日耳曼民族史学家去考据。但包吃、包住、包学且分文不取的憨傻之气，假如国人不再动容，那便是不折不扣的唐氏综合征患者了。我听完后，仿佛老僧入定，全身无法挪动。少顷，我双目圆睁，大声疾问：此事成了嘛？外交官叹了一口气说：当时一位主管业务的副院长，当即便给予坚定的回绝。他们的理论是：我们中国的歌剧演员，是不需要外国人来培养的……何等的民族气节，山河可鉴。我当时所受到的震撼，不亚于后来在史书上首次读到的“马关条约”和“庚子赔款”。那夜，我在使馆文化处招待所的床上辗转反侧，彻夜难眠。我满腔的遗恨和愤怒，将我的心灵挤压在这个民族英雄和卖国贼两下都不能准确定位的判断中……凌晨，我推开招待所的窗扇，仰望着贝多芬的故乡，当时的德意志联邦共和国首都波恩那浓重而漆黑的夜空，默默天问：我们这些为了感悟德国歌剧真谛，像唐僧取经似的莘莘学子们，历尽艰辛、寄人篱下，在灵肉饱受磨难的同时，还得恪守：节约每一个铜板，学海无涯苦作舟地去完成一个只有鬼才知道能否修成正果的使命。我那时的心境，有如一个已经疲惫不堪的长跑者，明知有一条捷径，却因被“一夫当关、万夫莫开”的拦路者无情地阻断了一样。那时，我真想立即插翅飞回北京，找这个人寻仇……这位歌剧学者型的好汉一言九鼎，在弹指一挥间，便断送了十位本可以成就为世界歌剧骄子们的前程，但他却没能阻挡得了，像坦克钢铁洪流一样的西门子商业大军，在共和国的土地上，排山倒海般地全面登陆。遗恨是最难让人忘却的，壮士断腕般地痛惜，更叫人刻骨铭心……不知过了多少年，当我重返梦牵魂绕的故国首都，一次在天桥剧场，法国人制作的《卡门》彩排休息时，被这位学者型的好汉，差人将我从空着的座位上赶走。一瞬间，我顿时有了一种原宥他的情怀。噢，他是属于那种中国传统知识分子特质的人。做事认真，含而不露，饿死事小，失节事大。于是，在他仍用蔑视和嘲弄的眼角，远远而不时睥睨着我的时候，我仿佛又被他的气度镇住……然而，时隔不过八年，公元 1992 年冬，当我等中华儿女弹冠相庆，相互祝贺在美国首都华盛顿肯尼迪艺术中心用

华语演唱、美国国家歌剧院耗费近百万美元，隆重推出的中国歌剧《原野》大获成功时，在美国主流媒体均称《原野》为普契尼来自东方的回声之际，我听到了这样一个消息，大意是：中国歌剧要想进入西方世界歌剧之林，纯属痴心妄想。中国歌剧要在人家后面学习一百年，这个论调的始作俑者，竟还是这位仁兄……

在上海母亲与未来之歌唱家及其表姐妹在一起

当我再次将大儿童般明澈的目光，对准依旧正襟危坐的那位学者风范的老人之时，他的神情显得有些微妙。他取下近视眼镜，姿态优雅地用一块丝绒擦拭着。他那即没表情又无血色的脸上，释放着事不关己、近乎无辜的神情，而正是这种神情，不知怎地，至今为止，仍旧叫我不寒而栗……

坐在老者身边的，是一个典型的美丽老妪，微笑起来温暖如春，沉默的时候不怒自威。记得那年夏天，那位体重三百六十多斤，从意大利热那亚那一个小面包铺里走向世界的男高音之王帕瓦罗蒂，踏着当年被我曾曾爷爷的曾曾爷爷辈成吉思汗的马蹄踏过的阡陌山路，唱着“女人善变”和“冰冷的小手”，一路杀进了北京的皇城根。这位意大利面包师的胖儿子，在北京展览馆剧场，一边漫不经心地用他肥硕的肉手，端着个袖珍电风扇，尽情地吹着他那络腮大胡子的同时，一面像一个技艺绝伦的飞行大

年轻的父母和奶奶与即将被公审的大儿童

师，在高音C的天空上，任意做着那么多令人眼花缭乱的上下翻飞，狼奔豕突。他那举重若轻、无敌天下的高音和歌唱技巧，活活把中国的观众逐个地给折腾疯了。人们像是彼此过不去似地，狂热欢呼着、喊叫着，仿佛将积攒了一生的郁闷之气，彻底地宣泄了个干干净净……曲终人散，顺着人流，我痴痴呆呆地走出剧场。碰巧，我便撞上了这样的一幕。那位有着慈禧太后和慈安太后综合气质的美丽老妪，杏目圆睁地冲着另一个资深歌剧老妪，厉声口诛语伐……人群沸腾了。围着这两个风度翩翩的半老徐娘，兴高采烈地议论着，围观着，仿佛在为身陷西班牙格林纳达斗牛场中，那个杀红眼的斗牛士和横冲直撞的蛮牛呐喊助威……这简直就是一场旷古未闻，仿佛发生在古罗马的竞技场中，对手之间以唇枪舌剑为冷兵器的攻防搏斗。我看见了一个战无不胜，显得比斯巴达克斯更具有雄性激素的斗士，正一步一步地，向已经被她击倒在地，并且遍体鳞伤的小老太太

逼近……而那个在精神上永远强势，曾在歌剧舞台上的《茶花女》中，因肺病复发，继而唱得更加华丽的白发“维奥丽塔”，缓缓地合上了双眼，犹如一束玉树临风、洁白无瑕的茶花，玉雕一般凝住，纹丝不动。少顷，两颗不算太晶莹的泪水，从她那因岁月摧残而永远无法抚平、皱巴巴的眼皮夹缝中涌挤出来。于是，从她那两行平静而高贵，从容、淡定的液体中，我仿佛听到了茶花女那令人心悸的唱词：让我们回到那美丽的时光……

面对眼前这排白发老人。我开始了极为懦弱、猥琐和严厉的自我解剖。我的灵肉瘫倒在他们那犀利的目光下，无法自拔，无处逃遁。我用了四十年建立起来的人格和自尊，率真和坦诚，在一排咄咄逼人的判官面前，开始土崩瓦解了。于是，我想起了歌剧《白毛女》中杨白劳的咏叹调：“哪里走来，哪里逃，哪里有我的路一条……”我甚至有了一种茅塞顿开的清朗和顿悟，这些人再有权威和震慑力，我都能有底气抵抗得住，但一俟他们溶成了一个群体或方队，我便瞬间没了力道和斗志。我们这个民族乃至整个人类，似乎都有一个共性，那便是同情弱者和虽败犹荣。可是，当一个人在人为的耻辱柱上，被铜墙铁壁似的法官公审的时候，那种无助和孤独，那种欲哭无泪、欲喊无声、欲说无词的压抑和无奈，会让无数英雄豪杰，顷刻之间无地自容。我渴望向她无端地忏悔和认错；我迫不及待地想向她跪地求饶；我想向她深切地哭诉；其实我胆小如鼠、贪得无厌、嫉妒偏执。我从来就没有真正意义上的英勇无畏、刚直不阿。我虚荣、猥亵、狡诈和低俗。我年轻时孟浪、鲁莽、任情和虚荣……我能像千千万万人仍旧活下来的唯一精神支柱就是：我坦诚和乐意助人，知耻而后勇，我永不言败，我要扼住命运的喉咙，我从不相信幸运能伴随人的一生，我笃信人间正道是奋斗，我坚信天道酬勤……是的，我是一只憋坏了的、漂泊于西方文化苦旅中十余载的黄种雄狼，在天苍苍、野茫茫、风吹草低现牛羊的西方文化的深山老林里，终于被逼得骇人听闻般地仰天长啸起来：风萧萧易水寒，壮士一去必回还……

眼前您这位集慈母和导师、慈善与权威于一身的美丽老妪，我恳求您聆听我的忏悔。假如我在什么地方得罪了您，您大人不记小人过。因为我曾弱智，我曾太过率性，我曾口无遮拦，我曾轻狂嚣张，我曾浅薄无知，我曾稚嫩得无以复加。但作为您的歌剧晚辈，您总得给我时间长大成人……那年，您在北展剧场门口，当众大骂从美国归来的“茶花女”，骂得何等痛快淋漓。“茶花女”不该骂吗？岂止该骂，甚至欠揍。谁叫她的花腔唱得那么叫人愤慨，谁叫她总是那样光彩照人。谁叫她那么清高孤傲，谁叫她曾是个十恶不赦的右派。谁叫她的歌声传进过中南海?！她太狂了，狂得连得了肺病，都比别的女人风情万种。其实，在我心里，您是宽容和善解人意的，只是您的慈悲为怀，我不得要领！难道不是吗？对待犯人，公安们常说：坦白从宽，抗拒从严；对待犯错误的同志，毛主席他老人家说：惩前毖后，治病救人；老百姓们说：得饶人处，且饶人；知识分子们说：理解万岁！孔子说：己不所欲，勿施于人……今天，我已人到中年，倘若再犯错误，您老顶多会对我说：孩子呵，不小了，该懂事啦，怎么还像个大儿童？文学的普世价值就是弘扬人性，人性的光辉就是救赎罪恶和宽宥苍生……难道不是吗？法国大文豪雨果的《悲惨的世界》中，那位永远让读者刻骨铭心的法国神父米里哀，面对被警察半道上抓回，偷了银蜡烛台的苦役犯冉·阿让，满怀遗憾地说：先生，您怎么把我送您的另一支给忘了。我想您和我一样，在读过这一情节后，不管我们是否隔代，彼此肯定都会泪流满面的。当然，您不是神父，但您是一位母亲……您一定还记得小说《悲惨世界》中，那个猎狗一样跟踪了半辈子的市长大人的巴黎警察局局长，是怎样由于内疚，在一个阴霾清冷的早晨，用那只习惯了锁定犯人的手铐，牢牢铐住了自己的手腕，义无反顾地跳进了水雾弥漫的塞纳长河，完成了在他的人性中对恶的最壮美的反叛，正义终将战胜邪恶后的凤凰涅槃。我知道您不是巴黎的警察局局长，但我却叫您老师。对于一个母亲，我知道您和我的母亲一样患有糖尿病。为了母亲，为了您与她同病相怜，为此，我敢向上苍发誓，若有必要，我情愿为您割股入药、卧冰取鱼……然而，眼下，这一切都似乎晚矣，难道我就再也无法修复了吗，此刻，我唯有悔恨终生，仰天长叹，泪洒满江……就在这时，我的灵魂在空灵和缥缈的远乡，清晰无比地听到了她对我残酷的死刑宣判，以及灭绝我灵魂的行刑……

大刀片在屠夫的手中扭了个巨大的秋歌，便从浩瀚的蓝天广宇中，直直地落了下来。璀璨的阳光，兴高采烈地撞在金属的大刀片上，发出曼妙的悦音。我的脖颈上一阵彻骨的凉意，叫我全身抽搐，彼此分裂、间离着的意念和肉体，集体纵声高唱。在我还无法明晰地分辨出，究竟是否一息尚存之时，我遗憾地唠叨了一声：前辈，您也杀得太快了点吧？我连临刑前的阿Q都赶不上。为了那个永远也没困上一觉的吴妈，那个在他脑袋

里，永远鲜活着的梦，连阿 Q 都尚能有机会慷慨高歌：手持钢鞭将你打……而我，竟连半句都尚未来得及脱口而出呵！于是，我的灵魂扶摇直上升入了天堂。天堂里，一位凄艳野性，一如吉卜赛女人般的健硕奶娘，将我那颗受过中西文化碰撞重伤的头颅，缓缓地搂进她的温柔之乡。她掰开我苍白而紧闭的嘴唇，大义凛然地将她那两座乳牛般丰饶的乳房，放入了我的口中，吟唱着摇篮曲似地说：小子，断奶了吧，乖乖地喝吧，人奶管够！狼奶，耶个熊吧……唉，人奶和狼奶就是不一样，让人荡气回肠，口舌生津，眼明心亮。当哈巴涅拉舞曲，在我粉红色的记忆中升腾而起的时候，我裤裆里殷红的尿液，如同西班牙斗牛士身上的血浆，汹涌奔腾，一泻千里……于是，我在心底里向上苍起誓，圣母啊，我真的不知在哪儿得罪了您？

文学歌唱青年孙禹的“深刻时代”

中国哲学圣人老子是说：无欲则刚。民不畏死，奈何以死惧之……在眼前这样一排垂垂老矣、壮志暮年的中国歌剧泰斗面前，作为一个十几年出国之前，便口无遮拦、不谙世故的大儿童，我万念俱灰。被你们审判，我应深感荣幸。将你们中任何一个拖出来示众，无疑身上的弹洞和疮疤都要比我斑斓。无欲则刚嘛，那只不过是一种可望而不可即的崇高境界。无欲，我为何来试唱歌剧《卡门》？无欲，我明知你们都不想见我，我为何又要削尖了脑袋，来让你们对我决不姑息养奸式的审判。民不畏死，奈何以死惧之？反正都是个死，怎么个死法还能算个啥！……是的，我这等事又算个甚？离死还老远山西呐，不就是被拉出来被人判判嘛，老家合肥人讲得绝：好大事！我当深感知足了。倘若眼前的判官是我的同龄人，恐怕没进考场，便早会被他们送进疯人院啦……推动人类进步和繁衍的最大特征，就是总得有人赴汤蹈火，义无反顾，青出于蓝而胜于蓝。但是，我那多年奋斗与执著呢？为国争光的奖章呢？傲人的艺术成就呢？头悬梁锥刺股的勤奋呢？难道都不能在他们面前稍许换回一点做人的尊严？那些在我的祖先眼里茹毛饮血、匪夷所思的洋人们对我的仰望、欢呼与喝彩呢？都不能溶化你们对我那铁板一块似的偏见？于是，我那个像我一样有着极强反叛意识的骨肉兄弟，在冥冥的苍穹之间，又开始了他的淡定、老道、异化和无奈的呐喊："说你行，你就行，不行也行。说你不行，你行也不行……"振聋发聩、醍醐灌顶呵。我得深深地感谢眼前这些歌剧先辈和文化枭雄，是你们又一次在更深的层面上，让我顿悟了什么才是真正意义上的：天将降大任于斯人也，必先苦其心智，劳其筋骨，饿其体肤……于是，在一种绝对未曾有过的壮怀激烈中，我悲愤地喝道：正月十五庙门开，牛头马面两边排，殿前的判官拿着生死簿，青面小鬼两边排，阎王老爷当中坐，一阵清风吹上个冤魂来……我的灵魂瞬间翩然出窍了。那脑满肠肥，虽是一个彻头彻尾的中国肠胃，却吃了十几年面包和牛奶的歌剧《原野》中的仇虎，便从蛮荒的苍原广袤中踉踉跄跄地走来，摇滚歌星一样干燥地唱了起来：爹呵妹子，为什么只是磕头不说话。在阳世，你们受尽委屈吃尽苦，到了阴曹地府，对着阎王，把那苦来诉一诉……听着听着，我就乐了，都是什么乱七八糟的，不就是一次歌唱生涯事的考试吗？用得着这么老虎凳、辣椒水、渣滓洞、白公馆，下地狱吗？你比人家商鞅、屈原差得远去了，就连人家潘汉年和王实味、刘志丹你都不能相提并论。就算你恬不知耻地企图想和人家遇罗克和张志新的名字放在一起，全中国人民都会砸你个满地找牙。人生自古谁无死，留取丹心照汗青，将他们这些殉道者的灵魂，放在生命的天平上，你这样一个苟活者，顿然失去了分量？念你十几年在海外漂泊，不懂国情，加上四十来岁还像个穿开裆裤的大儿童，即便真的疯了，壮烈了，也顶多只能追认你一个澳大利亚树熊，让你去耀祖光宗吧……此刻，我被我自己骂得无地自容，恨不得自遁

地缝。就在这时，我看见那位冷血的老匹夫和那个美丽的老妪，双双拍案而起，无声而嘹亮地说了一句自人类有了语言开始，外国和中国人一样听起来费劲的醒世恒言：杀他阿婆，法克右，狗吐黑尔！真是于无声处听惊雷。于是，我便狗急跳墙了。我在放了一个嘹亮的臭屁后，关闭了自身所有的通道和器官，悲情万丈地咏叹起三国时期曹植的那首脍炙人口的绝唱：煮豆燃豆萁，豆在釜中泣；本是同根生，相煎何太急……

一阵绝无蜉蝣和生命蠕动的死寂后，我的灵魂从后脑勺中游走……在那极其辽远的西域异乡，我听到了阿本拜格的歌剧序曲《伍采克》，格什温的交响乐《一个美国人在巴黎》。奇怪的是，与我灵魂同在的却是文天祥和牧羊苏武。在他们中间，我还见到了老舍、傅雷和赵丹、欧阳予倩……于是，我再次纵声大喊：妈妈呵，我还是尿急！倏地，天地之间便充斥了我母亲的声音：孩子呵，你祸从口出，罪有应得，报应呵……

作者青春之烦恼和傻乐期

我终于变成一只脑满肠肥的大刺猬，在嘴上都贴上封条的人群中踽踽独行。这时，一个骑着小毛驴、道风仙骨的小老头拦住了我的去路。他神秘兮兮地用小鞭遥指不远处的一家理发店，用眼神在空气中划了这么几个大字：大巧若拙，大智若愚。兵者，诡道也……当我进了理发店，这才惊诧地猛然回首：我的爷呵，那不是我的祖宗孙老夫子吗？……

从理发店里出来，已经被剃光了浑身长刺的我，变成了一个猪尿泡似的大肉蛋。肉感无限，光滑可人。我憨态可掬，因谦恭而显得风情万种，阳光灿烂，人见人爱。壮士侠客、达官显贵、名媛淑女们，都不约而同地撕去嘴上的封条，争先恐后地拍着我那白乎乎、肥胖胖的屁股，笑容满面地说：真是一头上好的肥猪。我严肃认真地纠正着他们说：我不是猪，我是刺猬。他们一点都不恼，仍旧沾沾自喜。大姑娘、小媳妇上下左右捏着我一身的赘肉，自信地说：瞧这头个大膘肥的母猪，准能成一只去了军威的公刺猬。她们说完都嘻嘻哈哈地浪笑起来，显得见多识广、胸有成竹。就在这时，一不小心，我撞倒了一个有女皇遗韵的老妪。她尖厉地喊叫起来：好大的胆子，我有糖尿病，你得给我养老送终。我愤怒之极，不小心便露出了两颗獠牙。这一下便不得了啦。于是那个有着贵妃遗韵老妇，便奋力尖叫起来：他还有牙，他暗藏着凶器呐！于是街坊四邻全部发动起来，手握各种兵器，向我狂杀而来，群情激昂，同仇敌忾。人群中，似乎夹带着我年过七十的老母，踌躇满志的胞弟，鬓发斑白的老父。我犹如一头犯了疯癫的野猪，四处奔突。透过我泪水模糊的视线，我看见的亲人们手握着的并不是置我于死地的金属杀器，而是一些鸡毛掸子和塑料家什。但那个不依不饶的老妪，却手持菜刀，满眼血红地朝我杀奔而来。她身后的人流，手持义和团与捻军时代的大刀长矛和齐头钐，喊声震天，口吐火龙，扶老携幼地向我涌来。这种同仇敌忾、视死如归、奋勇杀敌的气冲霄汉，我只有在《黄河大合唱》中才能彻骨地领略。人流将我逼迫在一块标有“前方是雷区”的牌子前停住，全都冷眼凝视着我。为了活命，我奋不顾身地直闯雷区……身后的地雷连环似地炸响，我竟毫发未伤。就在《黄河大合唱》中，“我们划到了对岸”那缥缈和谐的声乐交响曲响彻四周时，

作者与匈牙利大使相见于布达佩斯独唱会后

我自信已闯过雷区，获得重生。就在我全身心又复归安宁和平静之时，一把足可以轻松剁断各种猪肘子的祖传张小泉菜刀，带着呼啸的风声，砍进了我皮下脂肪肥厚的腹部。黑色的血，潺潺地从伤口涌出来，像是夏威夷的吉他，奏响了一个曼妙的和弦。我晃了两下，没有立即倒下，因为我听到了一种由远至近、母亲呼唤战死疆场儿子亡灵的招魂夜曲。我在渐渐浑浊下去的感觉中，拼尽气力说：妈妈，在那个初夏的黄昏里，我把你给我的草帽丢了……

当我从噩梦中惊醒时，黑暗里有两位老人，正在给我擦拭着全身湿漉漉、散发着古井贡酒香的盗汗。他们身上的气息，在我婴儿时代，便已经深深地渗透在我的嗅觉中了。朦胧中我说：你好像是我爸？一个略带河北冀南平原农民的口音传来：我就是你爹。我又说：我妈在哪儿？于是，我那从浙江宁波走到黄浦江畔的老娘，用上海滩标准大家闺秀那独有的、愠而不怒的口吻说：又喝多了，你怎么总是长不大……黑暗中，一对老人，用一个农民儿子的手，牵牢了一个资本家千金小姐的手，相互关照着，呵护着，带着难言的忧患和深重的焦虑，犹豫而迟缓地离去了……两颗冰凉的泪珠，从我这个永远无法长大成人的大儿童的眼角中慢慢溢出。我对着四周的冷壁，在满盈又空虚的黑暗里和胁迫中，喃喃地说：妈妈，我一定会长大的。但是，我还是尿频……于是，在我哗哗啦啦奔涌和欢腾的排泄中，听到一种让我欲哭无泪、生死不能的安魂曲：葬我于高山上哟，唱我歌剧。歌剧不给唱，我只有痛哭……

涡河大地之子

涡阳民间才子焦似阳，正筹备出一单行本文集，约我写序。但此君低调得很，说：一个基层群众文化工作者，把近几年写的字，码在一起，出本小薄书，不值当用太重的词句，于是我便甚为犯难。但此君生于涡河两岸，长于涡阳原野大地，与两千五百年前生长于斯的哲学泰斗“老子”是跨世乡党，又是曾险些颠覆爱新觉罗王朝的捻军盟主“张乐行”之隔代近居，仅凭这两点，就是再低调，又怎叫我点石成金，妙手回春？于是，我便莫衷一是。

何为人杰地灵？在我看来，便是一方地域的历史文化底蕴和对民俗艺术的传承与弘扬的自觉与悟性！而满身喜剧细胞丰饶的民间才子焦似阳，正与这些元素不谋而合。如果说一方水土养一方人，不如说地域文化和民间传统艺术的滋养，造就了一个在不经意之间，用多种艺术形式，在县级、市级、省级乃至全国频频获奖的焦似阳。真是羡煞人也……

初识焦似阳，是我首次来涡阳，这遍被国人称之为安徽的“西伯利亚”大地上采风。目的是写曾动摇过晚清朝野的农民起义领袖“仁义光棍”张乐行及其他的“农民英雄”群像。那天下午，却误打误撞地应邀参加了县委领导主持的“老子生态园”建立的评估座谈会。会后，焦似阳，像一枚北洋水师的“鱼雷”蹿至我的身旁，说：“咱们合个影吧，我也是学音乐的。”在我二十年旅欧美的艺术生涯中，不管遇到怎样的大人物，我都应付了事。但就是不能遇上同行，因为同行之间，所有的一切都能应了那句古语：性相近，习相远……于是，我们合影留念，高矮极不统一。我们虽未深谈，但此君那生动而幽默、诚恳而敏锐的姿态，使我印象深刻。而我仅在涡阳小住了不到两日，便觉得这座小城若是西伯利亚的话，那么俄罗斯的西伯利亚，便是亚历山大·索尔仁尼琴笔下的古格拉群岛，因为古格拉群岛上没有干扣面，因为西伯利亚原野蛮荒上没有麻糊汤，更

因为伏尔加船夫曲中没有："涡河之歌"和他的作者焦似阳。几个星期后，当我再度重返涡阳，又逢焦似阳。在县宣传部副部长，现任文化局局长张群录同志无微不至的关怀照顾呵护下，宾至如归，小酌之间，时常又能遇到这位民间才子。皖北的涡阳人，有一个习惯，你再有身价，装大尾巴狼者，敬而远之。随和、平易、投缘者，大块吃肉，大碗喝酒，亲如兄弟，形同签了"投名状"。一如《水浒》人物里的义薄苍天，豪气干云。突一日，举手投足之间幽默诙谐直逼卓别林的焦似阳，颇有些不自在地告诉我，他的小小说《戒酒》，竟然荣获了中国顶尖级文学刊物《小说选刊》的年度文学奖，我的心头一悸，暗忖：焦某不是作曲家吗？何以狗拿耗子，又以小说获奖？我是唱歌的，入中国作家协会时，单位里管公章的人就曾调侃地说：这，你也敢入？稍后，又有专业文字创作员愠怒地说：给俺留碗饭吃！而焦似阳，一个涡阳县文化局业务干部，你想干什么？这不逼的人要跟你玩命吗？直到他拿出新近便要付梓出版的文集《涡河之歌》时，我才知道，焦似阳乃老文化馆馆长、涡阳县文化界知名人士、上世纪50年代和钱晋、蔡辑吾等，并称涡阳"四大才子"之焦效忠的传人。什么叫世家子弟，家学渊源，焦似阳是也。什么是耳濡目染，潜移默化，这是别无选择的。焦似阳不想干什么，只想守住祖上传下的手艺，即群众文化和民间艺术，焦似阳并不富裕，因为先人留下的文化遗产和艺术技能，不是银票，不是金条，更不是烙馍和麻糊汤，但焦似阳无疑是涡阳的大户是贵族是日子主，因为，一个民族的文化和传承，足以使人类不断进化与杰出，足以使每个人灵魂净化，人格升华，足以让一方风俗和水土，令人仰视和叹为观止。焦似阳是幸运的，因为他有文化传承的父母，焦似阳是辛苦的，因为文化的传承是来不得半点侥幸和玩票的，焦似阳甚至是痛苦的孤独的，因为金色而迷人的旋律，是不可能信手拈来的，锦绣的文采和文字，不可能是俯首即拾的。但焦似阳又无疑是智慧和得天独厚的，左有酷爱文字、宅心仁厚的兄长领导张群录和朋友团队，右有厚重的祖传文化基业，中有皖北原野沃土上的历史深广与辽远，大河涡水的滋养与哺育，抬头必有上善若水、厚德载物之老子的神祐，低头但见涡阳这遍神奇土地上的金戈铁马，捻军始末，焦似阳哟，等到哪一日，你岂能不朗朗乾坤，骄阳似火……

那一年冬季，我在美国首都华盛顿，世界著名的肯尼迪国家歌剧院舞台上，主演由戏剧大师曹禺女儿改编的歌剧《原野》，谢幕多达十几次，美国观众简直疯的那般彻底地喊叫、跺地，掌声犹如十八铺众捻结盟的铁骑，在涡河两岸与淮北的大地上纵横踏歌。就在这时，一个名叫万方的清丽矮小的女人走上台去，嘈杂之声顷刻遁去。小女子面对着几千“茹毛饮血”的洋人缓缓说道：“过去，我不知道什么是民族的自豪感，今天，我懂了，只有最民族性最优秀的东西，才是最世界最人类性的……”顿时，我掩面哭泣。所以，在为焦似阳新书作序的最后，我要说：焦似阳，你管！无论小品、诗歌、剧本、快书、小说、曲艺、歌曲、梆子……只要你有定力，持之以恒，必能修成正果！还是那句老话：只要功夫深，铁杵磨成针。民间艺术，犹如古诗：橘生淮南为桔，橘生淮北为枳……好好守住你民间艺术的庄稼和一亩三分地，它日，你若在更大的舞台上一旦亮相，终将艺压群芳，谁都甭想轻易将你的手艺夺了去，因为你是涡河与江淮大地的儿子。

大国草民小团

——民无温饱之虞，何以堪忧

公元2011年7月1日，中国共产党中央总书记胡锦涛在庆祝中国共产党成立90周年的讲话中，庄严宣告：90年来，中国共产党人和全国各族人民前赴后继，顽强奋斗，不断取得革命、建设、改革的重大胜利。今天，一个生机盎然的社会主义中国已经巍然屹立在世界东方，13亿中国人民正在中国特色社会主义伟大旗帜指引下，满怀信心走向中华民族伟大复兴。

时隔三个多月，2011年10月18日，中共中央第十七届委员会第六次全体会议通过了《关于深化文化体制改革，推动社会主义文化大发展大繁荣若干重大问题的决定》……

2011年11月23日，仅仅又是一个多月过去，国家主席、中央军委主席胡锦涛，又在中国文学艺术界联合会第九次全国代表大会、中国作协第八次全国代表大会开幕式上再次强调：文艺是民族精神火炬，文艺事业是中国特色社会主义的重要组成部分，文化是民族的血脉，是人民的精神家园。

一个13亿人口的泱泱大国领袖，在短短不到半年的时间，发表了几次关于国家命运、民族文化复兴，具有历史前瞻意义的重要讲话，为一个有着五千年文化历史底蕴的华夏民族，指出了一条文化强国的“中国道路”……

缓缓展开中华人民共和国地图，人们不难发现，安徽省在共和国960万平方公里的版图上，位于华东地区，全省东西宽约450公里，南北长约

570 公里，约占全国总面积 1.45%，居华东第 3 位，全国第 22 位，地跨淮河和长江南北。安徽在地域文化呈现出明显差异，主要分为：徽文化、江淮文化和中原文化；经济上属于中国中部经济区，省会合肥，简称“皖”。清初属江南省。康熙六年（公元 1667 年），分江南省为江苏、安徽，取当时安庆、徽州两府首字为安徽省名。春秋时曾被封为“皖国”，故又被称为“皖”。安徽是中华民族发祥地之一，旧石器时代（距今二三十万年前）就有可直立行走的古人类，被称为“和县猿人”。上世纪 70 年代末至 80 年代初，在《孔雀东南飞》故事发生地潜山县薛家岗，又发现了距今五六千年的“新石器时代”人类活动的痕迹。

商朝：开国君主汤，曾定都在皖北的亳州，而今天，涡阳县隶属亳州，本文的人物和故事，便是从这个地区展开的。

战国末期：楚国国都荆州被秦国攻陷后，迁都安徽寿春。

汉武帝时：东瓯国举国迁至安徽西部舒城地区。

秦末楚汉相争：项羽在安徽固镇县“垓下之战”败于刘邦，拔剑自刎于今安徽和县乌江。

五胡十六国期间：安徽北部成为几支塞北游牧民族和南部汉人割据、征战的主要战场。早在 383 年，南北方东晋和前秦之间的“淝水大战”，就是在这块土地发生的。

明朝：太祖皇帝朱元璋，祖籍安徽凤阳。1368 年登基称帝，定都南京，曾定家乡为“中都”。一度想迁都于此。1635 年，明末农民起义枭雄李自成攻陷“中都”凤阳，掘大明太祖皇帝祖坟，焚朱元璋曾出家的“皇觉寺”。

晚清时期：太平天国定都南京，安徽南部是其主要粮食和军事基地。由于农民起义大军“捻军”的崛起，震撼、动摇了大清根基，晚清政府曾派四位钦差大臣坐镇亳州、利辛、阜阳、蒙城等皖北重镇剿捻，最后无一善终。他们是：蒙古铁帽子王爷僧格林沁，中兴大臣、理学大师曾国藩，文华阁大学士、北洋大臣李鸿章，湘军元老、楚军元勋、当朝一品大员左宗棠。其中的李鸿章，祖籍安徽，俗称“李合肥”。

纵观安徽省的地理、人文和历史，世人皆有共识，安徽不仅地杰人灵，而且物产丰富，文化底蕴深厚而丰饶，是一个不折不扣的农业及人才辈出的文化大省。从古至今，那些一路走来的民族精英，在共和国的历史乃至中华民族的繁衍演进中，宛如一座座丰碑，深深镌刻在江淮广阔的大

地上：哲学圣贤，军事才俊，科学泰斗，贤臣名相，才子佳人，名师医圣，绝顶艺人，实业大家；当然也有窃国大盗，草莽枭雄。各类名人应有尽有，令人叹为观止。古有老子、庄子、华佗、曹操、姜子牙、管仲、张良、周瑜，近有李鸿章、刘铭传、胡雪岩、段祺瑞、冯国璋；有农民起义领袖张乐行、任化邦、张宗禹等；有早期中共领导人陈独秀、王明、王稼祥，中共秘密战线上的领导人之一、人称“龙潭三杰”之首的李克农，国共统一战线的抗日英雄冯玉祥、卫立煌、孙立人、戴安澜等都是安徽人杰；还有詹天佑、程长庚、胡适、朱光潜、邓稼先、杨振宁、张恨水、许海峰等等。

从共和国地图上聚焦安徽省的形状，在我眼里，酷似一张被剥去的巨大罴熊之皮，紧紧地贴伏在大国的华东位置上。原先隶属阜阳，今属亳州的涡阳县，处在这张巨大“罴熊”的左首下颌。安徽淮北地区为鲁豫苏皖四省交界，民风强悍，崇文尚武，在历史上屡遭天灾人祸的蹂躏折磨，曾是一个三不管的特殊地域。而位于淮河、涡河与淝河三大流域水渠河汉纵横交错的涡阳县，古代素称“梁宋吴楚之冲，齐鲁汴洛之道”。这片平舒肥沃的农耕大地，物产富饶，圣贤辈出。清同治三年（公元1864年）废雉河集始建涡阳县。涡阳县地处安徽省西北隅，为几省通驿之地，汉魏之际，这里就为贸易重埠，商贾云集，经济较发达。世人谓称：“华佗南渡曾囊药，曹丕东征此适舟”。涡阳既是华夏哲学圣贤老子的故里，又是庄周梦蝶、度妻之地，绝代枭雄与文豪并举之曹操的出生地，坐怀不乱的“定力和圣”柳下惠的家乡，“苍生大医”华佗“悬壶济世”的始发地，又是“古有花木兰，替父去从军”的父母之邦……一个在泱泱大国的版图上不用放大镜几乎很难找到这个人口不过150万的皖北普通县城，历史上竟诞生过那么多影响过中华民族的卓越人物。这就不能不让世人仰望称奇，刮目相看了。

春夏，全县境内80%的土地均被小麦、果树、豆苗、香椿、谢花藕等等农作物覆盖，渲染成了一派彩色的田野。秋冬，放眼涡阳大地原野上，则薄雾如纱……

一个偶然的机会，我一脚踏进了涡阳——这个以产粮为主的农业县邑，一个在华夏民族史上人杰与鬼雄并存的地域，一片被国人称之为“安徽的西伯利亚”的土地，还曾滋养过一位诺贝尔文学大奖得主（名叫“赛珍珠”，在离此不过六十华里的宿县生活过五年）并令她梦牵魂绕的皖北《大地》。我原本前来探究使大清王朝险些分崩离析的雉河集草莽枭雄张乐行，却情不自禁地被“拉魂腔”勾走了神魂，将笔端瞄准了涡阳丹城镇泗州戏草民剧团……后在涡阳县委宣传部副部长、文化局局长张群录同志引荐下，我见到了祖祖辈辈靠口传心授“拉魂腔”，现任丹城镇泗州戏青年剧团团长的张守先，一听他那嘶哑的“拉魂腔”唱腔，我便情不自禁地开始了另一番采访——

赶场

“‘拉魂腔’是怎么回事?”

“‘拉魂腔’，在清乾隆年代，在民间就有了。最初只是由单人或双人清唱的曲艺。艺人称为‘唱门子’。因它的曲调优美，演唱时尾音翻高或有帮和，故叫‘拉魂腔’。”

“‘拉魂腔’的主要分布在什么地方?”

“‘拉魂腔’流传分布于鲁南、皖北、苏北相接壤的广大地区，以五路为中心划分：中路徐州，北路临沂，东路新海连，南路宿县，西路则在涡

阳、蒙城一带。他们既有共同的渊源关系，却又有各自的地方特色。伴奏乐器以柳琴为主，辅以琵琶、胡琴、竹板、梆子及唢呐等。"

"剧中人物也像京剧一样划分生、旦、净、末、丑吗?"

"是的。不仅如此，为了表现更多的人物，又衍生出一个人扮几个人物的演出形式。行当里的管这叫'当场变'和'抹帽子戏'等。"

"演的都是传统戏吗?"

"不绝对。我们也根据当地的风俗习惯和婚丧嫁娶、好事坏事现编些现代戏和小品、活报剧。"

"乡下的年轻观众和戏迷多吗?"

"越来越少了。这是我们最怕的。"

"为什么?"

"观众是我们衣食父母。"

"什么是民营剧团?"

"政府一切不问，自生自灭。"

"那你们能自己养活自己吗?"

"眼前还能，往后就不知道了。"

"一年能演多少场?"

"少的四百多场，多的五百多场。"

我的心里一悸。也就是说这个草民小团一年三百六十五天不管刮风下雨，节气假日，每天平均要演一至两场。他们不是光上台唱几首流行歌曲便了事，而是几个小时唱念做打，一个人表现多个人物的喜怒哀乐、爱恨情仇。这种工作量，让我大吃一惊。

"作为团长，你也上台演出吗?"

"我们这个小团，总共四十多人。每个地方上演的剧目不同，因地而异。我是个跑大龙套的。哪出戏里缺人，我就要顶上去。有时一出戏里我得抢妆换装，一个人演几个角色，常常累得受不住。"

"你就是个光演戏的团长吗?"

"不，一切杂事都要做，装台拆台要干，连伴奏乐队里的事，龙套演完就蹿到台侧帮着干。敲锣打鼓、唢呐、胡琴、笛子、琵琶样样全拿。"

"你会的还真不少。"

"从小和俺爹俺娘学艺，戏会的不少，各种乐器都能摆弄摆弄。'拉魂腔'是我爷爷奶奶和他们爷爷奶奶的祖传。"

“演出场地怎么样?”

“不管刮风下雨，一年四季大多都在野台子上干……进剧场很少。”

“你的嗓子累得哑成这样，还能再唱？会出大事的。我帮你联系北京中央音乐学院的嗓音专家看看，我判断你是声带肥厚或是小结、息肉。”

亮相

张守先不置可否，也不表达谢意。只是冲我淡然一笑，将目光转向旁处。那次的对话，一个月后让我后悔不迭。没有一个靠嗓音为生的艺人，不为自己失去美好、亮丽的嗓音而深感煎熬和抱憾的？他之所以对我的善意不置可否，肯定是有他的难言之隐。试想，要他对一个草民小团放手几日，或一个星期不管不问去北京去做手术治疗，也许对我来说这轻而易举，但对他来说就是一种奢侈了。因为他曾告诉过我民营小团“政府不问，自生自灭……”于是，我问不下去了，一时间我的心里难受莫名。我终于明白了，起初他为何凝视我的目光平静如水。他何以面对我的问题在答而不答莞尔一笑之后，又回归淡然。我想这也许就是他的性格使然，抑或我们之间尚不熟稔。可能是我这个来自国字号大团的人，神态上甚至是目光中的潜意识流露，使他本能地有种排斥和不信任感……张守先平静淳朴得犹如一个经历大变而处惊不乱的修行之人。我隐约地感到埋藏在张守先内心深处的波澜，一旦沸腾，势必会涌起滚滚的大潮。于是，我对他说：“张团长，把你想说的都写下来。”他像个孩子回望了一下站在他身后的顶头上司。少顷，文化局长张群录轻声地对他说：“把你和你的小团，所有的酸甜苦辣都写出来。”此刻的张守先，俨然一个接受了一项伟大使命的小学生那样，认真而坚定地向我点了点头。临别时，张守先将一个档案袋大小的牛皮信封，有些不自在的地道我的手中，嗓音依旧嘶哑地对我说：“里面有几个我写的小剧本……”说完仿佛逃离般地匆匆离开了我的身边。望着他远去的背影，我感到他步履显得轻快了许多，仿佛如释重负……

在安徽皖北涡阳县城和丹城镇之间，一马平川的大地原野上，一望无垠的庄稼地里，有一种生命力极强平凡得不能再平凡的草本植物，别称：谷莠子，土名：狗尾巴草。这种草本植物因为命贱，所以它的生命力才极其顽强。狗尾巴草在共和国大部分地区的庄稼地里都有分布。文化人之所不愿意称这种草本植物的土名，因为这种草看上去很清雅悦目，不仅毫不做作，而且更无意与其他同类争奇斗妍。也许“谷莠子”自认平凡与命贱，活得十分自由自在，一到时令季节，它们头上顶着那穗修长而洁白似雪的“狗尾巴”，常常让文人墨客联想起法国拿破仑时代那些龙骑兵仪仗队员头盔上的绒毛长须。但在皖北农民的眼里，狗尾巴草就是狗尾巴草。就是再抬高身价也不管，你就是真变成了大尾狼，末了还是根混在各种名牌庄稼“大腕”队伍里，蹭吃蹭喝蹭肥料的狗尾巴草。但这种看上去很有些无端清高的谷莠子们，似乎和小麦、苞谷、水稻与各种蔬菜等“名流”们相处得亲密无间。庄稼汉辛苦一年，收获庄稼“名流”和蔬菜“大腕”时，一不小心会将那些并不张扬的狗尾巴草一并收割而去。这让广大农民常常十分愤怒。狗尾巴草初生时，茎秆上不过只有两片细细的嫩叶，远望去几乎和庄稼的嫩苗不分伯仲。但是，狗尾巴草毕竟还是命贱、命硬，只需要一场微雨，便足以让它蓬勃疯长，形成燎原之势。虽然它的根须看上

拾棉花

去只需要浅浅地浮在土上，但你若除根不尽或拔完后仍有遗落，只需一夜露水便足以让它死而复生，连成一片。这种与生俱来的生命力，常叫人惊叹不已，更让庄稼汉束手无策。谷莠子稍稍长大以后，便会节节拔高，生出一脉细长而洁白的穗来，上面结满了千百颗细小的籽粒。当那些毛茸茸的洁白长穗，随田野里的微风摇曳荡漾之时，十分壮观，恰似小狗们在不停地抖动着尾巴。万物相克却又生生相息。狗尾巴草繁殖力旺盛，生命力顽强，虽很少有人把它当回事，但这种草本植物竟也有它的药物价值，有消肿、去湿、除热等功能。故狗尾巴草除去有一个清雅的别名谷莠子之外，还另有其令人喝彩的别称和雅号，譬如狐尾、光明草和阿罗汉草等等。因为它的生命力坚韧，狗尾巴草也使文人墨客不禁，而有讴歌佳句，如“疾风知劲草，路遥知马力”、“野火烧不尽，春风吹又生”……李时珍的《本草纲目》，和故居于亳州城、方圆不出百里涡阳境的“苍生大医”华佗，都深知此草入药能祛病救命。如果说草根之本是人类赖以传宗接代的五谷之源，那草根大众正是一个民族传统与文化薪火相传的终极基因……

在涡阳县义门集、尹沟村、张老家、丹城镇采访的日子正在兴头，突然接到我所在工作单位中国煤矿文工团总团办公室的电话，要我准备近期赴内蒙古鄂尔多斯煤矿巡演。无奈只有暂时中断日渐得心应手的采访，回到北京整装待发。无论是在飞机上、宾馆里，抑或是在十多个矿区之间乘大巴车巡回演出的旅途中，我的魂似乎落在了涡阳县那方圆不到百里的村落与乡镇之间。突一日，接到了张群录局长的电话，他告诉我：张守先团长的材料写好了，写的过程中他哭了好几次……我听完后，心头一颤，但又觉得欣慰。一个人在写作过程中，哭了好几次的文章，必定感人至深。又是一个礼拜过去，涡阳县文化馆文化干部，浑身充满喜剧细胞，总像一个永远欢乐着的日本北海道的渔民，忙不忙都无端地跳来蹦去的焦似阳，来京领取《小说选刊》小小说年度奖，并将张守先的文字带给我。我问他看了没有？他答：张文是张局长交代我文字润色的，我岂能没看！我又问：写得如何？他又答：“很感人。当我读到张守先的两个妹妹，痴戏痴得耽误了爱情，耽误了青春，四十多岁的女人仍没有成家时，我哭了……”我听到此处，心里又是怦然一动。眼前蓦然呈现出电视剧《大宅门》中，男主角的戏痴妹妹，暗恋当时轰动京城的国剧名角，又求之不得，最后竟和名角的照片结婚。这个情节我虽至今仍不全信，但给我心灵

带来的震颤，不亚于我人生青涩时代所遭遇的第一次暗恋被人惨拒。虽然张守先的两个妹妹，与《大宅门》中的那个与照片结婚的“痴女”经历不同，故事迥然，但他们“痴迷”的程度却异曲同工。有时，艺术真是让人神魂颠倒，义无反顾。在常人眼里，艺术人更是癫狂，迷乱得了得。竟能为了艺术，将一生的幸福在生命的“赌盘”上，一股脑地全压了上去。然而，古今中外，任何一种感人的艺术，艺术人都太过理性，太算计，太现实的话，观众何以能泪流满面，剧情故事何以能感天动地？从事艺术的人又能坚持多久？思虑至此，我又不禁想起了那首有关狗尾巴草的长诗：

一只狗尾巴草
在我憨实的母驴身上
颤巍巍的摇晃
飞鸟和流水共奏的和弦
使它如谙熟乐曲的神
醉颠在六月
朝阳沐浴下向日葵的丛林中
我坚信那个世界
有某种高尚的轮回
它仿佛即将死去
又好像刚刚重生
在我饱经沧桑的故乡
沙丘上长成畸形的柳
任浅夏微暖的风儿柔抚
它用悲哀的嗓门呼喊
它用欣慰的笑脸称赞
小狗尾巴草啊
我的前世的精魂
我的来世的肉身
你得到的终将全部失去
而你失去的却将永恒地得到

诗人巧借故土阡陌上的狗尾巴草，唱出了最贫贱的草本植物的心声。草民小团的掌门人张守先那两个曾有过花季年华的妹妹：大美和小影，为了心灵深处最痴爱的“拉魂腔”，辜负了自己的红颜，错过了每一个少女生命中最值得珍惜的爱情家园。也许她们会在泗州戏的人物剧情中，面对刻骨铭心的恋人，用悲哀的嗓门呼喊：生不同床，死同穴。抑惑她们会在勾魂摄魄的“拉魂腔”里，伴着欣慰的笑脸和坦然的拖腔，豪迈而无奈地唱道：“我在野地里生，我在野地里长，有一天呵，我会在野地里躺下……”也许这两个草根女性，早已参透了那首长诗中最后两行的哲理内涵：“你得到的终将全部失去，而你失去的却将永恒地得到”……然而，人生如戏，戏如人生。“泗州戏”中的青衣、花旦，“拉魂腔”里的刀马旦与武生，样样全拿的大美和小影，对于甜美的爱情，温馨的家庭，母亲的责任，女人的使命，就真的是为了对艺术的忠贞，甘之如饴的将这一切，了断得一干二净？现在让我们来聆听张小美的心声吧：

我出生在剧团，妈妈生我的时间，剧团正在外地演戏，条件很差，妈妈受了很多罪。我刚 6 岁爸爸就叫我练功了，基本上没上几天学。去白果小学读几天书，也是和小妹一起去上几天。但是我特别喜欢看书，因为我学戏不识字没法看剧本。在剧团里的小孩基本都是大人带着用一二年级的书教孩子。我兄妹四个，数我挨打最多，因为练功必须挨打，所以才数我的功最好。剧团的人都喊我铁人，我的啤（脾）气也不好。在外地唱戏，只要和人家发生什么争执，都是我跟人家吵架，每次都要挨爸爸的打。

我爸的规矩很严，我的家族也很封建，无论在哪儿演出爸爸不允许任何演员到人家村民家中看电视。等我和妹妹都快到二十岁，都能担角色唱戏了，爸爸更是对我们管的（得）严。

过了二十岁之后，爸妈才为我和妹妹考虑婚姻问题，也从（曾）经介绍几次，见过几次面。一看不够演员材料，有的唱戏的功夫都很差，也就没看中。那时间心里只是想无论家庭怎样，人怎样，但毕（必）须得能在剧团里挑大梁。但在 1990 年之后，农村民营剧团基本没有了，能唱戏的小伙就更难找了，就这样又耽误了几年。到二十六七岁的时候，戏也越来越难唱，爸爸决定找不着干这行的，找个干其他的也得找。反正得结婚，不能这样一辈子。1996 年在蚌埠效（郊）区演出，在那一带我们剧团经常去演，群众对我和妹妹都很熟，都知道大妮、二妮唱得好。我在蚌埠有个干妈，干妈对我非常好，只要（无论）在那一带哪儿演出，她下过班天天都要到剧团给我送好吃的或者衣服。她在半导体厂上班，干妈名叫柏佩珍。她也为我发愁，她为我介绍个在蚌埠玻璃厂上班的小伙子。干妈说：“都

多大了，该结婚了，总不能就这样唱一辈子。给你找个上班的，结了（过）婚也（就）不要四处漂泊受罪了。”那天，爸爸和哥哥也逼我去见面，我不愿去，妈妈就哭，她本来就为我的婚事天天愁，这一说有人介绍，而且还是城里的，有工资，妈妈也很高兴。最后我和哥哥一块去了，记得那是晚上，到市里后见那小伙第一句话就问他：“你谦（嫌）不谦（嫌）弃我是唱戏的？”他说：“听你干妈讲过了，我家庭条件也不是很好，但工资还够花的，结过婚你不要唱戏了，再（在）蚌埠找个工作，上个班，比唱戏好得多，唱戏多受罪，而且走到哪里人家看不起。”

听他说完，我二话没说就走了。第二天，干妈到剧团问我：“怎么样，看中吗？”我说：“没有。”干妈问我：“为什么？”我说：“他不会唱戏，没法生活，不是一个船上的人，结过婚肯定不会幸福的。”就那样也就过去了。

赶过了1998年，爸爸去世后，我更坚定我要找一个能唱戏的决心了，无论谁给介绍，只要说不会唱戏，我想都不想就给推辞了。后来都知道我的情况后也就没人再给我介绍了，我也就听天由命了。现在，哥哥也经常劝我，也为我发愁，但我也很茫然。找个不会唱戏的吧，已经是等到现在了，恐怕人家还看不起自己。想想只要结婚，戏肯定是唱不好的，因为嫁到谁家，谁当家，这是肯定的。不结婚吧，总不能单身一辈子。哥嫂整天说：“看老了谁伺候你。”我也愁该怎么办？无论咋说，我是非唱戏不中，让我立即离开舞台，这是不可能的。现在也不考虑婚姻事了，结过婚生活不快乐还不如现在自由来。

妹妹和我是一样的命运，都是为了这个戏班子和这个会唱戏的家。她在2000年时候，爸爸去世后第二年终于等到了，是爸爸师兄的儿子，小影比那小伙大几岁，她自己总感觉不合适。小伙子也是刚刚进剧团，学唱泗州戏。妹妹总是觉得他不是一个唱戏的料，不想愿意，最后在家人的压力下她也就同意了。哥哥很高兴，也把结婚的日子看好了，就是当年的农历九月初六。男方也送了大礼，一切准备好，准备办喜事。妈妈终于长舒一口气，总算找着一家了，无论如何先嫁出去一个在（再）讲。

眼看婚期一天天接近，妹妹一天天不高兴。离结婚还有三天，她逃婚了，找不到她跑哪儿去了。这下哥哥可急坏了，婚期定好了，亲朋好友都通知了，桌席都订好了，妹妹不见了怎么办？最后，哥哥、弟弟和亲友都出去找，结果在徐州找到了妹妹，她在那儿一个人住旅馆，几天了，身上的钱也花完了。当时哥哥和我一找到她，妹妹扑在哥哥身上大哭，说："我不想离开咱的舞台，我要唱戏，爸爸去世了，我要找就找个能替你挑大梁的。"哥哥也哭了，他看着委屈的妹妹，什么也没说，就这样把妹妹带回家了。到家后，把男方的彩礼退了回去，给人家赔礼道谦（歉），才算完事。就这样，妹妹也就不再考虑婚姻问题了。只要能唱戏就高兴，她的行当很全，青衣、花旦、刀马旦、丫鬟、小武生演得都非常好。从此以后，家人也就不再逼我和妹妹结婚的事了，不过家人还是愁，我俩嫁不出去，必（毕）竟是岁月不饶人啊……

读了张小美的"口述"，我们不难体味出什么才是人一生中的"无奈"。而这种"无奈"，一旦拉住了人的"命运之魂"，便终生无法逃脱了……

我从"快乐的北海道渔民"焦似阳手中接过厚厚的一摞草民小团团长张守先边写的文字，急不可待地阅读起来：

从东庄到西庄，要听还是"拉魂腔"，这是上世纪流行在皖北平原的一句口头禅。泗州戏又名"拉魂腔"，属安徽省徽、黄、庐、泗四大剧种之一，在民间有相当的基本观众与戏迷爱好者，泗州戏在2006年被国家列为非物质文化遗产。

关于村庄的来历有这样一个故事。在清朝末期，涡阳北六十里处有棵千年古树白果树（又名银杏树），在很早以前，有一张姓老者挑着两个孩子逃荒路过此地，在大树底下歇息，见此地甚好，便搭下茅庵，安家后，两子各娶妻、生子，若干年后，便有此村庄——白果村，也叫白果树底下，此树在方圆百里很有名气。

第一代传人：曾祖父——张纯善

1904年，曾祖父张纯善就出生在此村，他从小喜欢泗州戏。张纯善共生下四个儿子，两个女儿，大儿：张良勤，二儿：张良田，三儿：张良贤，四儿：张良泗。其中六个孩子中，除四子不唱戏，其余五个孩子全都唱，旧社会抓壮丁，村保长说：谁学好戏就不抓谁，有次，我大祖父张良勤被抓了壮丁，也巧那当兵的和那头目都喜欢听戏。当兵的说：听说你会唱"拉魂腔"？能不能唱一段听听？我大祖父张口来一段《四告李彦明》的唱腔，当兵的一听很高兴，就把我大祖父放了回来。

第二代传人：爷爷——张良田、张良勤

李宝玉老师在白果树教了几个月便病故了，爷爷便组织起师兄、师弟

们成立了以爷爷、大祖父为首的小窝班到附近村庄去唱戏。旧社会唱戏没有女的唱泗州戏，女角要由男的扮演，其中刘成斋便是演旦角的，人送外号“万人迷”。

在那个时代唱戏也很危险，几方面：共产党、国民党、日本人，谁要叫唱堂戏都要专唱。堂戏很不好唱，你在台上唱，下面坐的都是拿着枪当兵的，当官的和官太太，稍有不慎或哪儿唱错了，当时都可能掉脑袋。有一次，戏班的张良民给国民党的哪位军官唱堂戏不知道哪儿唱错了，被当兵的拉出去要枪毙，都绑好了，幸好被喜欢听他唱戏的一个当官的救下来。在那个时代，跑江湖唱戏的有这样一句话，不过是他们自我安慰罢了：只要能唱戏，他们什么也不怕；只要能唱戏，什么烦恼都忘记。

1943 年，奶奶姚素贞到了这个家族。奶奶娘家很有钱，舅老爷又是国民党的小头目，他很喜欢听泗州戏，所以把奶奶嫁给爷爷。奶奶进门后就学唱戏，她的嗓子非常好，所唱的戏中最拿手的是《祝英台要嫁妆》、《边打红桥》、《小姑贤》等，无论走到哪里，都喜欢听奶奶唱戏，在那时戏班里就我奶奶一个女的唱戏。

1945 年，爸爸出生在这个贫寒家庭，爸爸从小很调皮，嗓子特好，爷爷和大祖父见了很高兴。他很小的时候便有唱戏的艺术天赋，爷爷自小便教他练功、喊嗓子，出门唱戏也带他去，爸爸 8 岁便能登台唱戏，随着戏班南跑北奔，去唱戏。

那时候出门唱戏都是步行，而且还得背着包袱，抱着孩子，孩子多的，都手里拉着大的，背上背着二的，怀里还抱着小的，一天都走几十里路，甚至上百里。

往哪里去唱？大多都是爷爷打听哪儿收成好，能吃上饭才往那方向去，都是说：东南乡、西北乡、西南乡、东乡。

东南乡——就是现在的怀远、蚌埠、五河一带；

西南乡——就是现在的阜阳、太和、临泉一带；

西北乡——就是现在的鹿邑、商丘一带；

东乡——就是宿州、灵璧、泗洪、徐州一带。

1950 年，奶奶生下大姑张永英；1954 年生下二姑张英，后来都学泗州戏。奶奶说她在 1953 年时刚生下第二个儿子，还未满月，队长叫她去挖沟，奶奶不愿去，队长就找她，只好把未满月的孩子放在家，去挖沟了，结果孩子被活活饿死了。如今奶奶提起就掉泪，曾祖父也在那时饿死了。

1960年，爷爷决定带戏班子奔西南乡唱戏，走着唱着，到阜阳插花一带。冬天下大雪，戏班子进到一个村庄，找着庄主住下来。戏班子住在村民家中，那家只有爷俩，都没有媳妇，都是寡汉条子，由于天冷下大雪，庄主找了几间空房子，在屋里唱，演员都去唱戏了，只留小姑奶哄着小姑睡着了，这时，那家的主人上床去拉小姑奶，被小姑奶连蹬带踢，6岁的小姑哭喊着用嘴去咬那人的胳膊，挣脱后，小姑奶抱着没穿衣服的小姑跑了。由于雪大深，趴倒几次，到了戏场听见爷爷正唱《菜园记》刘廷玉的一段：

人穷失志语音低，
马瘦毛长料不齐。
得食的狸猫欢如虎，
落魄的凤凰不如鸡。

爷爷正唱着，就听见：救命啊，救命啊！只见小姑奶抱着小姑来到戏场，爷爷把姑奶拉到后台，问清情况，气得要去找那家算账。大祖父说：老二，别找事啦，忍着吧，常言说：官向官，邻向邻，本地还向本地的人，咱在这人生地不熟的，谁来关心咱？多一事不如少一事。

夜深了，戏停了，外面下着大雪，爷爷找到庄主，拿回包袱行李，冒着大雪走了。奶奶怀里揣着没穿衣服的小姑，不知路上摔了多少跤，小沟里雪深，6岁的小姑掉到雪里面摸一大歇子才摸到。

一夜走了60多里路，天亮才找个村庄住下，又开始唱起来了。那时唱戏没有电、没有音响，全凭嗓子好，而且乐队也很简单，一个土琵琶、二胡、笛子就这几样乐器。照明更简单，都是用煤油的提灯，也有的用瓷盆倒半盆煤油绑两个火球，蘸着煤油照明。戏台前面两个人一替一个拿火把。一场戏报酬很可怜，有的给你两块钱，或十多斤粮食，就不错了。但是一场戏时间要唱很长，有时候得唱一夜到天亮，才算一场戏，但是他们唱得很上劲。

有一次，戏班在永城西、挫城一带唱戏，那天吃黑晚饭开的戏，奶奶的主演。已经唱两节目了，一个《吴汉杀妻》和《祝英台》都是偏重女角的戏。鸡都叫了，奶奶实在撑不住了，说收戏吧，明天再唱，我还带着吃奶的孩子。观众就是不愿意走，非叫再唱一出《王丁保借当》，不唱就立

即走人。爷爷知道，如果不唱是什么结果，他走到戏场中间说：老少爷们，别生气了，只要大家不走，愿意听，我们再累也要唱，出来就是唱的。奶奶终于忍痛把一段《王丁保借当》唱完。天亮了，村民们找着锄头，嘴里哼着“拉魂腔”的调子下地干活去了，唱戏的看着面前庄主送来的十多斤粮食，没有人哭，也没有人笑，只是呆呆地看着…爷爷抽着烟袋，唉！这就不错啦，饿不着就中。这时12岁的爸爸哭着进屋来了，后面跟着一个气势汹汹的男人。

男的说：“看你们唱戏的小孩也不管好?”

爷爷问：“怎么啦？又毁坏人家的东西?”

原来，几岁的小姑哭着喊饿，爸爸为了不叫她哭，说：别哭了，我给你做肉吃，结果把那家赶牛用的皮鞭给烧了，烧焦的皮鞭发出香味，小姑就把那皮鞭硬是吃完。主人回来，发现后，揍了爸爸一顿，回到戏班里又被奶奶打了一顿，爷爷把腰里仅有的8毛钱赔了人家。

第三代传人：父亲——张永提（1945—1998）

1964年，破四旧，不准唱老戏，戏衣都烧毁了，只能唱样板戏。我家的戏衣没有烧完，被爸爸偷偷地留下几件。有时在哪村唱戏，观众要求来段老戏，爸爸便偷偷地来一段老戏。1968年，爸爸结婚了，妈妈娘家离白果不远。妈妈在娘家就喜欢唱泗州戏，还参加了她那村的宣传队，妈妈来我家很快就学会唱泗州戏了，和爸爸演对口戏很成功。她主要演大青衣、帅旦。她的代表剧目《樊梨花诉堂》、《观灯》、《秦香莲》等角色，但是学会不能到外地唱，只能在附近村庄偷偷地唱。没办法，爸爸只能让演员参加了白果的宣传队天天排样板戏。那时候每个村都有宣传队，都是演《沙家浜》、《红灯记》、《白毛女》等，其中爸爸演的《红灯记》李玉和非常出名，妈妈演的《白毛女》在白果宣传队里是唱得最好的。1971年，爸爸决定带几个人到淮滨县去唱戏，其中有刘绍然和李景州两人。妈妈抱着两个月的妹妹小美，我才一周岁。到了那里，发大水了，淹死很多人，只有饿着回来。据妈妈回忆，回来时到处都是水。有一次坐船过河，十多个人挤在一个小渔船上，由于人多船小，看到船马上要翻，大家吓得齐叫！幸好船上有两个小伙子，跳下水，把船推到岸边，才免一难。妈妈吓哭了，拉着我跪在地上给人家磕头。下了船又走十多里路，都饿了，又没有村庄。十多里路，就见一个高粱叶，被刘绍然偷偷揪掉放嘴里吃了。刘绍然到今都没忘记那片高粱叶的味道。

回家后，还是没啥吃，还是要出去唱戏。爸爸听说河南临郢县收成好，决定去那儿唱戏。赶到了那儿，一样没法唱。没有窗户，外面下着大雪，半夜妹妹发烧，没有医生。爸爸只好到外面抓把雪，在被窝里捂化成水来给两岁的妹妹解渴去热。

走了几天后，来到河南相县农村。天黑了，找着村头的车屋住下了。农村的车屋是生产队放大车用的，光有两边墙没有前后墙，住在里面无非上面有个屋顶，非常冷。一条薄薄的被子，盖着我和妈妈、奶奶和妹妹。夜里嫌冷，爸爸从场里麦茬垛拽了一把麦秸，盖在被子上取暖。爸爸没地方睡，他便在场里面翻跟头取暖，妈妈冰凉的眼泪流到我的脸上，那时候我才几岁，不知道妈妈为什么要哭。

过年了，爸爸带着我们没有回家过年，走哪里，唱哪里。没办法分组去挨门唱着要饭，奶奶打着梆子妈妈唱，有好心人就给个杂面馍，还有什么都不愿给的。遇到哪逢集的时候，爸爸自己敲着大鼓唱起来了，有时一场下来还能收几块钱，就缝个布袋，把钱装在布袋，放在贴身的衣服里。1973 年 3 月，爸爸带人在阜阳东六十里铺唱戏，班子里面有个叫圣成贵的演员，是涡阳南双庙人，经常和爸爸搭班唱戏。在六十里铺附近村庄正唱着，他把那庄的女孩带跑了，这是戏班子最忌讳的事情。那村的人知道后，把爸爸妈妈关起来，饿了 3 天，后来那庄人说如果把人找不回来就把爸爸捆上扔河里去，妈妈吓哭了。最后那庄的一个主任很好，他对村民说：人又不是他领走的，光关他俩也没用。村民说：他是班头，就得治他。主任说：把他俩送公社去吧！村民同意把爸爸妈妈押送到公社处置。那主任押着爸爸妈妈上路了，走到半路，主任说：你们赶快走吧，给你两块钱，前面就是六十里铺，到那儿吃点东西，赶快回家。爸爸明白：如果那家找不回来女孩，只要被他们抓到非得被打死不可。走了两天，终于在六十里铺北的一个村子和戏班见面了。

1976 年，爸爸买个自行车，和李景州、大狗刨、狗营子、双印骑着自行车带着包袱行李、老婆孩子，去了河南，走永城、夏邑、会町，到三门峡，一直到山西。到了山西，泗州戏人家听不懂，后面一句拉腔，观众都笑。最后爸爸开会说咱得改唱腔：男的也别哈依，女的也别带拉腔，这样他们就能听懂。在三门峡、洛阳唱了半年的时间，该回家了，临来走会町集唱，那庄人听热了，问你们可会唱老戏了？别光唱样板戏，天天听都听够了。爸爸说：就是唱老戏在行，但是不准唱，村民说没事，队长不在

家，开会去了。

1976年下半年，老戏终于解放。准许唱老戏，全国的戏剧演员都非常高兴。当时涡阳县只准演规定的三场戏：《宝莲灯》、《十五贯》、《十二寡妇征西》，其他的剧目后来才准许演。爸爸花60块钱买了一辆架子车，又买点布料，妈妈自制一部分头饰和戏衣，又到商丘买来一部分演出道具，招集很多民间老人和师兄师弟：刘成斋、刘绍然、刘绍贤、刘公臣、孙化军、孙化贤……那时候出门唱戏都是拉驾车，车上装着演出道具、被包，都是男演员拉车，有带小孩的妇女还可以坐在车上面。但是男演员拉驾车挺开心，很乐意。剧团出去就是一家人，很团结，无论走到哪里，都能做到同甘共苦。爸爸教我们，学戏要先学德，有艺没有德，都不算好演员，有饭大家同吃，有罪大家同受。

剧团在农村唱戏，大多都是派饭吃，队长把演员每户三个或五个分到户家吃饭。爸爸经常安排演员，无论吃孬吃好大家都不要有怨言，人家是请咱来唱戏的，不是请咱来赴宴的。就这样年复一年地唱着，日复一日地唱着，只要能唱戏大家就开心。

1980年，土地包产到户，实行责任制了，农村都分单干。我家那时九口人住在两间土房子里。我是老大才11岁，大妹小美9岁，二妹小影7岁，弟弟守习5岁，还有爷爷奶奶和老奶奶。分地了，村里不愿分给我家土地，嫌我家人口多，说我爸经常在外地唱戏，生产队里的活没干过。爷爷说那他们没干，我不是经常在家干着我家的义务工来吗？无论挖沟打塘拾砂礓，我不都干俺一家子的活吗？但是，无论怎样说他们还是不愿分给我家土地，只愿分给我爷爷奶奶两人的土地。那时我还小在家上学，但是事情我能记得一清二楚了。在那个时代，农村的干部是很有权威性的，打你骂你你根本不敢动。爷爷没办法了，他步行100多里路找到剧团爸爸说：家里分包单干了，队里不愿分咱土地，说你和孩子6口人都是黑户。爸爸一听很生气，立即同爷爷一块回来了，找着队长。队长还是不愿给地，说地都分好了，最后爸爸又找到丹城公社去论理。公社里的段书记听也非常生气，说为什么不给你们土地，只要是白果村的合法公民，没有商品粮户口，都得分给土地。段书记给爸爸写封信，交给了队长，最后队长才给我家土地，将近20亩。就这样爷爷在家看我上学，经管着土地。爸爸一年四季在外唱戏，有时春节都不在家过，而且妹妹小美9岁的时候就被爸爸送到河南省永城县柳琴剧团，交给爸爸的师兄，著名国家一级演员孙洪波学练功去了。9 岁的妹妹非常懂事，离开妈妈，独立生活，练功非常上劲。但也很受罪，冬天下雪也得练，拿大顶把手放在雪地里，一拿最少要半个小时，还得天天挨棍子。在永城过了不到三年，剧团缺人，妹妹就回到剧团来了。那时她的跟斗翻得非常棒，原地不动小翻一气都翻 30 多个，每次在舞台上打武戏的时候，都能赢得观众的掌声。那个时代正是戏曲处在高潮的时候，农村业余戏班非常多，台口也好下。

农村那时候兴拉耕，大部分都是拉青草耕多：就是夏天一拉耕，村里出来两位有威望的人当耕头，请来一班戏在村里唱，让附近村的村民牵着牲口、牛马驴等来赶耕，边听戏边买卖牲口。牛行里面有牛行主，专管牛马交易的人。比如说，买者出 500 块钱买个牛，卖者只能落 450 块钱，其中抽取 50 元作为行用，一部分付给剧团作演出费，一部分留着耕头牛行主吃饭开支用。

剧团在涡河水牛庙拉耕唱戏时，有一个听戏的小伙天天在戏台上玩，散戏也不走，出奇地看演员化妆。后来他要拜爸爸做师傅学唱泗州戏，爸爸说：学戏很受罪，你能受得住吗？爸爸不愿收他，他跪在爸爸面前不愿起来说：你要不收我，我就跳涡河死，不活了。最后他的妈妈也来说：张老师，你收下他吧，这孩子从小就喜欢泗州戏，学成学不成我也不怪你。爸爸说：学戏得天天挨打，很受苦。那孩子的妈妈说：没事，你把他带走吧，他能受得了，反正我还有几个儿子来。爸爸最后在牛庙村的大队书记作为保人情况下，终于收下第一个徒弟——周刚，后来周刚成了剧团多年来的台柱子，直至现在。爸爸在第二年又收下长华、青民、小强、小马、刘萍等多位徒弟，都成了剧团的演员，充实了剧团的实力。

1983 年，腊月初十，眼看快到春节，大家都非常高兴，剧团也很平安，台口也很顺利。剧团在蚌埠市南燕山公社王巷大队演出结束了，第二天就要到另一个村庄去。晚上，几个村民非叫再送一场，爸爸说：如果明天送你们一场就得耽误下一个村一场戏，真没时间，没法送。几个人生气了，第二天早晨也没有人叫演员吃饭，按理早晨这顿饭应该王巷管，剧团女演员丁镇英带着小孩，去找人问问情况，有一个村民正在那儿吃饭，丁镇英想找点饭喂喂孩子，那村民二话没说把碗饭“叭”砸在丁镇英头上，鲜血立即顺脸淌下来。儿子小毛一见妈妈挨打，跑到屋里，喊：快点，有人打妈妈！大伙都急忙跑出去看看怎么回事？就见几个村民以王华连、小喜子二人带头拿着棍子见演员就打，不分男女，边打边喊：给我很打，叫

你们送场戏，都不愿意送。姑夫倒下了，妈妈倒下了，很多演员倒在血泊中，他们连小孩都不放过，几岁的小毛被一村民一脚踢好几米远，几个女演员吓得跑到一老太太家藏了起来，才躲过一劫。有一个村民用木棍朝周刚头上一棍，周刚立即倒在地上，脸色发青，爸爸一看他快不行了，举起一块石头大喊来吧！我和你们拼了，众人见出人命了，才各自散去。爸爸背起周刚就跑，一气跑到公路上，拦车车不敢停，一看是两个满脸是血的人，没人也拉。最后爸爸跪在公路中间，终于截住一个往蚌埠方向去的拖拉机，把周刚拉到蚌埠市123 军医院。一检查脑盖骨被打碎了，得立即手术，怎么办？爸爸腰里只几百块钱，连一天的医疗费也不够。给他的家人打电话，家人来到医院后，见到儿子人事不省，他的妈妈放声大哭，边哭边说：孩子当初不叫你学唱戏，你非要学戏，现在唱戏唱到这个地步，有个好歹，让娘怎么活啊！

爸爸听着徒弟的家人哭着、埋怨着，想着剧团在那里困着，演员不知都跑到哪儿去了。这一刻，爸爸的心碎了，他实在憋不住了，大叫：天哪！我为什么要唱戏，爹娘为什么要教我唱戏！一切后事还需要他安排，爸爸来到周刚的家人面前说：都怪我没有照顾好孩子，就是倾家荡产也要把孩子治好。第二天，爸爸走进蚌埠市公安局报案，公安局一个姓张的接待了爸爸，但是他一听爸爸说完事情的经过，很不关心这件事。几天后也没给剧团或医院里的周刚一个答复。没办法，爸爸和周刚的家人商量决定上告省法院，时任安徽省法院院长蔡立平听到后非常气愤，立即亲批蚌埠市公安局逮捕当事人王华连、小喜子等几位打人的村民。经过蚌埠市公安局一个多月的调查取证，最终将主犯王华连、小喜子等几位打人者分别判处了有期徒刑。

周刚头部也换了塑料头骨盖，成了终生残疾。

剧团散了，无法再出去唱戏了，但是外地天天都有到家去请剧团唱戏的，怎么办？重新再开始，没钱买演出服装道具！不干呢，天天都有到家请戏的，爸爸很为难。

周刚知道情况后，找到师弟长华和几位师弟来到我家，跪在爸爸面前说：师父，我们还想唱戏。爸爸含着泪对几位徒弟说：师傅我理解徒弟们的心情，但是这戏不能再唱下去了啊！差点把你们的命给唱丢了。现在这个社会很乱，流氓、痞子、街痞到处都是，这江湖可不好跑啊！几位徒弟齐声说：师傅，就不信天下能老是这样乱，总有好的那一天，我们只会唱戏，只想唱戏，一定要唱下去。在徒弟们的再三哀求下，爸爸同意重新组团了，借钱买了一部分演出服装和道具，到县文化局办理了演出证，开了介绍信，又招了很多演员，整顿过的涡阳青年泗州戏剧团又一次出发了。

第四代传人：我——张守先

1985年我也离开学校，进入了剧团，我在上学的时候便是边上学边练功，进了剧团就学得很快了，没多久便能担角色唱戏了。在那时，剧团有爸爸、妈妈的师兄和大姑、小姑、姑夫们，还有很多徒弟，我和妹妹的加入，剧团自己家族就达到30多人了，无论到哪儿演出，都是一炮打响，越唱观众越多，进剧院演出也是场场爆满。在砀山的关庄坝剧场和沛县的五段剧场，魏庄剧场和蚌埠的东风剧场，唱《回龙传》、《王三姐》最后一本都是一票难求。记得那时的票价很低，也不过四角到一块钱一票，农村最高也不过100到200块钱一场，就觉得很不错了。

我家1986年盖了新瓦房（农村的房屋转型第一次，大部分都是在1985—1995年，扒草房盖瓦房；从1995年到2010年扒瓦房盖楼房的），添置了更多演出道具。在1982年，我也结了婚，妻子是丹城北5公里河南省永城县黄口乡人，我的岳父也是很喜欢听泗州戏，而且我们家的剧团在附近很出名，所以岳父特意把女儿嫁到我家学唱泗州戏。结婚后，妻子很用心学戏，现在也是剧团的台柱子了。就这样，剧团在爸爸的带领下，拉着驾车子，演员大部分都是自家人。年复一年，日复一日地唱下去。我是从1985年进的剧团拉架车，拉到1990年，有时间碰巧了，人家开车去接，我就很高兴，不要拉了，但那样情况很少，进戏院卖票演出都是包车去。怕丢人，爸爸还要安排演员多穿新衣服，人家能看得起，因为那时间剧团非常多，戏院都是你刚走，我就来了，卖不着票也很难看的。

拉驾车现在回忆起来很有趣。天天拉着架车走着，对着戏词，哼着唱腔，路上没人的时候还大声唱一段。特别是二师兄长华是拉起驾车就唱，他特别喜欢唱，每当爸爸安排戏他都是自告奋勇争角色唱。就那样，拉着、唱着、嚎着、走着，不知不觉几年过去了。

1989年，买了小四轮拖拉机，终于不要拉架车了，100里路几个小时到地方了，拉架车要走好几天，别提多高兴了。

1989年春天在萧县白土影剧院演出，都是晚上演，白天没有戏，上午我在舞台上接电，上来一位年轻人叫杨宝义问我：怎么不唱？我说：晚上演，杨宝义说：我现在就得听。这时我们乐队的张良峰老人，是个盲人，

从舞台下去的时候，杨宝义一下把他给推倒了，我一见就问他为什么打他那个瞎子？杨宝义二话没说对我就是一拳，我和他就打起来了。爸爸正在后台睡觉，听见后起来一看，又上来两个痞子。因为舞台上就我和爸爸，还有瞎良峰。爸爸被打伤了，我也受伤了。演员吃饭的地方离剧场很远，在剧场经理刘士英家，自己做饭吃的，知道后都到剧场内，那几个人都跑了，而且把道具全砸坏了，包括音响、箱子、大喇叭砸扁了，刚买的馍馍撒得舞台哪儿都是。爸爸住进医院，我到对面白土镇政府派出所报案，所长冯诗凯问清情况向孟镇长做了汇报，后来才知道为什么闹事。李宝华和杨宝义二人在剧场附近开个饭店，满以为演员都得到他那儿吃饭的，因为我们到哪儿都是自己起伙，节省开支。到1988年以后民营剧团已经走下坡路了，收入不是太好。

当天报案后，我给涡阳县文化局打了电话。县文化局一听非常重视，立即派张主任和陈长青到萧县白土处理这件事。当张主任和陈长青带着萧县文化局长到白土后，演员们一见家来人了，都委屈得哭了。张主任见到演员说不要哭，局里对这件事很重视，我代表涡阳县文化局向你们保证：不把这件事处理好，不给我们一个满意的答复，我们不会离开白土镇。白土镇政府、孟书记和白土镇派出所长冯诗凯对此事也很关心，他二人对张主任说：就是你们不来，我们对剧团也一定要有个交代。当时在白土镇，演员不能老在那么闲着，还要吃饭，冯诗凯所长帮忙，找到各村的队长商量，把剧团调到各村各队去演，有钱的给钱，没钱的给粮食，总能维持剧团演员的生活。就这样在白土各村又演了45天，演员和白土各村的村民也结下了深厚的友谊，因为他们都知道此事，都很帮忙。提起李宝华、杨宝义，人人都骂两人是痞子，多次打人，村民们对他二人也恨之入骨。

在张主任和白土镇政府、派出所多天的努力终于将二人拘留，并作了罚款，包赔剧团一切损失，支付爸爸住院的一切费用。住院期间，白土镇卫生院知道爸爸是唱戏的在白土挨打了，也很同情，还免去了很多医疗费呢！

第二年，剧团开车路过白土，剧团还给白土派出所送去一面锦旗表示谢意，所以冯诗凯也很感动，还自己付钱管了全体演员一顿饭，并告诉爸爸，只要你来到白土附近演出，有闹事的立即给我打电话，绝不能让你们再有此类事件发生。爸爸感动地握住所长的手说：谢谢，冯所长，各镇的所长能都像你这样，我们唱戏的就放心了，后来爸爸给他买点水果点心，

又被他送到剧团来了。

唱戏什么样的麻烦都能遇到，痞子调戏女演员事件经常发生。在萧县孤山演出，是1991年3月17日孤山庙会，上午正唱《西回龙》第二本。小妹妹演的王三姐，刚从台上下来，几个醉醺醺的男子上去掐了一下她的脸，我演的卫虎，穿一身莽，就和那几个人打起来，幸亏派出所及时赶到，不然麻烦又出来了。听说上一年庙会唱戏在孤山，萧县梆剧团一个唱黑头的被人砍成重伤。那年代唱戏，要么忍要么挨打。

1990年往后，戏一天天就不好唱了，受影视的影响，西方文化的冲击，领导们对戏曲文化的漠视等各种因素，使全国几百个剧种濒临灭绝。专业院团有的倒闭了，有的被砍掉了。民营剧团更难了，因为没有人发工资，一天不演一天吃不上饭，部分民营剧团都倒闭了。无论是专业的戏剧演员还是业余的戏剧演员，都成了社会上最没有身份的人了。

舞起来

中央一声令下，县剧团全部砍掉，不准保留，以市级保留剧团，各县在执行方面，有爱好、关心中国戏剧文化的领导们，还想方设法从侧面保留了一些演员和剧目，经常搞一些演出活动什么的。戏曲文化一天天被遗忘，戏曲观众一天天减少，民营剧团所剩无几，都改行挣钱去了，唱戏挣不到钱一辈子发不了财，这是每个同行们见面必讲的一句话。干啥不比它挣钱？非在这一棵树上吊死吗？这是每个亲戚朋友直到现在还在劝我的一句话。

1993 年，爸爸做出了一个痛苦的抉择，让大妹妹小美离开剧团，不叫她主唱了，因为她还没结婚，上班可能找个好对象过日子。爸爸托人花钱在淮北市石台镇给她找份工作，而且离姑姑家很近，能照顾她一下（因为姑姑、姑夫都改行不唱了，姑夫在煤矿上班，后来都回到剧团了）。工作找好了，爸爸妈妈把我和两个妹妹叫到跟前说：守先你结婚了，剧团今后离了你也不行。你妹妹小美还没结婚，不叫她唱了，去淮北上班也好谈个对象。妹妹一听不叫她唱戏了，叫她去上班去，说什么也不愿去，最后在妈妈的劝导下说：去吧！不去咱钱不白花了吗，你爸为了你找工作都花几千块钱了。妹妹委屈着同意上班了。10 月中旬，爸爸把她送到淮北了。

回来后，爸爸愁了，小美是剧团台柱子，专业唱小生的，无论到哪儿她都是最受欢迎的演员之一，剧团没有她，谁来演小生？她的嗓子、扮相、身段、功夫，谁能代替？

1994 年大年初十，我又开着那辆小四轮拖拉机，剧团出发了。上淮北市杜集区一带演出，必须经过妹妹上班的地点，吃晚饭的时候，车到了石台镇北边，妈妈问爸爸：可去看看孩子去，从她上班几个月没见过面，过年她在她姑姑家过的。爸爸一声不响地最后同意让妈妈和小妹小影子去了，当妈妈和小影子出现在妹妹面前。妹妹一惊，什么都明白了，二话没说拔腿就跑，一气跑到拖拉机跟前，一看还是那辆熟悉的拖拉机拉着满满的戏箱和演员，她趴在车上“哇”的一声大哭起来。爸爸哭了，我也哭了，演员都哭了。妹妹委屈地哭着一句话也说不出来，突然她扭头就跑，没大时间，她拿着包袱回来了，站在车跟前哭着说：我要唱戏，我要唱戏，我什么也不干。爸爸劝她说：你不能再唱啦，唱戏没有什么出息，你看谁不改行，我和你哥再唱两年就都不干了。在我和妈妈的劝说下，妹妹不说话了，她知道，爸爸不可能带她走的。我开着拖拉机走了，妹妹一人无奈地看着拖拉机消失在夜幕中。拖拉机夜里到了杜集区姜大庄，大队书记马向前接待了剧团，安排好住宿，连夜搭好舞台。上午第一场戏《白金哥访母》，离开戏还有一个小时，下面观众聚集很多。这个村也是我们多次来演出的地方，观众情绪很高。后台演员正在化妆，爸爸在那儿闷闷地吸着烟，他知道这台演出如果没有妹妹的戏是什么后果。《白金哥》是妹妹最拿手的角色，特别是在最后的武打戏能发挥出她的特长，新的演白金哥的演员不会武功，怎么办？离开戏越来越近，爸爸已经化好妆，他演的徐延如是花脸。锣鼓响了，爸爸的心提到嗓子眼，如果观众不接受，那就是两个字：滚蛋。离开戏还有十分钟，就听见一声大喊：谁唱的我的白金哥？只见妹妹背着包袱一头汗地来到舞台后面。她是几十里路跑着去剧团的，只见她二话没说抓起镜子，拿起油彩，化起妆来。她兴奋地享受着那特殊香味的油彩味，不到五分钟，一个扮相英俊的白金哥出场了，场下观众掌声如雷。爸爸叹息一声：哎，我家和这泗州戏真的有缘分啊！

就这样一年四季天天唱着，从我接管剧团业务起，更是艰难地走着，在低谷中徘徊生存着，日日唱，月月唱，年年唱。

1998 年农历五月十九日，是我家和剧团最难忘的一天，五月，正是农忙时节。这时，村书记和队长来叫我到大队部说有事，我到地方见书记张良绍脸色非常沉重。他说守先，告诉你，你爸在徐州出车祸了。我一听当即晕了过去，醒了问怎么样？书记说，刚打电话过来，可能还没有生命危险，让我们立即过去（后来才知道爸爸已经死过了，是书记怕我经受不住打击，瞒着我的）。我和书记几人租车上徐州了，到地方才知道爸爸已经被送到徐州殡仪馆了。妈妈哭着说：爸爸在黄河沿演出结束回来时，被一江苏宜兴的车撞的，爸爸是白天在徐州市里黄河沿唱，晚上在徐州东三环路边黄山垄村唱。那时农村台口不好下，只有到各城市里面找地方摆场子，边唱戏，边收钱维持着。

爸爸出事后，黄山垄村的村民非常热心，提供了很多帮助。天气热，妇女们给我妈扇扇子，其中几个村民，有孙叔、王哥、四叔几位为爸爸的赔偿问题跑来跑去，一直到结束不离那儿。十多天后，我们接受了狮子山交警队的第一轮调解，因为我知道在外地打官司不容易。当时我和弟弟妈妈带着爸爸的骨灰告别那些热心的戏迷们回家了。后来听说：爸爸一生中最后临死前唱的一段《十大告》戏。

安葬了爸爸后，这戏唱与不唱成了我家争论的一个话题。

老年丧子，中年丧夫，对我家爷爷、妈妈来说是多么沉重的打击啊！爷爷说别唱了，我唱了一辈子戏，受了一辈子罪，也没唱出什么结果来。妈妈说：还唱啥，从我嫁到张家天天四处漂泊，受过多大的苦啊！此时我弟弟已大学毕业，是我家族中唯一一个不唱戏的。弟弟说：哥，别唱了，咱家都唱几辈子人了，唱出结果来了吗？

附近的村民人人都说，张家班散了，再也听不到张家班、大老张的泗州戏了！皖北所有的艺人知道爸爸去世的消息后无不叹息，都知道爸爸在那个时代唱戏的功夫是非常高的。他的嗓子无人能比，像《赵匡胤困南

唐》中的赵匡胤没人能唱过他，还有《回龙传》中的赵德芳、《北唐旗国》中的朱子龙，都是爸爸的看家戏。

几天后，涡阳县文化局知道我家的情况后，杨文魁副局长和方馆长来白果看望了妈妈和剧团。杨局长对我说：你爸去世了，你要担起这个挑子，不能让泗州戏就这样在我们涡阳地区失传啊，一定要唱下去。师兄师弟也说：对，我们还得唱！就这样，剧团在爸爸去世后不到一百天的时间又出发了。

困难不在谁身上谁不知道，戏越来越难唱，台口不好下。第一站到以前我们经常唱的地方，宿县一带。头一个台口在高庄，是我爸的朋友介绍去的，结果唱了3天，没给一分钱。我们只好走人，辗转来到一个叫赵台的村庄，正好那庄要逢集，要成一个农贸市场，须唱很长时间。我知道这是一个好台口，戏价虽说不高，但也不低于一天1000块钱唱两场。当晚我给演员开会，大家演出要顶真些，现在唱戏不像以前了，观众的欣赏水平高。明天头一场戏唱好能多演几天，唱不好立即走人。现在联系台口难，昨天在沟东正唱着，队长叫立即停演说乡里要来检查计划生育的，都在这听戏，还耽误生产，唱什么戏赶快走，这样的事情经常发生。

第二天上午8：30开戏，头场《杨小姐闯幽州》，影子和二师兄的主演，一场戏下来，观众掌声不断，我才放心。我知道，无论对什么演员来说，观众的掌声是对演员最高级别的奖励。我们天天面对的是观众，生活在观众中，没有观众我们就没法生存，观众就是上帝。舞台上，我们唱，他们听。我们哭，他们落泪。我们笑，他们跟着乐。台上台下，谁离我们最近？观众离我们最近。

在支河乡赵台村一气演了3个多月，集起来了，农贸市场活跃了，村民们都学会做了生意富起来。3个月的演出200多场剧目，把那一带的村民唱迷了。一提起涡阳青年泗州戏剧团人人伸出大拇指，而且地方村民对演员也很热情。演员派饭吃，到哪家都是酒菜招待。后来集主赵镇蒙还多次邀请我们去演出。在那一带一提起演员张小美、张小影、周刚、长华、翠平、二娃、燕侠没有人不知道的。都说：还是涡阳的泗州戏唱得好！

就这样，剧团在逆境中生存着，坚持着。每逢过年过节出去唱戏，农闲时出去唱戏。但是，我发现一个让我非常痛心的问题，观众群体逐渐转向老年化，年轻观众少了，大部分是一些老年观众听戏，我总结了几个原因：

1. 唱的少了，听的也就少了。无论什么剧种在什么地区，你要十年不到那个地方去演，那个地方就没有你的观众了，你要天天去唱，那地方你的观众就多。

2. 民营剧团越来越少。专业院团为了生存，根本不下到农村去演出，都是排一些能为剧团创收入的节目或参加各类比赛的小节目。节目好坏领导说了算，群众根本捞不到看。某某专业剧团为了参加某某次大赛，政府投入大量资金，几年排出一个小时的节目，领导看后说声好，就高兴了。过后，马放南山，刀枪入库没事了。投入的巨资，老百姓看到了吗？为传承民族文化你们做到了吗？你们一年在干什么？观众流失了，经典剧目流失了，曾经辉煌过的中国传统戏曲文化就这样消失了——全国几百个地方戏剧种面临灭绝。

3. 演出市场的混乱，低俗文化的泛滥，港台文化的冲击，对年轻观众的影响，也成了戏曲观众越来越少的原因。全国各大小媒体对戏曲文化报道的很少，铺天盖地报道一些港台文化，影响了年轻观众对戏曲文化的认识。

4. 无论每个剧种，没有好的领头雁，都很难成为知名剧种。像豫剧的常香玉、马金凤与曲剧的海连池，黄梅戏的严凤英等等，都是各个剧种的代表性人物。泗州戏在五六十年代到80年代也曾经是我们安徽四大剧种之一，属最盛行的剧种。那时李宝琴老师是泗州戏的代表性人物。把泗州戏唱响全国，今天为什么没人来唱了？

2000年，弟弟结婚了。他在县一中教书，他对象也是教师，都拿工资，在村里很受人羡慕。我还在唱戏，村里人都去外地打工，很挣钱。那一夜我没有睡，妻子知道我在想什么。她对我说：别唱了吧，你看人家打工都很挣钱，你要不然去打工或做点生意都行，再唱下去不更穷吗？我说：泗州戏在咱家已经唱几辈子了，能就这样在我身上失传吗？妻子说：不是我们不想唱，是现在社会不需要我们啦。我坚定地说：我一定要唱，哪怕只有一个观众都不能把泗州戏在咱这辈上失传。我决定改变思路，去怎样迎合新观众去听泗州戏。在全县2000年文艺调演中，自编自演的泗州戏小品《自食其果》和张小美的古装戏《张彦休妻》成为整场演出中最受欢迎的节目并荣获创作、演出等四项大奖，时任丹城镇文化站长马东山得到县文化局的奖励。演出结束后，县文化局焦似阳评委握住我的手说：演得非常好，泗州戏必须传承下去，不能失传，要生存就要创新。

从此后，我更坚定了自己对戏曲发展的决心。县文化局的关怀，镇政府文化站的支持，演员们的努力，使我充分认识到：传统节目不能失传，要整理，要唱下去。老观众不能流失，要挽留，新节目要创作，新观众要迎合。老演员要保留，新演员要培养。我通过努力终于使泗州戏剧团走出困境，得到观众和领导的认可。

小花场

刘永芝的《喝面叶》在2004年全省戏剧大赛获铜奖。张小美、李书芳的《休丁香》在2005年宿州市戏剧电视大赛中获得一等奖。团里自编自演的计生节目《洞房之夜》在2005年全县文艺调演中获演出创作一等奖。

小师妹刘永芝评着一段泗州戏《走娘家》在河南电视台《梨园春》获得擂主，并把泗州戏唱到世界顶级剧场澳大利亚悉尼歌剧院，把泗州戏唱出国门。

我团自编自演的廉政节目《一条大鱼》、《村长赴宴》在亳州市政府、纪委举行的廉政文化专场演出中得到时任亳州市委书记邵国荷的赞扬和肯定，同年在市政府举办的“三下乡”三县一区巡回演出中成为整个舞台的亮点。时任亳州市委副书记、市纪委书记黄亚洲同志，亳州市纪委副书记张良信同志对涡阳青年泗州戏剧团进行考察，并对剧团作了高度评价及鼓励。

因为是民营剧团，演员没有工资，全凭演出吃饭，没有演出就吃不上饭，这一点文化局领导是非常清楚的。为了让演员能吃上饭，能让剧团生存下去，县文化局领导想方设法与各企业、单位、附近县市为剧团联系业务，多演一场就多一点收入，这是一个最现实的问题，而且也是民营剧团唯一生存的办法。

2008 年，在涡阳县委、县政府的亲切关怀和县委宣传部、县文化局的指导下，剧团排练了以歌舞、器乐和自创的泗州戏小品等优秀节目，在全县 20 多个乡镇巡回演出 100 多场，得到全县群众的好评，涡阳电视台也对剧团作了专题报道。

“路是人走出来的，再坎坷的路，没有过不去的坎，只要有自信”——这是县文化局张群录局长告诉我最深刻的一句话；从 2008 年开始剧团终于从困境中走了出来，常年活跃在苏、鲁、豫、皖四省，徐州、怀远、蚌埠、淮北、永城、鹿邑、灵璧、泗洪、五河、固镇、丰县、沛县、萧县、阜阳、太和、淮南等上百个县市，每年几百场演出和县文化局举办上百场“三下乡”演出，把 100 多场古装戏和 30 多场时装戏节目准时为老百姓送去，丰富了农民的精神生活，也为剧团创下可观的收入。2009 年，县文化局接到安徽省文化厅下发的《关于争创全省民营百佳剧团》的通知，在第一时间把涡阳青年泗州戏剧团的材料呈报给安徽省文化厅，同年 12 月份，涡阳县青年泗州戏剧团被评为安徽省首批“百佳剧团”称号。领奖台上，当我从省文化厅领导接过奖牌时，我激动得热泪盈眶。我在问自己：今天我怎么能站在这儿？我为了什么才站到这儿？第二天省文化厅召开座谈会，文化厅葛生局长和胡敏局长第一句话：大家辛苦了！我的眼泪又掉下来了。30 家民营剧团的团长，没有一人说苦，没有一人说

累，没有一人有怨言，黄梅戏老艺术家陶老说了一句话：我们民营剧团也是人啊！……座谈会上一个个团长们议论好多话题：今后民营剧团怎么走？国家的政策对民营院团有什么变化？但是没有人愿意提走过的路，因为不想回头再看，几十年的风风雨雨，上万里的行程，几千场甚至上万场在恶劣环境下的演出；日日夜夜的奔波、挨冻、挨饿也要唱着，挨打挨骂也要唱着。一句大家辛苦了！足够淹没了演员们一生中的酸、甜、苦、辣。

剧团常年坚持演出，坚持送戏下乡，从每年的300场、400场到500场，搭舞台成了剧团最困难的一个问题。因为都是深入到农村演出，自己搭建舞台，太麻烦还耽误演出。有时唱春会庙会一天都是演3场，晚上收戏都在11点左右，再卸舞台装车，挪到几十里甚至上百里另一个演出点，再搭好舞台，天都亮了。上午再开戏，演员根本就受不了。因为民营剧团大部分都是演员连唱戏带干活，很是辛苦。文化局的领导也知道剧团搭台困难的情况，因为一年要演几百场。听说其他市县都配了专业流动舞台车，经过研究，文化局张群录局长决定向省文化厅请示，配备流动舞台车。经过张局长多次向省文化厅申请，省厅终于在2010年配发涡阳县文化事业发展中心流动舞台车一辆……

2011年，剧团有了舞台车，解决了演出搭台的困难，增加了演出场次，也增加了演员的收入，增添了演出效果，增加了演员的信心。从元月份开始，到11月底剧团已经演出420多场，演出几十个县市，行程几千公里，收入近百万元。演出场次多了，演出质量提高了，演员的工资增加了，演员们乐了，大伙笑了，这一切来之不易，对于一个始创近百年的梨园世家，这一切都是拿命去挣的！

冬天唱，夏天唱，秋天唱，春天唱，冷天唱，热天唱，日日唱，夜夜唱，月月唱，年年唱。我心里最明白，他们不是为钱而唱，他们不是为生活而唱，一句话——他们为了对艺术的追求和对艺术的执著而在唱。

涡阳县青年泗洲戏剧团　**张守先**

2011年12月12日

张守先作为一个土生土长，世代相传的民间戏曲艺术家，一个纯粹得不能再纯粹的草民小团团长，渴望告诉人们的话，在这里只不过是冰山一角。在全国，像这样的县镇级的小团之多，如过江之鲫。如果将他们集中

起来，其人数绝不亚于中国几大战区的百万雄师。但他们的生存条件之艰

作者与涡阳县青年泗洲戏剧团团长张守先的合影

难，演出环境之恶劣，碰到的戏霸、流氓、地痞之多，超负荷的工作量之难以想象，种种收入和付出极不均等的残酷境遇，极具全国同等小团们的典型性。放眼望去，它们宛如原野大地上在夏季里随风摇曳、一望无垠的谷莠子。国家某些文化体制调整政策对它们来说，如同早期皖北农民收割庄稼，用得十分顺手和锋利无比的农具“齐头钐”，可以将这些在村野、河边、打麦场地、社戏台上、红白喜事的堂屋里，世代顽强存活的“文艺罗汉草”们齐根割断，但这些浩浩荡荡，摇摆飘逸的“谷莠子”们，一逢雨露的滋润，即刻死而复生，并汇成一派洁白似雪的汪洋沧海。到底是一种什么样的巨大潜力和胆魄，使这种植物百灭不绝，生生相息？我一时说不清楚。然而，像这种有着“谷莠子”象征意义的数以万计草根小团，除了一种誓死守住自己世代相传的民间艺术的悲情与坚定信念之外，我敢肯定地说：农民，只有农民，才能在一个最淳朴、最真实的原始层面上，从骨子里认定一个人类繁衍、民族进化的真理。那就是：民无温饱忧虑之后，决不会甘心于祖传的绝活断代和百姓“精神家园”的荒芜凋敝……尽管眼下的文化站建在了村里；纵然是乡镇图书馆在广大农村比比皆是；尽管农民用上了电脑，看上了电视，大多有了手机，那些富裕起来的农民的

小楼里和家事一传千里，但是，我敢说：他们若不能享受到近在眼前的、祖祖辈辈留下的绝活，就没有了活着的滋味和兴致。而席卷全国文化体制大改革，不啻是对这些草根民营小团们是活着还是灭亡的最残酷的生死考验！这是一个让草民小团里所有的人都要拼上性命去回答的命题。所以，假如你对千千万万个张守先，千千万万个张小美、张小影、大妮、二妮们奢谈什么“文化自觉”和“自主创新”等等一切都是多余。因为他们对那些世代相传、香火秉承的绝活和手艺，是到死都不会撒手和放弃的。因为没有“自主创新”和“文化自觉”，他们一天都活不下去！

从古至今，我们民族杰出的先哲大贤们，在文化传承的问题上，无一不说得入木三分：文心雕龙，文以载道……人类文明进步的历史充分表明，没有先进文化的积极引领，没有人民精神世界的极大丰富，没有全民族创造精神的充分发挥，一个民族不能屹立世界先进民族之林……当人们赞叹中国经济发展惊人的时候，也日益强烈地感到公共文化的短缺。城乡之间，东西部之间，不同收入群体之间的文化消遣极不平衡，“精神饥饿”在物质满足的反衬下变得愈加强烈。

回望安徽省涡阳县丹城镇的“拉魂腔”草民小团，参照那些“尾大不掉”，名目繁多，永远在体制的怀抱内无法“断奶”的大国文艺团体，哪一个不是“皇粮”喂不胖，也饿不死的！各级政府长期以来，是靠国家财政拨款，以及行政指令来实现对这些文化企事业单位的管理，而不是以群众的需求为市场导向、为生存理由和最高任务的。这种带有浓厚的计划经济色彩的管理方式，自然会造成平均主义、大锅饭的惰性和劣根性。在文化领域，本属公益性的，公益性模糊；本属市场性的，市场性不明。其结果必然导致公益性文化事业长期投入不足，为人民服务的活力和动力不足。经营性文化产业长期依赖政府，导致闯荡市场疲软和贫血。由于以上的关系无法理顺，自然会效率不高、管理不力、布局不优、机制不活、人浮于事、尸位素餐，势必在今天全国化的文化市场激烈竞争中，暴露出文艺“国家队”在当前大形势下的“中国文化大发展之困境”中，无法突出重围……今天，安徽省涡阳县的丹城镇草民小团，仍在生存的泥淖中踽踽独行，坚守着取之于民，还之于民的最后文化阵地；同时，那些让草民小团翘首仰望，无法企及，优越感十足的国家“贵族”院团的“佼佼者”们，难道还不该为了民族的文艺复兴，人民对精品文化强烈的需求，寻找到一条贴近实际、贴近生活、贴近群众的康庄大道吗？由此可见，建设文化强国绝不是一句空话，也绝不是一两人的事，更不是一刀将草民小团全部切掉，就能一了百了的差事。它不仅仅是国策，更是全民共襄盛举的文化兴国之道。既然党和国家下了大决心，要完成这一时代赋予中华民族的使命，那么，从中央到地方，就应该要拿出一整套的“立法”章程及细则和条款来。不然的话，党和国家领导人的指示、讲话和终极愿望，一切只是纸上谈兵。最终还是成了一个“理想总是美丽”的五彩而巨大的泡影。笔者虽是在海外生活了 20 年的海归艺术家，但却深知具有社会主义特色的中国的文化体制改革，既不能照搬西方国家的体制模式，又不能原地等待，最后一个个都成了光说不练的“天桥把式”。然，一个个在原有体制中存活了半个多世纪的文化机构和企事业单位，要想大治，必然会引起混乱。那么，唯有从中央到地方政府，根据自身不同的情况，经过严肃认真调查研究后出台一部“文艺体制改革基本大法”，才能提纲挈领的，在政府监督下，将中国特色的文艺体制改革落到实处，推向纵深；才能上行下效，普及开去。否则的话，什么自主创新，文化自觉等等，都是空话。而构建文化大国、文化强国，不首先强调文化传播媒体的文化品位和导向，文化工作者的艺德品格，文化修养自觉提升意识，那么“文化强国”就又是一个美妙的“童话”。古人云：治大国，如烹小鲜……颇有深意，但这毕竟是古人一家之言。长期以来，人们有一种根深蒂固的观念：文化事关意识形态安全和导向。忧心和纠结文化进入市场运作后，会改变社会主义文化性质，弱化党对文化的领导，引起思想的混乱。但事实证明，让文化走向市场就是把创造的权力、评价的权力、选择的权力交给人民大众。只有那些关注现实，艺术精湛，思想深刻，制作精良的作品赢得了广大群众的喜爱，满足了人民大众多样化、多

鼓乡蝶舞

层次、多方面的文化需求，才能使普通百姓自主创造文化积极性获得最大限度的激发，中国文化的国际影响力和竞争力才能不断提升，国家的形象、执政党的声音才会传播得更深远。老百姓在精神和文化家园里的生活幸福指数才会直线上升。一个民族，只有文化体现出比物质和资本更强大的力量，才能造就更大的进步。一个国家，只有在经济发展中，充分地体现出文化的品格，才能进入更高的文明进步。而文化大国和强国的形成，从古至今都离不开草根文化的哺育和民间艺术、草民小团那祖祖辈辈的双手拼力拱托。

孙氏大国草民：左一为作者的父亲，左二左三大姑二姑，
右一清轩叔，右中是公社书记大伯

走过洪荒，走过秦汉，走过唐宋元明清，乐歌诗韵似乎依旧在空山幽谷中余音不绝；女娲补天、精卫填海、夸父射日、大禹治水的身影仍在远村踯躅。从乾嘉时代的训诂考据到道咸年间的“通经致用”之近代新学，从救亡图存运动失败到新文化运动的推陈出新，从“民主”与“科学”的精神启蒙到“一个幽灵在欧洲大地上徘徊”的马克思主义在“百年魔怪舞翩跹”的神州大地上星火燎原，从辛亥革命的鼓角相闻，到“西学东渐”，传统社会观念的式微和国防、教育、科技、卫生领域的现代转型，中华民族在寻求伟大复兴之路的漫漫长路上，在文化强国的探索与奋进中，虽沧桑历尽，但艰难跋涉的脚步须臾未停。中国共产党人以马列主义为指导，

根本解决了中国社会政治问题，唤醒了亿万同胞的伟大觉醒，终于冲破了“三千年未有之变局”；今天，亿万人民复兴之梦日渐清晰，无数仁人志士前赴后继、传薪接火带来中华民族的崛起和华夏文化的繁荣与振兴，全民一心共建文化大国强国的前景呈现出一派黎明的曙光……

徐缓地卷起中华人民共和国的地图，那个曾让我梦牵魂绕，形状酷似一张巨大的“罴熊”之皮，拥贴在位于泱泱大国华东地区的安徽省，慢慢地从我的眼前逝去。然而，当这个新安文化、皖江文化和淮河文化相聚，民族人杰鬼雄并存，从古至今上演过无数人类大剧、活剧之兵家必争之地，集灿烂历史与丰饶农业于一身的大省图案，完全淡出我的视线之后，我竟鬼使神差地想起了那个离明朝太祖皇帝朱元璋的老家不出百里的凤阳县“小岗村”。当年，冒着坐牢杀头的危险，由村党支部书记的带领下，一帮子村民秘密地在包产到户、自负盈亏的生死“投名状”上，按下了十八个鲜红的手印……当然，这个在后来轰动全中国的壮举，现在早已成为历史，似乎永远留在了人们的记忆深处。那群竟敢冒天下之大不韪的十八名庄稼汉所处的小岗村，与同在皖北大地上的涡阳县丹城镇相隔最多不过二百华里。我确信，小岗人除了酷爱“四句推子”，也喜欢听“拉魂腔”看“泗州戏”。连方言都同属一个淮北语系，这到底是一种地域上的巧合呢，还是在皖北苍莽的大地上，从古至今便深深地蕴藏着一种谁也说不清楚，但绝不向命运低头的悲壮和豪气？然，昔日的小岗人仅仅是为了能活命，而今天的农民在温饱无忧之后，活着又是为了什么？

我的这篇大散文，在艰难沉重的写作过程中，不知不觉已经跨入一个新的年度——龙年。这时，我收到了即将从涡阳县文化局局长的位置上退下来的张群录的新年祝福短信，更让我意外的是，又很快读到了他转给我的一封感人至深的长信。用他自己的话说，就算是在即将离位时，自己曾为本县文化工作所做的，每一件实实在在事的一种盘点和总结吧。张的字里行间，充满了欣慰和满足感，以及对涡阳县文化事业未来的殷切希冀——

孙教授：

这次到内蒙古演出顺利吧？可惜！内蒙古电视台没有播放，俺只能是望蒙兴叹喽。您在短信中，提到的两个问题，我还真没认真地思考过，只知道该做的我尽力去做了，内心无愧就行了。

我和您谈过我的工作经历，说实在的，挺顺的。1974 年高中毕业，因在学校喜欢摔皮球，一直打到县少男篮球队，带兵的看中了我这一点，身体又好，就应征入伍了。到部队后，咱能吃苦，又是高中毕业生，军事、政治训练均是优，连队推荐我作为干部苗子到师里集训，因家庭有点“历史关系”，没去成。连指导员看我的文笔还行，就让我到营报到去学写通讯报道。谁知瞎猫碰个死耗子，第一篇“小豆腐块”省级刊物就给发表了，就这样我走上了新闻报道这条路，从营到团到师。干了 4 年通讯报道，也发表了 200 多篇各式各样的小文章，但因家庭历史关系提不了干。1979 年底，打回老家去。无意中碰到安徽日报社记者张国栋，一拉呱很投缘，经张国栋推荐，我就到了县委宣传部报道组，蹲了半年。县广播站缺编辑记者，部领导推荐我去广播站，一干就是四年。到了 1984 年，县里准备开精神文明建设表彰会，宣传部抽我去搞典型事迹，等表彰会结束，部长说：“别走了，就在部里干吧。”咱服从组织安排，调进了宣传部，从科员到干事，从科长到副部长兼县委讲师组长，一干就是 25 年！我是 1996 年任副部长，一直分管文化、文联几个穷单位。那时县财政很拮据，文化经费少得可怜，每年的节庆文化活动都靠拉赞助。宣传部门槛高，出面拉赞助有力些，我这个分管部长就带几个文化人到处去化缘，时间长了，我竟然登上了“丐帮帮主”的宝座，我也不介意，只有能把文化活动经费划拉来就行。那时，还有一个穷得揭不开锅的单位：县电影公司，也是我分管的。我给他们班子开会经常讲“现在已经到了高唱国际歌，自己救自己的时候了！”他们也很无奈，放了一辈子的电影，干其他的不会，加之对电影的情结，宁愿死守阵地，也不愿更换门庭。哎！这时我看到一个文件，在中小学生中放映爱国主义优秀影片活动的通知。抓住这一机遇，多方协调，事情办成了。当年电影放映收入近百万！这只是个数字，钱不好要！我就带几个电影人一个乡镇一个乡镇去讨账，咱毕竟还是个副部长，人家也给面子。就这样，“爱教电影”放映了长达 10 年！咱这个“帮主”当的还算称职吧？

更使我难忘的是原县文联主席蒋庆宾，文笔很好，人也耿直，我们算是忘年交吧。正值出作品的黄金年龄段，他也不知怎么想的，肝有点毛病。听人说切脾保肝，他竟然去做了手术，结果出了事故，生命垂危之际，让家人找到我，并拉着我的手说：“我的后事就交你办了。”既然是医疗事故，总要有个说法。我就去给他讨说法，也算朋友一场。多少人劝我："为了一个死者得罪那么多活人值得吗？"我说："值！"毕竟还是个文联主席，要是平头百姓还不冤枉死！说法讨来了，我心里很坦然。因为在这个事件之前，还有件事令我难忘。双庙镇教办室的刘振声，也是个老笔杆子了，编过教材，喜欢写文章，我在电台当编辑时，他经常去投稿。他患重病后，春节期间，他让儿子约我和蒋庆宾，还有宣传部的谭光华、马晓东同志去他家。对我们几个说："恐怕这是我们几个文友最后一次聚会了。"又对他儿子说："你这几个叔叔还是个人，以后学着点。""还是个人"给我的震动太大了，要做个人，做个大写的人！

2009 年 5 月，组织上安排我到县文化局任局长。至今我仍记得上任时向大家作出的许诺："我到文化局任职，没什么可以奉献，有的只是满腔热血，对党的忠诚，对事业的追求，还有辛劳和汗水。"乖乖呦！真辛劳，一下子从"丐帮帮主"变成"建筑工头"了！咱的机遇好，过去几任局长想办的事，没钱办，到我这，有钱了！对文化建设，中央拨钱，省里拨钱，县里也拨钱，给钱，再办不好事，那就太无能了。3 年建了 23 个乡镇综合文化站，362 个农家书屋，还有一个投资 5000 多万的县大剧院正在建设中，文化局就 6 个人，从选址到勘探，从图纸设计到招投标，再到组织施工，整天要往乡下跑，你说累不累。累是累，但咱心里舒坦。

虽然做好规定性动作很累了，但我还是想搞几个自选动作。

一是建设老子博物馆。文化是一个城市的灵魂，文物呢？是一个城市的精髓！涡阳是老子故里，理应建个博物馆。这几年已建两个展室："道之源"、"德之初"。为了展示文物，我带领文化局、文物所的同志，自己动手设计，制作，又建了两个展室，得到了县委、政府的大力支持，只要能申报成功，需要怎么做就怎么做。经过一年多的努力，老子博物馆批下来了！中央补助博物馆免费开放专项资金 30 万元。

二是充实文物馆藏。这几年，涡阳城市建设力度不断加大到处是工地，涡阳地下文物十分丰富。对此，我密切关注，只要发现一点迹象，立即到现场。3 年时间，抢救性发掘汉代、唐代古墓 20 座，还有 3 眼古井，出土珍贵文物百余件，丰富了文物馆藏。

三是申报国家非物质文化遗产《老子传说故事》。文化部都公布了，不知为何，国务院没公布？有点小郁闷。一想，罢了，不争嘛，反正咱努力了。

四是文化体制改革。在县委、县政府的高度重视下，用足用活政策，县大戏院、电影公司系统实行"事转企"。老同志都按事业单位待遇办理

了退休手续，实现了“无震荡”改革。(这是个规定性动作哟)

五是扶植涡阳县青年泗州戏剧团。这个团我早就了解。1996年，我任宣传部副部长时，做过一次全面调查，全县有12个剧团，一个国营剧团，为了生存，大都化整为零，插到唢呐班去了。青年泗州戏剧团坚持下来了。目前全县有三个省级“百佳剧团”。上个世纪90年代，咱穷，就从精神上扶植，每年搞一次唢呐大赛，发一二三等奖，很有刺激，好家伙！一等奖获得者，唢呐班的身价倍增，从一场几百元到上千元。现在碰到好日子，一场万儿八千的不足为奇。

但是，泗州戏剧团就没有唢呐班火爆，需要重点扶持。更难能可贵的是他们那种热爱艺术、追求艺术的精神，使我很感动。感动，感慨有什么用，要拿出行动，人家才佩服，不然爱你这个文化局长干什么！涡阳青年泗州戏剧团不光在本县演，范围在苏鲁豫皖四省20多乡县。外出演出交通，搭舞台很不方便。2010年向省厅打报告，申请一台流动舞台车。省厅的同志说，流动舞台车都是配送给国营剧团，尤其是转企改制的优先。我说这个团就是转企改制的，改革嘛。思想一是要解放，解放到实事求是上来，理应从养单位向养事业转变。从养人向养

项目转变。厅文化厅给予了大力支持。2011 年初，我们把车接回来，立即决定流动舞台车给涡阳青年泗州戏剧团使用，每月向局里报一次情况。直至 11 月份该团已演出 420 场（次），收入过百万，演职员月工资均在 2000 元以上。

党的十七届六中全会吹响了深化文化体制改革的号角，序幕已拉开，我作为 21 世纪涡阳的最后一任文化局长就要谢幕了。长江后浪推前浪，一代新人换旧人。但是，无论是退二线，还是退休，文化还是要搞的。回到咱的老本行，研究研究老子文化，研究研究捻军，写写小文章，为文化的繁荣发展摇旗呐喊还是可以的，种好咱的一亩三分地，对吧？

恳请孙教授拿着劲写这个“大国草民小团”。我相信，一定能把这个典型推出来，为院团改革带来一缕清新的风，让皇家剧院看看小团是如何为人民大众带来欢乐的，让其他的小团看看人家是如何求生存求发展的。让文化官员们了解小团的艰辛，为小团鼓励，打气！

顺祝

安康！

张群录

2011 年 12 月 19 日

龙年伊始，我又托朋友订好从北京至亳州的火车票，准备再赴涡阳采访和过农历年。亲友很不理解，涡阳，这个人称“安徽的西伯利亚”的皖北大地上，到底有怎样“神秘的吸引力”在吸引着你？我想了半天，竟无言以答。但我心里清楚得很，在那遍神奇的土地上，有北京这样的大都市里根本寻不到的东西。抑或是“拉魂腔”，或是老子的“谋事在人，成事在天”，以及“仁义光棍”张乐行，也许是干扣面、麻糊汤，甚至是诺贝尔文学奖得主赛珍珠早在上个世纪 20 年代就遗落在皖北《大地》上的文学灵感吧！一想到这些就叫我兴奋不已。因为，一个祖籍安徽绩溪，中国共产党第四代领导集体的领头人，在公元 2011 年 11 月 23 日的人民大会堂的主席台上，面对全中国的文化精英们这样说道：人民是真正的英雄，人民是历史的创造者。一切进步的文艺工作者的艺术生命，都源于同人民群众的血肉联系，只有把人民放在心中最高的位置，永远同人民在一起，坚持以人民为中心的创作导向，艺术之树才能常青……

2012 年 1 月 10 日

大河灯魂

第一章　大　河

淮水，华夏民族的母亲大河……

巨龙，炎黄子孙的原始图腾……

万代盘古出桐柏，开天辟地属苍龙……盘古在将死之日，流尽自己的一腔热血，化为千里淮河；剜下自己的双目，驱散混沌与黑暗，为炎黄子孙化成阴阳嬗变、世代沐浴的太阳与月亮。

元气鸿蒙，萌芽兹始。遂分天地，肇立乾坤。启感阴阳，分布元气。乃孕中和，是为人也。首生盘古，垂死化身。气成风云，声为雷霆。左眼为日，右眼为月。四肢五体为四极五岳，血液为江河。筋脉为地理，肌肉为田土。发髻为星辰，皮毛为草木，齿骨为金石，精髓为珠玉，汗流为雨泽。身之为诸虫，因风所感，化为黎虻。（宋罗汝《绎史》）

在梁任昉所著《述异记》中这样写道："……而古籍中，关于盘古神话的记载，最早莫过于三国人徐整的《三五历记》和《五运历记》中，所涉及的地点仅有此独一处："……盘古死后……血为淮渎……"明确地将盘古与淮河的发源地相联系。

又据古代神话传说：人之初，是由两条大鱼变成的两只猿。而这两只猿就是"阴阳之始"的盘古夫妇。盘古崇敬祖先，因而就有了盘古怀抱二鱼，以示崇敬之说。再后来，抱鱼之说，就形象地演化成了道家的"太极图"。迄今为止，桐柏民间，仍习惯在门头、窗上、院落入口之影壁墙上悬挂"太极图"，以示吉利，以祈求苍天大地风调雨顺，五谷丰登；婚丧嫁娶，传宗接代，邻里和睦，消灾、祛病、赐福等等。

千里淮河，不仅是开天辟地的盘古夫妻用一腔热血注成的一条滋润养育着中原人民的生命大河，同时更是一条孕育中华民族五千年灿烂文明，两岸民俗文化底蕴深厚、人文资源丰饶的伟大母亲河。

浸透着大河之魂的“花鼓灯”艺术，深受民间喜爱与痴迷，在淮河两岸世代相传、历久不衰。每逢春播秋收、婚丧嫁娶，民间所有喜怒哀乐时，花鼓灯都绝不能缺席。它既是两岸亿万农民精神家园和心灵图腾，又是深深蕴藏在淮河上下两岸黄天厚土中的一座博大精深永不枯竭的民俗文化煤海和金矿。

传说中的花鼓灯源头很早。夏代，在涂山脚下，大禹会共工的地方。大禹娶了涂山氏的女儿——女娇为妻。新婚燕尔，大禹便被四面八方的水患告急，离妻别子去为天下人治水。大禹这一去，便是整整十三个年头，其间，竟三过家门而不入。妻子因思念大禹忧虑成疾，神志恍惚，终日抱着幼小的儿子“启”，站在山顶上向远方痴痴眺望，祈盼丈夫早日治好水患，归来骨肉团聚。由于女娇盼夫心切，久而久之，竟化成一块矗立于山顶之上的巨石。后人便称这块巨石为“望夫石”和“启母石”……

一代又一代的后人，为了纪念大禹，在许多地方自发地盖起了禹王庙。每年在农历三月二十八日的赶庙会盛大节日中，人们打起锣鼓，跳起舞蹈，作为压轴戏出现。这就是花鼓灯艺术的雏形。孕育和哺养了花鼓灯艺术，日夜千里奔流不息的淮河，秉性、脾气和性情多变，甚至会骤然翻脸，可在一瞬间掠去万物生灵生存的权利和空间，如同盘古流血成河、怒阴喜晴那深不可测的天机，花鼓灯艺术在千百年传承与嬗变中也是盛衰多舛。

上世纪50年代中期，千里淮河牵动着全国人民的心。那时，我刚一落草，父亲未和我打一声招呼便强加给我命名“禹”，这竟让我在未来的人生中，无论走到任何一个地方，只要见到江河湖海，总是怀揣一种莫名其妙的神秘感，充满了对水的好奇与向往……当时淮河的旱涝污染灾情，也牵动着已是上海作家，并正和我母亲热恋的父亲的心。在他赶到治淮工地上的时候，没过多久，他就见到了许多即便是在上海都难得一见的名家大腕：梅兰芳，赵丹，丁玲，茅盾，周扬，常香玉，侯宝林，红线女，还有徐悲鸿，齐白石，刘海粟，裘盛荣，盖叫天，严凤英……后来，当那位终日为新中国建设殚精竭虑，住在中南海菊香书屋的开国领袖毛泽东，向全

中国人民发出号召“一定要把淮河修好”之后，千里治淮的大堤上，更是人山人海，口号震天，彩旗飘舞，众志成城……那阵势，绝不亚于若干年前，在这片土地上发生的那场震惊中外的国共决战之“淮海战役”……

后来，听频繁往来我家，当年将青春和汗水留在治淮工地上的老人们说：那时的治淮工地上，有个演出精彩、人强马壮、无畏艰难的“治淮文工团”。如今文工团员都已是耄耋之年，但就是不知他们当年歌舞琴瑟、艺压群芳的演出中，有没有“千里长淮一条线”的花鼓灯绝技？……半个世纪过去，当我再次问起当时的见证人，已过八旬的老父亲，有没有看过淮河花鼓灯时，他的回答简单明了：“没有。但伙食办得不错，中午有鸡汤喝……”听完后，我不禁哑然失笑。

淮河啊淮河，你何以曾让开国领袖彻夜难眠？何以让全国人民捐钱出力，万众一心，义无反顾？

在中国九百六十万平方公里的土地上，淮河是一条位于长江、黄河之间的第三大母亲河，以难以治理著称。此河发源于河南桐柏山老雅叉。东流经河南、安徽、江苏三省，并由三江营流入长江。全长1000公里，总落差200米。可分为上游、中游和下游三个部分。洪河口以上为上游，以下至洪泽湖出口为中游，中游以下到三江营为下游入江水道。淮河两岸支流众多，左岸有：洪河、谷河、润河、颍河、淝水河、茨河、涡河等。还有大型人工河道新汴河，以及闻名全国的人工茨淮新河。右岸有史灌河、洼河、汲河、淠河、东淝河、窑河、小溪河、池河、白塔河等。皖境淮域，历史上水利发展较早，如寿县的芍陂（今安丰塘），就是始建于2500年前的春秋时代，灌田万顷。横贯宿州县、灵璧县、泗州县的通济渠，建于1300多年前隋朝，上溯汴梁，下接运河，沟通江淮，是当时漕运孔道；从12世纪起，经历600余年的黄河夺淮，终至淹废……

1949年前，淮北地区已是水系紊乱，河沟淤阻，陂塘沟洫大都夷平。淮河主干流被淤浅，下受洪泽湖顶托，浮山以下入湖河底呈倒比降，宣泄不畅。域内洪涝灾害频仍，甚或旱蝗并发，赤地千里，“大雨大灾，小雨小灾，不雨旱灾”是其真实写照。1949年以后，整治了淮河干、支河道，开挖了排水沟渠，初步建立了排水系统。虽然治理标准尚低，洪涝灾害尚很严重，但取得的治水成绩是很大的，除害兴利有了长足的发展，促进了工农业蓬勃发展，淮南淮北地区已形成了煤、电能源基地和粮、棉基地，昔日贫穷落后的面貌发生了明显的变化。但是，淮河，何日再能重现那古老传说中的净化与人间仙境？……

相传，在远古时期的同一片夜空之下，一轮蛮荒时期的皎洁明月将银色的月光普洒世间，有一种名叫“淮”的短尾鸟，于一条河间长满芦苇的水岸旁，成群结队日出而去日落而归。入夜，它们完全收住了白日的嬉戏和聒噪。那宁静的远方，可以隐约听到几声从似墨如盖的群山森林深处传来的野兽吠鸣……弱肉强食的生存法则，竟在这静谧的深夜里，让山、水、鸟、虫，猛兽和猿人，处在一种自然、和谐、恬静的状态，幻化成一种不可思议的平衡和宁静……这条长满了白须绿茎的清澈的芦苇小河，以及那些依傍这条终日奔流不息河流生存着名叫“淮”的群鸟部落，从此因“淮水”而得名……

淮河流域包括湖北、河南、安徽、山东、江苏 5 省的 35 个地区、189 个县市。在 1997 年，就有总人口 1.6 亿多人口，居各大江大河流域人口密度之冠。流域耕地面积 1.8 亿多亩，主要农作物有小麦、水稻、玉米、薯类、大豆、棉花和油菜。1947 年粮食总产量占全国总产量的 17.3%，农业产值为 2844 亿元，人均农业产值为 1812 元，高于全国同期人均值 1345 元。所以淮河流域在我国农业生产中，自古占有举足轻重的地位。故，民间有走千走万，不如淮河两岸之说。

如果问，什么是千里淮河厚重的民俗民情或者千年淮河文化的地域特征？那就怎么也无法绕开与淮河共存的花鼓灯艺术；而在其发展的历史轨迹，花鼓灯艺术重镇安徽凤台县的祖祖辈辈们，将极具凤台特色技艺花鼓灯传承至今的艺术追求，以及他们演绎的那一部部表现人生悲欢与沧桑，流传甚广的民间经典艺术的原创作品又占据重要一页。

花鼓灯受淮河流域特定的地域环境影响，形成了它的独特魅力和技巧。自明清以后，其流行区域逐步扩展，形成以安徽蚌埠、淮南、阜阳、亳州为中心，辐射淮河中游安徽、河南、山东、江苏 4 省 20 多个县、市。民间不断加工成熟的《游春》、《抢扇子》、《抢板凳》等一系列艺术节目，加上 20 世纪 30 年代后，陆续出现像冯国佩（艺名“小金莲”）、陈敬之（艺名“一条线”）、田振起（艺名“小银子”）、郑九如（艺名“小白鞋”）、常春利（艺名“老蛤蟆”）、石金礼（艺名“石猴子”）等名家的演出，形成了花鼓灯的鼎盛时期。特别是在安徽蚌埠怀远县、禹会区，淮南凤台县，阜阳颍上县，农民祖祖辈辈、男女老少都玩灯，乡乡村村都有灯班。实可谓：千班锣鼓，万班灯……当时在淮河中游，每个乡镇至少都有

两个以上的花鼓灯班子，有的达三四个之多，形成了“万众齐舞花鼓灯”的空前盛况。

遥望

可以说，花鼓灯艺术较完整地保存了淮河流域人民生活、劳动、情趣、性格、民俗、风情的记忆，记载了不同时期淮河流域社会经济文化变迁，体现了淮河流域人民独特的文化观念、审美情趣、民风民俗变化。这种民间自然状态传衍的文化，更接近人性之本真，蕴涵着深层次的人文价值。

现有的资料证明，花鼓灯这种艺术形式，大致形成于宋、元，发展于清代。根据《中国戏曲志》所载：在花鼓灯后场小戏的基础上发展而成的卫调花鼓戏，距今已有160年的历史。这时期，正是清朝的“康乾盛世”之后，封建社会制度即将崩溃的前夕。一部分歌舞艺术，为了便于表现这种复杂的生活内容，开始逐渐向戏曲转化发展。清末的抗清斗争异常激烈，沿淮一带的民间“帮会”，如白莲教、红枪会、大刀会等抗清的地下组织，常常利用民间歌舞作为掩护，进行抗清斗争。花鼓灯演员的服饰，就留有当年义军的痕迹，如鼓架子的头巾与义军头巾极其相似。封建统治阶级害怕人民“聚众造反”，为了压制反抗思潮，巩固封建统治，严重束缚人们的思想行为。特别是对妇女的桎梏，使妇女无法参加艺术和文娱活动，所以戏曲中出现了女角色由男演员反串的状况。“五四”运动以后，在新文化运动的影响下，花鼓灯有了较为明显的发展。一是涌现出一批有代表性的花鼓灯民间艺人，如怀远的傅金云、石万美；凤台的田振起、丰善文；颍上的唐子清、黄华山；凤阳的陈广仁等。怀远的鼓架子傅金云（艺名“小金子”），兰花石万美（艺名“大银子”），曾一度被饮誉为花鼓灯的“金鼓银锣”。二是出现了花鼓灯艺人较为集中的“灯窝子”，其中以凤台和怀远较为集中。花鼓灯的区域性对花鼓灯流派的形成至关重要。由于花鼓灯吸收了各地民间歌舞的精华，不断丰富，不断完善，加之受到当地民风民俗的影响，逐渐形成了各自的独特风格，进而产生了不同的流派和新的品种。如：凤台陈敬芝的《游场》，吸收了安徽琴书（俗称洋琴）的音乐；怀远杨在先的《王婆骂鸡》，则吸收了淮北花鼓戏的唱腔。30 年代以后至抗日战争期间，处于水深火热中的农民生活极度困苦。花鼓灯艺人为了糊口，农忙务农，农闲则自发组合灯班，在沿淮一带农村乡镇奔波演出，形成了半职业性花鼓灯班子，花鼓灯艺术活动达到一定的高潮，大批优秀的花鼓灯艺人，就是在这个时期成长起来的。如：怀远的冯国佩、郑九如、常春利、石金礼、杨在先，凤台陈敬芝、吴佩选、詹乐亭、李兆叶、魏洪亮等。新中国成立后这批艺人都成了花鼓灯艺术的代表人物，在复杂的社会变革中，对花鼓灯起到了承前启后的重大作用。这个时期，无论是花鼓灯艺术的表演形式或节目内容，都比原来更加丰富，更加趋于完整。

新中国成立后，到处可以听到花鼓灯锣鼓和颂扬新社会的花鼓灯歌。特别是在治淮工地上，花鼓灯曾给几十万治淮民工以极大的精神鼓舞。1963 年，安徽省组织了以冯国佩、田振起、常春利、常合龙、吴佩选、钮红云等艺人组成的花鼓灯代表队，参加了全国第一届民间音乐舞蹈会演，引起了音乐、舞蹈界的瞩目和重视，从而，使誉为“东方芭蕾”的花鼓灯在全国产生了影响……

长期以来，花鼓灯一直没有专业演出团体，没有专业地位。任何艺术，没有专业艺人的努力，要想发展与提高是相当困难的。1958 年，全国著名舞蹈专家吴晓邦带领“天马舞蹈研究室”的人员，在蚌埠专门从事花鼓灯的舞蹈研究。同年秋天，怀远县成立了花鼓灯文化连，这是第一个专业性花鼓灯文艺团体。花鼓灯也从此开始由农村广场艺术，发展成为舞台艺术。怀远、凤台、蚌埠、合肥等地也相继把花鼓灯艺人冯国佩、郑九如、陈敬芝、石金礼、杨在先、詹乐亭、赵东国等聘进专业文艺团体，担任花鼓灯教师，在他们悉心的传授下，培养了新一代的花鼓灯接班人。这些新人在新时期大放异彩，如《故乡情韵》在 2007 年 CCTV 歌舞大赛中获一等奖，并在 2007 年中央三套歌舞春节联欢晚会中献演。近年来通过举办花鼓灯会，政府申报世界非物质文化遗产，加大保护力度，民间关注和积极参与等多方齐努力，花鼓灯艺术再次得以全面绽放与推陈出新。

莲步轻挪

……

凤台，古称“中川咽喉，江南屏障”。

凤台县史称为州来或下蔡，不仅历史悠久，人文荟萃，地杰人灵，而且被世人和学者专家公认为花鼓灯艺术的发源地之一，多次被国家权威部门确认为“花鼓灯之乡”。

从安徽省版图上看去，凤台县的地图形状，恰似一张扑克牌中的“老K”。在它底部左下颌，绵绵流长的淮河，似乎极为温情而宽厚地绕了几个半圆的圈子后，又奔向远方。然而，在凤台县历史上，流到这里陡然变得温柔的千里大河，并没有对这块物产丰富、无灾无难时，必定是年年五谷丰登的“鱼米之乡”，完全收敛它的脾气，控制住它的任性与暴戾……在凤台县的历史上，那一轮又一轮的洪涝旱荒、地震虫难、匪掠兵燹等天灾人祸，比比皆是，让人触目惊心。据凤台县志记载：

晋元康三年七月，寿县八公山村发生5.5级地震。

山崩地裂，洪水溢出，乡户人家顷刻遇难。

清顺治九年，二月十五日丑时地震，自西北起，红光遍邑，人畜皆惊，室宇动摇，河中船舶颠覆。

光绪十三年，发生特大风灾，大树被连根拔起。

草房顶多被掀去，全县折断树木1500株，房屋毁坏9000余间。同年出现伏旱，百分之五十的农作物颗粒绝收。

仅仅四年过后，光绪十七年，发生秋旱，连续150天无雨，全县农田颗粒无收。

民国五年，夏秋大雨，淮水猛涨，县境多处淮堤溢溃，致灾严重。禾田房舍尽被淹没，人畜漂流无数。此次水灾为罕见的大水灾。

民国二十年，在金沟、顾桥、张集一带龙卷风出现，762个自然村遭受风雹袭击，受害农作物3.2万亩，毁房3000余间，折树5300棵……

同年七月份降雨量350毫米，淮河水位高达23米之上，县境内多处水坝溢溃，不少护堤民夫被卷入洪涛。县境受灾面积1175平方公里，淹没庄稼82万亩，冲倒房屋上万间，溺死6900人，受灾百姓42万人。

1950年，沿淝河地区遭受风害袭击，受害农作物25万亩，毁房5000余间，折树3000余株。同年，夏秋之际，淮河中上游普遍降暴雨，淮水猛涨。7月12日，云坊堤溢溃。7月20日，县境以上淮北大堤溃决，淹没农田124.98万亩，溺死135人，受灾49万人。

1972年4月9日，夜降霜寒，午季作物受灾面积达9.6万亩，减产百分之四十左右。7月10日，西淝河出现了历史上罕见的洪峰，水位接近堤顶，自1963年后致灾最重一年。

……

在我潜心研读这本沉甸厚重的《凤台县志》，并仔细于书中的“自然灾害目录总汇”的条目里，精心摘出史上凤台县那成百上千个自然灾害记录里十余个毁灭性的档案词条时，发现县志记载中有关灾难的词条，截止于公元1985年春天发生在凤台县让全县受灾农田占总耕地的85.63%上的春旱……当我再往下翻的时候，竟发现往后的灾害事件，就再也没有任何文字记载。难道1985年后，淮河便真的在“人定胜天”和“为有牺牲多壮志，敢教日月换新天”的豪言壮中，变得俯首帖耳，从善如流，人性回归般地大彻大悟了？从那时起，凤台县风调雨顺，天随人意，人随天道了吗？真的就这么突兀地，在改革开放的春风吹遍华夏大地的1985年后，在这个凤凰曾经落脚并传宗接代的凤台县灾难戛然而止了？也许是吧，遗

憾，我的确无法查考和再做调研了，只是隐约地感到，1985 年之后的淮河，确乎变得温情、驯服、柔和及善解人意了。那句嵌刻在我心灵深处的民谚“淮河丰、天下足”，也许真的实现吧。再后来，当我读到我的合肥老乡，著名报告文学家陈桂棣、殷桃夫妇合著的大作《淮河的警告》后，我又跌进了深深的困惑之中。于是，我唯有坦承，自己对淮河的历史知之甚少，对它的秉性、脾气、性情，连同它的神秘与豪壮，伟岸与悲情，全都缺乏更深入的了解……功夫不负有心人。我也正是通过对凤台花鼓灯艺术精神的了解，才对淮河有了更进一步的认识。在不断的深入调查、钻研，实地采访，以及对大量文字影像材料的阅读与观看后，我初步得出一个结论：花鼓灯既是汉民族舞蹈的精华之一，又是中华民族民间舞蹈中流传最广、参与人数最多、影响最大、最丰富多彩和博大精深的歌舞艺术，是淮河文化在歌舞艺术方面的集中表现。一旦它失去淮水大河的滋养和两岸人民历经大难、处变不惊的生存韧性与人生磨砺，那么，这个世代相传，并有着东方舞蹈艺术大美的花鼓灯艺术，它是无论如何也坚持不到今天的。

假如那一代又一代的花鼓灯民间艺术大师，从未经历过人生的坎坷，生命中的悲欢离合；假如没有大河淮水给他们祖祖辈辈带来的灾难与福祉，痛苦与欢悦，生离死别的悲情与丰衣足食的幸运，他们的艺术和技艺，青春与接力，也绝不可能魂系万众、后人辈出、宠辱不惊……是的，我比任何一个时候都难耐和渴望，去告诉更多的国人，什么才是一个，从孩提时代，就让我魂不守舍、梦牵魂绕的凤台县花鼓灯……

清雍正十年（1733），下蔡与寿州分治，设凤台县。建国后，凤台长期为阜阳地区所辖，1977 年，划属淮南市。凤台县西北与阜阳市颍上县，亳州市、利辛县、蒙城县相邻，西南连接六安市寿县，东南分别为淮南市的潘集区和八公山区。全县面积 1110 平方公里，人口 65 万，地处亚热带和暖温带过渡区，属暖温带半温润季风气候，日照充足，雨量适中，气候温和，四季分明。淮河自西向东蜿蜒流经县境。北岸，平畴千里，河网纵横，湖泊、港汊、滩涂星罗棋布，盛产五谷杂粮、蔬菜瓜果、鱼鳖虾蟹，呈现“走千走万，不如淮河两岸”的丰饶景象。南岸，八公山迤逦东去，郁郁葱葱，气象万千。汉淮南王刘安因在此山招贤，方有《淮南子》传之后世。素有“千里长淮第一峡”之称的峡山口壁立千仞，云蒸霞蔚，仿佛至今还在飘散淝水之战的烽烟。战国名将廉颇墓、西汉道观茅仙洞等一处处文物，无一不体现这片古老大地上的深厚文化积淀。

凤台县煤炭资源极为丰富，探明储量达100亿吨以上。淮南矿业集团和国投新集集团两家大型企业在此建矿办电。崭新的煤电基地，在旖旎的田园风光中赫然崛起，与淮南老煤电基地隔河相望，相映生辉。

自凤台沿淮河顺流而下，至京杭大运河，可转道江浙沪地区。

合阜铁路自东南向西北横贯全县，合阜高速公路绕城而过。发达的水陆交通网络，为凤台的进一步发展提供了便利的条件。

适中的地理位置，便捷的交通条件，使北方的粗犷豪放，南方的婉约细腻得以在凤台交融，形成了凤台花鼓灯舞蹈的主要风格。

欢欣

人们常用“千班锣鼓百班灯”，来形容花鼓灯在凤台自解放至今的普及程度。在凤台，有乡镇就有花鼓灯班子，有单位或村落就有花鼓灯锣鼓队，其中的刘集、白塘、大山、新集、毛集、李冲、丁集、桂集、顾桥、尚塘、高皇、架河、潘集、展沟等，每个乡镇农民自发组建的花鼓灯班子达四五个之多。逢年过节，姑且不论，即便不年不节，不管何时，不管哪里，不管有事没事，只要有快乐，只要百姓兴趣所致，必有锣鼓响起，必有花鼓灯表演。锣鼓一响，就有人不由自主地随着锣鼓点子扭动身体；心情一高兴，必有花鼓歌脱口而出。孩子自幼便在泥巴地上翻跟头、竖蜻蜓，日复一日，刻苦习练……但凡凤台人，鲜见不善花鼓灯者。花鼓灯已

成为古城凤台一道靓丽的人文景观，其分布之广，参与人员之众，影响之深，即便是在沿淮的花鼓灯流行区域也实属罕见。宋、元时期，花鼓灯艺术破土而出，其形状我们只能通过花鼓灯的歌词，隐约窥见一斑。明朝的花鼓灯亦仅有歌词流传："人人都说玩灯孬，我把玩灯表一表。永乐皇帝打着伞，三宫六院把头包。你说玩灯有什么孬?""永乐皇帝"代表的正是明朝。这首歌词也形象地表现出，明永乐年间花鼓灯的规模，和人们对花鼓灯的迷恋程度——居然连皇帝和三宫六院的嫔妃都玩起了花鼓灯！看来，花鼓灯艺术自宋、元诞生后，至明朝，已有了长足进步。至于清朝，尤其是清朝中叶，花鼓灯艺术的发展就有据可查了。凤台县花鼓灯老艺人田振起（生于1897年）生前回忆，在他拜师从艺之前，他的老师王老五，早已是小有名气的花鼓灯艺人。另一位花鼓灯老艺人宋廷香（生于1905年）生前也曾说道，他的师傅在光绪年间玩灯就深受观众欢迎。而且，那时候的花鼓灯，锣鼓、舞蹈和表演，都有了一定套路。

清末民初，花鼓灯在凤台有四五个分布区，组合了数以百计的花鼓灯班社。每逢春会、庙会，花鼓灯班社便集结在茅仙洞、四顶山、赵家古堆等春会、庙会的举办地，热热闹闹地表演好几天，烘托节会期间的欢乐气氛，彼此进行艺术交流。当地把这一类的活动称之为"抵灯"。所谓抵灯，就是众多的花鼓灯班社汇集一地，彼此比试技艺的高下，一决雌雄，情景类似于现在的汇演，竞争的激烈程度却远在汇演之上。除春会、庙会外，凤台于近代还举办过三次大规模的花鼓灯艺术活动。一是辛亥革命胜利，神州沸腾，举国欢庆。淮上军队张榜告示，要求各地集会以示庆祝。凤台县的花鼓灯班社全部汇集在了县城和较大的集市上。花鼓灯艺人翩翩起舞，引吭高歌。欢腾的锣鼓响彻大地，数天之内绵绵不绝。二是在1933年，凤台县西部的尚塘集开展"抵灯"活动。活动由民间举办，初始规模一般，未曾料到会惊动周围数县。凤台县的花鼓灯班社上阵自不待细说，连颍上、怀远的花鼓灯班社也闻风而动，纷纷发兵而来。一时间，四十多个花鼓灯班社，四百多名花鼓灯艺人，浩浩荡荡，聚会尚塘，整整演出四天四夜。观众成千上万。可谓盛况空前！三是1945年8月，抗战胜利，普天同庆。人民自发举行盛大庆祝活动。著名花鼓灯老艺人田振起、陈敬之、宋廷香等率花鼓灯班社汇入欢乐的人海之中，连演三天三夜。

频频举办花鼓灯艺术活动，为凤台的花鼓灯艺人不断提供宝贵的交流机会。他们切磋技艺，取长补短，促进了花鼓灯艺术的发展，对凤台流派花鼓灯艺术风格的形成起到了至关重要的作用。

上世纪30年代末，凤台的花鼓灯艺人将候场小戏以民间弦乐伴奏，丰富了花鼓灯艺术的表现领域。其中，陈敬之先生创作并演出的《游春》，曲调动听，舞姿优美，深受人民喜爱。陈敬之先生艺名“一条线”，观众据此将花鼓灯的候场小戏称为“一条线”调，将花鼓灯班社称为“弦子灯”。“一条线”调后来派生出凤台特有剧种“四句推子”。“弦子灯”成为凤台花鼓灯流派的重要风格。

新中国成立后，花鼓灯艺人由“光蛋猴”变成了民间艺术家，从前只在街头庙会耍弄的花鼓灯堂而皇之地登上了高雅的艺术殿堂，被誉为汉族舞蹈的典型代表。

建国伊始，百废待兴，中央和安徽省人民政府即派员专程冒雪来到凤台，了解花鼓灯艺术和花鼓灯艺人的状况，广大花鼓灯艺人备受鼓舞和振奋。

1951年，凤台县组建了以表演花鼓灯剧目为主的大众剧团。1953年，在第一届华东地区，第一届全国民间音乐舞蹈会演期间，中国新闻电影制片厂将凤台县表演的传统花鼓灯剧目《小场》、《大场》摄制成舞台艺术影片。花鼓灯艺术开始走出淮河流域，走向全国，走向世界。老艺人田振起以其精湛的表演荣获个人一等奖。周扬同志称他是“花鼓灯表演艺术家”。安徽仅田振起一人获此殊荣。带着未曾有过的喜悦，艺术家们在土改和治淮工地上创作出一大批花鼓灯节目，以歌颂崭新的生活……可惜，“文化大革命”开始，花鼓灯艺术受到空前摧残，步入低潮。

粉碎“四人帮”后，党给花鼓灯老艺人落实了政策，花鼓灯艺术也得到正名。从此，花鼓灯艺术开始走上健康发展、持续繁荣的道路。1984年，针对花鼓灯艺术人才青黄不接的现象，中共凤台县委做出抢救花鼓灯艺术的决定，筹备成立了花鼓灯艺术培训班。在此基础上，1992年成立了花鼓灯艺术学校。1994年组建花鼓灯艺术团。1997年经教育主管部门批准，成立了凤台县花鼓灯艺术职业中专学校。花鼓灯艺术人才的培训进入正规化阶段。在此期间，许多花鼓灯艺术作品也喜获丰收……改革开放以来，凤台县的花鼓灯接受邀请，远赴香港和世界各地演出，所到之处，无不受到欢迎，为弘扬中华文化作出了贡献……

花鼓灯是汉族的代表性舞蹈，是一种综合性的表演艺术，主要由舞蹈、灯歌、锣鼓演奏组成。

花鼓灯角色男演员称“鼓架子”，具体分为大鼓架、小鼓架子、丑鼓、伞把子；女演员称“兰花”。使用的道具为手巾、折扇伞等。

花鼓灯舞蹈，是花鼓灯的主要构成部分。花鼓灯舞蹈动作有步法、打腿、身段、技巧、扇花、手巾花、拐弯、转身、姿态等400多个舞蹈语汇。舞蹈中包括“大花场”、“小花场”和“盘鼓”。“大花场”是集体表演的情绪舞，“小花场”是鼓架子和兰花的双人或三人即兴表演的抒情舞，是花鼓灯舞蹈的核心部分。“盘鼓”是舞蹈、武术、技巧表演相结合又具有造型艺术特征的表演形式。地盘鼓（又叫下路鼓），是鼓架子和兰花地面表演的双人技巧，中盘鼓（又叫中路鼓）一种是兰花站在鼓架子腿上做“并蒂莲”、“射雁”等舞姿；一种是两人配合的筋斗技巧。中盘鼓技巧多在鼓架子腰腹部进行；上盘鼓（又叫上路鼓）是兰花站在鼓架子肩上做各种造型和舞姿。

2006年第七届花鼓灯暨首届淮河文化艺术节开幕式

花鼓灯在长期的艺术实践中，形成了较为固定的传统套路。套路大体是，先是开场锣，接着依次是“文伞把子”或“丑鼓”出场、“武伞把子”上场，大花场表演、小花场表演，最后是“盘鼓”或后场小戏表演。

花鼓灯歌是花鼓灯艺术组成部分。花鼓灯的歌唱部分统称“花鼓歌”，花鼓歌属于有打击乐伴奏的乐歌。在流行地区几乎人人爱听、人人会唱。主要唱调有【慢赶牛】、【淮调】、【卫调】、【败调】和吸收山歌、茶歌素材的小调等十余种。其唱调有的轻松活泼、有的委婉悠扬、有的哀怨深沉、有的欢快明朗。歌词内容有描写男女爱情的情歌，也有叙述某一事物的叙事歌。有针砭时弊，劝善戒恶、宣传抗日的时政歌，还有奉承歌、岔伞歌等等。歌词的格式是七言五句，也有四句或多句的，但仍不脱离五句的格式。

花鼓灯锣鼓是花鼓灯艺术的重要组成部分。花鼓灯锣鼓演奏使用的乐器有花鼓、大锣、大镲、小狗锣。包括“番子锣鼓”和“灯场锣鼓”两大类。番子锣鼓是供独立演奏的，传统牌子有【老三番】、【小五番】、【老五番】、【十八番】、【闹锦州】、【长流水】等。锣鼓牌子多由三部分组成，开头的锣鼓点很短称作“起鼓”，结尾叫“煞锣”和“收点”，中间为若干个并列的乐段，其格式为：起鼓——帽子头·番子，帽子头·番子……煞锣。灯场锣鼓是指专为舞蹈伴奏和歌唱伴奏的部分，鼓点是从番子锣鼓中提取出来，由乐手配合演员的表演即兴演奏。伴奏中不只是敲击节奏，烘托气氛，而且能用轻重疏密的鼓点、长短抑扬的声音变化表现出角色的情感。锣鼓演奏的每件乐器的演奏技巧、如何相互配合、领奏乐器如何指挥，都有一定的规律和规范。

花鼓灯舞蹈道具主要有手巾、折扇、岔伞、头饰、衬子（也称“垫子”）等。

花鼓灯音乐演出打击乐主要有花鼓、锣（筛锣、中音锣）、大钹、小镲、狗狗锣、板鼓、金镲。弦乐有板胡、二胡、洋琴、三弦、琵琶、笛子等。

花鼓灯舞蹈有独舞、双人舞、三人舞、群舞。花鼓歌有独唱、男女对唱和带有情节的花鼓灯后场小戏。花鼓灯锣鼓有灯场锣鼓和曲牌锣鼓。

第二章 初 恋

关关雎鸠，在河之洲；
窈窕淑女，君子好逑！
——《诗经·关雎》

古今中外，在所有经典爱情故事中，无论男女主人公，人生经历如何迥然不同，情感如何跌宕起伏、峰回路转、出人意料，结局无非都是以下

几种，最完满的是：有情人终成眷属；等而次之的是：相见时难别亦难，春风无力百花残；最不济的：也就是有“情”而无缘了。无论是梁山伯与祝英台的那种：“破蛹化蝶”，罗密欧与朱丽叶的爱情千古绝唱，还是《天仙配》中的那种凄婉绝伦的仙女与凡人之隔世绝恋，抑或是好莱坞大片《泰坦尼克号》中贵族淑女与草民小子的那种“明知不可为而为”的爱情神话，不知痴迷了多少少男少女的神魂，赚去了多少观众的泪水钞票。可见，爱情不仅是文学艺术永恒的主题，更是人性壮美的升华与净化。男女情窦初萌、异性相吸的原始魅力，在中国最早的古典文学著作《诗经》中，仅仅两行短短的诗句，便总结和囊括得淋漓尽致。而历史悠久，精彩纷呈，令人痴迷的花鼓灯艺术中，爱情也是他们艺术表现尤其是他们亲身演绎感人的主题。而且，至今勾魂摄魄，万众踊跃，并不仅仅是因为它的形式和内容，最主要是那一个个始于胎教，穷其一生，甘之如饴，没有花鼓灯毋宁死的玩灯人与生俱来的宿命意识。花鼓灯的“魂”，就是玩灯的人。

花鼓灯舞蹈中的男角俗称“鼓架子”，在表演中的核心要求是：动作洒脱而粗犷，孔武有力，而又灵巧舒展和飘逸。这既要有扎实的舞蹈基本功，过人的身体素质，凌空飞跃的筋斗技巧，又要具有“站如松，坐如钟，行如风”的武功之深厚功力。一个杰出的“鼓架子”，不仅要有“芭蕾舞”中男主角长时间托举女主角、变化多端的足够力道，同时又要具备相当的艺术素养和悟性。所以“鼓架子”在花鼓灯艺术中，无疑就是西洋“芭蕾舞”中的“白马王子”，更是各种“腊花”、“兰花”们心目中的支点和英雄。而花鼓灯艺术中的女角，更有一个妩媚和清纯的名字——“兰花”，在颍上、怀远流派中又叫做“腊花”。凤台和蚌埠流派中“兰花”乍一出场亮相，多半都会使观众眼睛一亮。她们大多是一只手持着彩帕旋转飞舞，另一只手擎着大红彩扇，扭腰、抖肩，巧步轻莲、疾快挪动，合着锣鼓节奏，柳肩前倾，突出少女的胸部线条之美，腰身稍弓，突出女性臀部的丰腴之媚，伴以顾盼流兮、勾人摄魄的双目传情，活脱脱就是面如桃花的少女怀春。这种既妩媚又青春，既含情又勾人的扮相，不知曾让多少俊男魂系“兰花”，夜不能寐。这种充满了健康之美，淋漓尽致地表现了农家少女情窦初开的脉脉含情，正是花鼓灯艺术中“兰花”独特的魅力所在。

兰花的歌

花鼓灯的表演形式主要有大场和小场两种。大场一开始，便是由“鼓架子”肩扛“兰花”出场，在沸腾的锣鼓点子伴奏下，舞得天人合一，令观众心旷神怡。接踵而来的便是舞岔伞队，各种变化多端的队形，舞姿绚烂的集体舞方阵登场烘托，一时间台上五彩缤纷，流光溢彩，令人目不暇接。真可谓：一双红袖舞纷纷，软似花鼓乱似云；自是擎身无妙手，肩头掌上有何分！……

孩提时代，当我初次在那时的省会合肥市最豪华，今日早已破败不堪，随时都会倒塌的“江淮大剧院”中，看到的花鼓灯经典节目“抢板凳”的演出时，一瞬间便被它激情澎湃、灵巧鲜活的极强动感，以及通过演员手、眼、身、步法所表现出的人物内心微妙活动，只能体味又难以言传的肢体语言表述，彻底的颠倒迷翻，竟三日食不甘味……

6 年前，我在欧美演唱歌剧的演出中小憩，从德国返回故乡省亲。一个偶然的机会，由安徽舞台剧表演艺术界公认的“安徽第一老太太”程小金老师领着，又去凤台县的花鼓灯艺术团观灯。一群身穿练功服，脚蹬软底练功鞋，显得既土气又淳朴的小丫头和小伙子，让我在练功厅里的水泥地上，再一次零距离地领略了“花鼓灯”艺术的鲜活和震撼。但在我离去之后，竟后悔得要命，因为在那个阴霾的下午，我竟然不知那些素颜朝天、朴实得如同田野里鲜嫩的豌豆苗和岸边青涩的芦苇秆似的孩子们，都为我表演了些什么？但是，不知怎地，从那时起，无论我走到哪里，那些

在我心中永远充满了青春活力的各种“豌豆苗”和“芦苇秆子”们，竟让我梦牵魂绕。从那时，我就想：他们怎么生活？平时除了练功和演出都干些什么？男大当婚，女大当嫁，那些打小一块进团，一块舞灯，青梅竹马中的生命一同走过，注定是会摩擦出平凡而独特的爱情火花的。因为：人之初，性本善，性相近，习相远。更因为那种“两小无猜”的前世约定，绝对会产生最最令人羡慕和信服的爱情。于是，我有一种预感，总有一天，我会在一个并不刻意营造的时辰，与那些我难以忘怀的各种小“豌豆苗”和“芦苇秆”们，再度重逢。

公元2011年秋天的一个周末，我接到中央电视台全球华侨春节晚会《亲情中华：祖国惦念你》剧组总导演张华山的电话，通知我参加这台晚会的演出，并在电话中告诉我，晚会中还将有安徽花鼓灯的节目演出。于是，我的心像是便被一根看不见的红丝线紧紧地拴住了。12月27日下午，全球华侨春晚在北京的奥运村离我住地不远的“水立方”游泳馆里搭台排练。走廊和化妆间均是拥挤不堪的过往演职员人流，我在长时间无序的等待中，焦躁不安，来回踱步，不时地在后台的台阶上站起坐下。这时，我看到一个头戴粉红色绒团，上身一袭红绸小袄，外衬一件红色碎花肚兜坎肩，下身一条漂绿和抖动不止的裤裙，典型的一个花鼓灯中的女角“兰花”款款向我走来。小姑娘走到近处，有些羞怯地向我问道：

“老师，您好！晚会什么时候走台？”

“我也不知道。”

“我们已经等了三个小时了。”

“小妹妹，这就是春晚的联排，你要学会适应。”

小姑娘问完，说了声“谢谢老师”后，转身欲去。此时，我竟鬼使神差地脱口而出：“好一个花鼓灯妞？”小姑娘蓦然立住，一脸惊诧地翩然回首，直视着我的眼睛说：“您是怎么知道我的名字的？”

“我不仅知道你的名字，还知道你在蚌埠和凤阳花鼓灯中叫‘兰花’，花鼓灯在霍邱、颍上和怀远地方的女角叫‘腊花’。”

小姑娘一时间瞪圆了眼睛，竟有些不知所措。少顷，她有些嗫嚅着继续说道：

“您是……晚会的导演吗？”

“不，和你一样，只不过是这台晚会一名普通的独唱演员。”

“那……那您怎么这么了解花鼓灯？”

“秀才不出屋，便知天下事。我还知道你们蚌埠花鼓的著名前辈传人冯国佩、怀远的郑九如，还知道凤台花鼓灯的著名前辈，号称‘千里淮河一条线’的陈敬之老先生，以及和他同时代的那些老花鼓灯艺人的艺名：‘万人迷’、‘小白鞋’、‘万陋子’、‘宋瞎子’、‘盖九江’和‘一阵雾’等等……”小姑娘听完我的如数家珍，竟兴奋得蹦了起来。

“噢，老师，您怎么知道得这么多啊?”

“书中自有黄金屋，书中自有颜如玉嘛。”

此时的小姑娘与我，确乎已彻底熟稔起来。她双颊绯红，双目炯炯：“那……那您知道‘抵灯’吗?”

我笑了笑后，从容作答：“民国二十二年，也就是1933年，凤台县尚塘集，发生过一次轰动三县的花鼓灯大抵灯……历时四天四夜的花鼓灯大竞技，最终在宋廷香、来占文和田振起等老艺人的欢呼声中，在樊浩云等人的锣鼓声和鞭炮声中宣告结束。”

“您……您简直神了！”说完，她竟长时间地羞赧着，沉默不语。为了打破沉寂，我又温和地说道：

“有男朋友了吗?”

“我的男朋友也是一个鼓架子。我和他好了一年多，今年夏天，南京军区前线文工团把他招走了之后，我们就分手了。”

“是不是兰花和鼓架子，彼此是最容易好上的?”

“那当然。一块儿长大，一起玩灯，知根知底的。”

“那你的白马王子，怎么还会和你分手?”

“人往高处走，水往低处流，我理解他。”

我们沉默了良久后，又提问道：

“花鼓灯人，有没有彼此爱得死去活来，最后，还是没成的?”

小姑娘沉吟了一会，若有所思地说：

“死去活来的倒也谈不上。兰花喜欢鼓架子，也是要靠缘分的。不过我倒是有一个同学，又是一块长大的小姐妹，人不仅长得漂亮，而且天生就是干这一行的料。她的‘三调弯’、‘三回头’和‘颤颠步’、‘抖肩’，谁见了都叫绝……她的爱情，倒是死去活来的！”

“她肯定是，爱上了她的男搭档‘鼓架子’，而且对这个小伙子百依百顺。”小姑娘又是秀目圆睁，诧异地问：“您又是怎么知道的?”

“我也是从地方小剧团，一路走出来的……不过现在，我倒是极想听听她的故事，没准以后能写点什么。”

“您还是一位作家？”

“中国作家协会的会员。写作，爱好而已。”

小姑娘明显地兴奋起来，脸上那小巧的鼻翼旁，几颗雀斑，在一层细汗的滋润下，显得生动和鲜活。

“老师，您……您真的应该好好写写她。”

“为什么？”

“她太不容易了，还差点死在他男朋友的手里呢。”

“好吧，趁现在一时还不会联排，你就好好说说她吧。”

小姑娘的双眸直视远方的游泳池，整个身形浸入了对自己的“闺密”小姐妹那种深切的同情与怜惜之中。

“她的名字叫兰花。我指的不是花鼓灯中女角的名字，她在生活中，真的就叫兰花……我们从淮北花鼓灯剧院代培班毕业后，不知为什么，她作为我们这一拨最刻苦最优秀的学员，不管剧院怎么挽留，她都死活不干。临走时，我送她去火车站，火车快开的时候，她这才告诉我，在颍上她老家的花鼓灯班子，有她的一个和他一起长大的‘鼓哥’，等着她回去一块耍灯……”

小姑娘讲到此处，稍作停顿后又继续下去，“其实，在我们的培训班快结束的时候，她在一次演出后，认识了一个比她大五六岁，说是什么从美国纽约专门来我们学校研究东方舞蹈，尤其是调研淮河花鼓灯艺术的华裔青年学者。这个人我见过，浓眉大眼，至少有一米八五的个子。很懂礼貌，每次在我们演出后，请我们下馆子吃饭时，次次都给我们摆椅子、挂衣服什么的，可绅士了。他的名字叫麦克。但他更喜欢我们叫他‘灯痴’。因为，在他不到6岁的那年，父亲就出国读法学博士去了。当然，他那时也随父母去了美国。10年之后，他那一对拥有博士学位的父母，在纽约、旧金山和洛杉矶，开了好几家律师事务所，可见他的家境有多好。本来，这么好的家境中长大的孩子，一般都没有什么出息。但麦克不到23岁，就在哥伦比亚大学拿到了一个法学博士学位，他本来可以接他父母的班，有一个很好很稳定的收入。以后的日子就不用愁了。但不知道为什么，他在看过兰花随省艺术团访美的花鼓灯演出后，就疯了，不顾一切地迷上花鼓灯了……说白了，也就是迷上了跳花鼓灯的兰花了。据说，麦克在兰花于全美巡回演出十几个城市，三十多场时，场场必到，每晚献花……后来我还听说，艺术团在旧金山最后一场告别演出时，麦克竟把自己的父母都招来了。唯一目的，就是让他们同意他要娶兰花当老婆……”

“他的父母同意了吗?”

“先是怎么也不同意。因为，麦克的父母也是从小在安徽颍上农民家庭中长大，后考上北大，毕业后出国的。他们经常告诉麦克，在他们老家有这么一句话，叫做男不玩灯，女不看灯……”

“为什么?”

“唉，老话这么说，不就是那个意思：男的玩灯没出息，没文化又吃不饱饭，不会有什么好前程的。”

“那么女的看灯，又犯了什么忌了?”

“我们祖祖辈辈，在淮北农村的农民家庭，不仅保守，而且规矩多，怕女的看灯看得走火入魔，不学好。”

“这都什么年代了，还有这样的事?”

“说来您不相信，在我们那里，早先的大姑娘、小媳妇都爱看灯玩灯，看着看着上了瘾，跟鼓架子跑了的，有的是!”

我说：“这也不奇怪，连在美国长大的麦克，不也走火入魔，追着人家兰花满美国地跑啊，道理都是一样……”

“后来，麦克的父母同意了?”

“麦克和父母闹了整整半年的别扭。最后，威胁父母说，假如他们再不同意，就去中国大陆找份工作，再也不回美国了。”

“他父母妥协了?”

“那又能咋办? 他们就这么一个儿子，碰上这么个灯痴，又能拿他咋着?”

“……”

“就在麦克快乐地一路飞机、火车赶到颍上兰花的老家，掏出10克拉的订婚戒指准备交给兰花时，兰花告诉他，她已经早有未婚夫了。他们从小一块玩灯，而且双方订的还是‘娃娃亲’……直到今天，在我们老家，凡定过‘娃娃亲’的双方任何一家，要想退亲，得花大钱赔礼不说，一辈子是要被人家戳脊梁骨的……”

“后来呢?”

“麦克在兰花家那顿好哭，把兰花的爹娘活活都给吓坏了。就在那天晚上，兰花的对象鼓哥喝高了，带着一帮子花鼓灯里的好兄弟，把住在县宾馆里的麦克揍得半天起不来床。”

“怎么能这样？这不是犯法的事吗？况且，人家麦克只是向兰花求婚，又没有将她怎样。”

“鼓哥被公安带走关了两个星期。要不是人家麦克替他向县公安局的警察求情，无故殴打一个美国籍的华侨，是要重判的……

“鼓哥拘留所出来后，在麦克临走时，就和兰花全家在县宾馆餐厅摆了一桌酒席，算是给麦克赔礼道歉吧。”

“这还差不多！”

“但您万万想不到的是，麦克当着所有在场人的面，冲着兰花和鼓哥咬着后牙槽子说：‘我痴迷花鼓灯，更痴迷兰花。我今生非她不娶’，说完，用手一指鼓哥说：‘除非你活活把我打死’……”

“够爷们！再后来呢？”

“还能咋？鼓哥将一桌酒菜，一下子掀了个底朝天。”

我听到这，不禁脱口而出：“不愧是一条皖北汉子！”

我紧接着又问：“你怎么看鼓哥？”

“鼓哥可不是一般的人。身板好，长得俊。他的跟头蹦得高，翻得帅。打小练武功，身轻如燕，‘鼓架子’动作干净利落，在台上从没失过手。在他们家乡方圆百里名气大着呐。多少姑娘都瞅着兰花眼红心急……但鼓哥就是性子急，脾气暴，大男子主义，还动手打过兰花。一有俩钱，就和他那帮兄弟下馆子喝酒，整个一个‘月光族’……但他是个大孝子，不光对他爹娘好，还对兰花的爹娘孝顺。他知道兰花的娘得了晚期尿毒症，要用大钱治，就偷偷去卖了几次血……但兰花娘得的病，是需要换腰子的病，几十万一个人腰子，那是鼓哥能办得到的吗？但他毕竟尽力了……”

小姑娘的故事，让我有些压抑得喘不过气来。我是既同情那个有些中世纪骑士遗风的麦克，又可怜那个在内心挣扎着，又不知该怎么办，往何处去的兰花，更对鼓哥有一种说不清、道不明的无奈。其实，像兰花母亲身患绝症，又无钱可治的大国草民，在今天的农村，不仍旧比比皆是啊！

“后来，兰花母亲的病有人出钱帮她去治了吗？”

“几个月以后，兰花的父母突然收到一笔大钱。寄钱的人没留姓名，但寄钱的主人指定，这笔钱是给兰花母亲换肾专用的。”

“钱是谁寄的？”

“兰花的父母托人费了好大的劲才查到，这笔大钱，汇自美国纽约，但寄钱的人是谁，无从查找……直到几个月之后，兰花的母亲可以下地走路了，麦克从美国打电话问兰花，她母亲的身体康复了没有。这时，不用说，兰花和她的爹娘也能猜到这钱是谁寄的了……从此，在兰花和她爹娘眼里，就把麦克当成救命的恩人了。后来麦克多次来颍上，和兰花一家相处得非常融洽后，他也从来都没有提过这件事。"

"那鼓哥呢?"

"鼓哥知道这件事后的当晚，杀了一条野狗，剥皮炖了，叫上所有兄弟吃喝了一夜。第二天发誓再也不去兰花家，从此不再理睬兰花了。从那以后，百里十村的灯迷，就再也看不到鼓哥和兰花，那天地绝配的一对，在台上耍花鼓灯了……打那以后，鼓哥的脾气越变越怪，经常在台上和新的'兰花'配合时失手。直到有一次，从'大场子'上，一不小心翻下台来，摔断了大筋，回家静养了好久，这不，半年了，还是看不见那个昨天还在台上，跟头把式，八面威风的颍上第一鼓架子了……"

小姑娘的故事讲到此处，已是泪水盈眶了。我的心里乱的，也如同猫爪乱挠。为了从这种悲情的情绪中逃出，我故作轻松地问："你怎么知道得这么清楚？像是亲身经历一样?"

小姑娘瞬间之后莞尔一笑："我和兰花亲如姐妹，我们又是她多年的闺蜜，她的许多事，都是我亲眼所见，所以我是不需要胡乱编排的……"

这时，我手机响了……联排开始。少顷，我和灯妞，向着水立方游泳池前那个豪华的大舞台疾步走去。然而，直到这台华侨春晚全部结束，我由于种种原因，却一直没能有机会看到她的表演。有关兰花、鼓哥、麦克的故事，我更不知道，还有没有机会，再听这个小姑娘讲完……

第三章 抵 灯

——千班锣鼓，百班灯。

龙年春节刚过，我便由朋友引荐，经凤台县县长李大松同志介绍，来到县委大楼文化局长办公室，准备尽量索取所有有关花鼓灯的材料，采访有关花鼓灯的传人。不巧，那位我早有耳闻的诗人兼词作家李白月局长，去合肥省文化厅开会未归，副局长王安超接待了我。我们握手后，他的第一句话便让我有些振奋："我是文化局分管花鼓灯这块的，有什么要求尽

管提。”从此后，我就称这位学中文出身、书法出众、思维缜密的才子为“小王局长”。

小王局长身高一米八三，皮肤白净，平头方脸上戴着一副眼镜，看上去的年纪，远比实际年龄小很多。我们还来不及过多的自我介绍，彼此便开始切入话题，自然都是有关凤台花鼓灯的。不知不觉之间，竟有两个小时过去。小王局长对花鼓灯艺术历史发展成就与现实存在的各种问题如数家珍，了解之详尽，叙述逻辑上之严谨，送给我的第一批资料之丰富，使我深感他办事极其认真，十分热爱花鼓灯艺术，又有弘扬花鼓灯这个国家级“非遗”使命感。当天下午午休之后，在他的陪同下，我们先是来到了县花鼓灯艺术学校展览厅，与国家级花鼓灯传人张士根、邓虹，还有那位正在医院打吊针的花鼓灯艺术团团长宋忠洋，以及县文化馆的负责人，艺校的主要老师开座谈会。宋团长一见我的面就说：“您是不是几年以前来过我们团吧?”我笑着说：“宋团长好记性。我 6 年前来过。”

宋团长个头壮硕，身板挺直，一看就是个典型的皖北汉子，肯定也是花鼓灯艺人出身。但他由于操心花鼓灯艺术团的演出，和各种有关艺术团的生存问题，急得住进了医院，所以一脸愁容，眉头不展。当我刚一踏进艺术大门时，首先跃入我眼帘的，便是两幢刚落成使用的白色大楼，一座为学员宿舍大楼，一座是学校办公大楼。我站在展览厅一幅巨大的彩喷“学校全景图”前，小王局长指着三幢大白楼中间的那座最大最高且十分壮观的主楼告诉我，教学楼正在施工，过不了多久，孩子们就可以到新的教学大楼里练功和上课了。看到学校的远景图和存留在我眼中的影像，我心里突然有一种感动和欣然，如果说沿淮两岸旧日的千班锣鼓百班灯，仍是在最原始状态非职业性的民间自发组织下的艺术行为，那么，今天在我眼前呈现出的花鼓灯艺术专业和职业的规范化，终将在不远的将来，成为一个理论与实践相结合的“学院派”之模式。据说，这种极其正规的专门培养花鼓灯专业人才的学校，全国全省独此一家，别无分店。

座谈会开得非常成功。因为在座的专家和学者们畅所欲言，决不矫饰。间或，我又用目光再度审视大厅中墙上桌上那一排排的奖状和大小不一的奖杯，不禁对所有在座的花鼓灯艺术的传人和教育工作者们肃然起敬，钦佩之至。但由于那些奖状和奖杯，有的是艺术团获得的，有的是艺术学校夺取的，竟让我也走进了一个误区，认为艺校便是艺术团下属的专业学堂……

晚宴时，李大松县长到场。这位从淮南市政府副秘书长任上刚到凤台县任职不久的县领导，作风踏实，雷厉风行。花鼓灯艺校就是他亲力亲为的作品。这位个头不高，面相善良的凤台父母官，刚到任不久，就曾骑着自行车，于晚上多次去艺校工地巡察……饭桌上，当李县长了解到艺术团的演员待遇偏低，与艺校不是一回事之后，立即让坐在我身边的小王局长向县里打报告拨款改善待遇。就在我回到北京不到两个星期后，我便接到小王局长的电话，说李县长一言九鼎，拨给艺术团的款子已经正式行文批准。

宴会结束后，小王局长送我回住地。他突然向我问道："孙老师，您听说过在凤台的历史上，曾轰动过一时的三县大规模的'抵灯'吗?"

我答曰："有过耳闻，但不知其详。"

小王局长又谦虚地说："这件事，凤台、怀远、颍上甚至是蚌埠的老人们无人不知，但年代久远，我也知之甚少。"

我兴奋地说："我有种预感，'抵灯'的历史事件，将在我日后的长篇报告文学和散文《大河灯魂》中，肯定吸引读者的眼球。"

小王局长沉默一会儿后，认认真真地说道：

"孙老师请放心。虽然'抵灯'的史料记载不多，但我会尽我的全力为您寻找的。"

"……"

小王局长果真没有食言。在我回京后，陆续给我传来和特快专递来的大量有关花鼓灯资料中，就有一本由凤台县政协文史资料研究委员28年前编纂、凤台县印刷厂印刷的《州来古今——凤台花鼓灯》一书。当我在一盏孤灯下，独自久久翻阅这本纸页发黄的小书时，感慨万千。一个小县的文化局副局长，对宣传和弘扬凤台花鼓灯文化，竟能如此认真，视为己任。那么，花鼓灯艺术，有朝一日，还怕不能走向更大更广阔的舞台吗?这本早已被遗忘和尘封了28年的小书，对近80年前发生在凤台县境内尚塘集的三县"抵灯"仅仅只有两百多字的记载：当时各地灯班名流大腕云集，精锐尽出，数万人竞相争看，不仅在凤台花鼓灯历史上古今罕见，而且蔚为壮观数百里……在我这个海归艺术家的视野和想象中，波澜壮阔，跌宕起伏，叹为观止。

……

民国二十二年（1933），凤台县尚塘集，发生了一次轰动三县的花鼓灯班子大竞技（俗称“抵灯”）事件。现据亲身经历者宋廷香等人的口述，整理成章，以飨读者。

宋廷香与潘金德（艺名潘金莲）玩灯不属一个行当，一个扮“鼓架子”，一个扮“蜡花”。虽不常在一起玩灯，但因为是同行，“和尚不亲帽子亲”，关系倒也不错。民国二十一年（1932 年）农历二月初二关店逢会。宋廷香带领樊玉虎（别名黑丫头）等一些青少年玩友去赶会玩灯，被潘金德等人的灯班子“抵”得大败。最后没有人看灯了，光剩下几个玩灯的了，情景十分难堪。造成“抵灯”的原因，是因为两个请灯人之间有矛盾，你要请这班灯，我就请那班灯，目的都是想让灯班子为自己脸上贴金。玩灯艺人也想趁“抵灯”提高自己与灯班子的知名度。宋廷香他们“抵灯”失败之后，心里很不服气。玩友之间就互相鼓励，暗下决心，回家后操练技艺，准备来年与潘金德等人决一雌雄。

潘金德灯班子里的“鼓架子”童学孔，与宋廷香有朋友之谊。他想从中搭个桥，缓和一下潘金德与宋廷香之间的矛盾。西瓜收获季节，童学孔就带了个信让宋廷香到家吃瓜。在童家，宋廷香与先到一步的潘金德会了面。宋廷香虽没上过学，由于经常出门玩灯，客套话也学了一些。进门后便拱手言道：“久仰，久仰，潘金德的大名如雷贯耳，上次灯场一见，果然名不虚传。”潘金德躺在床上，看着这位瞎了一只眼的青年人，没有说什么话，只是点了一下头，算是打过招呼。宋廷香看在眼里，心中有气，由于碍着童学孔的面子，不好发作。童学孔搬来了大西瓜，切开后，忙招呼他俩吃瓜。

童学孔讲了几句客气话后，建议互相唱几首花鼓歌，切磋一下技艺。潘金德随口唱了几首《送郎》，推让之后，童学孔接着唱，宋廷香也接着唱。潘金德提议唱《对花名》，宋廷香、童学孔欣然同意。潘金德唱道：

什么弯弯挂天边？什么弯弯水上颠？
什么弯弯长街卖？什么弯弯娘面前？

宋廷香不假思索地答道：

月儿弯弯挂天边，船儿弯弯水上颠，
镰刀弯弯长街卖，梳子弯弯娘面前。

三人一边吃瓜，一边对歌，情绪上比见面时缓和多了。一会儿，宋廷香提议唱《古人名》，潘金德满口应承。宋廷香唱道：

什么人绣花在闺房？什么人在家苦读文章？

什么人风流人人爱？什么人跳舞爱坏郎？

什么人打鼓声震三江？

因为这些《古人名》歌（包括《四黑四白》、《四哭四孝》、《四老四少》等），是宋廷香“抵灯”失败后，请岳亚坤、岳希平他们编写，词意是固定的，不熟悉前后段的内容是无法对上的。潘金德思索了一会，脸涨得通红答不上来。童学孔再想转个弯子，苦于一时找不到合适的话题，屋子里的气氛一时又变得紧张起来。

潘金德大声言道：“宋廷香，你把你那边的‘红角’搬齐，明天我们在尚塘集上见。”宋廷香也早窝着一口气在心里，便满口答应下来：“好，明天抵灯！”

尚塘集东北角的孙家楼，有个“灯迷”孙老八，他是本集大户樊浩云的姐夫。两家人有一个共同的爱好——喜欢看灯。潘金德那班玩友属孙老八请的灯，宋廷香等艺人则投奔樊浩云。两班灯在集北头空地上相距不超过50米处扎上了场子，对着面玩起灯来。只见灯友们穿红着绿，《大场》接《小场》、《小场》接《后场》。场子里岔伞高举，唱一阵，舞一阵，锣鼓喧天，彩旗招展。双方灯场子周围挤满了观众，鼓掌声、喝彩声与集上卖吃的、卖玩的吆喝声汇集一起，热闹非凡。当天晚上开锣，一直演到第二天天光大亮方止。双方各自收场歇息。

早饭后，潘金德那班灯就抢先开了场子。先是“闲锣鼓”一阵猛敲，花鼓灯《大花场》以后，上来了凤台西部地区最有名气的“鼓架子”左俊竹（别名左眼皮）。他武功特别好，身子躺在条桌上，一张大桌子被他用双脚盘得上下翻飞，滴溜溜地乱转。《盘桌子》过后，只见有人把芦席卷成筒子，放在条桌上。左俊竹抬手示意，场子里锣鼓声大作，几个“鼓架子”一齐吹响了口哨，高亢的口哨声震耳膜。他站立场子一角，运足气力，接连翻了一串“空心筋斗”。在距离条桌不远的地方，一个“鲤鱼跳龙门”猛地从芦席筒中蹿了过去。这时围观的群众连声喝彩，把对面灯场子附近的观众吸引过来一半。宋廷香这班灯看势不好，连忙调换节目，临时请田振起上场。田振起这天刚到尚塘，他是凤台中部地区群众公认的最优秀的“蜡花”之一，歌舞俱佳。田振起穿好服装，脚上“挂垫子”，走起“风摆柳”，腰扭“三道弯”步法轻捷洒脱。与宋廷香合作表演了拿手节目《小场》。只见他二人一招一式，一来一往，互相挑逗，情趣盎然。

宋廷香的表演幽默风趣，与田振起轻盈优美的舞姿既矛盾又统一，观众赞不绝口。

在两班灯互不相让激烈竞技的同时，双方灯班的支持人也在“幕后”紧张地活动着。孙老八的“军师”是教书先生李吴赣，按照他的意见，孙老八派了两个人，骑马奔怀远请艺人来“助战”。尚塘集头面人物宋维贞，联保主任王歪子支持樊浩云，派人分头去顾桥、岳张集、桂集、颍上龚集等地请玩友。樊浩云这边陆续搬来的有：盛文武、高存新、岳三翘、陈良（以上是“鼓架子”），周开国、丰占文、詹乐亭、张希伯、张希兰、水上漂、小铜锣、凤头、刘大嘴（以上是“蜡花”）及一些颍上县花鼓灯艺人。孙老八那边陆续搬来的艺人有：崔宏宾（别名小欢子）、鬼火、邵克俊、童学孔、二老标及怀远县的艺人共有100多位。双方请来的玩灯艺人多数自成班子，都带有锣鼓及服装道具。接着就一个灯班和一个灯班登台比试，这班灯节目演完下去休息吃饭，另换一个灯班上来表演。这几班灯白天演，那几班灯晚上演，反正歇人不歇台，轮番上场。这样又是整整一天一夜未分上下。

得胜鼓

孙老八的妻子见双方“擂台”越擂越高，花费开支越来越大，心里十分焦急，连忙赶到娘家找到弟弟樊浩云，意在言和。心想看在亲戚份上，拉个场就算了。那知樊浩云一口回绝，不同意“休战”。他姐生气而归，与丈夫及李吴赣等人计议后，决心与弟弟那边继续较量，见一个高低。

“抵灯”的第三天，两边的灯班子各自都集中了200多位玩友。

为四处邀请艺人日夜兼程来回奔波，孙老八那边接连累死了两匹好马。樊浩云这边也因吃喝、住宿、开销数额惊人，债台高筑。樊浩云的叔父樊三看侄儿经济为难，把仅有的八亩地一下全部卖掉了，买茶叶给玩灯的喝。别人问他：“你把地卖掉了，将来靠什么吃饭?”樊三笑着回答：“我是个绝户头，一人吃饱了全家不饿。今后我到哪个玩友家都能吃上，饿不死我樊三。”以后人们都称他“饿不死的樊三”。

从第四天起，两边玩灯的都累得了不得，看灯的也熬得坚持不住了，有人在灯场周围随地一躺就睡着了。宋廷香看到这情况，觉得两边艺人实力相当，技艺上各有千秋，就是再“抵”上三天三夜，恐怕也难分出个高低上下。他与丰占文等人计议一下，把自己这边的人员做了一次分工。留下田振起等这十几班灯，轮流“下场子”演出。另外一部分艺人包上了头、穿好服装，顶上“两节杠”、“三节杠”，打着锣鼓，高举岔伞、彩旗，吹着口哨，列队从对方灯场前面经过，并派人四处张扬：“樊浩云这边又来新班子了，请的有凤台自豪的‘红角’草上飞、白菊花、假貂蝉……”潘金德那边灯场四周的观众蜂拥至宋廷香这边灯场。潘金德看自己灯场上观众寥寥无几，只好罢场收灯。

历时四天四夜的花鼓灯班子大竞技，在宋廷香、丰占文、田振起等艺人的欢呼声中，在樊浩云等人的锣鼓、鞭炮声中宣告结束……

写完了《大河灯魂》之三“抵灯”的文字后，已是凌晨5点，但我竟毫无倦意，心胸之间仍旧激荡着大江大海般的汹涌波涛。江淮大地那辽阔无垠的大平原，大河上下千里两岸的芸芸苍生，世代相传的花鼓灯艺术大美，以及那一个个祖祖辈辈薪火相传、灯魂不散的花鼓灯民间艺术大师们，他们用胆气和生命的执著与坚韧，铸成一座座血肉筑起的集群雕像，和江淮儿女们乃至中华民族永远仰视的民俗艺术巅峰。于是，我在心底便开始了这样的呼喊：“抵灯”这样的历史事件，“大河灯魂”这样的题材，不仅该有高歌诵颂它的大型花鼓灯舞剧，民族歌剧，全版的推剧，百集的电视连续剧之外，更应该有一部气势恢弘、大气磅礴的彩色宽银幕亿万大片。假如没有电影大片这种全景式的艺术表现方式，那么，那些各种各样的“一条线”、“万人迷”、“赛貂蝉”、“潘金莲”、“小白鞋”、“一阵雾”、“万陋子”、“小粉蝶”、“一根筋”、“水萝卜”、“蹿条鱼”、“气死猴”们，

连同他们那些精彩绝伦、无比贴切的艺名，终生不悔的豪情与宿愿，终将化作泥沙逐波而去。那些，我虽从不曾谋面，但却让我心灵震颤的各种“大鼓架”、“小鼓架”、“腊花”、“兰花”们，以及那些背靠大河而舞，沐浴着阳光和月光的洗礼，激情与狂放于天地之间的“千班锣鼓，万班灯”们，连同那些爱恨情仇，生命不息、舞灯不止，痴灯如命的各种“鼓哥”、“兰花”、“灯妞”和灯痴“麦克”们，终将活得生不如死，肤发犹在，魂灵不存……

第四章　逃　婚

老子曰：民不畏死，奈何以死惧之！

笔者曰：嫁不为情，奈何以婚善终！

龙年春节的前几天，我接到亳州市宣传部一位领导的邀请，赶赴那里参加他们的春晚演出。我因数度去皖北隶属亳州市的涡阳县，采访丹城镇的“大国草民小团”和泗州戏“拉魂腔”，便与那里的县市主管宣传和文化的干部逐渐熟稔。其实我去涡阳的初衷，并不是专为调研“拉魂腔”的。终极目的是去实地体验了解发生在100多年前涡河两岸和义门集“山西会馆”，那个差点颠覆大清王朝的捻军“十八铺结盟”起义始末。

记得2011年12月26日上午，我从北京飞抵合肥骆岗机场，乘车赶到亳州市时，天色阴霾，雨流如注。亳州市的“春晚”场地，设在一所大学的礼堂，舞台装饰朴素，后台条件更是简陋不堪。让我更觉意外的是，皖北的建筑物里，不仅在寒冬腊月天没有暖气，而且全台的舞、歌、杂技、相声与地方戏曲团队的全体演员，无论休息、化妆和换衣，均是一个房间。化妆间和走廊里的温度，不仅使人寒战，而且所有空间，都被与演出有关无关的人流涌满。唯一让人欣慰的是，舞台音响试过之后，让我这个极挑剔的人还算满意。

由于我的节目是压轴，又因为早到两个小时，竟连个能坐的地方都没有，于是就裹紧大衣，一路哆嗦着，烦躁不安地，在赶集似穿梭往返的人流中胡乱穿行。突然，一个丰腴而灵巧，头戴绒球和金色钗饰、身着典型花鼓灯舞蹈服装的女孩，在我眼前一闪，瞬间便翩若惊鸿般地融进人流之中。于是，我的心里一阵振奋，预感到在这台晚会上，必有我久违了的花鼓灯节目。而那个我似曾见过，在我眼前一闪即逝的花鼓灯小女孩，必会在我于台侧幕零距离的视野中，极为清晰地表演。

市级领导和各路大员鱼贯入场后，场灯甫熄。红衣大炮轰鸣一般，震耳欲聋的音乐响起，舞台上的灯光一派耀眼的灿烂，演出在颇显杂乱无章中，按顺序一个个展开。开场的群舞过了是唢呐，唢呐过后是杂技，杂技演完是相声，小品演砸之后便是“拉魂腔”和“四句推子”与民歌的联唱，一个小时过去了，就是不见那个我期盼中的花鼓灯小女子登台。台下掌声雷动，欢叫不止。诸位领导和矜持惯了的市党政大员们，与一千多位沸腾的观众一起欢快得如同婴儿“抓周”得宝、混沌初开的大儿童……就在此时，一身乡镇企业老板打扮，特有的浅灰色西装，绿色衬衣领口上打着一条在灯光下更显猩红欲滴的红领带，脸上荡漾着莫名幸福的微笑，姿态中带着些许无端孤傲韵味的主持人走上台来。于是，我便从他那努力接近标准国语的“皖普”中，知道了下一个节目就是：原创颍上花鼓灯独舞：灯妞。

一阵“铿铿乞锵锵”“呆呆底呆呆”的锣鼓声中，将那个我等待已久的“翩若惊鸿”拽了出来。就在那一瞬间，我便清晰地认出，眼前这个一亮相后，就在活泼撩人的花鼓灯舞姿中浑身充满了娇嗔和妩媚、俏皮与灵动的年轻姑娘，正是那个不久前我们在北京奥运游泳馆“世界华人春晚”上认识的颍上“灯妞”。我忙找来节目单，疾快地翻看着，极想从节目单上找到有关这个节目的文字介绍。在这份简约的节目单上，对这个节目，仅有一行的文字介绍：颍上花鼓灯：创意：灯妞。表演者：灯妞。编舞：灯妞。

我心里顿时一诧，这个女孩竟能自编、自导、自演不简单啊。

随着伴奏碟中的唢呐音乐，和典型得不能再典型的花鼓灯锣鼓，愈加沸腾和浓烈，灯妞仿佛渐已进入无人之境。只见她目光如炬，足蹈，腰扭，肩颤，加之右手上那正快速旋转着的红手帕，和着左手掌中的折扇上下翻飞，左右飘颤，逐渐让人渐渐血涌气短。一时间，在我的眼前，她用那令人匪夷所思的舞姿，将我对花鼓灯的技巧、语汇、理论和道具的使用等文字平面上的理解和臆想，顷刻之间推向鲜活的眼前。那些早在半个世纪前，便被凤台花鼓灯的灵魂人物，号称“千里淮河一条线”的陈敬芝老先生独创及演绎得淋漓尽致的单揽扇、搡肩、贴翻扇、扛扇、双推扇、别扇、遮阳扇、单双八字扇等花鼓灯使用技巧，都在她的美肩微颤、双臂舒

展中，全部变得立体起来，在她独创的舞蹈语汇中，整个被表现得淋漓尽致……台底下的所有观众，此时唯有比着赛似地欢叫鼓掌，状如风暴。此时，灯妞右手掌中的大红手帕，与左手上的粉底大红舞扇相映成趣。那种别步溜肩、顾盼流兮之间的放手巾、收手巾、转手巾、外八字花等掌中技巧，活脱脱地将花鼓灯中的单展翅，腰中盘带、怀中抱月、平展翅等表现得风吹荷花，牡丹盛开，花蕾初绽，水波荡漾，飘柔劲脆。灯妞在众人眼前，左右挪移，上下腾飞，身轻如燕，游刃有余，翩若惊鸿。那些花鼓灯中的经典步法：上山步、颤抖步、前擦步、碎步、怕步、追步、跳步翻身、后别步、上双展翅、彩锦七字步、燕子使水、水中望月、二姐梳头等等，都被她诠释得无以复加。将一个少女情窦初开，锁在深宫人未识，初临世间，被花鼓灯艺术的魔力顿开茅塞后的迷醉，以及她对初恋情人的渴望与怀春，又辜负了大好人间满园春色的伤感，对大千世界的新的好奇，连同其性格中那活泼、率直、单纯与质朴的天性，表现得入木三分，乖巧俏皮，淋漓尽致，让我叹为观止。

恋

灯妞的这个近十分钟的节目，一曲终了，观众仿佛被火焰炙伤似地，嚎叫与掌声地动山摇，震耳欲聋，竟让她几次谢幕后，仍不让下场，集体狂喊“再来一个”。连我这个自诩为走州过府，多年在海外大舞台上的“油锅里”烹炸过千百回的“老江湖”，竟也情不自禁地随波逐流，在台侧纵声疾呼：“返场，返场，再来一个”……

这时，那位在无端中快乐，又在无端中骄傲的主持人，疾步走上台去，并用他那更加努力着，玩命向普通话靠拢的“皖普”，向观众权威性地宣告：“由于时间关系……”他的话尚未说完，台下观众，用皖北人最爱说的语言，以及酒后的吼叫声，将他的下半句，掐断在被他那系在脖子上猩红欲滴的领带勒紧后的喉结里：“掖你个熊吧，白咩咩空咧，我们要看花鼓灯！……”

灯妞的再度登场，便在她的双脚上绑上了特制的小跷板。绑上跷板的灯妞，便踮起双足掌走路，她看上去步履和小腿有些吃劲，膝部比较僵直，走起路来两腿并拢不能窜动，给人以重心的下沉感。但这种状态，在旋转起来时，却极为灵活。灯妞由于重心难以掌握，不易站稳，立着的时候两腿必须别起来，一腿作重心时，另一只脚必须要交叉点地。这样，便使她的腰部突出，丰胸前挺，臀部显著，一下子便体现出花鼓灯中的兰花那种极具造型美的“三道弯”的经典体态美和独特的魅力了。

我一下子变得有些忧心忡忡。我深知年轻的演员，在演出中超常发挥，观众痴迷的情况下，往往会头脑一热，拿出压箱底的绝活，展示自己的功力深不可测。但这种“踩跷板”的花鼓灯高难度舞蹈，今天已不大能看到。一旦她在台上“失手”，那么她前面的精彩将毁于一旦。灯妞在观众再次掀起掌声热情中，款款报幕：“下面我再给大家表演一个，还是我自创自编的舞蹈：盼郎。”此时，伫立台侧的我，只有在心里替她默默祈福保佑了……

唢呐的劲吹，锣鼓的沸腾再度热起，那使人一听便血涌气促，迟缓交错，变化无穷，落点与节奏极为考究细腻的打击乐声，由不得任何人多想，便油然生出翩翩起舞的欲望。在《州来古今》一书中，此种被详细文字介绍过的极富谢郢村锣鼓演奏的遗风和特征，使我仿佛又看到了那个祖祖辈辈生活在凤台县刘集乡谢郢村的农民鼓手，土生土长的花鼓灯乐手谢崇礼，于农耕之余，在方圆百里，大河两岸，十里八乡，灯窝子们的打谷场上，伟大而陶醉地舞完灯后，便盘圪蹴在家里的土炕台上，就着炕上那

方破木桌上的一盏麻油灯，在 1903 年的那些暗无天日的深夜里，将“喘气锣”、“加槌锣”和“鸡叨米”、“老鸹洗澡”以及“长趟锣”、“凤凰三点头”和“扒锣”等等这些支撑着花鼓灯的艺术之魂，用汉字谐音一笔一画的记载了下来。我想，倘若没有他和谢崇礼的祖祖辈辈的花鼓灯艺人，以及他的儿孙们，那么今天，在那个全中国都难找难比的凤台县花鼓灯艺校中的音乐老师们，将用怎样教材授课和施教？

游春

当我将一时间漫游开去的思绪，紧着招回之时，台上足凳跷板的灯妞，已经舞得进入魔界。只见她也是那般的淡定从容，沉着稳健，老道成熟，她将重心放在后一条腿及双膝的内关节上，身上右后侧拧，不是扬出左胯，就是轻提右肘，用全身创造着一种向上的挺拔，构成一种摄人心魄、亭亭玉立的曲线造型之美。这种极符东方舞蹈美学精髓的造型，与形体上极为突显的“三道弯”和“颤、颠、抖”步法与动作水乳交融之后，瞬间便使这位翩若惊鸿的舞者，从肩部、腰部及腿部，整体幻化成一纹水波，在辽广湛蓝的大海不停抖动着律动感的涟漪细浪。这种独创与凤台陈氏发扬光大的三套绝招，让“魔法”施身的狂舞灯妞，创造着大开、大合、大颤般地迅疾与匀称美，在全身那迷人神智般的三维律动和旋颤中，在她已被魔化了的舞姿和媚态中将天使般妙龄少女一触即发的焦急情绪，情窦初开的难耐，宣泄得惊艳绝伦。令人心旷神怡，魂飞九天。

灯妞伴着愈加紧凑极快的锣鼓点，做完最后一组眼花缭乱的动作，并用“拐弯”这一花鼓灯中非常重要的技巧，将足下的“疾转”和“溜快”戛然而止后，紧接一个光彩夺目的亮相，随即婷婷娉娉、干净利落地凝立于舞台中间，舞神一般纹丝不动……

台下的观众席里，仿佛被人扔下一枚炸弹，“气浪”直着冲上台去，似乎能将舞者掀翻。而我这个所谓的艺术高人，就在灯妞刚一走进侧幕之后，竟不顾身份、唐突地将她一把紧紧抱住……

因为，像这样让我“走火入魔”的舞者和演出，多年未见。

市委市政府款待所有参演人员的盛大宴会之后，我在人群中好不容易找到了灯妞。我跟她说：“上次你和我讲的鼓哥、兰花和麦克的故事，还有一半没讲完呢！”她高兴地说：“好啊好啊，你想听，我就给你讲完吧！”

“去你住的地方给我讲吧?”

“我和你不住在一个宾馆。”

“你住在什么地方?”

“我们集体住在离您宾馆不远的一个招待所里，十几个人一间屋。”

“怎么，连你这个业务尖子，住的也这么差?”

“唉，习惯了。我是谁? 就一个跳花鼓灯的小灯妞而已。”

“那就到我住的宾馆里去讲吧，我那里清净。”

灯妞犹豫了一下说：

“我去和我们团长请个假，一会儿就来。”

约莫过了5分钟，灯妞高高兴兴连蹦带跳地回转而来。于是我们并肩走出宴会大厅，一高一矮，一个似父亲，一个像女儿……由于宴会厅离我们住地不远，我们便顶着凛冽的寒风，边走边聊。

“孙老师，上次我们从‘水立方’分手后，回到宿舍不久，就在网上看了您的视频和文字材料。”

“我的艺术人生，还算有点意思吧?”

“我真的很荣幸，能和您认识，还同台演出。”

“我也没想到，你小小的年纪，在花鼓灯方面的造诣这么惊人。在这里太憋屈你了……如是你想到北京来工作，我可以帮你。”

灯妞沉默了好大一会儿，叹了一口气后，缓缓地说道：

“北京是每一个搞艺术的人都向往的地方。但北京有花鼓灯吗？要是真的到了那里，我又能干什么呢？”

小姑娘的话，顿时让我哑然语塞。真没想到她小小的年纪，会有如此的定力。对没有花鼓灯的地方，不论是哪儿，都兴趣索然……

走进我的房间，我招呼灯妞坐在沙发上，为她倒上一杯“王老吉”后，我点上一支烟，准备等她讲完故事的下一半。

“上次，我讲到什么地方了？”

“鼓哥换了兰花，摔断了脚筋。”

小姑娘被我的提醒点拨，茅塞顿开，她又找回了以往的率真和欢快，侃侃而谈起来。

“麦克还是每隔几个月，从美国飞到中国北京，后一刻也不耽误地坐火车和长途汽车，来颍上兰花家里和她一家人相处。真想不到，像麦克这样从小在美国长大的男孩，怎么会那么懂得中国人的习俗，他不仅性格温和，对兰花百依百顺，还对兰花的父母好得没得说。每次来，不仅给兰花带来许多她这辈子从没见过的各种礼物，还给她的父母送了许多老人的营养保健品、生活的必需品。每隔一段时间，他都要亲自陪同兰花母亲去县医院检查身体。不仅如此，他还给村里家庭贫困的学生、花鼓灯班子捐助金钱……唉，人心都是肉长的，时间长了，谁能不动心？况且，假如没有麦克，兰花的娘也许活不到今天……”

“这时的鼓哥呢？”

“其实鼓哥怎么会放得下兰花？青梅竹马啊，打小一起长大的。只不过是那小子太倔，太自信太骄傲。兰花去医院看过他几次，都让他给骂了出来。可人走了吧，他又背地里流泪。”

“看样子，麦克这个 Banana 要成事儿了。”

“什么是 Banana？”

“噢，就是香蕉。”

“香蕉？麦克是香蕉？”

“老美对华人后代的形容。专指生在美国或自小在美国长大的华人后代，皮是黄的，瓤是白的。”

“我看麦克精得很，聪明得不得了。”

“为什么？”

“您知道吗？麦克还干过这样的事。”

“什么事？”

“他还背着兰花偷偷去看过鼓哥呐！”

“真是一个地道的绅士。结果怎么样？”

“当然，也是被鼓哥轰出来了。”

“真是个莽夫。”

“还有更搞笑的事呢？鼓哥伤愈出院时去划价窗口结账，结果医院里的人告诉他，有一个个子很高、长得很俊的年轻男人，半个月前就将他的医药费、医疗费和住院费都结清了。这个高个的年轻人，向收费的工作人员千叮咛万嘱咐，绝对不要告诉病人是谁交的费用……工作人员还告诉鼓哥，那个帅小伙什么都绝对正点，就是普通话讲得有点怪怪的。唉，可怜的鼓哥啊，当着那么多小兄弟的面，眼泪一下子就流了出来……”

我听到这里，眼眶竟也不禁潮湿起来。不管麦克的动机和目的是什么，他的这种以德报怨的行为，本身就是有着极好教养、胸襟宽阔的表现。鼓哥这个皖北汉子，被他的情敌高尚的行为深深感动后，为自己的鲁莽和狭隘泪流满面。而兰花毕竟是一个年轻女孩，会对此有何感受就不言而喻了。换成我，绝难做到如此的宽容和高尚。于是，我脱口便问：

“往后的发生的事，我猜都不用猜，麦克如愿以偿了。”

“也没那么容易。毕竟，兰花对鼓哥的感情太深了。”

“不会吧。兰花的脑子不是被驴踢了吧？要不就是韩国言情电视剧看多了，中邪了。”

“反正我也不知道该咋说。当麦克第一次向兰花提出要带她去美国，却被她当场拒绝了。麦克急得直问她：为什么？兰花只是说：不知道。”

“这不符合逻辑。现在连城里的女孩，对这样的事都求之不得呢！”

“唉，一个乡下玩灯的女孩，除了轴，死心眼，还什么逻辑不逻辑的……后来啊，灯班子里的老师劝，村里的左邻右舍、沾亲带故的大爷大娘说，兰花的爹娘恨不得给她跪下求，都说不动他。”

“……”

“可是，刚刚过了一个月后，一天的晚上，兰花突然当着她爹娘和麦克的面说：她同意和麦克去美国，并在一年之后要嫁给他。她爹娘高兴得什么似的。麦克美的啊，当晚就和他未来的老丈人，你一杯我一杯地干呀。喝着、喝着就高了……”

我从胸中长长吁出一口气来，喃喃自语地说道："工夫不负有心人。麦克追得也太不容易了……"

这时，我发现灯妞显得并不开心。在沉默良久之后，两滴泪水，从她的那双丹凤眼中慢慢滑落出来。我诧异地忙问："你……你怎么啦？难道不为你的最要好的小姐妹，有个这么好的归宿而高兴吗？"

灯妞竟嗫嚅了好一会儿后，接过我递过去的纸巾擦干了眼睛后，缓慢地道来：

"直到后来，兰花要去美国的前夜，这才跟我说了实话。"

"她都向你说什么了？"

"鼓哥在出拘留所不久，就约了兰花，在县里一家酒吧里见面后，他跟她说：'麦克是个有情有义的纯爷们。人品、前途和家庭条件都没得说。关键是他爱你宠你，为了你什么都可以去做。可我做不到。也不会给你幸福，我只是一个农民的儿子，脾气又不好，除了会跳花鼓灯，什么都不管。我现在已经有了新的相好的了，你走后，过不了多久，我们就要结婚了。你把我忘了吧！'……他们分手的时候，两人抱头痛哭了好长时间……"

灯妞讲的故事，让我百感交集。鼓哥的无奈；麦克的痴情；兰花的无力回天；只能交织成一个中国现代农村版的"罗密欧与朱丽叶"，和发生在今天皖北大地平原上的现实中的"梁山伯与祝英台"那一曲流传千古的爱情绝唱……

"我想，现在的麦克和兰花，在美国早已结婚生子了吧？"

灯妞听完我的话，竟好半天没有应答。我预感这个故事，定还会有什么峰回路转、跌宕起伏，竟有些急躁地催问："你倒是说话啊！"灯妞恰似经过少许挣扎后，有些颇显沉重地娓娓道来：

"兰花到美国旧金山后，先从攻读英文开始，每天在课程结束后，就由麦克开车去中国城华人开的舞馆，天天教孩子们跳舞。麦克为了她能尽快适应美国的生活，辞去了以前的几个兼职工作，专门陪这兰花到处转转看看。日子过得倒也轻松自在。但她总是觉得，对麦克不大有像对鼓哥那样的感觉。加上麦克父母，只有这么一个宝贝儿子，他们全家又住在一起，难免兰花和未来的婆婆有锅碰碗、碗碰勺子的时候……唉，我们这些80年代末出生的孩子，虽然父母都是农民，又都在农村长大，但毕竟都是独子，在灯班里又都是角，总是被爹娘惯着，被乡亲们和观众捧着，看起来是土里吧唧的，其实是受不得什么委屈的。有一次，中国侨联的一个什么‘亲情中华’慰问华侨艺术团去旧金山演出，麦克带兰花去看，当她看到台上有个女孩在跳花鼓灯，而且跳得很烂，却赢得全场华侨疯狂地追捧、喝彩……在回家的路上，兰花一句话都不和麦克说，是一路哭着回到家里的……"

"刚到美国，所有的人都是很难适应的，那种滋味既说不出来，又难受得很，想家得厉害……"

灯妞根本没有理会我的絮叨，自说自话一路说将下去。

"兰花在麦克家住了有小一年后，不仅学会了开车、英文，也逐渐能张口了。这时，她就在麦克的恳求下，麦克父母的强硬要求下，去旧金山市民政厅办了订婚手续。不久，麦克的父母又在旧金山的港湾渔人码头，那个最有名的海鲜中餐馆里，订好了百桌酒席，准备选一个中国人认为的好日子，先去教堂举行大婚仪式，后去餐馆与亲朋好友，喝他们儿子儿媳妇的大婚喜酒……"

"这不是一件让人人都羡慕到家了的大喜事吗？俊男美女，殷实的家业，有地位的公公婆婆。将来再生个大胖小子，兰花将自己父母从颍上农村往美国这么一接，美！"

"可是兰花就是没有这个命！"

"怎么啦？"

"就在麦克和兰花就要到教堂去办喜事的前一个月，兰花告诉麦克自己怀孕两个多月了。而且通过B超检查，竟是个儿子……当麦克屁颠颠地将这个消息告诉自己父母，他的父母简直都快乐疯了。因为，麦克父亲他们家是三代单传……"

"这真是个让人羡慕不已的美满家庭！"

"但不知咋啦，兰花中了邪似的，竟然在全家欢天喜地的第二天，自己一个人开车去医院，将怀孕了近三个月的孩子打掉了……"

"我的天啊！"灯妞的话，竟让我惊诧出声。

"麦克听到这个消息后，在回家的路上，连闯红灯，最后出了车祸，车被撞得稀烂，还好人没出什么大事。麦克母亲的心脏本来就不好，有心跳过速的毛病，一听到这个消息，只说了一声‘扫帚星’后，当场昏了过去，被急救车送到附近的医院进行抢救。麦克父亲，一夜之间，急得白了头……"

我听到这里，心脏似乎被一只无形的大手紧紧攥住。随即胸腔也窒闷

得要命，嗫嚅地说道：“一个原本那样幸福美满的家庭，就这样在一瞬间不复存在了……这到底是为什么呀?”

灯妞长长叹了一口气后说道：“至今，我也闹不明白这是为了什么。”

“那后来呢?”

“过了几个月后，麦克的母亲康复出了院，他的父亲也逐渐平息了下来。而麦克因受打击太大，一个人默默地给家里留了张纸条后，开车去了别的州，几个礼拜不见人影……”

“那兰花岂不是在他家再也待不下去了吗?”

“兰花在几天后，买了一张从旧金山直飞上海的机票，独自一人飞回中国……当她出现在父母面前的时候，她的父母和全村的人，都傻眼了，根本不相信自己的眼睛……”

“……”

“兰花回来后，在家里养了一段时间，心情平静下来以后，又开始从早到晚地练起了花鼓灯。”

“……”

“一个月后，当他听说鼓哥根本就没什么相好的，娶媳妇的事也是个‘咩咩空’。没事的时候，就对着他和兰花合影的花鼓灯演出剧照呆看傻笑，看着看着就流了眼泪。于是，兰花就去找他，苦苦哀求他，让他和她搭档再跳花鼓灯……”

“鼓哥最后同意了吗?”

“你想，鼓哥能回心转意吗?”

“……”

“那一段时间，我经常专门抽出空，从蚌埠去颍上看兰花。有一次亲眼看到鼓哥，当着同村的父老乡亲们的面，抽兰花的耳光，打得她满嘴满鼻子淌血……我不顾一切冲了上去，疯了一样把鼓哥的脸和手上也抓得一道一痕地流血不止。但鼓哥就站在那里，任我抓挠，绝不推挡，也不还手……我想，那时兰花的精神上，肯定是坐下病了。”

“……”

“半年之后，兰花的病看上去好多了，就是经常还有些双眼发直，别人跟他打招呼，她半天转不过神来……临近的灯班子，也开始请她去玩灯跳主角了。再后来，听人家说，兰花一上台，天啊，跟换了个人似的，双眼发光，精神抖擞，动作、步法、手帕和扇子，一随她舞起来，整个人跟打了鸡血似的，好像有使不完的劲……”

“麦克呢?”

“一般人以为，麦克是个受到过极大伤害的人，而且为能把兰花追到手，为了她，他也什么都做了，连兰花的初恋情人把他揍得那么狠，他都不计较，还花钱给鼓哥治伤，目的，只想感动兰花。可是，结果呐?一个被伤透了心的人，我想是绝不可能再回来找她的了。可是，您猜怎么着?”

“难道?麦克他……”

“是的。半年之后，麦克又找到了颍上，走进了兰花的家……”

“这太不可思议了。”

“就在麦克刚到她家的第二天晚上，兰花又像是中了邪似的跑到鼓哥的住处，扑通一下跪在地上，一边哭着一边求他，再让她的鼓架子死活和她这个兰花搭档，不然，她就永远跪着不起来。”

“鼓哥最后还是同意啦?”

“那晚，鼓哥本来就喝了不少酒。他先是劝，后是拖，兰花就是不起来。最后，鼓哥急了，给了兰花几耳刮子，打掉了兰花几颗牙。说来也巧了，正好被冲进屋里的麦克撞上……麦克这个平时总是把‘Thank you’‘I'm sorry’挂在嘴边的绅士，顿时就疯了。一米八五的大个，据说高中时，在加利福尼亚州拳击比赛中得过青少年拳击冠军的。鼓哥就是再灵活威猛，被这个急红眼的美国倔种，堵在小屋里打，那哪还是个对手?……”

“后来到底谁赢了?”

“谁赢了?鼓哥长到快三十岁，都是他揍别人，恐怕一辈子没挨过别人这样的打。连拉架的兰花和后来冲进去想拧住他们两个人的几个壮汉，都被他俩打得口鼻流血，摔出门外。兰花因为在打斗中，紧紧抱住了麦克一条腿，才没被甩出门去，但她满脸是血，脖子手臂全是瘀紫青块……”

“当时，有人打电话去村里找治安和县里的公安警察吗?”

“怎么没有?一连好几个人立刻就给县里的警察打了电话。但那好几十里路程，警察一时半会儿赶不到哇。就在麦克打断了鼓哥几根肋骨之后，鼓哥不知从哪来的一股劲，一脚将麦克踹倒在地，回身从床上的枕头下，抽出一把尺把长的刺刀后，朝麦克扑去……”

我听到此处，大惊失色，脱口而出：“扎到了吗?”

灯妞再也说不下去了，伴着嘤嘤的抽搐，泪水夺眶而出。我连忙站起，为她抽出纸巾并递给她，又将那罐她一动未动过的“王老吉”端起递

了过去。灯妞一边用纸巾擦拭着泪水，一边用另一只手挡住我向她送去的饮料，全身抖动着，不停地抽搐着，抽搐着……过了好半天，才使自己平静下来，继续说道：

“鼓哥的刀刺向麦克的时候，被兰花的身体突然挡在了半道上……这时的麦克和鼓哥，几乎同时大声地叫了一声‘兰花’……”

由于灯妞的叙述，太过真实和血腥，仿佛鼓哥的匕首不是扎进了兰花的身体，而是直着刺进了我的腹部。我的手腕下意识地撞翻了一只茶杯，杯盖顺着地毯，滚向门去。然而，我们俩谁，都没有兴趣将它捡回原位。

“后来呢?”

“兰花为麦克挡住了鼓哥刺向他的刀子，刀子插在兰花的肚子上，流了一地的血，这才让两个杀红了眼的男人，立马傻了似的呆在原地不动……最后，还是麦克早些醒了过来，他扑了过去，一把把兰花抱在怀里，一边喊着她的名字，一边放声大哭。鼓哥像是被魇住了一样，就在那里呆站着，双眼发直，跟被过了电似的……后来听他们村里的人说：兰花躺在麦克怀里昏迷之前，对着鼓哥和麦克说：‘我是罪人，我是罪人，我罪有应得……’”

“那么，此事的善后处理呢?”

“兰花被警察立即送往医院抢救。几个警察立即封锁了现场，赶走仍聚在现场围观的人群，只留了几个证人后，并将麦克带到另一间房间去问话。据说，当时就没收了他身上的护照……过了一会儿，麦克也被公安戴上手铐，押上警车带走了。听说，兰花她娘知道此事后，立马昏了过去。”

“最后判决结果呢?”

“又过了两个星期，兰花的伤情稳定了下来后，作为当事人，可以出庭作证了。面对两个站在被告席上都曾深爱过她的大男人，她一口咬定，鼓哥是酒后才误伤自己的。而面对麦克，她连声说：是我害了这个美籍华人，我承认，我对他是有罪的，我们全家欠他的太多了，我只有等下辈子做牛做马去偿还他了。’说完，她在法庭上当众，疯了似的狂抓自己的头发，放声大哭……一个星期过去，在双方的律师，经过法庭当庭辩护后，法庭作出以下判决：（美籍华人）麦克张，虽与证人（中华人民共和国公民）兰花仍有跨国婚约，但尚不具备完备的中国的法律公证手续和证明，又经证人兰花提出申请，双方同意后，并经法庭核准，双方自动解除婚约关系，即日生效……但由于当事人麦克张，在这场恶性的暴力伤人事件中，曾主动袭击他人，间接导致（中华人民共和国公民）兰花重伤，按

《中华人民共和国刑事法条例》，除交纳5万元人民币罚款外，劝其尽快离境……本名谷戈（中华人民共和公民），艺名‘鼓哥’，因酒后与当事人麦克张发生口角之争后，在随即发生的肢体冲撞中，虽持刀正当防卫，却无意中刺伤证人兰花，但由于证人兰花免于对其起诉，又在多位旁观证人出示的确凿证据，法庭经核实，批准后宣判如下：当庭释放……”

当我将灯妞送到她们的住地后，已是凌晨一点了，我还是禁不住最后问了一句：“现在，兰花的一切都好吧?”她沉默了一会答道：“半年前，兰花去了山西五台山的尼姑庵，出家做了尼姑。据说她在庵里，还想着教别的尼姑玩花鼓灯呢！”

“鼓哥呢?”

“还在当他的鼓架子啊。据说都娶妻生子了。”

“那么，麦克现在的一切都好吗?”

“听说他并没有急着回国。有人看见他在霍邱和怀远一带，扛着一架摄像机，跟在好几家灯班子后面，屁颠屁颠地走村转乡呐！他说，他一定要写一本有关淮河花鼓灯的英文大书，把他眼里看到的花鼓灯艺术和玩灯的人，介绍给美国和世界的读者……”

……

那一夜，我回到宾馆房间，上床躺下后，竟一夜无眠……

第二天，我竟睡到日上三竿，方才醒来。洗漱之后，这才发现灯妞塞进门缝的纸条，上面写着：尊敬的孙老师，希望您有空来我们花鼓灯的故乡，多写写咱们花鼓灯艺术和玩灯的人，我等着您的大架（驾）光临……

第五章　灯　魂

一双红袖舞纷纷，软似花鼓乱似云；
自是擎身无妙手，肩上掌上有何分。

——清·孔尚任

何为花鼓灯魂？祖祖辈辈掌灯不灭的世代传人……

近现代凤台花鼓灯的奠基人——田振起

田振起，艺名“田小银子”，1897年生于双湖乡园艺村大树田家一个

贫苦农民家庭。在凤台的中部和南部，提起玩灯的“田小银子”妇孺皆知，而对田振起这个大号人们却不大知道。

田振起小时家里很穷，13 岁上就帮人家包草放牛。当时，凤台县的桂集、袁集一带花鼓灯演出活动非常活跃，幼年的田振起看别人玩灯，自己也一招一式地学着玩。由于他的嗓音正、身体灵巧、头脑聪明，在老一辈玩友王贤、王老五等人的影响、指点下，田振起的花鼓灯表演技艺长进很快，14 岁就包头下场子玩灯了。当时玩友有苏文锦、吴纯斋、田发（别号二老万）、陈三（别号三木匠）、桂天山（别号小老天）（以上是蜡花）等。田振起表演花鼓灯十分认真，功底非常厚实。平时他还注意观察模仿妇女的表情和动作。等场子里，包上头后在就进入“角色”，真像个女的，在那儿垂首端坐。久而久之，他扮演的年轻妇女形象十分逼真，令人信服。16 岁上，他和吴纯斋、陈万发、陈忠云、胡振家、龚毛孩 6 个人到霍邱县去“要门子”（“要门子”就是用玩花鼓灯的形式挨家讨饭）。到一家门口，唱一段玩一段，人家随便给点米，给点饭。后灯班子被人雇去，收入的钱大部分被雇主侵吞，他与玩友们生气而归。

田振起 25 岁后改演“鼓架子”，处处能和“蜡花”紧密配合，深得玩友好评和群众的喜爱。1926 年，因生活所迫，他与崔宏宾、姜玉中等人到霍邱玩灯。后又有人请田振起操灯（即教灯）为名，聚集民众，设局聚赌。他感到玩灯受人欺，被人利用，不就即返回家乡。

1932 年间，凤台县乡村中花鼓灯歌舞盛行，田振起被请到许多地方操灯。操灯时并没有什么固定的拜师和教学制度，就是老玩友们带着小青年，让他们在玩灯中学习玩灯。看到小青年们动作做得不如意的地方，他随时给予指点。还有一些人经常到大树田家来找田振起，学习花鼓灯表演技艺。他带出来的青年有陈学昌（陈大狗子）、朱文龙（小鹤）、储文龙（小棒子）、朱建铎（同印）、保安、关陋子等。抗日战争胜利后，田振起曾组织一班花鼓灯，到凤台参加庆祝演出。之后，由于患眼疾，家庭生活困难无钱治疗，田振起几乎失明。从那时起，田振起只好恋恋不舍地离开了灯场子。

新中国成立后，玩灯人的政治、经济地位有了翻天覆地的变化，艺人们也觉得越活越年轻了。1953 年，56 岁的田振起重操旧业，他作为安徽花鼓灯代表队的成员，参加了华东区和全国第一届民间音乐舞蹈会演，系全国民舞会演主席团成员之一。他高超的花鼓灯表演技艺得到同行及观众的一致赞扬，原文化部部长周扬曾誉称他为花鼓灯艺术家。他荣获个人表演一等奖，获奖章一枚，铜杯一个（外绘双龙戏珠，内呈天蓝色）。会演后，代表队被留下招待演出，“五一”节时参加首都文艺界的行列游行，接受毛泽东、朱德等党和国家领导人的检阅。在京期间，各艺术院校、专业表演团体的舞蹈工作者纷纷来学习花鼓灯舞蹈，外地文艺团体也争相邀请田振起前去传艺。回安徽后，田振起先后被留在安徽省庐剧团、安徽省文化干部训练班工作。1958 年 11 月调入省文工团（今安徽省歌舞团）任花鼓灯教师。经过 10 年艺坛上的辛勤耕耘，他的学生遍及全国各地，其中高倩、钱月莲、徐姣媛、杨宜萍、金宇等人在全国民族民间舞坛上颇有影响。田振起那许多优美的花鼓灯舞蹈动作已成为民族舞蹈、舞剧作品的创作素材，为继承发展我国的民族民间歌舞事业，作出了很大的贡献。1958 年 12 月 8 日他被中国舞蹈工作者协会（中国舞蹈家协会的前身）吸收为会员。

欢腾的鼓乡

田振起是近代花鼓灯歌舞表演凤台流派的奠基人。他在全国知名最早，而且知名度很高。他在花鼓灯的节目编排、表演艺术的诸多方面都开了先河。他的表演风格和艺术特色，影响了凤台的一大批人。首先说说他表演“腊花”的特技及风格。他扮演“腊花”，身手麻利，腿的内提劲大，脚下步法轻快而矫健。他的“起步”富有特色，右脚先轻轻点地，再迅速抬起，经过“后勾”（基本上可以踢到臀部）向前迈出，轻巧而有力。他常常使用“起步”表现角色泼辣、顽皮的性格。“脚跟梗步”是他受老艺人王老五的影响，练出的独具特色的一个步法，走动起来迅速而矫健，为塑造天真活泼的少女提供了最理想的基本步法。在扇花上，他有拿手的“抽扇”、“端扇”。抽扇大方有力；“端扇”（俗称“搭凉棚”）轻柔、优美。“抽扇”常用在《小场》中。他扮“腊花”向“鼓架子”递扇子手巾，递时缓慢而深情，当“鼓架子”伸手欲接时，“她”即将扇子迅速抽回，表现人物嬉戏逗趣的场面效果颇佳。他的花鼓灯舞蹈身段“回头望郎”潇洒妩媚，具有无比的艺术魅力。“她”以“脚跟梗步”快速走到“鼓架子”跟前，似欲说话，但突然起步回身，侧背向着“鼓架子”，双手抬起（用端扇）探身，从右腋下回眸羞望。人物形象鲜明，感情含蓄真挚。在《抢手巾》中，坐在地下的“鼓架子”要求“腊花”去拉自己的时候，“腊花”（田振起扮演）把刚伸出的双手又迅速收回，左手将手巾轻衔口中，以“咯噔步”慢慢后退，同时眼睛微眯左顾右盼，恰到好处地表现了少女脉脉含情而又怕羞的复杂心理。在《小场》中，他扮“腊花”与“鼓架子”互相挑逗，“腊花”假装生气了，用“脚跟梗步”快速走到“鼓架子”面前，猛然停住，身段成“金鸡独立式”（左腿站立），有力地扬起手中的扇子（扛扇）。意思是：你再调皮，看我打你。“鼓架子”却把头一伸，送到“腊花”面前，潜台词：给你打，给你打。田振起扮演的“腊花”这时右脚及扇子徐缓轻柔地落下，同时用手巾捂嘴，姿态成“三道弯”，慢慢地转身回头。这一快一慢、一强一弱、一“怒”一羞的强烈对比，把一对情人在热恋中的复杂心理状态表现得淋漓尽致。

田振起的“别扇”独具风格，这种扇花是“腊花”姿态“水中望月”之前的一个跨度动作。双脚丁字步立起，重心在足尖。扇子是双手“别”着举起（一手拿扇子上角、一手持扇子下角）侧身向下前方凝视。田振起做这一系列动作，舞姿轻盈潇洒，给人以美的享受。为了增加演出节目，他还与玩友一起编演了许多不同内容的《小场》，如《蛤蟆戏钱》、《钟馗捉鬼》等，也曾为编排三人舞《抢板凳》出谋划策，付出过汗水和心血。田振起在表演《上盘鼓》的时候，因基本功过硬、身体轻巧，常充当第三节杠（顶人最上边的一个“腊花”）。

田振起还是一位不可多得的花鼓灯表演多面手。他除扮演“腊花”外，还时常扮演“领伞的”和“小鼓架子”。他的“鼓架子”动作敏捷，体态滑稽（尤其与“腊花”对唱时，往往使用“三道弯”与“斜腰扭

腊花造型

胯”)，面部表情丰富，善逗趣。“小场”中每个挑逗回合，都处理得自然俏皮、令人捧腹。双人舞表演与“腊花”随机应变，配合默契主动协调。他曾与凤台花鼓灯的后起之秀陈敬芝多次搭档，取得了相当好的艺术表演效果，一次，在韭菜王家楼（现属颍上鲁口乡）与陈敬芝表演《小花场》。陈敬芝扮“腊花”，表演中无意将手巾失落掉地（这种表演失误，没有经验的玩友是很难处理的）。当陈敬芝采取一个“燕子驶水”动作，准备拾起手巾时，田振起却疾步向前，恰到好处地用脚勾住“腊花”的手（意思：我不要你拾）。陈敬芝也身手不凡，对玩友田振起的表演意图马上心领神会，随即左转一个半圆，田振起与对方同时配合来一个右转，形成一个双人的“二马分鬃”。二人再次会面，“腊花”又欲去拾手巾，田振起迅速而有力地给他来一个左“扫堂腿”，陈敬芝跳起，同时用手巾捂脸躲过“扫堂”。田振起转身又紧接着一个“右扫”，紧接“连环扫”，陈敬芝都一一跳过。这时二人表演已形成一个高潮，动作幅度大，情绪激动。“腊花”随即转身，用“风摆柳”动作朝反方向走去。潜台词：“你不要我拾手巾，俺不理你了，不要手巾了”。扮演“鼓架子”的田振起见已经把“腊花”（陈敬芝）“逼”得跳出这个“表演圈”，并有意图给自己出个难

题时，表演情绪更旺盛了。他疾步轻轻地追上“腊花”，在其身后猛地“噫”的一声打个招呼，同时一个大的假动作，把脚迅速抬起（意思要踩“腊花”的脚）。“腊花”护脚一个闪身，田振起顺势上前一个托腰，“鼓架子”、“腊花”成为一个优美的双人造型。“腊花”羞得调转身。田振起又配合“她”走了一个“二龙吐须”。走图形的过程中，陈敬芝顺势用扇子遮面，自然地拾起手巾，两人又接着对舞起来。这次陈敬芝掉手巾一事，由于有田的紧密配合，运用多种表演手段，即兴编演出了许多生动感人的舞蹈，产生了丰富优美的舞蹈语汇，弥补了同伴的失误。陈敬芝每当回忆此事总是十分激动，高度赞扬玩友田振起多种应变能力和即兴表演的高超技艺。

田振起的花鼓灯表演功力深厚，他的“双环步”走得好，脚下有力、利索、有帅劲。“挽腿”（又称缠丝腿）时，左脚上前一步，稳而有力。右脚轻松自然地挽个圆圈，踢出去时矫健而又富有弹性。他个头虽小（只穿37码的鞋子），但脚下有功力，腊花上肩时，他身体纹丝不动，犹如一炷香。另外，他托“腊花”上肩的技巧与众不同。别的“鼓架子”托“腊花”上肩时，要两人面对面，“腊花”踩“鼓架子”大腿下端膝盖处，然后转身上肩。由于“腊花”在面前影响“鼓架子”的视线，“腊花”背向观众也不美观。田振起则不同一般，他的做法是：一个转身到“腊花”面前，两腿成弓箭步，双手在身后扣紧成一个自然阶梯，“腊花”左脚踩在他手上，他双手向上一托，“腊花”乘此劲右脚踩上肩头，既稳当又利索。

田振起有时还扮演“领伞的”，他持岔伞调度有方，能灵活地根据玩友多少，在《大场》中变化出多种图形。跑动时，与玩友碰面他腾躲闪挪，显得十分灵巧自如。舞中，他还边跳边动，边吹口哨以渲染气氛。他的口技十分高超，口哨声不但尖细响亮，振奋人心，抑扬起伏中似有韵调，同伴还可以从他的口哨声中听出语意来。

青年时代的田振起嗓音清脆，演唱起来富有韵味。同一首花鼓歌，他能把音调的抑扬顿挫处理得非常巧妙，一句拖腔或长或短，或停顿或延续，他唱得俏皮，不同一般。他会唱各种类型的花鼓歌，同台玩友唱什么，他能对什么，量体裁衣，天衣无缝。在不同的场合里他能随机应变，即兴编词，贴船下篙，出口成章。

田振起前大半生一直生活在农村，灾荒、饥饿、贫穷像影子一样始终不离他左右。因为他性格倔强，他对当权的上层人物从不拍马逢迎，对社会丑恶现象往往采取玩世不恭的嘲弄态度。玩灯时，他在嬉笑怒骂中就把自己的心情倾诉了出来。农闲时，他常提个瓜篮子遛街串巷，活跃在茶棚、饭店，在说笑中抨击社会的黑暗和人间的不平。他的“元宝篮子”（瓜篮子呈元宝形状）和他的“自由演说”在桂集一带是相当吸引人的。每当他瘦小的身影一出现，周围便像听书似的围满了人。

新中国成立以后，田振起才真正找到了自己的生活位置，政治上有了地位，艺术得到了政府及人民的重视。在三年困难时期，省文化部门一直对他采取保护措施，让他享受特殊待遇。他感谢党的恩情，常带病坚持花鼓灯教学工作。由于十多年教学实践的锻炼，他对自己舞蹈的动作姿态，几乎都能说出潜台词，为近代花鼓灯表演艺术凤台流派的形成，作出突出贡献，起到了奠基作用。

优秀的花鼓灯表演艺术家田振起，因患气管炎久治不愈、加之思念故土心切，1965 年退休回到园艺村。1968 年 11 月 26 日 10 时病故于大树田家，享年 71 岁。

“千里淮河一条线”陈敬芝的艺术生涯

陈孝功，号敬芝，民国八年（1919 年）9 月生于王集乡陈巷村。父亲陈志怀，母亲曹氏，祖籍河南省虞城县，是随家人逃荒到陈巷村落户的。陈敬芝兄弟姊妹八人（有两个弟弟早殇），弟兄中他排行老二。

陈敬芝一生最大的喜好就是玩灯。三四十年代中，他是凤台花鼓灯承上启下的著名艺人。新中国成立后，他的花鼓灯“腊花”表演艺术几至炉火纯青，被安徽著名剧作家那沙称为花鼓灯表演艺术家。1988 年，陈敬芝被评定为副研究馆员技术职称，为他一生不懈追求花鼓灯艺术所取得的成绩，做出了实事求是的学术鉴定。

一、少年学艺，玩灯受阻

民国二十一年（1932）大旱后，凤台县瘟疫流行，死人很多。当时有一种传说，玩灯可以压瘟气。于是陈巷村，也和其他庄子一样“操”起花鼓灯来。这一时期全县性的花鼓灯“热”，引起了不知多少人的迷恋，竟使孩童时的陈孝功着了迷。灯班晚上演出，他总是挤在前面一看就是半夜，把饥饿和寒冷都忘了个精光。到了白天，12 岁的陈孝功同挎草筐伙伴们，在野地里、荒滩学着大人们的架势，拿着自制的“八根柴”（白纸扇）也扭起了花鼓灯。为了练习翻筋斗，他们把几个草筐垒在地里，一个接一

个地从草筐上蹿来蹿去。在草地头、干沟里练“靠顶”，也不知摔过多少跤。腿摔疼了踝子骨摔肿了全然不顾。陈孝功身体轻巧，在伙伴中动作最为敏捷。一个多月后，“虎跳”、“过山”、“扫堂”、“站肩”等动作居然都能做了。盛夏，他们选择有陡坡的水塘，时而后翻入水，时而双人叠罗汉往下跳，像“童子拜观音”、“懒老婆裹脚”等高难技巧也都在池塘里练出来的。

孝功的姐夫家住在胡家岗（现属王集乡单岗村），这里的人祖祖辈辈喜欢玩灯。“腊花”胡贵明、张德功（别名得胜子）、胡彦胜（艺名蹿条鱼）及花庆洪等人的表演技艺，在陈孝功的心里都留有深刻的印象。1933年，陈孝功与陈希杰、陈孝蜜等人组成一个灯班子，先在本庄上玩，后应邀在王集、岳张集、西陈集等地演出节目有《大场》、《小场》、《中盘鼓》（花鼓歌对唱）、《上盘鼓》（顶人造型——“白鹤亮翅”、“双雁倒爪”、“一盆莲花”、“单、双牌坊”、“舟船下河”、“拉骆驼”等）、《地盘鼓》（抢扇子、抢手巾、盘板凳）。后又向老艺人陈孝海学唱一些“后场小戏”和花鼓歌等。

当时，家族中有些人认为玩花鼓灯装男扮女，伤风败俗，因而极力反对。联保主任陈金亭把陈志怀找去连打带骂，逼他找回儿子不准他再学玩灯。父亲无奈对孝功说：“你不能再去玩灯了，人家都不愿跟俺一姓了。”母亲却慢声细语地劝解：“那是几个小孩在一起闹着玩，人家喜欢看，那有什么。”是的，母亲这话正对孝功的心思，天下只有母亲才能最理解自己的儿子。

一天，父亲带着孝福、孝功下地耩黄豆，兄弟俩前面拉，父亲摇耧，孝功身体瘦弱，晚上玩灯睡得又迟，力气不如哥哥大，耩子时时向一边歪。父亲联想起族人反对玩灯之事，一时性起，脱掉草鞋就打。孝功连躲带闪，直向西淝河边跑去。

晚上，孝功被大哥从放“鱼焐子”（木制捉鱼工具）的河湾里拖回家。他趴在床上委屈万分，村头上欢腾的锣鼓声把他的心敲得乱成一团。得想个法子让父亲回心转意才好，他望着豆油灯的火苗一闪一动，一个“鬼主意”冒了出来。他把火柴放在水碗里沾了一下，把火柴头剥了一小堆放在面前，母亲走过来，看见了他的举动，慌忙把火柴扫落在地，泪水簌簌地流了下来。嘴里不住地讲：

“孝功啊你大（指父亲）打你骂你也是为咱家好。叫你玩灯就是了，叫你玩灯就是了。"一家人全过来了，父亲默默地低垂着头。孝功坐在那一声不响，等他们都走开了，他又匆匆跑向灯场。

二、既善继承　又勇创新

花鼓灯表演没有严格的师承关系。小孩子们如想学玩灯，便加入灯班之中和艺人一起"下场子"，在玩灯中互相观摩学习、锻炼提高。有时，老艺人对小孩子的表演也做些指点，直至建国之前，花鼓灯表演艺术的传播方式一直如此。

在西淝河沿岸，这块穷乡僻壤里，历史上盛行着粗犷、质朴的花鼓灯歌舞。在这里，年轻的陈孝功如饥似渴地汲取着前辈人的艺术"营养"，技艺长进很快。为了争取家庭的支持，玩友们主动帮助陈孝功种麦，农活做得又快又好。父亲也就不阻拦了。

玩灯的多是穷人，大家勒紧裤带凑钱买"服装"。孝功当时扮"腊花"，上穿俄国标褂子，系绿裙子，脚下"挂垫子"（没多久实行"放裹脚"，他就不"挂垫子"了），头上有球花和彩色纸花，额前用白色的明珠，串起来当"遮脸羞"。不上妆，不搽粉。当时有个说法："玩灯的不搽粉，俺们扭着玩"。

在玩灯中，陈孝功是个有心人。别人一个优美的动作、一首好听的花鼓歌他都牢记在心，回去后，细心地模仿。如拐弯转身时用手巾捂嘴（刻画女子怕羞的姿态），是受胡家岗老艺人的影响。看了周开国的右脚上转身，他发展成双脚无论那只先上均能转身。在夏集玩灯，他向刘雁明学会花鼓歌《绣荷花》，在关店他向崔宏宾学会演唱《绣兜兜》……

有些动作学会后，他还加以改革。比如老艺人演唱时用扇子遮脸，实践中他觉得这样做，虽表现了古代女子见人羞答答的神态，但是扇子也挡声音，影响与观众感情上的交流。以后，演唱时他就不用扇子遮脸了。另外，其他艺人的"遮脸羞"明珠很长，齐整整地遮住了脸的上半部。在此基础上，他把中间几串明珠做短些，两边的珠串也不超过鬓角，额头上勒有"假刘海"。经过这样一改，既美观又不影响表演。

在丰富表演动作方面，他熔百家之长为一炉，化自然界万物形态于舞蹈。看到两只斑鸠头一伸一点"脉脉含情、卿卿我我"，体会出"腊花"与"鼓架子"那"凤凰三点头"动作的内涵；春风里，看到河边柳丝飞舞，他形象地舞出了"风摆柳"这一优美的舞蹈动作；看到小燕子飞上飞下，轻盈灵巧地用翅膀尖掠过水面，他就双臂张开，"大撤步"疾走，创

造了“燕子驶水”；双臂后撤，颤步飞旋创造了“燕子驶风”等形象化的花鼓灯动作。

陈孝功不但忠实地继承了凤台流派老一辈艺人创造的“上山步”、“缠头转身”等步法动作，自己在演出中，配合花鼓灯“下场锣鼓”那热烈欢腾的情绪，强烈而多变的节奏，以及欢快的民间器乐曲牌《游场》，创造了“跳步转身”、“颤抖步”、“颤颠步”、“颤点步”、“云颤步”等步法，和“贴翻扇”、“外八字”等多种扇花。他肩部、腰部、腿部可做波浪形抖动。耸肩时，肩胛可以上下前后颤动，身上其他部位的肌肉都能活动。这些特点逐步形成了他的表演风格。有位陈姓老人曾自豪地说：“你看俺孝功玩灯，哪块肉不动弹，你请拿刀割了。”

月夜情话

1935 年，西陈集十月十五日（农历）逢会，陈孝功这班灯应邀在集上玩灯。他那优美的身段，细腻的表演、委婉动听的歌声引起了同行们的注目。艺人宋廷香别具慧眼，发现了陈孝功是一位非常有前途的“腊花”。便主动上前攀谈，对孝功表示了十分友好的兄弟情谊，为他们在以后几十年间的艺术合作打下了良好的基础。

三、从“一条线”到“一条线调”

陈孝功有几个艺名，分别产生在不同时期。1936 年间，他在王集玩灯，与宋廷香两人表演的《推小车》，是最受观众欢迎的剧目之一。陈孝功扮村姑“坐”车，他左手端一盏油灯，右手打一把油纸伞。运用花鼓灯的平足疾步如风。上身纹丝不动，一场灯舞后油不泼，灯不熄。小车“打滑、上坡、下坡、过泥窝”等动作，都做得非常真实，与宋廷香的表演可谓珠联璧合。陈孝功演唱的小车灯与花鼓灯博得观众的热烈欢迎。灯主鲍继罗夸赞道：“陈孝功唱得好，嗓子就跟‘小蜜蜂’样。”有的观众赞叹：“没想到陈巷子，还有个‘叶里藏’呢。”从此，王集一带观众称他为“小蜜蜂”或“叶里藏”。

同年，唐郢孜营少斋的孩子满月，他让宋廷香一班灯上四顶山还愿，要求请的“红角”，要超过凤台有名的“腊花”陈学昌。当时峡山口附近有三班灯，陈孝功、宋廷香参加了营姓的灯班。“抵灯”中，营姓的灯班始终占上风。看了陈孝功的表演，观众纷纷议论：“这个‘腊花’是从哪里请的，玩得就跟油线扯的一样。”宋廷香向大家介绍说：“这就是凤台县西南方有名的‘腊花’一条线。”从此，玩友们还亲昵地喊他为“线子”。

关于“一条线”的由来，还有一种说法。民国二十六年秋（1937年），全县有好几班灯到县衙门里去演出。陈孝功跑《大场》时用的是平足步、大颠步、涛步，行走一条线，疾如一阵风。三步转弯时，动作轻盈妩媚，配合使用的扇花有贴、翻、怀中抱月等。他手巾轻捂嘴唇，一个妙龄少女的形象便展现在观众面前。演出中有人议论说：“这孩子（指陈孝功）玩的就跟线扯的样！”其他人也附和着：“是像一条线扯着的一样。”

从此，“一条线”即成了陈孝功的艺名。

1937年秋，宋廷香与陈孝功商量要下南乡去“唱门子”（玩“讨饭灯”），据说那里的日子比这强。他俩先到白塘乡胡镇集，在那儿又约了李学洪、刘青银、张凤彩等玩友，向岳仲豪、岳希平学了《劝戒烟》、《劝戒堵》、《穷汉歌》、《四黑四白》、《四哭四孝》、《四老四少》（古人名）等花鼓歌，又排练了一些舞蹈节目就上路了。

出门卖艺可不是件容易的事，远远看到村庄了，他们便放下行李，头上扎气球花、架花、穿上玩灯的衣服。打着鼓锣，每到一家门口便唱几首花鼓歌，人家随便给点米。

灯班辗转来到新店埠、陈家埠一带。这里花鼓灯歌舞、戏曲盛行。戴张集有个名艺人白玉山（艺名白穗子，1892—1942）玩灯、唱戏、打锣鼓样样精通，常来插班演出。陈孝功与他一见如故，结成了忘年之交。他们同场演出，同锅拉勺子，一同睡稻草铺。陈孝功十分留心观摩他的表演，向他学唱《观花调》、《二姑娘害相思》、《拾棉花》等民间小调。以后上演的后场小戏《游春》、《拾棉花》、《四老爷观花》及舞蹈片段“游场”

皆受其影响。

白玉山在《渔舟配》一剧里反复演唱的【清音】调，引起了陈孝功等人的极大兴趣，这个小调好听易学，四句一反复，喜怒哀乐，什么情绪的台词皆可填进去唱。陈孝功、宋廷香学会【清音】调后，增加了四个过门，最后把它传给凤台艺人梁金传、韩运辉等。

陈孝功用这个【清音】调演出了《白海棠割肝救母》、《安安送米》、《白玉楼讨贤》等许多人民群众喜闻乐见的戏曲故事。用它塑造善良、娴熟的庞三春、白玉楼、白海棠等诸多妇女形象。

他就是运用这个【清音】调，把凤台、颍上、寿县等地的观众“迷”得如醉如痴。后来，群众称这个调为“一条线调”。

这个【清音】调，后经众多艺人反复传唱，丰富发展，形成了以后的“四句推子”。

四、弦子灯带来了“一条线热”

陈敬芝在霍邱学了【清音】调之后，他们的花鼓灯班子，在演出形式上有了较大变化。首先吸收了民间弦管的伴奏，改变了过去单一依靠锣鼓伴奏的形式；另外，为了满足观众对演出时间的要求，上演节目除了花鼓灯舞蹈以外，他们从一些民间鼓词唱本、章回小说中截取章节演绎故事，分扮角色，开始摸索运用一些花鼓灯舞蹈表演方法唱起戏来。

陈敬芝擅长扮演青衣花旦，在表现剧中人物上场、下场、上楼、下楼、观花、看景、挑水、推磨等情节时都使用“游场”。他的步履轻盈，不同的人物、不同的环境选用云步、俏步、涛步、上山步等多种不同的步法。“游场”中他的扇花丰富，已定名的扇花已有30多种（“三指夹”拿扇是他的独创，凤台及其他各地艺人均是“虎口拿扇”），扇子舞动起来花团锦簇，如彩蝶纷飞。他的手巾花也非常别致——手常从胯的后侧手心朝外，弧形伸出，后抓住手巾瘦面朝外再打出去，连续三次，看上去像三朵盛开的莲花。他演小花旦翻身拐弯轻快活泼，恰似蜻蜓点水。他嗓音甜润，演唱时运腔婉转，吐字清楚。这些表演方面的技巧为陈敬芝成功地塑造《游春》中的余香女，《小货郎》中的小姐，《送香茶》中陈秀英以及渔姐、白海棠等角色提供了坚实的基础。由于他们灯班在花鼓灯歌舞后加演小戏，并以民间丝弦、吹奏乐器伴奏，故人称“弦子灯”。

由于陈敬芝、宋廷香、詹乐亭及玩友们经常在凤台、寿县、颍上等地农村小集镇演出，“弦子灯”这种艺术表演形式，很快在这些地区流传开了，玩友们邀他赶四顶山庙会。到山顶后，赶会群众见“一条线”来了，马上把他们的灯班，里三层外三层的围了起来，动弹不得，要求看“一条线”表演。人拥挤得打不开场子，陈敬芝只好在“鼓架子”肩上，即兴唱道：

庙堂庙堂好庙堂，姑嫂二人来降香，
大嫂子降香求儿女，我奴家有话不好讲，
众位神灵你想想，保佑我奴家有一个好夫郎。

围观的人齐声喝彩。灯班子走下山去，群众跟下山去。走一段，停下来玩一回灯，唱几首歌。下山到凤台只有三十里路，一天时间都没有走到家。“‘一条线’一走，栽到九十九，回头一看，起来一大遍。”在群众中流传：“听了‘小蜜蜂’，无被管过冬；看了‘一条线’，三天不吃饭。”殷家庙逢会，陈敬芝他们的台下，到处都是人山人海的群众高呼：“‘一条线’来了！”一传十，十传百，山上诸多灯班及赶会的人蜂拥下山，把他们围起来。玩友连忙把陈敬芝顶在肩上坐着。拥挤中有一人把陈敬芝的一只绿哔叽呢绣花彩鞋（此鞋系夏集一位热心观众赠送）抢在手中，他高兴得如获至宝，高举彩鞋呼喊：“一条线！”、“一条线！”彩鞋在群众中传来传去，最后不见了踪影。

1940 年，清泉乡丁毓铭等人请陈敬芝他们玩灯，演至半夜后，灯班要散场，观众不愿走，还要求陈敬芝上台表演。他只好上台致谢，即兴唱道：

俺叫唱歌不费难，舌头打滚嘴动弹，
唱到半夜三星落，唱到五更明了天，
花鼓歌子没唱完。

观众连声叫好，灯班子一直演至天明……

同年八月，陈敬芝与詹乐亭、岳廷洪等人在王集、岳张集演出现代戏《破除迷信》（蔡德俊编剧）。剧情揭露巫婆、神汉装神弄鬼坑害病人，当时在农村中演出很有现实意义。另外，陈敬芝还与宋廷香等根据真人真事编演了现代戏《阎王不嫌鬼瘦》，揭露保长彭 xx 乘人之危，企图强占郑 xx 之妻一事。由于陈敬芝表演朴实，唱腔委婉，两个女性人物都塑造得非常成功。演出虽便衣便装，条件简陋，但获得观众一致好评。

1944 年，叶家荒小学校长董振东，1945 年，鲁口孜的施永香，为表达

自己和广大观众对陈敬芝的热爱，特赠他银盾、银牌各一块。

说到“一条线热”，不可不提起“弦子灯班”演唱的《贤良女劝夫参军》。这个花鼓歌对唱的唱词是，霍邱县邵岗乡的一个家庭教师张化渊所写。由于这个节目的编写和演出，皆顺应了抗战的大局，从而赢得了大量的观众（听众）。陈敬芝、宋廷香等艺人将这个节目，从霍邱沿淮河一直演到淮南，处处都受到热烈欢迎。为此而给陈敬芝、宋廷香挂银牌、送匾额的事也曾多次发生。

对“一条线”花鼓灯表演艺术的评价，民众中有口皆碑。凤台人吴竹樵撰对联：“一线引牵珠盘转，半粟分明玉尺量”。凤台人朱洪鼎有诗赞道：

试歌陈孝功，技艺妙无穷，轻移莲步稳，□□□漫洪。缓急场规合，低昂节奏工。蝶飞园圃内，莺转柘桑丛，舞使双瞳乱，歌声悦心胸。一跃身矫健，半吐字轻松，赵后金盘里，杨妃银阙中放玉喉。……

1945年，为庆祝抗日战争胜利，陈敬芝到县城进行庆祝演出。当时街道上挤满了歌舞灯班和观众。晚上，陈敬芝等人先“踩街”（着装沿街表演），后为县常备自卫大队官兵演出。表演《游场》时，他运用了艺术的“绝活”——形体上的“三道弯”和颤、颠、抖步法与动作。演唱时他舒展歌喉，润腔自如。看演出的官兵“迷”得如醉如痴，有个士兵竟忘记了站岗，遭长官处罚。

五、弃商还艺　研究提高

从抗战胜利到凤台解放这一阶段，陈敬芝曾携家迁居颍上县龚集，并从事经商活动。花鼓灯演出多在龚集一带农村集镇上进行，他很少在凤台露面。50年代初期。他曾因为被划为“工商业兼地主”而被排出艺人行列。在那时，陈敬芝也未忘掉文化艺术工作。他一边经商，一边和原凤台新华书店干部张岚一起，整理“弦子灯”传统节目《送香茶》（1957年由上海文化出版社出版）。1953年，因同样的“问题”使他失去了参加全国第一届民间音乐舞蹈会演的机会。时隔5年后，重登文艺舞台表演花鼓灯歌舞的一天，终于让他盼来了。

1958年，陈敬芝随凤台代表队，到阜阳参加业余文艺会演。中共阜阳地委宣传部副部长钟音，看了他精彩的表演后，明确指示：“凤台的‘一条线’不能埋没，应安排在文化部门工作。”陈敬芝关了小店，辞去了县工商联棉布业理事长的职务，真正成了一名文化馆的工作人员。

专业文艺工作者没有文化知识可不行，在工作中陈敬芝深深地认识到这一点。他随身带有一本扫盲识字课本，利用搞群众文艺辅导、排练节目的空闲时间，他就掏出来阅读。半年后，他终于认识了一些字，凑合着能看报纸了。在此基础上，他先后与人合作，整理了《送香茶》（1981 年再版）、《小货郎》、《倩女游春》、《庞三春》等戏曲剧本，陆续在本省《乡音》等刊物上发表。

1962 年 8 月 5 日—8 月 20 日，陈敬芝应安徽省文化局的邀请，参加了在岳西县举办的花鼓灯舞蹈研究班。凤台艺人还有田振起、万方启、李学洪以及省内外的舞蹈界人士、专业文艺表演团体及艺术院校也派员参加。

这次活动是建国后第一次对花鼓灯歌舞艺术进行系统研究。陈敬芝就自己所知，把凤台县花鼓灯的历史沿革、服装、化妆、演出形式、演出节目及“腊花”行当的动作、姿态、步法、唱腔、歌词等问题，向专家及同行们做了全面的介绍，为提高凤台花鼓灯在民族舞坛上的知名度，做了大量的宣传工作。

这次研究活动，也是陈敬芝艺术表演生涯中一次大的转折。从前，他玩花鼓灯可以说全是即兴表演，千百个动作组成无数优美的舞姿。同一个节目，这次这样演，下次可能就与这次不同。

玩友互相配合得好就有好的表演效果，互相配合不协调，演出就不顺手。同样演出时间不固定，艺术上不好积累，不利于发展和提高。在研究班上，由于学院（皆是专业舞蹈工作者）解剖式的询问，促使他对自己表演上的一招一式进行了系统的回顾。陈敬芝从表演的角度上分析出凤台、怀远、颍上三县花鼓灯风格流派的相同处与不同处。把“腊花”的表演分成步法、姿态、拐弯、转身、扇花、手巾等几大部类。把每个具体动作又根据伴奏，分解出从产生到到结束的全部过程。

通过这次研究班，他对花鼓灯歌舞艺术有了理性上的认识，个人的表演技艺也基本稳定下来。有次示范表演，他即兴做了个身体倾斜动作，北京舞蹈学院教师刘友兰、马力学等连声赞美。他们共同把这个动作命名为“倒塔”（也称“斜塔”）。教学中，舞蹈家徐淑瑛指着陈敬芝习惯性身段说：“大家来看，陈老师形体上有几道弯哪！”这一姿态大家就把它命名为“三道弯”。另外，陈敬芝在步法上的“单磋拔泥步”、“绣步”；扇花的“外八字扇”、“遮阳扇”、“反阳扇”；动作的“鹭鸶拿鱼”、“燕子驶水”

等动作，都是在这次研究班教学中命名的。

在岳西，陈敬芝也十分注意观摩其他老艺人的示范教学，以便总结经验提高自己。在研究班上，他以李学洪的“波脚转身”为基础，发展成为“单跳转身”、“双跳转身”，后又发展为“单双跳拧”……

这期研究班结束时，北京舞蹈学院的教师马力学代表全体学员，赠送陈敬芝铜牌一枚，以感谢陈老师的辛勤栽培，感谢他对继承发展花鼓灯事业所作的贡献。

六、实现艺术飞跃，汗洒艺苑育英

从岳西返回之后，陈敬芝又应安徽省艺术学校的邀请，担任为期两年（1962—1964）的花鼓灯舞蹈教师。刚开始上课，陈老师即兴表演了一段“游场”，他走动如同“燕子驶风”，轻快活泼；舞起来像“风摆杨柳”，轻盈妩媚。学生们想模仿陈老师的舞姿，但是，那无数令人眼花缭乱的动作一闪即逝，拿着扇子却不知从何学起。一连几堂课，都是这样。陈老师急得吃不下饭，睡不好觉。舞蹈科主任董振亚得知后，马上派来了青年教师高倩帮助他备课。

陈敬芝结合在岳西花鼓灯研究班时的教学方法，进行示范表演；高倩一边询问一边记录，初步整理出适合中等艺术学校学生学习的扇花、手巾、步法、身段四类动作。每类动作又进行细分，形成单一动作。

这些单项动作，陈敬芝都让助手高倩、柏发轫按音乐图分解出来，有的还绘制成动作图。教学时，先把动作的生活来源给学生们进行介绍，然后一招一式，举手投足，按照动作图协调动作。学生们循序渐进，从扇子、手巾的集中拿法，到某种动作要领在哪；某身段上身需要旁侧还是右侧；是松胯、出胯，还是需要吸胯、收胯；某些动作是要梗、要僵，还需要放松、要颤抖，都一一写成教案，边示范、边讲解。通过试教，效果比较明显。

两年中，学生程贤淑、孔焕春、王斐若、陆忠河、郭淑玲、滕莉莉、陈梅梅等几十名学生，都从陈老师那里得到真传，后逐步成长为国内外舞蹈界知名人士。

通过教学实践，陈敬芝积累30年的花鼓灯表演技艺逐步系统化、规范化了，自己表演上的风格特点更鲜明突出了。省艺校教学的两年，是他花鼓灯事业上的一个飞跃，对继承发展凤台流派的花鼓灯表演艺术也具有重要意义。

七、百尺竿头再进，金秋硕果累累

1978年6月9日，刚办完落实政策手续的陈敬芝，回到了阔别了几年的县文化馆。他摸了摸已经花白了的鬓角心中无限感慨。他惋惜艺术青春白白的流逝，深感在事业上自己贡献得太少了。他暗下决心，在自己有生之年多做工作，努力把损失的时间补回来。

在此之前，他还根据“兴修水利”、“实现大地园林化”活动中发生的事情为素材，调动了多种花鼓灯传统表现手段，如：“三抢”（即抢手巾、抢扇子、抢板凳）；“上盘鼓”中的造型技巧；运用生产工具（经过美化）代替女角手中几百年沿用的道具（手巾、扇子）；运用“岔伞”替代生活真实中的树木，编排了三人舞《挣锹》、群舞《采种》。《挣锹》这个舞蹈在县、地、省三级专题会演中均获好评，1988年间，被淮南电视台摄制成电视艺术片。

1978年8月，他的代表作——独舞《游春》及传统舞蹈《抢板凳》（与李兆叶、朱冠香表演），由安徽省文化局、安徽省电影制片厂拍摄成花鼓灯资料片。在县文化馆里，他分管新文化大楼的基建任务，管理电视放映室，辅导业余群众文化活动，担任工会的主要领导工作。他忙得声带充血、小腿浮肿，还带病接待外地来学习的同志。

1979年，他加入中国舞蹈家协会。后担任中国舞蹈协会安徽分会理事。

1980年8月，他被选为凤台县和淮南市第八届人民代表大会代表。为维护人民的利益，行使着自己神圣的权力。

1981年，他被淮南市总工会评为先进工作者。

同年，他与老友宋廷香在古店乡王大村，进行农村创办业余花鼓灯培训班的试点工作。他以王大村为教学基地，通过一年多时间的努力，摸索出一套办学经验，为农村培养出业余文艺骨干十余人。

1982年5月，陈敬芝光荣加入了中国共产党。

12月，他与陈永顺合作，根据诗人方君默的诗意，以他本人的表演艺术为素材，编排独舞《野花谣》（吴国兰表演），在安徽省农村业余文艺会演中获优秀创作奖、优秀演出奖。

1983年2月—8月，他应北京舞蹈学院邀请，任舞蹈系特聘教师，向舞蹈家徐淑瑛、方青、刀美兰等传授“东方芭蕾舞”——花鼓灯表演技艺，为他们出国访问，与世界人民进行文化交流准备节目。

1984 年，他被评为淮南市文化系统先进工作者，并被中共凤台县直属机关委员会评为优秀共产党员。

陈敬芝并不满足工作中已取得的成绩，他一直在考虑怎样培养新艺人，把凤台花鼓灯的艺术成果发扬光大。

为此，他多方呼吁，上下联系，筹集资金，商借校舍。忙，使得他顾不上理发洗澡，自动牺牲了所有的节假日。领导上提醒他注意身体，他动情地说："如能办好艺训班，就是搭上我这把老骨头也甘心情愿。"

经过县委及文化部门领导、群众的一致努力，1984 年 7 月 1 日，全省第一个花鼓灯艺术培训班成立了。学生年龄较小，陈敬芝早晨喊他们起床，晚上催他们休息，夏天为他们挂蚊帐，冬天还为几个小学生穿棉衣。为能让学生吃上热饭，他帮助食堂批煤、买粮，安排伙食。个别学生受社会上不良风气的影响，学习训练不安心，陈敬芝跑几十里外进行家访，配合家长做好思想工作。为了提高教学水平，使学生德、智、体得到全面发展，他主持制订教学计划，开设文化、音乐、舞蹈基础知识、毯子功等多项课程。假期中，他带领艺训班老师到省艺校观摩学习，帮助青年教师备课，给他们讲解花鼓灯歌舞教学的规律与方法。每个阶段的教学任务，他都和老师们进行研究，做出合理的安排或调整，并定期检查教学效果。在教师宿舍未落实的日子里，他风里来雨里去，一天跑六趟，约四十华里，从未误过一分钟、缺过一堂课。有校舍后，他吃住在艺训班，一年零两个月未回过家，连春节都是在培训班里度过的。

陈敬芝与邓虹在教学

辛勤的耕耘，获得了艺坛的累累硕果。1985 年 3 月，艺训班的学生在淮南市首届花鼓灯艺术节上演出的《踏青》等节目获优秀创作奖、优秀表演奖。

1986 年元旦，艺训班学生表演的《大花场》等舞蹈由安徽省电视台摄制成专题片，作为向安徽五千万人民祝贺新年的节目播出。报载评论："这组节目风格各异，多彩多姿。""这些少年演员的表演，惹人喜爱，显得生气勃勃。"

同年 2 月，陈敬芝及艺训班的师生参加了电视艺术片《花鼓灯》（安徽电视台摄制）的拍摄工作。记者采访了陈敬芝，艺训班的办学情况通过荧屏传向全省。

1986 年 12 月，由陈敬芝等创作编排，艺训班学生表演的独舞《黄毛丫头》在参赛节目众多、强手如林的全国民间音乐舞蹈比赛中，获创作二等奖（获安徽省民间音乐舞蹈比赛创作一等奖，获淮南市音乐舞蹈优秀作品奖）。为此，陈敬芝获文化部、广播电影电视部联合颁发的奖章一枚、证书一册。

1988 年春，《黄毛丫头》、《抢板凳》、《借魔扇》三个节目由艺训班学生梁虹等带往安卡拉，在土耳其国际儿童艺术节上演出，花鼓灯舞蹈获得欧亚 30 多个国家、地区的儿童及世界人民的喜爱。

陈敬芝目前已过古稀之年。日前，他又为淮南电视台、中央电视台分别拍摄了花鼓灯电视艺术片《游春》（独舞）。对他表演艺术的评论，现有方庆长的《兰花赋》为证："一块罗帕，一把锦扇，织满台虹霓，绣遍天奇葩。莲步轻盈，柳腰玲珑，似飞碟如飘纱。舞悲欢离合，唱酸甜苦辣。百姿千态妙传神，莺声燕韵凝流霞……"为表达对陈敬芝的敬慕，北京舞蹈学院、上海舞蹈学校、广东舞蹈学校、总政歌舞团四个单位，联合向他赠送锦旗一面。文曰：一条线委婉再芳华。愿他艺术之花常开，丰硕之果多摘。

宋廷香从艺事迹侧记

宋廷香，1905 年 3 月 10 日生于白塘乡南宋加一个农民家庭。3 岁患眼疾，无钱医治，左眼失明，大家喊他"宋瞎子"。父亲宋德成一辈子帮人家打长工，米琴给人家当乳娘，以微博的工钱养活全家 6 口人。大姐 10 岁气就帮父母做农活，8 岁的宋廷香带两个弟弟要饭，后帮人家放牛，做短工，打长工，这样的日子一直过了20年。

宋廷香的家乡，是凤台县花鼓灯歌舞的盛行地区之一，历史上出过王贤、陈万发、王老五、田振起等许多著名艺人。宋廷香因受丰占文（艺名水萝卜）、陈二麻子等花鼓灯艺人的影响，自己也想下场学玩灯。1918年，他与盛文武、张凤堂每人凑一块钱，到怀远县买了锣鼓与两件玩灯衣服，开始学玩灯。当时，他主要向顾桥北童郢孜的童傻子（别名童老侉）学玩"文伞"、"跑大场"。在农闲或者阴雨天，宋廷香家里多数吃两顿饭，就是请人教灯，家里也只能烧个稀饭、贴个秫面馍，父母心里觉得不过意，就劝他算了吧。宋廷香坚持要学，一次两次上门去求学。童傻子看宋廷香学艺心切，便主动在晚饭后上门来教灯。

在稻场上，他俩一练就是大半夜，直到回家睡觉时才感到饥饿与疲劳。宋廷香白天干活歇息时，便在水塘边、垡子地里练习翻筋斗，把晚上学的"二马分鬃"、"掰莲花"、"乌龙摆尾"等十多种图形在老坟滩上操练。

老艺人曹开盛，会玩花鼓灯、唱花鼓戏，在岳张集一带颇有名气。宋廷香在盛家楼打长工期间，常请曹开盛前来教灯。他模仿力很强，学谁像谁。一年后，玩灯、唱花鼓歌、《推小车》（民间灯舞）等表演技艺，与一班玩友相比都胜人一筹。在演唱花鼓歌及"领伞的"舞蹈艺术方面，宋廷香还得到过刘集乡艺人刘佩德（别名刘端公）的影响和指点。

青年时代的宋廷香嗓子好，声音洪亮。他略通音韵，根据见到的听到的事情，触景生情能即兴编词，并会唱很多民间小调和花鼓歌。参与表演《大场》时，他多担任"领伞的"。无论演员多少，他总能指挥调度合理，使图形变化得逼真好看。每当转换队列时，他打招呼（呼喊）喊得恰到好处，使玩友不紧不忙。《大场》跑到高潮时，他那几声响亮的口哨声更增添了场子上热烈的气氛。

宋廷香是个有心人，在玩灯的过程中，特别注意从生活中提取素材，创作节目。针对观众在看灯时，经常要求延长演出时间的要求，他与田振起、盛文成、戴小旺子等人，根据农村中小姑娘与男孩子嬉戏玩耍，争坐一条板凳的农家生活，创作演出了儿童三人舞《盘板凳》。这个节目开始情节比较简单，后经艺人们你加一点我添一点，逐步形成了独具凤台花鼓灯艺术特色的儿童舞蹈。宋廷香等通过这个舞蹈，开创了花鼓灯情节舞蹈的先河，改变了过去花鼓灯只有情绪舞、演出节目单调的旧格局，推动了凤台花鼓灯歌舞艺术的发展。

30年代中期，宋廷香在西陈集玩灯中，结识了比自己小十几岁的陈敬芝。花鼓灯歌舞艺术把他俩的命运联系到了一起，在以后的玩灯唱戏中，他俩互相帮助，互相配合，结成了莫逆之交。后又欲詹乐亭、李学洪等人一起，同时驰名于颍上、寿县、凤台一带。他玩灯时，宋廷香是陈敬芝（扮“腊花”）最亲密的搭档。他俩经常在一起表演《小花场》，宋廷香扮“鼓架子”，他面部表情丰富，善逗趣，与陈敬芝配合默契。他们合演的《推小车》独具特色。陈敬芝端灯持伞盛装“坐车”，宋廷香双手攥住腰带两头，把腰带扁担似的横担在肩，在陈敬芝身后“推车”。他根据“坐车”的步法上的变化，分别运用花鼓灯“鼓架子”的紧步、碎步、漫步等与其配合。上坡、下坡、过小桥、陷泥窝等动作，都做得非常逼真并富有一定的艺术夸张。他唱的《小车歌》词语幽默风趣，常逗得观众捧腹不止。

在生活中，宋廷香则是陈敬芝的兄长。出门玩灯像待亲弟弟一样照顾他。怕草鞋磨脚，帮他打双布草鞋留赶路；在灯场中，陈敬芝那时玩灯已经很“红”，扮个“腊花”围观的人很多，甚至有拥挤现象。宋廷香总是连说带劝，想办法替陈敬芝解围。陈敬芝上场以前喜欢喝茶，宋廷香总是给他准备得好好的，茶杯送到他手上。在陈敬芝父母的眼里，宋廷香也是他家的成员之一。为解决儿子的婚姻问题，也找他来商议。宋廷香大包大揽，一手操办。婚事简单而又迅速地办妥了，了却了陈敬芝父母的一桩心事。

丰富了【清音】调，组建“弦子灯”班也是宋廷香、陈敬芝等在玩灯中的一大创新。

1937年，宋廷香、陈敬芝等人从霍邱学得【清音】调后，宋廷香凭着记忆，口授音调，请民间乐手梁金传、韩运辉在自制的板胡上摸音试奏。宋廷香唱一句，他们学着拉一句。不准确的地方，宋廷香随即给予纠正。几天下来，【清音】调终于在部分凤台艺人中传播开来。宋廷香又根据【清音】调的落音规律，每句唱腔后都给他增添了一个鱼唱腔落音相同、与唱腔相呼应的一个过门。

有了伴奏和过门，演员演唱有了依托，结构更趋合理，表现力也增强了。接着，宋廷香与陈敬芝等从《宣讲拾遗》、《廿四孝》等书中提取章节、演绎故事、分扮角色，编演了《安安送米》、《白海棠割肝救母》、《白玉楼讨饭》等剧目。由于这些戏故事情节扣人，具有抑恶扬善的鲜明

倾向，角色搭配得当，人物形象鲜明；加之【清音】调很快在凤台及毗邻的几个县农村中流传开来。因为他们的灯班演出这些戏用“弦子”（民族拉弦乐器）伴奏，故人称“弦子灯”。

宋廷香是一位多才多艺的演员，改演“弦子灯”后多演老旦。他平时很注意生活积累，能将自己对社会中各个阶层中老年妇女的认识和理解搬上舞台，扮演角色，着力表演人物多变的内心世界。他眼睛虽有残疾，但是面部表情准确（俗称脸上有戏），唱腔中常运用停顿换气表现抽泣，尤其擅长塑造悲剧人物。一次，在寿县茶庵集演出《白海棠割肝救母》，观众被宋廷香等人的表演所倾倒，对剧中的白海棠表示无限同情。台上台下一片饮泣之声，观众中突然跑出来一妇女，把扮演婆婆的演员宋廷香打倒在地，并哭喊：“白海棠把心肝都割给你吃了，你还要打她，要你这样的人干什么！”通过大家再三解释，那妇女才明白过来这是在演戏。这一带观众中流传“看了‘宋瞎子’，哭了一家子”的赞语。在凤台叶家荒演出期间，小学校长董振风赠他银牌一块，上嵌文字“如同春雪”。称赞他演唱音调清脆圆润，表演技巧高超。另外，宋廷香在扮演彩旦角色中的表演也颇见功力。《白玉楼讨饭》中的李三姐，他演得风骚、险恶；《安安送米》中的婆母演得愚昧狠毒；《游春》中的王干妈演得泼辣、诙谐。每个人物都表现得性格鲜明，绝无千人一面之嫌。一次，在武集演出《白玉楼讨饭》，他扮演的李三姐正与奸夫周大来吃酒调笑，暗地庆贺陷害侄媳白玉楼已得手的时候，台下突然闯来一人，持枪扯住“李三姐”，一直把“她”拖下舞台，准备将“她”打死。观众哗然，齐围上去劝阻：“人家这是在演戏呀！”“他是玩灯的宋廷香……”持枪人这时才恍然大悟，连忙向宋廷香赔礼道歉。所以凤台观众中也流传着“看了‘宋瞎子’，气了一家子”的话语。

由于“弦子灯”的出现和流行，一些著名的花鼓灯艺人如刘传山（艺名盖淝河）、冯金辉（艺名白菜心）、“小铜锣”、“白菊花”、“假貂蝉”他们都逐渐偃旗息鼓，退了下来。“一条线”、“宋瞎子”、“盖九江”等几位艺人名声大振。

新中国成立初期，在县文化馆的领导下，以西淝河南北岸的两个“弦子灯”班合并一起，成立了“弦子灯”专业演出团体——凤台县地方戏大众剧团。宋廷詹乐亭、苏秀礼等任剧团负责人。他们那时演出、住宿、生活各方面条件都很差，经济上实行自负盈亏。三个铜板一张票，每天两场戏，收入二至三元。散戏后几个人合盖一条被子，睡在芦席棚子下面的土台子上。演职员二十来人，有走有来的，人数还不能固定。当时有一首顺口溜反映了他们的状况：

弦子灯，真可怜，大褂当做蟒袍穿，
头上戴顶破礼帽，身披红布当大官；
破锣烂鼓敲不响，竹竿根子当鼓板，
一共不会十台戏，还有几处不管演，
要是演个武打擂，权把扫帚扬场掀……

凤箫吟

像这样的演员阵容、经济状况、演出设备，当个剧团的领导其难度是可想而知的。宋廷香工作认真负责，能吃苦耐劳。为了解决演职员吃饭问题，他每天天不亮就起床，挑水和泥做土坯卖，以补贴职员菜金。他在后台放个烟匾，发动小演员在池座里拾烟头留给有烟瘾的演员下场时吸（他一辈子不吸烟)。剧团流动到八公山，雇了一艘小船坐人装道具，为了争取时间节约开支，他带头脱掉鞋在雪地里背绳拉纤。每天早晨，他烧好洗脸水再喊职员们起来练功练唱，上午还带领他们参加区里组织的政治学习。宋廷香根据当时的形势，做好演职员的思想工作，鼓励他们眼光要放远，不要叫家里二亩地缠住腿，要团结起来渡过暂时的困难，1951 年 8 月，宋廷香代表这个新生的剧种，参加在合肥召开的皖北戏曲研究会。他演唱的【清音】调被工作人员高光照、朱禹、梅薇等人取名为“四句推子”的实况录音。1956 年，【四句推子】改名为“推剧”。次年，大众剧团改名为凤台县推剧团。由宋廷香等从外地带回来的一首民歌，经他们不断丰富发展，成为“弦子灯”的主要声腔。在极其艰苦困难的条件下，他团结了一批艺人，保存了演出实体，不断吸收花鼓灯歌舞的表现手段及兄弟剧种的艺术“营养”，最终促成“弦子灯”从花鼓灯歌舞中完全脱离出来，形成了一种新的艺术形式。——推剧这个全过程，就是宋廷香等人从艺历史上闪光的一页。

由于眼睛残疾等问题，宋廷香50年代中调入商业部门后，转入县水稻原种场工作。他虽离开了文艺战线，但是对来凤台搜集挖掘花鼓灯歌舞的历史沿革、演出节目、“鼓架子”的表演艺术等情况一一给予介绍，对学艺者耐心示范教授。为花鼓灯表演凤台流派的形成和确立，向专家与学者提供了系统的艺术资料。

80年代初，他与陈敬芝在古店乡王大村创办了农业业余花鼓灯培训班。一年多时间里，为当地培养了花鼓灯歌舞小演员二十多人，为准备成立县花鼓灯艺训班，探索花鼓灯歌舞的教学规律，打下了坚实的基础。

1986年间，年逾八十高龄的宋廷香与老玩友陈敬芝、詹乐亭，应安徽省民间舞蹈集成办公室的邀请，拍摄了他们的精彩表演——花鼓灯歌舞后场小戏《游春》（电视片)。这个节目“戏里有舞、舞里有戏”，既能“闻”到花鼓灯的气息，又能看到推剧的雏形，为研究民间歌舞与戏曲的关系、探讨地方戏的发生发展规律提供了珍贵材料。

鉴于宋廷香在民族民间舞蹈方面的突出贡献，1987年，中国舞蹈家协会民间舞蹈研究会发展他为会员。

“盖九江”詹乐亭

詹志祖，号乐亭，民国元年（1912）生于刘集乡山口村。自幼学花鼓灯，17岁时开始扮“腊花”，下场子。为了在社会上有影响，与原凤台东北部地区的著名花鼓灯艺人刘传昌（别名盖三江）抗衡，故起别名“盖九江”。他酷爱花鼓灯艺术，好玩好唱。花鼓灯表演技艺受王贤、储洪玉、孔斜子、胡从善、宋廷香的影响较深。玩灯时，“腊花”少了他扮“腊花”，“鼓架子”少了他扮“鼓架子”（青年时代起多演“鼓架子”)，表演技艺发展得比较全面。灯场子上他从不惜力，从黄昏演到次日天亮，精神十足，也不嫌累。

1937年起，詹乐亭加入了宋廷香、陈敬芝等人的花鼓灯班，经常演出在凤台、寿县、颍上、霍邱等地的农村集镇。按照传统习惯，他们在花鼓灯歌舞之后加演“后场小戏”。詹乐亭在“后场小戏”《游春》中扮演小生（当时称“公子”）王明高，在《拾棉花》中扮演大妈。他们灯班的演出，除锣鼓外增加了民间弦管伴奏，有情节的生活小戏十分符合农村庄稼汉们的欣赏习惯。灯班每到一处，深得群众欢迎，称他们为“弦子灯”（即后来的“推剧”）。詹乐亭在“推剧”《送香茶》中扮演张宝童，《安安送米》中扮姜诗（皆“小生”行当）。上演剧目逐步增多，他又扮演彩旦、老旦，与陈敬芝、宋廷香三人同时驰名于颍上、寿县、凤台一带。

1950年底，詹乐亭参与了“凤台县地方戏大众剧团”（县推剧团前身）的建团筹备工作。在当时演员行当不齐，集体经济拮据的困难时期里，他与宋廷香、苏秀礼、李兆叶、朱冠江等带领十几个人一边坚持演出，一边坚持劳动生产，以副业收入弥补演员的生活，使得“推剧”这个唯一的专业表演团体逐步发展壮大起来。

1953年3月，詹乐亭作为安徽省代表团的一名成员，参加了华东区及全国第一届民间音乐舞蹈会演。在电影《民间歌舞》中扮演“领伞的”。会演期间，他曾多次应驻京的专业舞蹈团体邀请，前去传授花鼓灯舞蹈表演技艺。“五一”国际劳动节期间，加入了首都文艺大军的游行队伍，接受了党和国家领导人的检阅。会演结束后至1965年，詹乐亭一直在凤台推剧团担任演员工作。1976年，詹乐亭参加了家乡山口村组织的文艺宣传队。他充分运用花鼓灯歌舞艺术，编排了配合形势教育的活报剧——《打倒“四人帮”》。在剧中，他扮演姚文元一角，行走时运用“矮子步”等技巧，把姚文元瞒上欺下的丑恶嘴脸，表演得淋漓尽致，一时在刘集一带传为佳话。

詹乐亭在后场小戏《拾棉花》、《游春》中扮老旦、彩旦的表演片段“游春”，是他花鼓灯舞蹈表演艺术上的一手“绝活”。表演中，他多采用小颤步、花梆步、半十字步、大泼步等花鼓灯步法。表现角色越走越快时，他还使用大风摆柳及小风摆柳步法。正疾步前进时他突然停下，上身前俯后仰（足下原地未动），双腿有节奏的一弯一曲，手中的道具（破芭蕉叶扇子）放在右胯前，左肩和扇子随着音乐节拍上下颤动，动作洒脱大方，表情幽默风趣。这时，角色虽在舞台上没有走动，但形体动作，始终让观众感觉他在疾步前进。

詹乐亭扮演的老旦及彩旦的“游场”舞蹈，在观众中享有盛誉，深受

舞蹈界专家同行们的青睐。这方面的资料已被收入安徽省艺术研究所高倩编著的《安徽花鼓灯》一书。1979 年 8 月，安徽省文化部门，又把他的“游场”舞蹈拍摄成资料片，现在安徽省民族民间舞蹈集成办公室保存。

“一阵雾”王考千

王考千（艺名“一阵雾”）1931 年 12 月 18 日生于潘集区夹沟乡王嘴村（原凤台县高皇区）。小时家贫，仅读四年私塾后辍学，帮本村王希照家放牛。王考千的家乡——泥河之滨是花鼓灯歌舞盛行地区，艺人辈出，世代相传。在放牛时，他常和小伙伴们，模仿大人的架势扭花鼓灯。王考千小时聪颖好学，听到的歌、看过的舞一学便会。由于他坚持勤学苦练，12 岁就能下场子和大人们一起玩灯了。经常在一起的玩友有赵登昌、陈广美（别名盖三县）、武佩选（艺名气死猴）、王建坤等。

新中国成立后，王考千曾多次参加凤台县、阜阳地区和全省文艺会演。1953 年，他赴上海，在华东区的民间音乐舞蹈汇演大会上演出，载誉而归。

王考千玩花鼓灯是个多面手，能歌能舞。他年轻时扮演“兰花”，有时也兼演“鼓架子”。扮演“兰花”时常用的动作与步法有“端针匾”、“风摆柳步”等。即兴编写演唱花鼓歌，是王考千独具的艺术特长，他能见到什么唱什么，唱词信手拈来，却也押韵合辙，使用的都是老百姓的口头语，抒发的都是人民大众的肺腑情。针对旧社会瞧不起玩灯艺人的世俗观念，他唱道：“人人都说玩灯孬，我把玩灯表一遭，永乐皇帝当过灯头，三宫六院把头包，文武大臣把锣敲，小朝廷挎鼓不能算孬。”为反映农村中轻视妇女、虐待童养媳的现象，他以众多反映妇女生活的传统花鼓歌为基础，编演了男女对唱《小圆房》，经凤台县文化馆丁怀亮等加工整理后，1957 年元月，在安徽省首届民间音乐舞蹈会演大会上《小圆房》获优秀创作奖，王考千荣获表演特等奖。同年 3 月，他与郭廷英（凤台县关店区丁集乡炮楼村人，扮“腊花”）合作，在全国第二届民间音乐舞蹈会演中，花鼓歌对唱《小圆房》荣获优秀创作和表演一等奖。在京期间，党和国家领导人朱德、周恩来、宋庆龄等亲切地接见了他们，并合影留念。这个节目先后在《大家演唱》、《扫盲专号》等刊物上发表。广大观众评论王考千等演唱的花鼓歌对唱《小圆房》“语言通俗，百听不厌”。为响应党中央“根治淮河”的号召，王考千唱道：“毛主席号召修淮堤，老百姓心里都欢喜，俺决心要把淮河来修好，你可记得五零年大水欺……”针对农村中娶媳妇大要彩礼的旧俗，王考千编演了《新事新办歌》，深刻地批评了落后现象；《统购统销歌》、《土地到户歌等》热情地讴歌了党的政策及农村中的新变化。

演奏花鼓灯锣鼓王考千也是个行家里手，鼓、锣、钹等他样样皆通，尤其以演奏大锣最为出众。他打锣鼓速度、节奏掌握得好，快而不赶，慢而不散，强弱起伏，对比分明。他以锣领奏时，锣鼓点变化多端，不掉锤子不嚓音，撒土不漏。演奏中，他边击锣边做动作，锣锤时而高举过顶，时而与同伴指戳戏耍，整个气氛让他渲染得热烈非凡。

光阴似箭，王考千从艺生涯中，酸甜苦辣什么样的滋味他都尝过。目前，他担任本乡业余花鼓灯歌舞团的教练。虽然已年近花甲，家务繁重，但是他还常携带老伴与大家一起排练演出，为继承发展民间的花鼓灯歌舞事业，常年活跃在基层第一线上。

独具特色的“猫春”歌舞

在花鼓灯歌舞及推剧流行地区的凤台、寿县、颍上广大农村集镇，提起艺人“猫春”来，可以说妇孺皆知。茶余饭后，人们常聚在一起评论他的唱，津津有味地议论他的舞……

李兆叶，艺名“猫春”，1926 年 4 月 4 日生于焦岗乡满台孜的一个农民家庭。他的家乡盛行花鼓灯歌舞，这个坐落在焦岗湖岸边不到二百人的小村庄，清朝宣统年间就有三班花鼓灯。当时，乡村中文化生活太贫乏，人们精神没有寄托，庄稼汉们对玩灯有着深厚的感情。李兆叶的三奶（李洪国母亲）是老灯主，都说她是“吵家”（意思她家受了吵闹）。但是她很乐意承担义务，不怕“吵闹”，主动为玩灯的烧茶倒水，组织演出。李兆叶 14 岁跟本庄李兆富（别名一条绳）学玩灯。他平时见人不多言，不多语，但是他生性聪颖，听别人唱歌，看别人跳舞便暗地留心学习。同班学玩灯的年轻人李兆如（“鼓架子”）、李洪宣（“大腊花”）、李洪坤、李兆春、李洪本等都赶不上他。操练几个月后，他就“下场子”玩灯了。最初在本庄玩，后陆续到邻庄及毛集、刘集、肖庙、夏集、西成集、董刚、史集、曹集等地玩灯。

李兆叶玩灯时扮演“腊花”，头上用撒包头（农村妇女的头巾）一围，上插球花（有时后边还安“架花”）。上身着水红或水绿青年布大襟褂，下系插花缎裙子这身打扮，配上他匀称的身材，灵活优美的舞姿，当时确实

令庄稼汉们、连大姑娘小媳妇们都自愧不如。他只要上了灯场，锣鼓一敲起来，精神十足，步法轻盈，动作敏捷，与平时生活中老实巴交的“猫春”判若两人。《小花场》是他经常表演的舞蹈，姿态表情富于美感，扇花手巾花丰富多彩。常用的扇花有单花、双花，以及很多说不出名字（他也从来没给动作起过名字）的单项动作，说起玩灯，他有一个体会：“只要玩得对手（指玩友的紧密配合），锣鼓能敲到点上，动作就多，手巾花、扇子花就用不完。”

他 16 岁起开始出远门玩灯，先后到过双桥、窖口集、堰口集、石集、保义、隐贤集、众兴集等地。他的表演深受当地群众喜爱。桥口集的冯常春、保义集的常东升先后送给他两块“银牌”（特制的一种银质饰物），有链子可系胸前，下安有穗子和铃铛。三角寺的热心观众送给他两条裙子、一副“头面”（女人头上饰物），以表达他们的敬慕之情。

千里长淮一条线

李兆叶在玩灯的过程中，逐渐受陈敬芝等人影响，后改演“推剧”（当时还叫“清音”）。常演的剧目有《白海棠割肝救母》、《白玉楼讨饭》、《安安送米》、《贤媳孝公》、《王林休妻》等。后又跟本族五叔（唱倒七戏的）学会《送香茶》一剧，传唱各地，名声大噪。李兆叶嗓音高亢明亮，真假声结合得非常自然。在演唱“清音”调的过程中，他勤于钻研，广采众长。唱腔旋律丰富多变，虚字衬词顺其自然，他并能根据人物性格设计出多种性格化的唱腔。他所唱的“清音”调，每句前两小节大都能在高音区活动，自成一派，独具特色。在毛集一带，人们誉为“猫春调”。从玩灯逐渐变成唱戏的过程中，李兆叶坚持在戏中运用花鼓灯艺术。他担任“花旦”上场时仍手持扇子、手巾，上场、下场、上楼、下楼、观花走路、担水、划船等都用“游场”（当时叫“踩弦子”）。伴奏的打击乐器仍使用花鼓灯锣鼓，运用花鼓灯锣鼓曲牌。

1949 年，李兆叶带领刘殿香、刘殿尧、刘国米、赵忠寺、冯春光等艺人到蚌埠演出。当时戏报上还写着“弦子灯”，后“西大众剧场”负责人建议把剧种名改为“红灯四句梆”。1951 年初，按照凤台县文化部门的意见，以万方启、朱冠江、苏秀礼为首的“弦子灯”班与李兆叶所领的一班艺人，合并成立“凤台县地方戏大众剧团”（县推剧团前身）。从此，经过众多艺人长期艰苦的探索创造，在花鼓灯歌舞的基础上经过丰富演变，产生了一种新的艺术表演形式——推剧，并建立了一个集体所有制的专业表演团体。李兆叶担任了剧团第二届的副团长。

1953 年 3 月间，李兆叶作为凤台花鼓灯艺人的代表，参加了华东区及第一届全国民间音乐舞蹈会演。他担任群舞《大花场》中的第四个“腊花”，与“鼓架子”一起表演的高难技巧有“老鹰叼鸡”等。在三人舞《盘板凳》（即《抢板凳》前身）中扮演一位农村少女。

他的表演洒脱朴实，动作敏捷轻快，获得同行与观众们的一致好评。会演中获纪念章、纪念品（铜碗）多样，著名戏曲表演艺术家梅兰芳赠《梅兰芳戏曲摄影画册》一本，以示纪念。结束后，李兆叶应邀先后在西北歌舞团，蚌埠治淮文工团，中国人民解放军总政、空政、前线歌舞团任花鼓灯教师，为传播民族民间歌舞艺术贡献了自己的力量。

全国会演载誉归来后，李兆叶一直在县推剧团担任领导及演员工作。他戏路子宽，表演富有特色。工作任劳任怨，没有架子，深得演职员及观众的欢迎。“文革”中，李兆叶全家被下放农村（后回城），在家乡，他积极参与文艺宣传工作。曾举办多期花鼓灯（也有推剧）培训班，他不辞辛劳，不怕困难，手把手、口对口带徒弟、教学生，培养花鼓灯凤台流派的接班人。经他培养的一群能歌善舞的“小猫春”活跃在毛集、曹集一带。

星移斗转，李兆叶在舞蹈、戏曲表演生涯中度过了四十多个春秋。退休后，他积极响应号召。为安徽电视台、淮南电视台拍摄花鼓灯电视片进行表演。他那优美的舞姿、高亢激越的歌声将伴随着时代的脚步，一直流传到很远很远……

丑陋名角万方启

在凤台、寿县等花鼓灯歌舞流行地区，提起玩灯的“万陋子”无人不晓。“万陋子”是万方启的诨号。凤台一带，人们对丑角幽默滑稽的表演戏称为“出陋象”，而万方启这方面见长，故人称“万三”（他排行老三）“万陋子”。

万方启，1912 年生于凤台县刘集乡孤山村一个贫苦的农民家庭。其二兄万方顺、表兄陈万发（别号二老万），都是花鼓灯艺人，从小受他们的影响，19 岁开始玩花鼓灯。他的“小鼓架子”动作灵巧风趣，面部表情丰富，有戏曲丑角表演特点。在双人舞《小花场》中，他善于和“腊花”配合，感情表演细腻。

在“小鼓架子”的行当中，万方启创造性地运用“五响抓空”、“二起腿抓空”等动作来表现花鼓灯男角的矫健、敏捷。他的表演能力强，情绪饱满，善于通过简单细小的手势、动作、步法（如耸肩、抱头转身、鸭子演等）表现强烈真实的感情。他的嗓音虽属一般，但花鼓歌的演唱却有韵味。以演唱《请楼歌》、《挎鼓调》等表现男女爱情生活的花鼓歌最为拿手。

1945 年后，万方启改演“弦子灯”（推剧的前身），工“彩旦”、“老旦”、“三花脸”，与李学洪、朱冠香、苏秀礼、朱冠江等人搭班。他为人正直、心地善良，快人快语，好讲笑话，玩友们都愿和他接近。1949 年，他被公推为“灯主”，常带班子到石集、保义集、双桥一带演出。1951 年，该班与李兆叶“弦子灯”班合并，成立了推剧唯一的专业剧团——凤台县地方戏大众剧团。

万方启在艺术上从不保守，对向他学习花鼓灯表演技艺者，他总是有求必应，耐心教授，主要传人有张世根、张焕军等。他应邀参加过 1962 年安徽省文化局在岳西县举办的花鼓灯舞蹈研究班，为记录研究民间歌舞艺术满腔热情地贡献技艺。研究班结束后，安徽省艺术学校聘请他在舞蹈科执教半年。他是凤台县花鼓灯“小鼓架子”的代表，表演艺术已经被安徽省民族民间舞蹈集成办公室摄制成资料录像带。1987 年 7 月 2 日，万方启病故于原籍。

李学洪事略

李学洪（艺名小粉蝶），1922 年 6 月 1 日出生于桂集区彭圩乡，肖庙村的一个贫苦农民家里。家乡地处淝河湾，经常遭水灾。小时他跟随父母逃过荒，要过饭。12 岁起学玩花鼓灯，与陈敬芝、宋廷香、詹乐亭等搭班，经常到颍上、寿县、霍邱一带表演。玩灯中他结识了周开国等不少朋友，他们互相观摩互相吸收，在“腊花”的表演技艺方面逐渐形成逐渐的独特风格。他的动作朴实端庄，表演特点泼辣大方。

1939 年后它改演“弦子灯”，唱“一条线调”（“四句推子”的别名）。在灯班子里，李学洪擅长扮演老生、唱腔习惯加衬虚字，演唱有浓郁的乡土气息。新中国成立后，随万方启、苏秀礼等参加工作，是凤台县地方戏大众剧团（县推剧团的前身）的首批演员。

1953 年，他与李兆叶、朱冠香、梁仁树等作为凤台县花鼓灯艺人的代表，参加了华东区及全国民间音乐舞蹈会演。在三人舞《盘板凳》中，成功地塑造了一个天真活泼的农村小姑娘的鲜明形象。在京沪期间，专业文艺团体的舞蹈工作者经常找他学艺，李学洪总是毫不保留地进行示范表演，为继承发展花鼓灯艺术事业诚诚恳恳地工作着。

李学洪在县推剧团期间，工作踏实，待人亲和。1968 年 11 月 3 日不幸逝世。

朱冠香的花鼓灯艺术

朱冠香，1920 年生于桂集区彭圩乡彭武村。家乡地处西淝河北岸，花鼓灯歌舞盛行。他 15 岁起学玩花鼓灯，经常“泡”在灯场，表演受侯义陶、朱冠好等艺人的影响极深，后与李学洪、李孟杰、朱冠辉、段廷芝等艺人一起组班玩灯。他擅长扮演“小鼓架子”，动作灵巧敏捷，身段大方健美。具有凤台流派“鼓架子”特点的动作有挽腿（即缠丝腿）、飞脚二踢腿、前后扫腿、单腿后轱辘毛等。

1951 年初，他与万方启、苏秀礼、朱冠江等人参加凤台县地方戏大众剧团（县推剧团的前身），改演“推剧”，后担任管理服装的工作。他的花鼓灯“小鼓架子”表演艺术在凤台、寿县、六安、霍邱皆有名气。作为凤台艺人代表，曾四次参加阜阳地区会演，三次参加省级会演，节目与表演均获好评。

1953 年春，他与李学洪、李兆叶合作表演的花鼓灯儿童三人舞《盘板凳》被华东代表团选中，作为赴北京参加第一届全国民间音乐舞蹈会演节目，舞中他扮演男孩，表演天真活泼，富有浓郁的生活气息，会演中获好评。后三人应邀在北京、西安等地专业艺术表演团体任教。

1956 年，他应中央歌舞团邀请，与著名花鼓灯表演艺术家田振起、常春利（花鼓灯锣鼓演奏名手，怀远人）三人一起在京教学半年。教学中他热情、认真，深得领导、学员敬爱。凤台流派的花鼓灯鼓架子艺术通过他传播到全国各地。

1979 年 8 月间，他应安徽省文化部门邀请，与陈敬芝、李兆叶一起表演了《抢板凳》，演出被摄制成花鼓灯歌舞片。

“一根筋”周开国

周开国，艺名“一根筋”，凤台西北部地区颇有名气的花鼓灯艺人之一。他 1919 年 11 月生于关店区丁集乡郭徐村。小时经常看张文宣、陈子林（以上两位都是“腊花”）、桂天山（艺名小老天、“鼓架子”）他们玩灯，看灯看得饭也忘了吃，觉也忘了睡，简直着了迷。14 岁起自己包上头（当地也称“里角”），开始学着玩花鼓灯。玩花鼓灯没有严格的师承关系，都是老一辈玩友带着一些年轻人在灯场里锻炼出来的。急于想“下场子”的周开国，自己摸索传中了一套“操灯”（练习）、排练花鼓灯的代称方法，即“关上门操灯”。晚上，关起门来，在大桌上放一盏油灯，几个年轻人轮流上去扭，一人扭，大家在一旁边看边研究。舞蹈着边扭边看墙上自己的影子，哪个动作好，大家就一起学这个动作。

周开国的花鼓灯“腊花”舞蹈表演特点是：转身动作灵活（近似“砍砖”，先上右腿），手巾花、扇花多变。在双人舞《小花场》里，他的表演与“鼓架子”配合默契，质朴纯真地表现了青年男女之间的爱情生活。他思维敏捷，记忆力特别好，能演唱多种不同风格的花鼓歌与小调，最富有特色的有《黑眼疯》、《请楼歌》、《慢赶牛》等。

周开国虽已年过古稀，但他身体健康，精神开朗。他一辈子没离开过土地，没有一天间断了劳动。玩花鼓灯是他干农活之余的唯一爱好，但他从来不以此赚钱，图吃喝。他只坚信一条：“玩灯是好事，我也开心，别人也愿意看。”丁集乡周围的农村，经他手“操”过许多灯班，带出来的青年有李从辉、张大玉、张希武（以上是“鼓架子”）、张克俭、李从银、张廷选（以上是“腊花”）等。他排练的《大花场》（群舞）里边包括《满花场》，玩友们成双成对，每个人的脚步都踩在一个锣鼓点上，但是他们的动作、姿态、扇花、手巾花都不一样，使人观后有群芳争艳之感。

周开国青年时代玩灯的同伴有张大伦、张文清（以上是“腊花”）、张九学、段三、郭敬宝等。现在逢年过节，这些老人凑在一起，偶尔玩上一场两场。真是：玩“红灯”其乐无穷，叙友述情乐在其中。

……

由于我又有演出任务，不得不暂时中断对凤台县花鼓灯的调研与采访。午饭后回到宾馆，稍事休息便整理行装，准备提前一天去芜湖港，与我们中国煤矿文工团大队伍汇合。下午近两点，县文化局的王安超副局长风风火火赶到宾馆我的房间，告诉我说，李白月局长已在省文化厅开完了会，这会儿正在往家里赶的路上，并在电话里一再嘱咐，要他无论如何把我“扣”下来，等见面后再走。我心里一阵感动。在我采访生涯中，还没有一个当地政府的文化官员，不管级别多高多低，竟对一个文化人这样重视与珍惜，如此急迫和在乎。只要是来凤台了解花鼓灯，写花鼓灯，宣传花鼓灯的，不管是谁，他们一律真诚相待让人惊讶。李白月局长的急切和热情，让我隐隐约约地感到，花鼓灯在淮南市和凤台地区，从市里最高领导层面，直到县里主持工作的负责人，甚至是文化局领导之外的各机关科室中，都有不少人在关注关心对花鼓灯的保护、传承和弘扬。也许花鼓灯在凤台是国宝，是老窝，是富矿，是凤台人民的自豪与骄傲。是未来，全中国、全世界人民都将聚焦于凤台这个因矿而富，因花鼓灯而著称、人口不过53万多人的农业县的全部理由。甚至这里的芸芸众生，都在冥冥之中有一种预感：这个因煤电而跻身于全省十强的共和国中等县邑，一旦将深埋民间的文化金矿开采出来，弘扬出去，这片他们祖祖辈辈赖以生存的土地，将会很快成为世界瞩目的淮河两岸上的一颗璀璨而耀眼的明珠。

从李大松县长对低调私访的极为重视，李白月局长对我的“萧何月下追韩信”，王安超副局长对我调研和采访的认真与热忱，还有那许许多多，真挚待我、温暖我心，一辈子无悔无怨地在花鼓灯和推剧艺术大地上坚守至今的民间文化传承人，让我确确实实感受到一个春天般的信息：凤台县这片人杰地灵、民俗文化底蕴丰饶厚足的大地上，渴望深掘开采深埋于地下的文化金矿的人气十足。我想，有了这种人气和凝聚力，我这个在洋邦漂泊二十余载的“文化大禹”，也许能在这块土地上，扎扎实实地做成些

文化大事……

与学农业出身，酷爱文学诗词、音乐和戏曲，典型一个皖北汉子的李白月局长一见如故。当他从自己办公室的抽屉里、电脑中调出拿出自己业余时写的那些的歌词、长诗、花鼓灯文学剧本，交于我手中，用电脑向我播放由他文字改编的推剧大型咏叹调《大风歌》、“拉魂腔”曲目新唱等资料之后，使我觉得简直和他是相见恨晚了。我在被他“扣”下那晚的宾馆里，深思熟虑之后，决定与他合作，并以他的花鼓灯歌舞剧剧本《凤凰台》为基础元素，创作一部具有时代特征、全新艺术理念、浓郁的民俗特色，从内容到形式推陈出新、不拘一格的大型民俗花鼓灯舞剧：《大河灯魂》。

第二天上午，当我将这部舞剧的主题、人物和故事，在艺术表现上的框架与构想，讲给他听后，这位身材壮硕的皖北汉子，竟高兴地不知该说什么是好。于是，我便从那一刻和他绑在一架战车上了。但是，更使我感到意外的是，我在返回北京后撰写长篇散文《大河灯魂》伊始，他竟然将我嘱咐过的舞剧《大河灯魂》的初稿很快便写了出来。之后，他又让小王副局长将此项目形成文字，于上周四在淮南市有关主抓文化的领导召开的专题听证会上做了汇报。他在电话里兴奋地告诉我，会后，市委宣传部副部长专门留他共进工作餐，再次仔细听取了他对这个文化项目的具体构想。并在后来我们的数次谈话中，多次问我何时重返凤台？如果说李白月局长这种雷厉风行的工作作风给我留下了深刻印象，而另一件事，恐怕对我来说，就要使我铭刻在心了。那天，我们去县城不远的“影视城”参观回来。花鼓灯艺术团的宋团长从医院来电话，李白月局长在跟他通话结束，千叮咛万嘱咐要等身体完全康复之后再出院。那种一个兄长心疼兄弟的关切和忧心，深深地刻在了我的记忆中。这个因忧事伤身、事事亲为的宋团长，抱病前来参加小王局长专为我召开的座谈会，他快人快语，所发言论质朴坦率。不仅如此，小王局长还跟我讲了一个有关他在电话里拒绝央视“星光大道”制作和主持人毕福剑，想请凤台县花鼓灯艺术赴京，为他们栏目做伴舞的邀请。一方面，我在心里替他暗暗惋惜；另一方面，我不得不为他那“君子不吃嗟来之食”的皖北汉子的铮铮傲骨，坚信花鼓灯艺术终将有一天会让老天开眼、世人瞩目的自信和悲情，钦佩之至。

虽然那时，我和他们接触不多，交谈甚少。但呈现在他脸上的病态愁容，他那种坚守着凤台县这个虽靠政府扶持，却寅吃卯粮、人才不断流失的草民小团的忧患。通过他的神情和沉默，时时在向我既清晰又模糊地传递着。有关宋团长埋藏于沉默后面的心声，在我后来经过王安超副局长整理，宋团长写就原始打印件的文字中，得以水落石出——

风雨兼程十六年　一生钟爱一生情

——记在艰难曲折中发展壮大的凤台县花鼓灯艺术团

一、建团起因和过程

凤台花鼓灯作为安徽花鼓灯重要组成部分，清末至建国前在沿淮几县就十分有名，建国初至“文革”前花鼓灯艺术获得了空前发展，花鼓灯艺人受到广泛尊重，有的被誉为花鼓灯艺术表演家，有的被专业舞蹈院校聘为教师，他们创作了一大批优秀的花鼓灯节目，花鼓灯艺术得到空前繁荣。“文革”期间，由于众所周知的原因，花鼓灯艺术遭受到历史上前所未有的摧残，步入低谷。改革开放初期，国家刚刚从“文革”浩劫中走出来，百废待兴，文化人才特别是艺术表演人才出现了断层。凤台县也不例外，花鼓灯和推剧作为本地的两张文化名片，表演人才断层现象也十分严重，人民群众喜闻乐见的花鼓灯和推剧因缺乏演员而无法表演，年轻一代特别是青少年因缺乏对传统文化的了解和感受，对外来的文化，甚至是一些充斥舞台的低俗下流的东西感兴趣、很崇拜。针对当时的现实情况，1984 年，凤台县委、县政府做出决定：“抢救花鼓灯，开办花鼓灯推剧艺术培训班”。同时，抽调一批花鼓灯推剧专业人员和老艺人一起整理编写花鼓灯、推剧资料，为办班做好准备。同年，县文化局根据县委县政府的意见，租用场地，在全县招收了 32 名学生，培养了一批花鼓灯新秀，为凤台花鼓灯后来的繁荣播下了希望之种。1988 年，县文化局审时度势，决定将花鼓灯培训工作引向基层，扩大受众面，在先行试点基础上，进而在全县各乡镇全面铺开，大批花鼓灯工作者和老艺人不计报酬，不辞辛苦，忍受难以想象的困难，深入到乡镇村进行培训辅导，三年共培训学员近千人，为花鼓灯艺校的开办打下良好的生源基础。

1992 年 3 月，县花鼓灯推剧艺术表演人才培训班挂牌成立。教室租用，练功房是自己用石棉瓦搭建能挡点雨和太阳但不能遮风的棚子，扒杆用竹竿代替，条件十分简陋。1992 年 9 月 15 日安徽省举办第二届花鼓灯会演，当时的文化局领导就想在这次汇演中展示一下半年来的培训成果，在省内邀请了一位编导，经过几个月的强化训练，创作排练出了 6 个花鼓

灯舞蹈节目。谁也没有想到6个节目全部获奖，而且其中几个节目还获得了省花鼓灯会演的一等奖。当时的文化局领导就下定决心一定要让花鼓灯培训班继续办下去，经过县文化局多方面的努力，当时的安徽省艺术学校将凤台花鼓灯培训班设为校外班，三年结业后发安徽省艺术学校的毕业证。自1992年学生进校至1995年毕业，当时出出进进，多时有60人，最后毕业有39人。学校条件虽然简陋，由于这帮孩子基础条件较好，是在全县精挑细选出来的，教师水平高，教学认真，孩子们又特别能吃苦，得到了真传，学到了真本事，为凤台县花鼓灯艺术团的组建奠定了基础。

欢腾

1992年进校至1995年最终修成正果的这批花鼓灯新秀，他们的出路在哪里？这是一个现实问题。当时凤台花鼓灯虽在很多大型活动和比赛中引人注目，受到好评，但真正一下解决几十个孩子的工作问题和吃饭问题，除了政府，谁也没有这个能力。1996年10月，凤台县政府常务会议研究决定成立“凤台县花鼓灯艺术团”，1995年毕业的39名学生全部进入该团，成为凤台花鼓灯艺术团的主要演员和骨干力量，也正是以这帮孩子为主的艺术团为凤台花鼓灯在国内各级各类比赛中摘金夺银，屡获大奖；也正是这支队伍多次代表安徽省和国家文化部走出国门，执行文化交流任务，轰动海外，为国争光。

二、建团以来的发展状况

艺术团组建初期（1996年），单位性质和级别没有明确，当时凤台县刚刚甩掉贫困县的帽子，还没有建煤矿，县财政非常困难，国家公务员工资有时都不能按时发放，所以县财政没有能力为一个新成立的演出团体拨款解决他们的工资问题。为了艺术团的生存发展，当时的文化局从自身挤出少量经费，同时通过社会赞助和联系少量的演出挣点收入为演员发工资，每位演员每月也就150元到200元不等，部分演员嫌待遇低走向社会自谋生路。1997年，县委决定将原县委招待所交给县文化局，以解决县艺校办学一直没有固定场所的问题。艺术团也从租用的民房中搬迁到县委招待所。当时艺术团只有一间办公用房，演员全部住在招待所外面几间破旧的瓦房里，有的五人一间，有的房间住的更多。这已经比租住民房的条件又好了一些。然而好景不长，因县委招待所（别名望淮楼）建于淮河岸边的一处高地，每年汛期都会影响泄洪，淮河水利委员会决定将县委招待所及周边建筑全部拆除，以利泄洪。县艺校和艺术团又将面临无家可归的局面。2004年，县艺校和艺术团所在地县委招待所被拆除，县委为彻底解决县艺校办学场所的问题，在政务新区划拨了20余亩国有土地，建设新校区，同时将县艺术团迁至原县植保站办公场所，即目前团部所在地。

宋忠洋同志于1997年担任艺术团业务副团长，2002年接任团长后，当时演员每月工资虽增加到300元至380元不等，又有一部分骨干演员因嫌待遇低离开艺术团。怎么办？为了继续保住来之不易的艺术团，宋忠洋团长带着留下来的部分主要演员，从艺校招收了十几名学生，经过几个月连天加夜的训练和补排节目，总算是保住了这个班底。世事难料，2003年的“非典”使全国各个演出场所停演。失去了演出创收的艺术团，全靠当时文化局的一点经费和少许的赞助发工资。为了稳定人心，宋团长不得不找老演员谈心，当时老演员的工资才300多块钱，没有了演出，新团员们没有工资怎么生活？为了留住他们，宋团长和老演员商议，决定把老演员的工资减去一半给新团员开工资，这样一来全团演员平均每月就只能拿到150元左右。这种情况肯定维持时间不长，艺术团非散伙不可。文化局也很着急，多次找县政府反映情况，在这种危急关头，县政府同意将艺术团定位副科级事业单位，自收自支，财政每年给予适当补贴。2003、2004年，县财政每年补贴团里10万元。艺术团人员工资比以往有了很大的提高，随着“非典”疫情的散去，艺术团又能外出演出，有了演出创收，演员还有了一些演出补助，人心趋于稳定，很多的原创作品在全省乃至全国的大型比赛中获奖，为县委县政府挣得了很多的荣誉。2005年县财政又追

加补助5万元，共15万元。2006年，凤台县成功举办安徽省第七届花鼓灯会，演员队伍壮大，时任县长的姚多咏（现任县委书记）到艺术团调研后，决定在原来每年15万的基础上，县财政另追加补助25万元，每年财政补助达40万元。但自2006年以来，物价飞涨，特别是房价的涨幅更是惊人，许多骨干演员到了谈婚论嫁的年龄，买不起房子，收入的增加赶不上物价的涨幅，他们仍然面临新一轮的生存压力。

1995年12月艺术团联系了一个演出，也是艺术团第一次出省演出。参加湖北省武汉市中山公园春节游园系列活动，一天两场专场演出，时间为40天。那时的冬天出奇的冷，园中游客稀少，每天上下午演员穿着单薄的演出服在露天舞台上表演一个多小时的节目，冻伤冻病都是家常便饭，有一个小演员在表演中脚趾骨裂依然坚持表演了7天。

2002年12月，艺术团参加北京市延庆县举办的中国国际冰雪节。当时的天气零下16度，艺术团表演的节目是《欢腾的鼓乡》，为保证节目质量，演员只能穿单薄的演出服。到了晚上演出现场才知道演出场地全部是冰。观众们穿着厚厚的羽绒大衣都感到寒冷，可想演员们穿的都是单薄的演出服装和演出鞋，脚在冰上一会不动都有可能被冰黏在一起。一位只有10岁的小演员穿着一件“肚兜”，脸和鼻子被冻得通红，身上一直打着哆嗦，一位观看表演的老大妈拿着衣服说：“孩子！下来吧，我把衣服给你穿上，不然你就冻坏了。”那位小演员一边认真地表演一边抽泣着说：“我不想下去吗，演出没结束我不能下去。”想想一个10岁的孩子，穿着单薄的衣服站在冰天雪地里，谁家的大人见了不伤心呀！演出结束，回到车上演员们冻得抱在一起互相取暖，整个车上哭成一团。

2003年4月，艺术团参加河南省开封市举办的中国翰园碑林花鸟鱼虫文化节，时间为40天，每天两场演出，40天总共收入才3000元。为了节省开支，艺术团自带炊具做饭，为了给演员多发一点补助，团里没有找厨师，宋团长自己做饭给演员吃，为了让演员安心演出，让演员在这40天里过得能够快乐一点，宋团长把自己看家手艺都使出来，想方设法变花样改善伙食，并变着法子逗大家开心。有天晚上宋忠洋团长在给演员包饺子的时候偷偷在饺子馅里放了三个硬币，他对演员说，谁要能在饺子馅里吃到硬币谁就能得到团里奖励的20元钱。那个时候对于演员来说20元钱已经是个不小的数字了，三个吃到硬币的演员都高兴得哭了。

团里一名男演员，父母开饭店，生意非常好，又是独生子，虽然每月就挣千把块钱，还不如他父母一天挣得多，但他舍不得离开艺术团，父母也支持他跳花鼓灯，并不在意他能挣多少钱。

团里一名副团长，家安在淮南市区，夫家生活条件很优越，她即使不上班也能生活得很好。但她为了全团，经常舍小家为大家。从市区到县城，挤公交单程至少需要2个小时，如果打的，每月工资不够打的费。但她却乐此不疲。她说，离开了艺术团，离开了花鼓灯人就像没了魂一样。团里还有几对演员在相处中产生了感情，最后喜结良缘。有了孩子后，把孩子送回乡下的父母家，让父母帮着带孩子，因为一旦有演出任务，可能一走就很多天，根本无法投入精力和时间去照顾自己的孩子。

2006年4月，艺术团在杭州参加为期3个月的商业演出。当时，省文化厅将安徽省第七届花鼓灯会的承办权交给了凤台县。

明珠璀璨

县文化局将参演任务下达给了“两团一校”，其中艺术团的任务最重，不仅要完成开幕式的演出任务，还要拿出新节目参加全省的“抵灯”比赛。接到任务后，艺术团白天忙演出，晚上宋团长和几位骨干演员在一起琢磨新节目，并利用演出空档将刚刚琢磨出的节目胚子让演员排练。他们在不到一个月的时间里一口气创编了三个新节目。节目小样出来后，又遇到了新难题。都说“音乐是舞蹈的灵魂”，由于是原创的舞蹈，没有现成的音乐，没有音乐，怎么参赛？必须找一个对花鼓灯音乐有一定研究、能写曲子的专家为这几个作品作曲。到哪找这个人呢？经多方打听，宋团最后想到了原安徽省宿州市泗州戏剧团的作曲家晨见老师。但他与晨见仅有一面之交，找他作曲心里一点底也没有。他设法找到了晨见的电话号码，冒昧地给晨见老师打了个电话，说明了找他作曲的想法。晨见老师当时已调到蚌埠市文化局，他正在为即将参赛的蚌埠市花鼓灯歌舞团作曲，就很礼貌地婉拒了宋团长的要求。宋团长没有死心，每天给晨见老师发一条信息，一连发了一个星期的信息，真诚邀请他到杭州来看看他的团队。晨见老师被宋团长的执著和真诚所感动，答应去杭州看看，如果他觉得团队还行，可以考虑为他们写首曲子。因为晨见老师此前没有看过凤台花鼓灯艺术团的表演，在他的印象里，凤台花鼓灯艺术水平还停留在过去几个花鼓灯老艺人表演的水平上。晨见老师没有食言，抽出时间来到杭州，在看到这帮生龙活虎的“鼓架子”和风华正茂的俏“兰花”后，大为惊讶。特别是看到宋团长他们初排的几个舞蹈节目的小样后，激动万分。他被这个团队所感动，当即决定不仅写一首，三个节目曲子都由他都写。他很快进入创作状态，顺利完成了三个节目的音乐创作。

瞧这帮鼓架子

这三支曲子名称分别是：《瞧这帮鼓架子》、《鼓乡俏媳妇》（又名《兰花嫂》）和《恋》。在2006年安徽省第七届花鼓灯会的比赛中，凤台县花鼓灯艺术团技压群芳，大放异彩。所有参赛作品全部获奖，由晨见老师作曲的三个节目全部夺得一等奖。特别是花鼓灯男群舞《瞧这帮鼓架子》2007年摘得第六届中国舞蹈“荷花奖”全国民族民间舞蹈大赛表演银奖和大地之舞奖，2010年获第十五届全国“群星奖”舞蹈比赛最高奖——“群星奖”，也是社会文化的政府最高奖，并受文化部委派参加全国巡演活动；另一只花鼓灯女群舞《鼓乡俏媳妇》2008年获获华东六省一市专业舞蹈比赛创作一等奖，2009 年获第七届“荷花奖”全国舞蹈比赛铜奖、中央电视台第五届 CCTV 全国舞蹈大赛优秀表演奖。

鼓乡俏媳妇

凤台县作为全国中部一个农业县，经济一直落后。只是近十年来得益于煤矿资源的开采和利用，财政逐年增长，日子才慢慢好过起来。艺术团从无到有、从小到大，也是随着全县形势好转一天天好起来。试想一个县能拥有两个专业演出团体和一所艺术学校，安徽省独此一家，别无分店，在全国也为数不多。艺术团每一步的发展都离不开政府的大力扶持，特别是关键时刻，不是政府拉一把，这个团早就不复存在了。特别是 2004 年后，县委县政府能在新区划出 20 余亩土地，建设艺校新校区，确实有气魄。也是真投入，目前，在不包括征地的情况下，县政府已累计投入学校基础设施建设资金 1000 余万元，争取项目资金 200 万元，建了一栋办公楼，一栋学生食宿综合楼共 6000 余平方米。一栋投资 2600 万元面积达 8000 余平方米的主教学楼将在今年 4 月份开工，力争年底竣工并投入使用。此项工程已经县政府县长办公会议研究列入 2002 年全县十大基础建设工程。到那时，艺校和艺术团团部面貌将彻底改观。目前，新来的李大松县长在得知县艺术团人员工资待遇偏低情况后，决定县财政每年为艺术团再增拨 20 万元，以提高全体演员的基本工资。风雨兼程十六年，十六年风雨十六年泪，这里面有心酸的泪、无奈的泪、迷惘的泪，但更多的还是喜悦的泪、欢乐的泪、幸福的泪。我们相信，艺术团面临的困难只是暂时的，艺术团的明天一定会更加美好。

千百年来，在淮河两岸，以毕生的精血和骨肉高举着大红神灯，燃尽自己照亮别人的世代前辈艺人、民间艺术大师们，是花鼓灯艺术的真魂。

对于凤台县花鼓灯这样一个“大国草民小团”，它的灵魂人物就是宋忠洋这样的同志；对于凤台县地域民俗文化的“国宝”之魂的守望者，就是像李白月、王安超等同志，那一批又一批有着民族文化瑰宝自发保护意识的草民文化局长们；对于凤台深埋地下的文化金矿的勘探与开掘，文脉灵魂及财富贮存的鉴定者与评估人，自然非李大松这样的县级领导人莫属；而坚定不移地贯彻执行文化兴国、兴省、兴市方针，坚守社会主义特色中国核心价值观之魂的人，应该是那些我认识或从未谋面的地方诸侯、社稷重臣等位高权重者。因为，任何一个眼看着我们这个有着五千年文明历史、非物质文化资源丰饶和厚重的泱泱大国，哪怕有那么一丁点的文化浪费和闲置而不作为者，都将是历史的罪人！

第六章　盘古天地花鼓灯

子在川上曰：逝者如斯夫，不舍昼夜……

……大地混沌如鸡子，盘古生于其中。万八千岁，天地开辟，阳清为天，阴浊为地，盘古为其中，一日九变。神于天、圣于地。天日高一丈，地日厚一丈，盘古日长一丈。如此万八千岁，天数极高，地数极深，盘古极长；故天去地九万里。

——三国·徐整《三五历经》

昔盘古之死也，头为四岳，目为日月。脂膏为江海，毛发为草木。秦汉间俗说：盘古氏头为东岳，腹为中岳，左臂为南岳，右臂为北岳，足以西岳。先儒说：盘古泣为江河，气为风，声为雷，目瞳为电。古说：盘古氏喜为晴，怒为阴。吴楚间说：盘古氏夫妻，阴阳之始也。……

——梁·任昉《述异记》

天地不足，故女娲炼五色石以补其阙，断鳌足以立四极。其后共工与歘项争帝，而怒触不周之山，折天柱，绝地维，故天倾西北，日月星辰就焉。地不满东南，故百川水注焉。

——晋·张华《博物志》

禹之时，共工振滔洪水，以薄……乃使禹疏三江五湖。辟伢阙，平通沟路，注流车海。洪水通，九州干，万民皆宁其性。

——《淮南子·未经训》

禹有功，辟下鸿，辟除民害逐共工。

——荀子·成相

洪水滔天，鲧窃帝之息壤以湮洪水，不待帝命，帝令祝触杀鲧与羽山，鲧复生禹。帝乃命禹卒布士，以定九州。

——《山河经·海内经》

在上古时代的某一时期，由于天降大雨，导致江河暴涨，洪水引发了地震、山崩以及山崖的大规模滑坡，鲧奉命治水，他单纯采用筑堤放水的办法。结果使水路不通，导致了新的山崩或滑坡，使洪水灾害更加厉害。鲧因治水失败而死。死后其子禹继承了他的事业。禹以十三年的时间，考察水路，疏浚水道，修筑堤坝，终于排干了许多地方的积水，引导开挖了使长江黄河顺利东行的新水道。这个故事，应当就是大禹治水事迹的真相。

——何新《诸神的起源》

盘古开天辟地，创造了人类和天下的万物苍生；大禹十三年治水，三过家门而不入，禹妻女娇盼夫心切，与怀中的儿子“启”化为顽石……于是，大河两岸的百姓，为了铭记大禹的恩典，便创造了让人叹为观止的花鼓灯艺术，世世代代纪念大禹的大恩大德。这便是“大河灯魂”的起源；而为了诵颂盘古和诸神的无私奉献，为华夏人类开拓和播散了五千年的灿烂文明，炎黄子孙以巨龙为图腾，世世代代虽饱经沧桑，但遇难呈祥，始终屹立在世界文化的巅峰。

今天，我们这些龙的传人，华夏的子孙，适逢盛世，更应该为本民族的文化复兴而奋发有为。因为人类的进化和繁衍，民族的强大与祥瑞，人性的净化与升华，小我的幸福与安康，芸芸众生的社会生存之核心价值与幸福指数等等，都离不开民族传统文化的滋润哺育。我们的根，我们的魂就存在于那漫漫的文化征程之中。越是民族的，就越是世界的。

用我们那传承着千古东方文明的双手，用我们饱浸着世代祖先们精血和期望的双臂，在淮水大河上下，在万里长江之畔，在辽阔的黄河之滨，在旷远而广袤的祖国母亲的大地上，高高地擎起，牢牢地举住，那盏红光灿烂、光华普照华夏万代千秋的“大河灯魂”吧……于是，我在愈加激烈、密集和沸腾的花鼓灯鼓点中，看到了各种各样的：一条线、盖九江、小粉蝶、赛貂蝉、小银子、小油壶、一根筋、蹿条鱼、大萝卜、万人迷、假大万、豌豆花、气死猴、大傻子、水上漂、黑丫头、白牡丹、小金腔、小和尚们……在他们当中，我还看到了让我魂牵梦绕的：兰花、鼓哥、麦克和数不胜数的灯妞、灯痴们。噢，还有你，一位曾让我虽还不知姓名却肃然起敬、禁不住仰望的年轻的鼓架子。正是你，曾在异国他乡，那劲吹不止的狂风之中，高高地攀上旗杆的顶端，深情而庄严地展开被英国首都伦敦的大风紧紧卷住的那方鲜红的中华人民共和国驻英国大使馆门前的五星国旗……你那豪壮的行为，竟在你的无意之间，向着全世界，再次地证明着你那颗吮吸着淮河母亲乳汁长大的赤子之心，大河之魂……

图书在版编目(CIP)数据

大家闺秀——孙禹散文集/孙禹著.—合肥:合肥工业大学出版社,2012.5
ISBN 978-7-5650-0714-9

Ⅰ.①大… Ⅱ.①孙… Ⅲ.①散文集—中国—当代 Ⅳ.①I267

中国版本图书馆 CIP 数据核字(2012)第 087226 号

大家闺秀

——孙禹散文集

孙 禹 著　　　　责任编辑 朱移山 郭娟娟

出　版	合肥工业大学出版社	**版　次**	2012 年 5 月第 1 版
地　址	合肥市屯溪路 193 号	**印　次**	2012 年 6 月第 1 次印刷
邮　编	230009	**开　本**	710 毫米×1000 毫米 1/16
电　话	总编室:0551—2903038	**印　张**	18
	发行部:0551—2903198	**字　数**	295 千字
网　址	www.hfutpress.com.cn	**印　刷**	安徽江淮印务有限责任公司
E-mail	hfutpress@163.com	**发　行**	全国新华书店

ISBN 978-7-5650-0714-9　　　　定价:38.00 元

如果有影响阅读的印装质量问题,请与出版社发行部联系调换。